Melissa Foster

Träume in Seaside

DIE AUTORIN

Melissa Foster ist eine preisgekrönte *New-York-Times-* und *USA-Today*-Bestsellerautorin. Ihre Bücher werden vom *USA-Today-Bücherblog*, vom *Hagerstown Magazin*, von *The Patriot* und vielen anderen Printmedien empfohlen. Melissa hat mehrere Wandgemälde für das *Hospital for Sick Children*, eine Kinderklinik in Washington, D. C., gemalt.

Besuchen Sie Melissa auf ihrer Website oder chatten Sie mit ihr in den sozialen Netzwerken. Sie diskutiert gern mit Lesezirkeln und Bücherclubs über ihre Romane und freut sich über Einladungen. Melissas Bücher sind bei den meisten Online-Buchhändlern als Taschenbuch und E-Book erhältlich.

www.MelissaFoster.com

Melissa Foster

Träume in Seaside

Seaside Summers

LOVE IN BLOOM – HERZEN IM AUFBRUCH

Aus dem Amerikanischen von Janet König

Für die Starfish-Clique
Ein Hoch auf Tanga-Donnerstage, die Nackte Wahrheit,
mitternächtliche Hamburger und Middle-Sister-Wein

aus jeder Serie tauchen in späteren Geschichten wieder auf, sodass Sie keine Verlobung, Hochzeit oder Geburt verpassen. Eine vollständige Liste aller Serientitel sowie eine Vorschau auf den nächsten Band dieser Serie finden Sie am Ende dieses Buches und noch mehr Informationen gibt es auf: www.MelissaFoster.com/Herzen-im-Aufbruch

Besuchen Sie auch meine Seite mit »Reader Goodies«! Dort gibt es Extras zum Download (in englischer Sprache) wie zum Beispiel Serien-Checklisten und Familienstammbäume: www.MelissaFoster.com/RG

Eins

Bella Abbascia mühte sich mit einer Kloschüssel ab, als sie den Kiesweg in Seaside überquerte, der Feriensiedlung, in der sie ihre Sommer verbrachte. Es war ein Uhr nachts, und Bella hatte einen Streich für Theresa Ottoline in petto, einer sittenstrengen Bewohnerin von Seaside und der gewählten Verwalterin der Siedlung. Bella und zwei ihrer besten Freundinnen, Amy Maples und Jenna Ward, hatten zwei Flaschen Wein namens Middle Sister geleert, während sie darauf gewartet hatten, dass die anderen Ferienhausbewohner sich zur Nachtruhe begaben. Jetzt, in Nachthemdchen und mit einem kleinen Schwips, versuchten sie krampfhaft, nicht die Kloschüssel fallen zu lassen, die Bella in den vergangenen zwei Tagen hellblau angemalt, mit bunten Blumen bepflanzt und mit Muscheln verziert hatte. Sie trugen ihr Werk zu Theresas Auffahrt, um Regel Nummer 14 der Richtlinien des Eigentümervereins zu brechen: *Vor den Ferienhäusern sind keine geschmacklosen Dekorationsobjekte aufzustellen.*

»Bist du sicher, dass sie schläft?«, fragte Bella, als sie den Rasen vor dem Haus der vierten Freundin, Leanna Bray, erreichten.

»Ja, sie hat um elf das Licht ausgemacht. Wir hätten das Klo nicht in meinem Garten verstecken sollen. Es ist so weit. Können wir mal kurz anhalten? Das Ding ist sauschwer.« Amy zog ihre dünn gezupften Augenbrauen zusammen.

»Ach komm, wirklich jetzt? Ist doch nicht mehr weit.« Bella deutete mit dem Kopf auf Theresas Auffahrt, die auf der anderen Seite der Straße gegenüber von ihrem Ferienhaus lag, etwa dreißig Meter weiter.

Amy sah Jenna flehend an. Jenna nickte, und die beiden ließen die Kloschüssel langsam Richtung Boden sinken, sodass Bella ihre Seite fast aus den Händen fiel.

»Viel besser!« Jenna strich sich ihre glatten braunen Haare hinter die Ohren und schüttelte die Arme aus. »Wir stemmen ja nicht alle schon zum Frühstück Gewichte.«

»Von wegen! Das Einzige, was ich den Sommer über stemme, sind Weinflaschen«, sagte Bella. »Solche Möpse herumzuschleppen, wie du sie hast, das nenne ich Fitnesstraining.«

Jenna war etwa eins fünfzig groß, hatte Brüste wie Bowlingkugeln und eine zierliche Taille. Sie hätte für eine moderne Barbiepuppe Modell stehen können, während Bellas Figur eher der einer fast dreißigjährigen Frau entsprach. Sie war groß, muskulös und relativ schlank, weigerte sich aber, auf kulinarische Seelentröster zu verzichten, was ihr an manchen Stellen weiche Rundungen bescherte und ihre Figur aussehen ließ wie die von Julia Roberts oder Jennifer Lawrence.

»Die trag ich ja nicht mit meinen Armen durch die Gegend.« Jenna sah an sich hinunter und umfasste ihre Brüste mit den Händen. »Aber stimmt schon, das wäre ein großartiges Training.«

Amy verdrehte die Augen. Spindeldürr und nahezu flachbusig war sie die Bescheidenste der Truppe, und in ihrem langen T-Shirt und der Unterwäsche wirkte sie neben der kurvigen Jenna fast wie ein Teenager. »Eine Sekunde noch, Bella.«

Sie drehten sich um, als sie ein leidenschaftliches Stöhnen aus Leannas Ferienhaus hörten.

»Sie hat schon wieder vergessen, das Fenster zu schließen. Typisch Leanna. Ich mache es nur schnell zu«, flüsterte Jenna und schlich zum Haus.

Leanna hatte sich im vergangenen Sommer in den Bestsellerautor Kurt Remington verliebt, und obwohl sie ein Haus an der Cape Cod Bay, der Bucht auf der Westseite des Capes hatten, waren sie oft in dem kleinen Ferienhaus, damit Leanna Zeit mit ihren Sommer-Freundinnen verbringen konnte. Die Seaside-Ferienhäuser in Wellfleet waren seit Jahren im Besitz der Familien der Mädels und seit Kindertagen hatten sie die Sommer dort gemeinsam verbracht.

»Warte, Jenna. Lass uns zuerst das Klo zu Theresa bringen.« Bella stemmte die Hände in die Hüften, damit alle wussten, wie ernst es ihr war. Jenna hielt an, und Bella merkte, dass es ohnehin vergebliche Liebesmüh gewesen wäre. Jenna hätte einen Hocker gebraucht, um an das Fenster zu kommen.

»Oh … Kurt.« Leannas Stimme drang durch die Nacht.

Amy hielt sich die Hand vor den Mund, um ein Lachen zu unterdrücken. »Okay, aber beeilen wir uns. Der armen Leanna wird es so peinlich sein, wenn sie merkt, dass sie wieder das Fenster aufgelassen hat.«

»Ich bin die Letzte, die sie beim Sex hören will. Von Männern habe ich fürs Erste genug, zumindest von ernsthaften Beziehungen, bis mein Leben wieder in geordneten Bahnen verläuft.« Seit letztem Sommer, als Leanna Kurt kennengelernt und ihre eigene Marmeladenfirma in Gang gebracht hatte und dann ganz ans Cape gezogen war, hatte Bella darüber nachgedacht, selbst auch einiges in ihrem Leben zu verändern. Leannas Erfolg hatte sie dazu ermutigt, es endlich in Angriff zu nehmen. Na ja, das und die Tatsache, dass sie den Fehler gemacht hatte, eine Beziehung mit einem Kollegen namens Jay Cook anzufangen. Ihre Trennung lag Monate zurück, aber sie hatten an derselben Highschool in Connecticut unterrichtet, und bis sie zu ihrem Sommerurlaub aufgebrochen war, hatten sie sich zwangsläufig täglich gesehen. Es war der letzte kleine Schubs gewesen, den sie gebraucht hatte, um den Sprung in ein neues Leben zu wagen, zu kündigen und neu anzufangen. *Neuer Job, neues Leben, neuer Ort.* Ihren Freundinnen hatte sie es allerdings noch nicht gesagt. Eigentlich hatte sie es ihnen sofort nach ihrer Ankunft in Seaside erzählen wollen, vielleicht wenn sie alle zusammen bei einer Flasche Wein oder am Strand säßen. Aber Leanna hatte eine Menge Zeit mit Kurt verbracht, und wenn sie dann doch mal alle vier beisammen gewesen waren, hatte sie es nicht herausgebracht. Sie wusste, dass die anderen sich Sorgen machen und Fragen stellen würden, und sie wollte erst einiges für sich selbst klären, bevor sie ihren Freundinnen Rede und Antwort stehen musste.

»Bella, du kannst doch nicht die Männer aufgeben. Jay war eben einfach nur ein Blödmann«, meinte Amy und legte die Hand auf Bellas Arm.

Sie musste ihnen wirklich bald die ganze Sache mit Jay und der Kündigung erzählen. Über Jay war sie lange hinweg, aber Bella galt als die Gefestigte in der Gruppe, und das Gespräch über ihre plötzliche Veränderung erforderte andere Umstände als den Kampf mit einer schweren Kloschüssel.

»Stimmt, du hast recht, aber ich werde all meine zukünftigen Entscheidungen unabhängig von irgendeinem

Mann treffen. Also, bis mein Leben wieder in geordneten Bahnen verläuft, lasse ich mich auf keinen Mann ernsthaft ein.«

»Das gilt nicht für mich. Ich würde alles dafür geben, so etwas zu haben wie Kurt und Leanna«, sagte Amy.

Bella hob ihre Seite der Kloschüssel mühelos an, während Jenna und Amy sich abrackerten, um ihre Seite vom Boden zu hieven. »Habt ihr's?«

»Ja, mach schnell. Dieses blöde Ding ist wirklich sauschwer«, sagte Jenna, als sie über das Gras stiefelten.

»Mehr …«, hörten sie Leanna flehen.

Amy stolperte und ließ los. Das Klo fiel auf den Boden und Jenna schrie auf.

»Pssst. Du weckst ja die ganze Siedlung auf!« Bella machte einen Schritt auf sie zu.

»Oh, Kurt!« Jenna machte eindeutige Beckenbewegungen. »Mehr, Baby, mehr!«

»Dein Ernst?« Bella versuchte, keine Miene zu verziehen, aber als Leanna erneut laut stöhnte, bog sie sich vor Lachen.

Amy, stets die Stimme der Vernunft, flüsterte: »Kommt schon, wir *müssen* ihr Fenster schließen.«

»Ja!«, schrie Leanna.

Erneut brachen sie in Gelächter aus und stolperten zu Leannas Ferienhaus.

»Ich könnte Popcorn holen«, sagte Jenna, während sie sich um einen ernsten Ausdruck bemühte.

»Als du das das letzte Mal gemacht hast, war sie stinksauer«, ermahnte Amy sie. Sie griff nach Bellas Hand und flüsterte ihr zu: »Nimm das Fliegengitter weg, damit du das Fenster schließen kannst, bitte.«

»Ich hab doch gesagt, wir hätten draußen an ihrem Fenster ein Schloss anbringen sollen«, erinnerte Jenna sie. Im vergangenen Sommer, als Leanna und Kurt gerade zusammengekommen waren, hatten die beiden oft vergessen, das Fenster zu schließen. Um Leanna die Peinlichkeit zu ersparen, hatte Jenna angeboten, Kontrollgänge zu unternehmen und das Fenster zu schließen, sollte Leanna es mal vergessen. Einige Drinks später hatte sie die Idee für den restlichen Sommer unglücklicherweise aufgegeben.

»Während ihr das Fenster zumacht, hole ich schon mal das Schild für das Klo.« Amy eilte in ihren Boxershorts und dem T-Shirt zurück zu Bellas Veranda.

Bella schob das Fliegengitter zur Seite, damit sie das Fenster herunterziehen und schließen konnte. An dieser Seite von Leannas Haus fiel das Gelände ein wenig ab, und obwohl Bella groß war, musste sie sich auf die Zehenspitzen stellen, um den Fensterrahmen zu fassen zu bekommen. Dabei rutschte der Saum ihres T-Shirts hoch und gab den Blick auf ihr üppiges Hinterteil frei.

»Süßes Seidenhöschen.« Jenna wollte Bellas T-Shirt nach unten ziehen und Bella gab ihr einen Klaps.

Bella drückte nun mit aller Kraft von oben auf das Fenster, wobei sie gleichzeitig versuchte, das sinnliche Stöhnen und das Quietschen der Bettfedern, das aus dem Haus drang, zu ignorieren.

»Das verdammte Ding klemmt«, flüsterte sie.

Jenna stellte sich neben sie und streckte sich. Ihre Fingerspitzen reichten gerade mal an den unteren Rand.

Amy eilte zu ihnen und wedelte mit einem langen Stab herum, an dessen Ende ein Papierschild mit der Aufschrift WILLKOMMEN ZU HAUSE angebracht war.

Leanna stöhnte wieder, Jenna lachte und verlor das Gleichgewicht. Als Bella die Hand nach ihr ausstreckte, knallte das Fenster zu und klemmte Bellas Haare ein. Daraufhin fing Leannas Hund Pepper an zu bellen und löste weitere Lachanfälle bei Amy und Jenna aus.

Mit den Haaren im Fenster gefangen und dem Kopf ans Fensterbrett geklemmt legte Bella einen Finger auf die Lippen. »Psst!«

Scheinwerferlicht fiel auf Leannas Ferienhaus, als ein Auto in den Kiesweg einbog.

»Oh nein!« Bella stellte sich auf die Zehenspitzen und versuchte krampfhaft, das Fenster hochzuschieben und ihre Haare zu befreien. Es fühlte sich an, als risse man ihr den Schopf vom Schädel. Die Vorhänge wurden aufgerissen und Leanna schaute heraus. Verlegen winkte Bella ihr zu. *Mist.* Sie hörte, dass Leannas Haustür geöffnet wurde, und schon kam Pepper um die Ecke geflitzt, bellte wie von Sinnen und riss Jenna um. Genau in dem Moment hielt ein Polizeiauto vor ihnen an und die Scheinwerfer strahlten direkt auf Bellas Hintern.

Caden Grant gehörte erst seit drei Monaten dem Wellfleet Police Department an. Nachdem sein Partner, mit dem er neun Jahre lang zusammengearbeitet hatte, im Dienst getötet worden war, hatte er sich versetzen lassen. Mit seinem heranwachsenden Sohn Evan war er in die kleine Stadt gezogen, um in einer sichereren Umgebung arbeiten zu können. Bisher hatte er den Eindruck, dass die Bevölkerung von Wellfleet die Bemühungen der örtlichen Polizeibeamten mit Respekt und Dankbarkeit quittierte, was eine willkommene Abwechslung zu Boston war, wo an jeder Straßenecke Aggressivität an der Tagesordnung war. In Wellfleet war in der letzten Zeit eine Reihe von kleineren Diebstählen verübt worden, es gab aufgebrochene Autos und durchwühlte Ferienhäuser. Daher fuhr die Polizei nun öfter Streife in den Siedlungen an der Route 6. Caden fuhr den Kiesweg von Seaside entlang und entdeckte einen Hund, der um eine auf dem Boden liegende Person herumrannte.

Er schaltete den Suchscheinwerfer ein, wurde langsamer und hielt schließlich an. *Meine Güte! Was ist da denn los?* Rasch erfasste er die Situation. Eine blonde Frau hämmerte mit beiden Händen gegen ein Fenster. Ihr T-Shirt war hochgerutscht, und das schwarze Seidenhöschen verdeckte kaum den hinreißendsten Hintern, den er seit Langem gesehen hatte.

»Mach das dämliche Fenster auf!«, brüllte sie.

Caden stieg aus dem Auto. »Was ist hier los?« Er machte einen Bogen um die dunkelhaarige Frau, die sich auf dem Boden hysterisch lachend von einer Seite auf die andere schmiss, und den fluffigen weißen Hund, der um sein Leben zu bellen schien, und erkannte schnell, dass die Haare der blonden Frau im Fenster eingeklemmt waren. Hinter ihm kauerte noch eine Blondine auf dem Boden und lachte so sehr, dass sie immer wieder schnaubte. *Warum zum Henker hat keine von euch eine Hose an?*

»Leanna! Ich hänge fest!«, rief die Blonde am Fenster.

»Officer, es tut uns leid.« Die Blondine hinter ihm stand auf und zupfte an ihrem T-Shirt, um ihre Unterwäsche zu verbergen, dann hielt sie die Hand vor den Mund, als der Lachanfall sich wieder durchsetzte. Der Hund bellte und kratzte an Cadens Schuhen.

»Kann mir bitte mal jemand erzählen, was hier los ist?« Caden wollte nicht mal versuchen, sich selbst einen Reim auf alles zu machen.

»Wir haben …« Die Brünette fing wieder an zu lachen, als sie aufstand und versuchte, ihr Top zurechtzurücken, das für ihre riesigen Brüste kaum ausreichte. Ihr Blick wanderte von oben bis unten über Cadens Körper. »Aber *hallo*, schöner Mann!« Sie fiel nach hinten und lachte wieder.

Na super. Genau das brauchte er: drei betrunkene Frauen.

Die Brünette im Ferienhaus öffnete das Fenster und befreite so die Haare der Blonden, die dadurch ins Wanken geriet, nach hinten stolperte und geradewegs gegen seinen Oberkörper prallte. Die verführerischen Kurven unter dem dünnen Stoff konnte man nicht ignorieren. Ihre Haare waren dicht und zerzaust, und sie sah zu ihm auf, mit kakaobraunen Augen und so süßen Lippen, dass er sie zu gern auf der Stelle gekostet hätte. Die Luft um sie herum schwirrte vor Hitze. Himmel, war sie schön.

»Hoppla! Alles okay?«, fragte er. Er befahl seinen Armen, sie loszulassen, aber die Verbindung zum Hirn schien unterbrochen, und so blieben seine Hände an ihrer Taille.

»Es … es ist ganz anders, als es aussieht.« Ihr Blick fiel auf ihre Hände, die seine Unterarme umklammerten, und als hätte sie sich verbrannt, ließ sie ihn sofort los. Sie trat einen Schritt zurück und half der Brünetten beim Aufstehen. »Wir haben …«

»Sie haben versucht, unser Fenster zu schließen, Officer.« Ein großer, dunkelhaariger Mann kam um die Ecke des Hauses herum, bekleidet mit einer Jeans und sonst nichts. »Kurt Remington.« Er streckte Caden seine Hand entgegen und sah kopfschüttelnd zu den Frauen, die sich nun aneinander festhielten, kicherten und flüsterten.

»Officer Caden Grant.« Er gab Kurt die Hand. »Wir hatten in letzter Zeit Probleme mit Einbrüchen. Kennen Sie diese

Frauen?« Sein Blick wanderte zu der großen Blonden. Er folgte den Kurven ihrer Oberschenkel, bis sie unter ihrem Shirt verschwanden, dann hinauf zu ihren vollen Brüsten und schließlich ihren schönen dunklen Augen. Es war lange her, dass er sich so zu einer Frau hingezogen gefühlt hatte.

»Natürlich kennt er uns.« Die heiße Blondine trat vor, die Arme verschränkt und die Augen nun nicht mehr aufgerissen und freundlich, sondern zusammengekniffen und wütend.

Männer, die Frauen anstarrten, konnte er nicht ausstehen, aber er war machtlos und musste ihren Anblick noch eine letzte Sekunde in sich aufsaugen. Die anderen beiden Frauen waren auf ihre Art auch hübsch, aber kein Vergleich zu der großen Blonden mit dem Feuer in den Augen und einem Körper, der für die Liebe geschaffen schien.

Kurt nickte. »Ja, Officer, wir kennen sie.«

»Mensch, Leute, was treibt ihr denn da?«, fragte die Dunkelhaarige durch das geöffnete Fenster.

»Du hast Tote geweckt, so laut warst du«, antwortete die große Blonde.

»Oh Mist, tut mir leid, Officer«, sagte die Brünette durchs Fenster. Sie wurde rot, zog ihren Kopf zurück und schloss das Fenster.

»Ich kann Ihnen versichern, dass hier alles in Ordnung ist.« Kurt warf der heißen Blonden einen wütenden Blick zu.

»Okay, ja dann … Wenn Ihnen irgendwelche verdächtigen Aktivitäten auffallen, wir sind nur einen Anruf entfernt.« Er ging einen Schritt auf sein Auto zu.

Die große Blonde stellte sich ihm rasch in den Weg. »Hat jemand von Seaside die Polizei gerufen?«

»Nein, ich bin hier nur Streife gefahren.«

Sie hielt seinen Blick gefangen. »Nur hier Streife gefahren?

Niemand fährt in Seaside *Streife*.«

»Bella«, zischte die andere Blonde.

Bella.

»Im Ernst. Niemand fährt in unserer Siedlung Streife. Noch nie.« Sie hob ihr Kinn auf eine Art, die wohl provokant wirken sollte, aber es hatte die gegenteilige Wirkung. Sie sah unglaublich süß aus.

Caden trat näher an sie heran und versuchte, einen ernsten Ausdruck beizubehalten. »Sie heißen Bella?«

»Vielleicht.«

Auch noch frech. Das gefiel ihm. »Nun, Bella, Sie haben recht. In Ihrer Siedlung sind wir in der Vergangenheit nicht Streife gefahren, aber die Dinge haben sich geändert. Wir werden nun öfters Streife fahren, um für Ihre Sicherheit zu sorgen, bis wir die Leute finden, die in der Gegend Einbrüche verübt haben.« Er beugte sich vor und flüsterte: »Aber Sie sollten darüber nachdenken, ob Sie bei Ihren Fenster schließenden Nachtspaziergängen nicht lieber eine Hose anziehen. Man kann nie wissen, wer sich hier so herumtreibt.«

Zwei

Es gab tausende Dinge, die Bella am Sommer in Seaside liebte, aber zu den wichtigsten gehörte, dass sie acht Wochen mit ihren besten Freundinnen verbringen und zu den heiseren Rufen der Krähen aufwachen konnte. Die meisten Leute ertrugen das Gekrächze kaum, das mit dem Morgengrauen einsetzte. Doch das Geräusch war so charakteristisch für ihre Sommer am Cape, dass Bella es genoss, und an so sonnigen Morgen wie diesem erfreute sie sich daran. Sie hatte den Großteil der vergangenen Nacht damit verbracht, an diesen nicht zu leugnenden heißen Blitz zu denken – und mit dem Versuch, nicht daran zu denken –, der in dem Moment durch ihren Körper gefahren war, als sie in die Augen von Officer Caden Grant geschaut hatte. Sie nahm einen Schluck Kaffee und legte die Füße auf die Tischkante.

»Hallo, Süße.« Jenna kam zu Bella auf die Veranda. Sie hatte wie Bella noch ihr Pyjamaoberteil an und trug süße Baumwollshorts über ihrem Slip. Das war auch etwas, das Bella an Seaside liebte. Da die Ferienhäuser seit Jahrzehnten im Besitz ihrer Familien waren, hatten sie die Sommer seit ihrer frühesten Kindheit zusammen verbracht. In Pyjamas herumzuhängen, fühlte sich normal an.

»Psst. Theresa hat gerade ihre Haustür aufgemacht. Die Toilette hat sie noch nicht gesehen.« Bellas Ferienhaus stand gegenüber von dem Waschhaus und dem sogenannten Großen Haus, das schon vor dem Bau der Ferienhäuser auf dem Grundstück gestanden hatte. Dort wohnte Theresa, und nachdem sie von Officer Grant erwischt worden waren, hatten die Freundinnen die Toilette kurzerhand auf Theresas Auffahrt abgestellt.

»Da ist sie.« Jenna setzte sich neben Bella.

Theresa trat mit weit ausgebreiteten Armen ins Freie. Ihr Polohemd steckte ordentlich in ihren hellbraunen Shorts und ihre kurzen, stufig geschnittenen Haare waren perfekt gekämmt. Sie winkte Bella und Jenna zu.

»Guten Morgen, meine Damen.«

»Morgen«, erwiderten sie einstimmig und winkend.

Theresa war Anfang fünfzig und ihr Leben war Bella und ihren Freundinnen in gewisser Weise ein Rätsel. Obwohl sie sie seit Jahren kannten, wussten sie außer der Tatsache, dass sie Anwältin war, nicht viel über sie. Sie war sympathisch, obwohl sie die Funktion als Verwalterin und Hüterin der Regeln übernommen hatte, doch im Großen und Ganzen blieb sie eher für sich und gesellte sich bei gemeinsamen Grillabenden oder sonstigen Zusammenkünften nur selten dazu.

»Gleich geht's los«, stieß Jenna leise aus.

Theresa legte den Kopf zur Seite, streckte den Hals vor und beäugte die Kloschüssel. Sie trat zögerlich ein paar Schritte darauf zu, ging um die Toilette herum und schüttelte den Kopf. Sie schaute auf und blickte mit zusammengekniffenen Augen in ihre Richtung. Die Hände waren in die Hüften gestemmt.

»Oh Mist«, flüsterte Jenna.

Bella wählte die Opfer ihrer Streiche nicht nach gezielten

Gesichtspunkten aus. Sie hatte jedem einzelnen ihrer Freunde schon einmal Streiche gespielt, einschließlich des Hausmeisters und Poolwarts der Siedlung, der alle paar Tage vorbeikam, um den Pool zu reinigen, und in den Jenna verknallt war. Bellas Streiche waren relativ harmlos und bestanden zum Beispiel daraus, dass sie den Pool in ein Schaumbad verwandelte oder sämtliche BHs von Jenna in die Gefriertruhe legte, während sie schlief. Ihrem sommerlichen Schabernack wurde meist mit Lachen und Augenverdrehen begegnet, aber Theresa hatte sie noch nie so richtig provozieren können.

Theresa machte auf dem Absatz kehrt und marschierte ins Haus zurück.

»Wow, das war aber eine ziemlich heftige Reaktion«, kommentierte Bella sarkastisch. Sie nahm einen Schluck Kaffee.

Jenna packte sie am Arm. »Ach. Du. Schreck.«

Mit einem Buch unter dem Arm kam Theresa wieder aus dem Haus gestürmt. Mit großem Getue zog sie sich die Hose herunter, platzierte ihren nackten Hintern auf der Toilette und öffnete das Buch. Breit grinsend strahlte sie in ihre Richtung.

Bella verteilte ihren Kaffee prustend über die Veranda. »Heiliger Bimbam!« Sie griff nach Jennas Hand, bevor sie beide ihrer Nachbarin den Rücken zuwandten und in brüllendes Gelächter ausbrachen.

»Du meine Güte! Hast du das gesehen?« Tränen liefen Jenna über die Wangen.

Bella hielt sich an Jennas Schulter fest. »Oh Mann!«, flüsterte sie laut. »Ist sie … Sitzt sie noch drauf?«

»Warte …« Jenna warf einen Blick über die Schulter. »Nein!« Sie lachte wieder. »Sie steht daneben und schaut herüber. Oh nein!« Jenna krallte ihre Finger noch fester um Bellas Arm. »Der Pick-up von Pete kam gerade und sie hat ihn angehalten.«

»So'n Mist.« Bella hielt die Hand vor den Mund, um nicht zu laut zu lachen.

Pete war von Natur aus ein ruhiger Mensch, der einem Fremden sein letztes Hemd geben würde. Jetzt trug er die Toilettenschüssel kopfschüttelnd zum Müllcontainer.

Theresa wischte sich mit viel Aufhebens die Hände ab und ging dann zurück in ihr Haus.

»Oh Mann, der arme Pete. Er tut mir leid. Er ist so süß.« Jenna legte einen Fuß auf Bellas Schoß und beobachtete, wie Pete wieder in seinen Pick-up stieg.

Er winkte durch das offene Fenster. »Danke dafür!«, rief er ihnen auf dem Weg um die Häuser herum zum Pool zu.

»Wir kommen definitiv in die Hölle«, sagte Jenna. »Erwähnte ich schon, dass Pete unverschämt sexy ist?«

»Hast du es jemals nicht erwähnt?« Bella schüttelte den Kopf. »Auf alle Fälle ging der Punkt an Theresa.«

»Okay, wechseln wir das Thema, bevor mir vor lauter Pete ganz heiß wird und ich kalt duschen muss. Apropos kalte Dusche … Du warst ziemlich merkwürdig drauf, als du gestern Abend gegangen bist. Hast du gut geschlafen, oder hast du davon geträumt, dir von Officer Sexy Handschellen anlegen zu lassen?«

»Handschellen sind für mich gleichbedeutend mit fester Beziehung, also …«

»Quatsch. Du weißt ganz genau, dass du von ihm geträumt hast. Wie könnte es auch anders sein?« Jenna beugte sich vor und gab mit verführerischer Stimme von sich: »Ein Haufen Muskeln an einem großgewachsenen Mann, der weiß, wie man die Kontrolle übernimmt.« Sie lehnte sich seufzend zurück. »Klingt in meinen Ohren fast perfekt.«

»Ist dir überhaupt klar, mit wem du gerade redest? Hallo? Mit der größten Regelbrecherin überhaupt.« Sie zeigte mit beiden Händen auf sich und lächelte Amy zu, die gerade zu ihnen auf die Veranda kam. »Ich und ein Bulle? Auf keinen Fall. Außerdem sagte ich bereits, dass ich mein Leben überdenken und mich nicht auf die Suche nach einem Freund begeben will.«

»Das hindert dich ja nun nicht daran, dich mal eben mit Officer So-was-von-heiß im Sand zu wälzen.« In einer Flanellpyjamahose und einem Hello-Kitty-Shirt ließ Amy sich auf einen Stuhl plumpsen. Die Cartoon-Kitty hatte einen Körper wie Marilyn Monroe und räkelte sich in verführerischer Pose auf dem T-Shirt.

»Und das von Miss Anständig?« Bella verdrehte die Augen.

»Bin ich ja gar nicht. Ich passe nur auf, mit wem ich schlafe. Außerdem ist es ja nicht so, dass ich nicht …« Sie schielte zum Ferienhaus von Tony. Tony war *der* heiße Typ der Siedlung. Der Profi-Surfer und Motivationstrainer war ein zu guter Freund, als dass er mit irgendeiner von ihnen geschlafen hätte, und schon gar nicht mit der lieben, süßen Amy Maples.

Bella tätschelte ihren Arm. »Ach, Schatz, wir wissen es doch. Du verzehrst dich seit Jahren nach diesem ganz besonderen Hintern. Zeit, nach vorne zu schauen, findest du nicht?«

Amy seufzte. »Konzentrieren wir uns lieber auf dein Liebesleben, nicht auf meines.«

»Wie wäre es, wenn wir uns auf mein *Leben* unabhängig von Männern konzentrieren würden? Das ist viel interessanter als mein nicht existierendes Liebesleben.« Sie entdeckte Leanna, die gerade mit Pepper über den viereckigen Platz in der Mitte der Siedlung ging, und beschloss, dass es an der Zeit war, in den sauren Apfel zu beißen und ihnen von den Veränderungen zu erzählen, die sie in ihrem Leben vorzunehmen gedachte. »Außerdem muss ich euch etwas erzählen.«

Pepper stürmte auf die Veranda und direkt zu Amy, die sich hinunterbeugte, sodass der junge Hund sie mit feuchten Küssen überhäufen konnte.

»Wie geht's denn meinem großen Jungen?«, säuselte Amy.

Leanna betrat in abgeschnittenen Shorts und einem weißen Tanktop die Veranda. Die Haare fielen ihr in sanften Wellen über die Schultern.

»Guten Morgen, Mädels. Ich bin schon spät dran für den Flohmarkt, wie immer.« Im vorigen Sommer hatte Leanna ihr Geschäft mit der Herstellung von Marmeladen gestartet, die Luscious Leanna's Sweet Treats, und jetzt managte sie ihre Firma von einem renovierten Atelier aus, das auf Kurts Grundstück direkt am Strand stand. Den Sommer über verkaufte sie ihre Produkte auch auf dem Flohmarkt in Wellfleet und anderen Märkten in der Gegend. »Das mit dem Fenster tut mir leid, und ich verspreche euch, dass ich das nächste Mal daran denke.« Leanna nahm einen Schluck von Jennas Kaffee.

»Klar, beim nächsten Mal erinnerst du dich daran ...«, frotzelte Jenna. »Ich werde jetzt wirklich draußen ein Fensterschloss anbringen.«

»Ich versuche ja wirklich, daran zu denken. Es ist nur so, dass ...« Jenna hob die Hände.

»Dass sich plötzlich was ergibt und du nicht daran denkst?« Jenna warf den Kopf in den Nacken und lachte.

»Haha. Wer war eigentlich dieser heiße Polizist?«, erkundigte sich Leanna.

»Caden Grant. Er gehört Bella«, sagte Amy.

»Er gehört mir nicht.« Bei der Erinnerung an seine großen

Hände an ihrer Taille und an die Hitze ihrer Körper, die sich so nah gekommen waren, lief ihr ein Schauder über den Rücken.

»Und warum knisterte und zischte es dann so um euch herum, als du in seinen Armen lagst?«, fragte Amy mit hochgezogenen Augenbrauen.

»Das habt ihr also auch bemerkt?« Bella versteckte ihr Gesicht hinter den Händen und erwiderte die neugierigen Blicke der Freundinnen dann mit einem ernsten. »Für den Moment beachte ich diese besondere, unglaubliche Verbindung nicht, die da irgendwie zwischen uns war. Keine Männer, keine feste Beziehung, schon vergessen? Außerdem …« Sie setzte sich auf und wappnete sich für die erstaunten und besorgten Reaktionen, die ihr Geständnis sicher hervorrufen würde. »Außerdem gibt es wichtigere Dinge, auf die ich mich konzentrieren muss, wie zum Beispiel die Tatsache, dass ich meine Stelle gekündigt habe.«

Wie auf ein Stichwort sogen Jenna und Amy geräuschvoll die Luft ein.

»Was hast du?«, fragte Leanna.

»Wegen Jay? Das mit euch war nicht einmal etwas Ernstes und du hast da fünf Jahre gearbeitet«, fügte Jenna hinzu.

Bella schüttelte den Kopf. »Nein, nicht wegen Jay. Na ja, das hat dabei eine untergeordnete Rolle gespielt. Es war ärgerlich, das Schuljahr zu Ende zu bringen und ihn jeden Tag sehen zu müssen, aber mein Entschluss, wegzuziehen, beruht auf mehr als nur Jay. Allerdings hat mein Entschluss, von Männern erst einmal die Finger zu lassen, schon irgendwie mit ihm zu tun. Ich sehe es nicht ein, mich wieder anlügen zu lassen, und allmählich denke ich, dass Männer und Lügen zusammengehören.«

Leanna ergriff über den Tisch hinweg ihre Hand. »Ach,

Bella, das tut mir so leid. Wie können wir dir helfen?«

»Das braucht ihr gar nicht. Mir geht es gut. Leanna, du bist der eigentliche Grund dafür, dass ich alle Bedenken über Bord geworfen und gekündigt habe. Du hast dir so ein großartiges Leben aufgebaut, mit deinem Marmeladengeschäft und deiner Beziehung mit Kurt, dass ich dachte ...« Sie zuckte mit den Schultern. »Ich bin fast dreißig. Warum soll ich nicht versuchen, das zu tun, was ich wirklich tun will?«

»Ich würde mir an deiner Stelle niemals ein Beispiel an mir nehmen.« Leanna wurde ernst. »Weißt du noch, wie ich von einem Job zum anderen gesprungen bin?«

»Ja, aber dabei ging es darum, deinen Weg zu finden. Und jetzt will ich *meinen* finden. Mein neuer Lebensplan ist ziemlich einfach. Ich habe mir einen Sommerjob beim Schulamt vom Barnstable County organisiert, um ein Arbeits- und Studienprogramm für Highschool-Schüler im letzten Schuljahr auf die Beine zu stellen, und wenn mir das gelingt, bekomme ich einen Jahresvertrag für eine Vollzeitstelle. Ich weiß, dass ich es schaffen kann, und ihr wisst, wie sehr ich das Cape liebe.« Bella war immer noch sauer auf sich selbst, weil sie etwas mit einem Arbeitskollegen angefangen und so ihren Ruf an der Schule gefährdet hatte, aber letzten Endes war die Lügerei von Jay nun der perfekte Startschuss für einen Neuanfang. Seit dem Frühjahr hatte sie ein paar Bewerbungsgespräche an Schulen geführt, aber keine der Stellen hatte sie wirklich interessiert, und seit Beginn des Sommers hatte sie gar keine Bewerbungen mehr verschickt. Sie freute sich über ihre Entscheidung und jeder Tag auf Cape Cod bestätigte sie in ihrem Entschluss. »Eure offen stehenden Münder sagen mir, dass ihr euch Sorgen macht. Aber ich schwöre: Jay war nur der Tropfen, der das Fass zum Überlaufen gebracht hat. Ich will diese Veränderung für mich.«

»Was ist mit deinem Haus in Connecticut? Deinen Freunden? Mensch, Bella! Findest du nicht, dass du da einiges übers Knie gebrochen hast?«, hakte Jenna nach.

»Vielleicht war es im ersten Moment so, aber jetzt fühlt es sich richtig an. Meine Chefin sagt, dass sie mir die Stelle freihält für den Fall, dass ich meine Meinung ändern sollte, aber dieses Sommerprojekt ist wirklich aufregend. Ich habe dem Schulamt mein Konzept für ein Arbeits- und Studienprogramm vorgestellt. Das ist mein Baby, mein Projekt, und sie sind davon ebenso begeistert wie ich. Wusstet ihr, dass die Arbeitslosenquote bei den unter Dreißigjährigen in einigen Gegenden auf Cape Cod ziemlich hoch ist? Hier liegt sie nur ungefähr bei sieben Prozent, aber in Provincetown sind es fast dreißig Prozent. *Dreißig.*«

»Das ist wahnsinnig hoch!«, staunte Jenna.

»Ja, wem sagst du das. Ich weiß, dass es wahrscheinlich eine etwas verzerrte Statistik ist, weil es ein Ferienort ist, aber trotzdem. Wenn ich ein Dutzend Firmen finde, die sich bereit erklären, fünfundzwanzig Kids während des Schuljahres mit dem Mindestlohn anzustellen, inklusive Ausbildung am Arbeitsplatz und in Positionen, die nach dem Abschluss zu einer Vollzeitanstellung führen können, dann gibt mir das Schulamt einen Jahresvertrag. Und ich weiß, dass ich dieses eine Jahr in eine unbefristete Stelle umwandeln kann, wenn sie erst einmal sehen, wie motiviert diese jungen Leute sein werden und wie ihr Selbstwertgefühl steigt. Ganz zu schweigen von der Tatsache, wie sehr sich ihre Möglichkeiten nach dem Abschluss erweitern werden.«

»Wenn jemand das schaffen kann, dann du«, sagte Amy. »Aber was ist, wenn es nicht funktioniert?«

Leanna warf Amy einen finsteren Blick zu. »Wenn ich Sweet

Treats zu einem erfolgreichen Unternehmen machen kann, dann kann Bella ein Arbeits- und Studienprogramm auf die Beine stellen. Ich bin der am wenigsten organisierte Mensch, den ich kenne, und Bella ist nicht nur gut organisiert, sie ist auch klug und unglaublich kreativ.« Sie stand auf. »Ich bin stolz auf dich, Bella. Kein Mann ist es wert, dass du dich jeden Tag bei der Arbeit unwohl fühlst.«

»Er ist wirklich nicht der Grund dafür, auch wenn ich das als Entschuldigung meiner Chefin gegenüber vorgebracht habe, denn sie würde mir den wahren Grund für meine Kündigung ausreden wollen. Sie hätte gewollt, dass ich dort ein neues Projekt starte, aber Leute, ich möchte wirklich *hier* sein. Ihr wisst, wie sehr ich es hier liebe, und nachdem ich jetzt den Absprung geschafft und meinen Plan in Angriff genommen habe, möchte ich nicht zurückschauen. Jetzt muss ich mich nur auf meine Arbeit konzentrieren, und das sollte ein Leichtes sein, wenn ich mich auf keinen Mann einlasse.«

»Ich wollte nur praktisch denken«, erklärte Amy. »Ich weiß, dass Bella dazu fähig ist, aber ihr wisst ja, alles kann passieren. Was ist, wenn sie in zwei Monaten ohne Job dasteht? Ich meinte es nicht böse.«

»Das weiß ich, Amy«, sagte Bella. »So, und nachdem ich nun meine großen Neuigkeiten verkünden konnte, habe ich noch zwei Tage Spaß vor mir, bevor ich am Montag zu hundert Prozent mein Projekt in Angriff nehme. Bleibt es bei dem Lagerfeuer später am Strand?«

»Tony hat mir eine Nachricht hinterlassen, dass er die Genehmigung bekommen hat, also ja.« Amy nahm lächelnd einen Schluck Kaffee.

»Eines Tages wird diesem Mann klar werden, dass du das Beste seit der Erfindung der Crunchy Peanut Butter bist, Amy.«

Jenna klopfte ihr auf den Oberschenkel. »Bella, aber mal im Ernst, kommst du finanziell zurecht? Brauchst du Geld?«

Jennas Angebot rührte Bella. Sie war keine Frau, die schnell feuchte Augen bekam, aber wäre sie es gewesen, hätte das Mitgefühl in Jennas Stimme und ihr Angebot sicher Tränen hervorgelockt. Jenna arbeitete als Kunstlehrerin an einer Grundschule und lebte mit einem sehr eingeschränkten Budget. Bella finanziell zu unterstützen, konnte sie sich ebenso wenig leisten wie einen Trip nach Las Vegas.

»Dein Angebot bedeutet mir unglaublich viel, aber ich habe einen Notgroschen und damit komme ich eine Weile hin. Sobald mein Haus verkauft ist, kann ich außerdem hier im Ferienhaus leben, und falls das Arbeits- und Studienprogramm nicht zu einer Vollzeitstelle führen sollte, kann ich hierbleiben, bis ich eine Arbeit finde. Auch wenn das bedeutet, für Bewerbungsgespräche herumreisen zu müssen.«

»Du ziehst das also wirklich durch.« Jenna seufzte. »Ich kann es nicht glauben.«

»Ja, ich ziehe es wirklich durch.«

»Also, wenn es das ist, was du wirklich willst, dann finde ich es toll«, sagte Leanna. »Ich unterstütze dich bei allem, was du willst.«

»Ich natürlich auch«, fügte Amy hinzu. »Es ist nur … Leanna war immer diejenige von uns, die in der Gegend herumgezogen ist. Sie konnte spontan ihre Sachen packen und einfach umziehen, und sogar Jenna und ich haben eher mal neue Wohnungen, Autos oder gehen sogar in eine neue Stadt, aber Bella war stets diejenige, die an den Dingen festgehalten hat. Mensch, Bell, ich dachte, du würdest bis in alle Ewigkeiten in Connecticut leben.«

Bella drückte ihre Hand. »Ich weiß, Amy, aber das hier ist

eine gute Sache. Und wer weiß? Vielleicht lebe ich ja bis in alle Ewigkeiten hier. Die Ewigkeit ist lang, und mein Bauchgefühl sagt mir, dass sie hier für mich beginnen sollte.« Die Sommer und alle anderen Schulferien in Seaside zu verbringen, war immer ein Lichtblick für Bella gewesen. Sie fragte sich, ob sie es hier ebenso genießen würde, wenn sie ihren Wohnsitz endgültig verlegte. »Wie war es für dich, Leanna, den Winter über hier zu sein? Bereust du deine Entscheidung, ganz hier zu leben?«

Leanna schaute zu Kurt hinüber, der gerade seinen Laptop auf der Veranda ihres Ferienhäuschens aufklappte. »Ich bin unendlich gern hier auf Cape Cod, und Bella, ich glaube, alles geschieht aus einem bestimmten Grund.«

»Weil du einen heißen, reichen Freund hast, der seine Tage damit verbringt, Bestseller rauszuhauen, und in den Nächten jeden Zentimeter deines verführerischen Körpers anbetet.« Jenna hob ihren Kaffeebecher. »Auf Männer, die unsere Körper anbeten.«

Die anderen hoben ebenfalls ihren Kaffee. »Genau!«, sagte Amy.

»Das macht er tatsächlich, aber ich glaube an das Schicksal, weil es existiert. Du wirst schon sehen.« Leanna ging um den Tisch herum und umarmte Bella.

Wenn Bella an das Schicksal glauben würde, dann würde das bedeuten, dass ihre Beziehung mit Jay vorherbestimmt gewesen war. Und in dem Fall war es ihr Schicksal, den Job und die Freunde in Connecticut, die ihr so lieb waren, hinter sich zu lassen. Auch wenn sie sich auf einen möglichen neuen Job freute, fragte sie sich doch unweigerlich, was das Schicksal nach ihrer Beziehung zu Jay an weiteren miesen Komplikationen für sie bereithielt.

Caden stand in der Tür zu Evans Schlafzimmer und betrachtete seinen schlafenden Sohn. Mit fast fünfzehn Jahren ragten seine Füße schon über die Bettkante hinaus. Er hatte eine unglaubliche Ähnlichkeit mit Caden in dem Alter, die gleichen vollen kastanienbraunen Haare und der gleiche markante Kiefer. Er hatte sogar das Grübchen im Kinn geerbt, das Caden als Kind gehasst hatte. Während er seinen Sohn ansah, wie er da mit seinen langen, schlaksigen Armen und Beinen auf dem Laken lag, fragte Caden sich, ob er es wohl auch hasste. Er versuchte, die Schuldgefühle zu verdrängen, die ihn belasteten, seit er Evan durch den Umzug von seinen Freunden in Boston fortgerissen hatte. Aber nachdem sein Partner, mit dem er neun Jahre lang zusammengearbeitet hatte, bei einem Überfall getötet worden war, waren ihm die Gefahren seines Berufs allzu bewusst geworden.

George Rowe war nicht nur ein richtig guter Polizist gewesen, sondern auch Cadens bester Freund. George zu verlieren, war zehnmal schwieriger gewesen als der Tag vor nun schon fast fünfzehn Jahren, an dem Cadens damalige Freundin Caty Lowenstein in sein Studentenzimmer marschiert war und ihm den eine Woche alten Evan in die Arme gelegt hatte. Sie hatte ihm erklärt, dass sie die Stadt verlassen und ihm das alleinige Sorgerecht übertragen werde. Er war zwanzig Jahre alt und in seinem zweiten Jahr am College gewesen und hatte geglaubt, dass er sie liebte. Nach fünf Monaten Beziehung hatte sie bemerkt, dass sie schwanger war. Nach zwei Wochen des Streits – sie wollte die Schwangerschaft abbrechen, und Caden hatte sie angefleht, es nicht zu tun – war sie verschwunden. Bis zu diesem schicksalhaften Tag, an dem sie ihm Evan in den Arm gelegt hatte und weitergezogen war.

Nun sah er auf seinen Sohn und erinnerte sich an das Gewicht des Babys in seinem Arm und die Art, wie er mit diesen ernsten, vertrauensvollen dunklen Augen zu ihm aufgeschaut hatte. In dem Moment hatte Caden erkannt, dass er Caty nie geliebt hatte, denn was er für Evan empfand, war größer als alles, was er je in seinem Leben gefühlt hatte. Es legte sich um ihn, erfüllte ihn vollends und ließ keinen Raum für etwas oder jemanden sonst. Noch am gleichen Tag hatte er seine Sachen gepackt und war zu seinen Eltern gefahren. Seitdem war Evan sein Leben gewesen.

Bis zu dem gestrigen Abend, an dem er in Bellas Augen geschaut und gespürt hatte, dass sich ein Riss in der Mauer bildete, die er all die Jahre um sich herum aufrechterhalten hatte. Seit dem Tag, an dem er Evans Vater geworden war, hatte keine Frau solche Gefühle in ihm ausgelöst. Während er also nun den Jungen betrachtete, der sein Leben so verändert und ihn gelehrt hatte, was Liebe war, gestand er sich den Gedanken zu, sie vielleicht wiederzusehen.

»Dad?«

Evans Stimme riss ihn aus seinen Tagträumen.

»Hey, Großer. Tut mir leid, hab ich dich geweckt?«

»Nicht unbedingt, aber ist schon irgendwie seltsam, dass du mir beim Schlafen zusiehst.« Er stützte sich auf dem Ellbogen ab. »Bleibt es dabei, dass wir nach deiner Schicht angeln gehen?«

Caden hatte immer versucht, so viel Zeit wie möglich mit Evan zu verbringen. Oder zumindest so oft, wie Evan dazu bereit war. Die innere Zerrissenheit, die Teenager allzu oft erfasste, schlich sich in ihren Alltag, und Caden unternahm alles in seiner Macht Stehende, um sie nicht zu einem permanenten

Begleiter werden zu lassen.

Sein Blick glitt über die Poster von Figuren aus Computerspielen an den Wänden. In Boston hatte sein Sohn nicht viel Zeit mit diesen Games verbracht, aber in letzter Zeit spielte er öfters, und Caden befürchtete, sie könnten als Ersatz für Freunde dienen.

»Ja.« Caden war froh, dass Evan immer noch mit ihm angeln ging, obwohl er eine schwierige Zeit durchmachte. »Ich hab die Brandungsruten schon zurechtgelegt. Gegen sechs Uhr?«

»Klar. Mir egal«, sagte Evan.

Das ewige *Mir egal* war schnell zu einem von den Sätzen geworden, die Caden überhaupt nicht ausstehen konnte. »Was hast du so vor, während ich bei der Arbeit bin?«

Evan zuckte mit den Schultern.

»Soll ich zum Mittagessen kommen und dich am Strand absetzen?«

»Ich hab mein Rad.« Evan reckte sich und die zerzausten Haare fielen ihm in die Augen. In Boston hatte Evan die Wochenenden mit seinen Freunden auf Skateranlagen verbracht und alle möglichen Kunststücke geübt. In der Nähe vom Hafen in Wellfleet gab es auch eine Skateranlage, und Caden war mit Evan kurz nach ihrem Umzug dorthin gefahren, um sie mal auszuprobieren, aber Evan hatte keinerlei Interesse daran gezeigt, noch einmal dorthin zu gehen.

»Okay, aber denk dran, dass du am Strand keinen Empfang hast, also ruf mich an, wenn du am Parkplatz bist, falls du noch gehst.«

Evan fuhr sich mit der Hand über das Gesicht. »Alles klar, Dad. Du erzählst mir jeden Tag das Gleiche. Das werde ich schon nicht plötzlich vergessen.«

»Mir egal«, erwiderte Caden schmunzelnd, wofür er sogar

mit einem Lächeln von Evan belohnt wurde.

Eine halbe Stunde später war Caden auf der Polizeiwache, schrieb an verschiedenen Berichten und dachte an die Szene, die sich in der Siedlung Seaside abgespielt hatte. Er konnte beim Gedanken an die halbnackten Frauen ein leises Lachen nicht unterdrücken. Sie hatten ausgesehen, als wären sie gerade von einer Pyjamaparty gekommen, und hatten sich benommen wie alberne Teenager. Sein Lachen wandelte sich rasch in ein Auflodern von Hitze, als er Bella in ihrer Seidenunterwäsche vor seinem geistigen Auge sah.

Heiliger Bimbam! Was war das bloß mit ihr?

Die Stimme seines Vorgesetzten schreckte ihn auf, als der ihn zu sich rief.

Caden trat in sein Büro. »Chief?«

Chief Bassett war ein ernster Mann mit einem rotblonden Schopf und einer rosafarbenen Haut, die Caden an eine junge Maus erinnerte. Er bedeutete Caden, sich zu setzen.

»Wie läuft's?«, wollte Chief Bassett wissen.

Caden zuckte mit den Schultern. »Ganz gut.«

»Hat sich Ihr Junge gut eingelebt?«

Sein Vorgesetzter hatte sich schon mehrmals auf ähnlich freundliche Weise nach ihm erkundigt und sich auf eine Art interessiert gezeigt, die in der großen Polizeiwache in Boston selten gewesen war.

»Ja, Evan kommt zurecht. Sie wissen ja, wie es in dem Alter ist. Es fällt ihm schwer, Freunde zu finden, aber ich hoffe, wenn die Schule erst einmal angefangen hat, kommt das von ganz allein.« Er rieb die Hände aneinander.

»Ein Umzug ist für Teenager schwierig, das ist sicher. Sie baten darum, für die Tagesschichten eingeteilt zu werden, und ich denke, das können wir nach nächster Woche einrichten, falls Sie noch interessiert sind.«

Caden lächelte. »Auf alle Fälle. Das ist großartig. Vielen Dank.« Er hatte bisher nur wenige Nachtschichten übernehmen müssen, aber er ließ Evan nur ungern über Nacht allein, auch wenn er oft nach ihm sah oder sich bei ihm meldete, wenn er auf Streife war. Als er den Entschluss gefasst hatte, Polizist zu werden, waren ihm die Risiken des Berufs klar gewesen, auch dass Nachtschichten schwierig werden würden. Aber Caden waren Regeln und Strukturen immer wichtig gewesen, und Menschen zu helfen, entsprach seinem Wesen. Der Beruf hatte ihn in vielerlei Hinsicht gereizt, und die Vorstellung, unverwundbar zu sein, die man als junger Mensch nun mal hatte, hatte verhindert, dass er die Gefahren genauer hinterfragte. Evan war noch ein Kleinkind gewesen, und ihn nachts allein zu lassen, wenn er sicher in seinem Babybett schlummerte und seine Eltern im Nebenzimmer schliefen, war Caden als bessere Option erschienen, als einen Bürojob zu übernehmen und ihn während des Tages allein zu lassen. Er wollte diese ersten Jahre mit Evan nicht verpassen. Damals arbeitete seine Mutter Teilzeit und passte jeden Tag ein paar Stunden auf Evan auf, sodass Caden wertvolle Zeit mit seinem Sohn verbringen, die Beziehung zu ihm aufbauen und gleichzeitig seinen Beitrag auf der Polizeiwache leisten konnte. Als Evan in die Schule gekommen war, hatte Caden zu den Tagschichten gewechselt. Die Vorstellung, auf einer neuen Dienststelle noch einmal von vorne anzufangen, hatte ihm nicht gefallen, aber nachdem George ums Leben gekommen war, schien ein Neuanfang ein kleiner Preis für einen weniger gefährlichen Job zu sein.

Chief Bassett nickte. »Dachte ich mir, dass es Ihnen gefallen würde. Keine Probleme in der vergangenen Nacht?«

Nur, wenn Sie die Begegnung mit einer hinreißenden Blondine als Problem bezeichnen. Caden schüttelte den Kopf. »Nur das

Übliche. Irgendwelche neuen Hinweise zu den Diebstählen?«

»Nein, nichts Neues, aber Sie wissen ja, halten Sie die Augen weiter auf.«

»Wird gemacht.« Caden erhob sich, um zurück zu seinem Schreibtisch zu gehen.

»Hey, Caden, eine Sache noch. Geht es Ihnen gut?« Der Chief sah ihn nun sanfter an.

»Sir?«

»Wegen Ihrem Partner. Wie ich bei Ihrer Einstellung schon erwähnte, habe ich diesen Verlust auch durchgemacht. Wenn Sie mal mit jemandem reden müssen, ich bin da.«

Seit Georges Tod waren fast sechs Monate vergangen, und Caden hatte Schuldgefühle, weil er sich fast an den Gedanken gewöhnt hatte, seinen besten Freund nie wiederzusehen. Es hatte eine Zeit gegeben, in der allein der Gedanke an George Wut und Traurigkeit hatte aufkommen lassen, aber im Laufe der Monate hatte er das in den Griff bekommen. George und Evan hatten sich auch nahegestanden und auch Evan schien diesen Schmerz allmählich zu überwinden. Und dennoch gab es immer noch Momente, in denen Caden vergaß, dass George nicht mehr da war, zum Beispiel als er das Haus in Wellfleet gekauft und nach seinem Handy gegriffen hatte, um George die Neuigkeit mitzuteilen, oder wenn er nach einer langen Schicht allein in seinem Streifenwagen saß und auf den leeren Beifahrersitz blickte. In diesen Momenten schöpfte er Kraft aus den schönen gemeinsamen Erinnerungen, bis er sich wieder gefangen hatte.

»Danke, auch für Ihr Mitgefühl. Ich denke, der Umzug war das einzig Richtige. In Boston habe ich ihn überall gesehen. Hier …« Er zuckte mit den Schultern. »Ein Neuanfang hat etwas für sich.«

Drei

Bella, Amy, Leanna und Jenna waren an die plötzlich hereinbrechende Kühle gewöhnt, die dem Sonnenuntergang auf Cape Cod wie ein Schatten folgte. Mit dicken Sweatshirts und Decken auf dem Schoß machten sie es sich auf Liegestühlen am Lagerfeuer bequem. Tiefviolette und dunkelblaue Ringe umgaben den weiß strahlenden Mond, der über dem Meer schwebte. Bald würde der Himmel dunkler werden und die Sterne würden erscheinen, aber in der nächsten halben Stunde hatte Bella noch einen schummerigen Ausblick auf die Brandungsangler, die am Strand aufgereiht standen und auf einen letzten Biss eines Blaubarschs hofften, der es irgendwie geschafft hatte, nicht den Seelöwen zum Opfer zu fallen, die die Küste von New England bevölkerten. Auf einmal wurde ihr bewusst, wie sehr sich ihr Leben verändern würde, wenn sie das ganze Jahr über am Cape wohnen würde. Würde sie sich die Zeit nehmen, um an einem kühlen Abend im März am Strand zu sitzen oder mitten im Winter dick eingepackt am Meeressaum entlangzuspazieren?

»Bist du enttäuscht, dass Kurt heute Abend bei Jamie geblieben ist?«, wollte Bella von Leanna wissen. Jamie Reed gehörte auch zur Seaside-Crew. Seiner Großmutter Vera gehörte das Ferienhäuschen neben Leannas und Jamie hatte seine ganze Kindheit über die Sommer mit Bella und den anderen verbracht.

»Ach was, nein. Aber Amy wird sauer sein, denn als Tony das mitbekommen hat, wollte er auch da bleiben.« Leanna zog sich die Decke vors Gesicht. »Ich kann nichts dafür.«

Amy verdrehte die Augen. »Ihr tut so, als wäre zwischen mir und Tony überhaupt irgendwas im Bereich des Möglichen. Dabei hab ich es euch doch erzählt. Versucht hab ich es, aber er hat mich abblitzen lassen. Ich bin doch keine Masochistin.«

»Ach, komm schon. Du weißt genau, wenn er dich um ein Date bitten würde, wärst du sofort dabei.« Jenna stieß Amy mit der Schulter an.

»Klar. Ich bin realistisch, nicht doof«, sagte Amy. »Aber ich werde nicht den Fehler machen, ihn noch einmal anzubaggern.«

Jenna stupste mit dem Zeh einen Stein an und hob ihn dann auf.

»Es geht wieder los«, sagte Amy.

So lange Bella zurückdenken konnte, hatte Jenna Steine gesammelt. Jeden Sommer waren es andere. In diesem Jahr faszinierten sie Steine in Herzform.

Mit in die Hüften gestemmten Händen erhob Jenna sich. »Wer sucht mit mir Steine?« Wie ein aufgeregtes Kind wippte sie auf den Zehenspitzen.

»Ich dachte, du hättest dir eine Sammelpause auferlegt«, erinnerte Bella sie. »Letzten Sommer hast du gesagt, dein Haus sei mehr als voll und du würdest eine Weile nicht mehr sammeln.« *Mehr als voll* war vielleicht sogar noch untertrieben. Jede Fläche in Jennas Ferienhäuschen war mit Steinen geschmückt, einschließlich verschiedener Ecken ihres Parkettbodens und des Geländers ihrer Veranda.

Jenna senkte den Blick und drehte sich mit den Händen hinter dem Rücken verschränkt hin und her. »Ich weiß. Ich behalte sie auch nur, wenn sie wirklich absolut perfekt sind.« Sie strich sich eine Haarsträhne hinter das Ohr und sah ihre Freundinnen dann verschmitzt an. »Und ihr wisst ja, wie wählerisch ich bin.« Sie zog Bella hoch und hüpfte dann wieder aufgeregt herum. »Bitte, bitte, bitte! Nur, bis es dunkel ist?«

Bella verdrehte die Augen. »Na gut. Aber ich hab wirklich was gut bei dir.«

Jenna warf sich ihr in die Arme. »Yippie!«

»Du bist verrückt.« Bella lachte und legte ihre Decke auf Amys Schoß. »Hier, bitte, Prinzessin. Trinkt den Wein nicht ohne mich aus.«

Der nasse Sand war kalt unter Bellas nackten Füßen. Es machte ihr nichts aus, ein Stück mit Jenna zu gehen, und es war ihr auch egal, dass Jenna mehr Steine hatte als jedes Bergmassiv. Erklären konnte sie es sich nicht, aber sie war heute Abend unruhig. Sie hatte ihren Freundinnen erzählt, dass sie sich ab Montag mit der Arbeit für das Schulprojekt beschäftigen würde. Sie hatte ihnen auch erzählt, dass sie nicht interessiert war an dem höllisch attraktiven Caden Grant in seiner blauen Uniform, die seinen breiten Oberkörper umspannt und äußerst muskulöse Unterarme freigelassen hatte. Aber die Arbeit und Cadens durchdringender Blick waren alles, woran sie gerade denken konnte.

Jenna hakte sich bei ihr ein. »Danke, dass du mitkommst. Ich weiß, dass ich keine guten Steine finden werde, aber ich suche trotzdem gern.«

»Das weiß ich.« Sie mochte alles an Jenna: von ihrem zwanghaften Bedürfnis nach Organisation über ihren Fetisch für Flipflops bis hin zu ihrer Liebe zu Steinen. Jenna war immer fröhlich. Selbst wenn sie wegen irgendetwas sauer war, schaffte sie es, die Situation so zu betrachten, dass ihr die gute Laune nicht abhandenkam.

Jenna hob einen Stein auf und spülte ihn in der Brandung ab. Sie fuhr mit den Fingern über die abgerundeten Kanten, kräuselte dann die Nase und warf ihn ins Meer. »Bist du nervös wegen dieser ganzen Job- und Wohnsituation?«, fragte sie, während sie sich bückte, um einen anderen Stein zu inspizieren.

»Nervös? Kann man wohl sagen. Ich bin aufgeregt und hab vielleicht auch ein bisschen Angst, aber gar nicht so sehr. Was wäre denn das Schlimmste, was passieren könnte?«

»Du könntest am Ende arbeitslos sein und in deinem Ferienhaus wohnen.« Jenna sah lächelnd zu ihr auf. »Aber so schlimm wäre das wohl gar nicht, oder? Trotzdem, es sieht dir gar nicht ähnlich, einfach aufzubrechen und neu anzufangen. Das ist eher Leannas Art. Sie war immer in gewisser Weise unbeständig, doch du bist eigentlich die Stabilität in Person.« Jenna warf den langweiligen Stein ins Wasser.

»Stimmt schon.« Jenna kannte sie so gut. Sie hatte den Grund für Bellas Unruhe erkannt, noch bevor Bella sie überhaupt bemerkt hatte. »Es sieht mir überhaupt nicht ähnlich, aber eine Beziehung mit Jay anzufangen, sah mir auch nicht ähnlich. Ich fange nie etwas mit Männern an, mit denen ich zusammenarbeite. Dass das nicht funktionieren kann, weiß ich – oder zumindest dachte ich, dass ich es weiß. Es kann nur zu Komplikationen mit Kollegen und Vorgesetzten führen. Das weiß doch jeder. Seit den Frühjahrsferien überlege ich hin und her und letztendlich bin ich zu diesem Schluss gekommen. Ich bin fast dreißig, und ich habe hart dafür gearbeitet, es in der Schule so weit zu bringen, und es war großartig, aber ich *bin* die Stabilität in Person. Auch wenn es nicht großartig gewesen wäre, hätte ich es jahrelang durchgezogen.«

»Und was bedeutet das jetzt?« Jenna blieb stehen und wandte Bella ihre ganze Aufmerksamkeit zu.

»Na ja, wie ich schon sagte, seit Leanna ihre Träume verwirklicht hat, denke ich darüber nach, meine zu verwirklichen. Ich glaube, ich habe mich auf Jay eingelassen, um mich zu einer Veränderung zu bewegen.«

»Wie ein unbewusster Tritt in den Hintern?« Der Mond stand nun höher am Himmel und spiegelte sich im Wasser hinter Jenna wider.

»Eher wie ein bewusster und verzweifelt ignorierter Tritt in den Hintern«, sagte Bella. »Während meiner Beziehung mit Jay war ich die ganze Zeit über nicht richtig bei der Sache. Als ich herausfand, dass er in Bezug auf seine Scheidung gelogen und sich gerade erst getrennt hatte, habe ich die Beziehung beendet, ohne zu überlegen. Und weißt du was? Im gleichen Moment wusste ich, dass ich meine Stelle kündigen würde. Was sagt das über mich aus?«

Jenna legte ihren Kopf an Bellas Schulter und sie gingen weiter den Strand entlang. »Es sagt, dass du normal bist, wie wir alle. Dass du deinem Herzen folgst, was – wenn ich dich daran erinnern darf – genau das ist, was du Leanna geraten hast, als sie Kurt kennenlernte.«

»Glaubst du, dass man es noch so nennen kann, wenn man eine berufliche und private Veränderung angeht? Folgt man dann seinem Herzen oder eher dem Verstand?« Wenn es um Cape Cod ging, konnte Bella beides nur schwer voneinander trennen. Alles am Cape erfüllte sie mit einem Glücksgefühl – von dem morgendlichen Geschrei der Krähen bis hin zu dem Duft der salzigen Luft. Aber diese Entscheidung hatte sie auch mit dem Verstand getroffen. Sie wollte eine Herausforderung, und das Arbeits- und Studienprogramm bot ihr genau das.

»Ich glaube, es ist beides.«

»Du hältst mich also nicht für verrückt? Und ich meine es auch ernst, wenn ich sage, dass ich keine Beziehung will. Ich muss erst sicherstellen, dass mein Leben in geregelten Bahnen verläuft, bevor ich die Freundin irgendeines unehrlichen oder bindungsunfähigen Typen werde.«

»Ich halte dich für genial und furchtlos, nicht für verrückt.« Jenna deutete auf den Strand vor ihnen. »Guck mal, ist es nicht immer wieder lustig, wenn die Fischer alle wie auf Kommando im Gänsemarsch zurück zu ihren Autos gehen? Als wenn sie in dem Moment, in dem es dunkel wird, ein geheimes Zeichen bekommen, im Gleichschritt abzumarschieren.«

Bella schaute zu den Fischern mit ihren langen Brandungsangeln und den weißen Eimern, die sie mit ihren kräftigen bloßen Armen trugen.

»Zeig mir einen Mann, der kein Mistkerl ist, und ich gehe jeden Tag im Sommer mit dir auf Steinesuche.« Bella nickte zwei vorbeigehenden Männern zu. Sie drehte sich um, ging rückwärts weiter und inspizierte ihre Hinterteile. »Himmel, ich liebe solche Mannsbilder.« *Na gut, vielleicht schwöre ich den Männern doch nicht ganz ab. Ich lasse mich eben einfach nicht mehr mit dem Herzen auf jemanden ein.* »Was ist besser als ein Typ in Cargoshorts und Tanktop, der keine Angst hat, sich die Hände schmutzig zu machen, und sich nicht zu viele Gedanken um sein Aussehen macht? Ein Mann, der die kalte Nachtluft auf der Haut erträgt? Da weißt du, dass er dich wärmen kann.«

»Wie wäre es mit einem heißen Polizisten ohne Uniform?« Jenna zog kurz an Bellas Arm.

Bella drehte sich herum und erblickte das Profil von Caden Grant, der sich gerade zu einem Jugendlichen beugte. Selbst beim Sprechen hatte er ein Lächeln auf den Lippen. Es brachte seine Augen zum Strahlen. Er und der Junge hatten beide eine Angel geschultert und Caden trug noch einen Eimer. Bella griff beim Anblick seiner ausgeblichenen Jeans, die an den Fußgelenken hochgekrempelt war, nach Jennas Hand. Mit seinen bloßen Füßen ging er ebenso lässig wie selbstbewusst. Und – *heiliger Strohsack* – das weiße T-Shirt schmiegte sich so um seine breiten Schultern, dass ihr quasi das Wasser im Mund zusammenlief. Er lehnte sich zu dem Jungen hinüber und schenkte ihm seine ganze Aufmerksamkeit auf eine Art und Weise, die auf Bella wie eine Umarmung wirkte.

Caden warf den Kopf in den Nacken, als er ein herzliches, tiefes Lachen von sich gab.

Jenna drückte ihre Hand. »Mund zu«, flüsterte sie.

Bella folgte ihrem Ratschlag, zumindest hoffte sie es. Eingehend nahm sie diesen Mann in Augenschein, der auch ohne Uniform den Eindruck vermittelte, alles unter Kontrolle zu haben. Dabei wirkte er aber nicht gefährlich oder mysteriös, sondern so selbstsicher und herzlich, dass sie auf der Stelle zum Kreis seiner engsten Vertrauten gehören wollte.

Caden hob den Kopf wieder und einen Atemzug später trafen sich ihre Blicke. Mit dem unbeschwerten, sexy Lächeln, das in diesem Moment in sein Gesicht trat, war es um sie geschehen.

Caden hielt inne, als er Bella erblickte, in einem pastellblauen Hoodie und einer Jeans, die ihre Figur betonte. Er versuchte, dieses überraschend unvertraute Gefühl in seinem Brustkorb zu benennen. *Erfüllt* war das Beste, was ihm einfiel. Er fühlte sich erfüllt.

Er hatte sich gefragt, ob er in seiner Erinnerung die unmittelbare Anziehung übertrieben hatte, die er bei ihrer Begegnung in der Nacht empfunden hatte, aber sein rasender Herzschlag jetzt war Bestätigung genug dafür, dass sein Gefühl zuvor eindeutig kein Zufall gewesen war.

»Bella. Hallo.« Den ganzen Nachmittag lang hatte Caden ein Spiel mit sich selbst gespielt. Falls er sie zufällig wiedersehen sollte, würde er sie einladen, und wenn nicht, dann würde er aufhören, an sie zu denken. Letztlich war er den Tag über sechs Mal an Seaside vorbeigefahren, in der Hoffnung, sie zu sehen, damit er sie einladen konnte.

Die Brise wehte ihr die blonden Haare aus dem Gesicht und gab den Blick frei auf die geschwungenen Augenbrauen über den warmherzigen Augen, die ihn in der vorigen Nacht in ihren Bann gezogen hatten. Sie war sogar noch schöner, als er es in Erinnerung hatte.

»Wir konnten uns gestern Nacht nicht ordentlich vorstellen. Ich bin Jenna.« Die kleine Braunhaarige sah zwischen Caden und Evan hin und her.

»Dies ist mein Sohn Evan. Evan, dies sind Bella und Jenna. Ich habe sie gestern im Dienst kennengelernt.« Er beobachtete, wie Bella von ihm zu Evan und dann wieder zurück schaute. Selbst im Alter von zwanzig Jahren hatte Caden nie etwas anderes als Stolz für seinen Sohn empfunden, aber jetzt fragte er sich, ob Bella die gleiche Anziehungskraft zwischen ihnen spürte, und wenn ja, ob die Tatsache, dass er einen Sohn hatte, etwas daran änderte.

Evan zog eine Augenbraue hoch, was wohl so viel bedeutete wie: *Du hast eine Frau kennengelernt?* Dieser Gesichtsausdruck entsprach so gar nicht dem Alter des Jugendlichen. Immerhin sagte er Hallo.

Caden unterdrückte das Bedürfnis, seinem Sohn die Haare aus dem Gesicht zu streichen.

»Und? Was gefangen?« Jenna spähte in den Eimer.

»Kraut«, antwortete Evan. Kraut nannten die Angler das dicke Seegras, das sich in ihren Schnüren verfing.

»Ekelhaft, kann ich nicht ausstehen.« Jenna rümpfte die Nase.

»Ja, ziemlich ekelhaft«, meinte Evan.

»Sind Sie einfach nur spazieren?« Caden umklammerte den Griff des Eimers noch fester, um seine Nerven unter Kontrolle zu bringen. Es war so lang her, dass er an einer Frau interessiert gewesen war, dass er einen Augenblick brauchte, um sich an den beschleunigten Herzschlag und dieses seltsame Gefühl in der Magengegend zu gewöhnen.

»Wir machen ein Lagerfeuer.« Bella deutete auf das Feuer weiter hinten am Strand. Ihre Freundinnen wedelten mit den Armen und Bella winkte zurück.

»Wollen Sie sich nicht zu uns gesellen?«, fragte Jenna.

Bella warf ihr einen Blick zu, den Caden nicht deuten konnte – sie war entweder sauer oder erfreut, und die beiden Möglichkeiten lagen so weit voneinander entfernt, dass er sich für die sichere Antwort entschied, um es ihr leichter zu machen.

»Nein danke, wir wollen uns nicht aufdrängen.«

»Ein Lagerfeuer ist doch cool«, sagte Evan.

»Natürlich ist es cool. Es gibt nur eine Bedingung: Wir duzen uns hier alle.« Jenna zog Evan am Arm Richtung Lagerfeuer. »Kommt mit. Ich stell euch den anderen vor.«

Das Geräusch der Wellen, die am Ufer brachen, erfüllte die Stille, die sich zwischen Caden und Bella ausbreitete.

Seltsamerweise hatte er nicht das Bedürfnis, diese Stille möglichst schnell zu beenden. Einfach in ihrer Nähe zu sein, fühlte sich schon gut an, fast natürlich. Er zwang sich, etwas zu sagen, damit sie sich nicht unwohl fühlte – auch wenn das, so wie sie ihn anlächelte, wohl nicht der Fall war.

»Das heißt dann wohl, dass wir bleiben, aber wirklich, wenn es Ihnen … dir lieber wäre –«

»Nein, mir wäre es lieber … wenn ihr bleibt.« Bella erschien ihm ruhiger als am Abend zuvor und auch das konnte Caden nicht deuten. Ein Windstoß kam vom Meer herüber und wehte ihr die Haare über die Wange. Sie schüttelte den Kopf, um die Haarsträhne aus dem Gesicht zu bekommen, doch sie wehte gleich wieder zurück.

Ohne zu überlegen, trat er näher an sie heran und strich ihr die widerspenstige Strähne hinter das Ohr.

Bella kniff die Augen etwas zusammen, so als behagte ihr das wenig. »Das bedeutet, wir sind verheiratet.«

Sie sagte es mit einem so ernsten Gesichtsausdruck, dass er sich kurz sorgte, eine unsichtbare Linie im Sand übertreten zu haben. Was war bloß mit ihm los?

Ach was! Lass dich einfach darauf ein. »Cool. Ich war noch nie verheiratet.«

Bella schaute kurz verwirrt zu Evan hinüber, der es sich bei den anderen schon gemütlich machte.

»Evans Mom und ich waren nicht verheiratet«, erklärte er. Warum machte es ihn nervös, über Evan zu reden? Das war auch neu.

»Oh«, sagte Bella.

Sicher wartete sie auf eine Erklärung, aber er hatte festgestellt, dass Frauen seltsam reagierten, wenn er erzählte, wie er und Evan zu einer Familie geworden waren. Als wäre er ein ausgesetzter Hundewelpe, um den man sich kümmern musste. Darauf konnte er verzichten. Er liebte sein Leben mit Evan, und er hatte nie seine Entscheidung bereut, das Studium abzubrechen, um sich um ihn zu kümmern.

»Es macht dir also nichts aus, wenn wir eine Zeit lang bleiben?«

»Nein, gar nicht. Je mehr, desto lustiger. Sofern es dir nichts ausmacht, dich mit einem Haufen Frauen abzugeben. Es ist ziemlich kühl. Willst du dich ans Feuer setzen?«

Viel lieber würde er die Arme um sie legen. Da das ja wohl kaum ging, klang die Idee, sich ans Feuer zu setzen, nicht schlecht. »Klar.«

Beim Feuer warf Jenna Caden eine Decke zu. »Hier. Du kannst dich mit Bella daraufsetzen.«

Fast hätte er im Scherz gesagt, dass sie ohnehin schon verheiratet wären, doch er hielt sich gerade noch zurück. Er wollte Evan keinen Schreck einjagen, obwohl der den Eindruck erweckte, dass er sich ziemlich wohlfühlte. Seine Hand steckte tief in einer Marshmallow-Tüte.

Caden schaute die anderen an. »Ich hoffe, wir stören nicht.« Er hielt der Braunhaarigen, die gestern Nacht den Kopf aus dem Fenster des Ferienhauses gesteckt hatte, seine Hand entgegen. »Wir haben uns gestern nicht richtig kennengelernt. Ich bin Caden Grant und das ist mein Sohn Evan.«

»Ich bin Leanna.« Sie schüttelte ihm die Hand. »Evan hat sich schon vorgestellt.«

Er freute sich, das zu hören.

Die dünne Blondine winkte ihm zu. »Ich bin Amy. Wie wär's mit einem Glas Wein? Ach, und Evan, wir haben auch Limo, wenn du möchtest.«

»Nein danke, ich muss noch fahren«, antwortete Caden.

Der Polizist in ihm registrierte, dass alle vier Frauen Alkohol tranken.

»Deshalb nehmen wir immer ein Taxi, wenn wir hier ein Lagerfeuer machen. Wir werden um elf abgeholt. Quasi von unserem Privatchauffeur«, erklärte Amy.

»Gut zu wissen.« Verantwortungsbewusst. Das gefiel ihm. Caden und Evan waren bisher noch nicht bei einem Lagerfeuer am Strand gewesen und Caden hätte es von sich aus wohl nicht vorgeschlagen. Er war nicht nur froh über die Gelegenheit, Bella wiederzusehen, sondern auch darüber, dass Evan etwas Neues erleben konnte.

Amy reichte Bella ein Glas Wein, kramte dann in der Kühlbox herum und gab Evan eine Dose Limo.

Caden setzte sich neben Bella auf die kleine Decke und nahm ihre Nähe intensiv war. Bellas Haare wehten ihr wieder ins Gesicht.

»Hat irgendjemand ein Haargummi dabei?«, fragte sie.

»Nein, leider nicht«, bedauerte Amy.

Die anderen schüttelten auch den Kopf.

»Morgen gehe ich zum Flohmarkt und kaufe mir drei Packungen. Eine für meine Strandtasche, eine für mein Auto und eine für zu Hause. So habe ich immer welche dabei«, sagte Bella. »Möchte jemand mitkommen?«

»Zum Flohmarkt in Wellfleet?«, fragte Evan.

»Ja. Hast du Lust, hinzugehen?« Bella fragte Evan, sah aber Caden mit hoffnungsvollem Blick an.

»Ev?« *Bitte sag, dass du da hinwillst.* Er hätte nie gedacht, dass er mal auf seinen Sohn hoffen würde, damit *er* Zeit mit einer Frau verbringen konnte.

»Ja. Ich suche ein paar PC-Spiele, und dieser Typ mit den günstigen Preisen ist sonntags immer da, weißt du noch, Dad?«

Evan beugte sich hoffnungsvoll vor.

Bella schob sich schon wieder die Haare aus dem Gesicht und mit dem nächsten Windstoß flogen sie ihr wieder vor die Augen.

»Klar, wir können hingehen.« Er versuchte, seine Freude zu zügeln.

»Wunderbar.« Ihre Blicke trafen sich und für den Bruchteil einer Sekunde stand die Welt still. Bella blinzelte mehrere Male, als würde sie es auch spüren, und dann beugte sie sich vor und stieß Evan an, während Caden versuchte, wieder zu Atem zu kommen. »Ich kenne diesen Typen mit den Videospielen. Wir handeln noch etwas Besseres heraus als die drei für zwanzig Dollar.« Als sie ihre Aufmerksamkeit wieder Caden zuwandte, wirkte sie zurückhaltend. »Holt ihr mich um zehn ab?«

»Das Date steht.«

»Der Ausflug zum Flohmarkt steht«, erwiderte Bella ernst.

»Wie auch immer ihr es nennt, kommt auf alle Fälle bei mir am Stand vorbei«, sagte Leanna.

Ein Windstoß ließ das Feuer knistern und Funken in die Luft aufsteigen. Wieder flogen Bella die Haare ums Gesicht.

»Mann, nie denke ich an den Wind.«

»Das Problem kann ich lösen.« Caden holte seine Angelkiste aus dem Eimer und schnitt ein Stück saubere Angelschnur ab. Er spürte alle Blicke auf sich, als er Bellas volle, kräftige Haare zusammennahm. Am liebsten wäre er einfach so verharrt, mit den Händen in ihren Haaren, so nah, dass ihre Wangen sich berührt hätten, wenn er sich ein paar Zentimeter vorgebeugt hätte. Er räusperte sich und schob den Gedanken beiseite. *Meine Güte!* Sein Sohn saß direkt daneben. Was dachte er sich nur?

Er nahm Bellas Hand, damit sie ihre Haare festhielt,

während er sie zusammenband. Er beugte sich vor, atmete ihren warmen, einladenden Duft ein und machte sich daran, die Angelschnur um den Zopf zu verknoten.

»Du bist also Polizist und Hairstylist?«, scherzte Jenna.

Bella fasste an die Angelschnur und drehte sich dann zu ihm um. »Danke. Wie mir scheint, bist du der beste Ehemann, den ich je hatte.«

Evan starrte ihn an.

Caden verdrehte die Augen, um deutlich zu machen, dass es sich um einen Witz handelte, und Evan, der Meister im Augenverdrehen und in Mir-egal-Sprüchen, antwortete mit einem wissenden Nicken.

»Ehemann?« Leanna nahm sich einen Stock und schob ein Marshmallow darauf. »Hab ich etwas verpasst?«

»Das war ein Witz. Er hat vorhin etwas gemacht, und ich hab gesagt, das würde bedeuten, wir seien verheiratet.« Bella trank ihren Wein mit einem Schluck aus und nahm sich dann auch ein Marshmallow.

Jenna warf ihr einen wütenden Blick zu und nickte in Richtung Evan.

»Oh, Evan. Das war nur ein Scherz, wirklich. Wir haben uns gestern erst kennengelernt«, stellte Bella klar.

»Schon gut. Mein Dad hat sowieso keine Dates, also …« Er zuckte mit den Schultern.

Caden hatte keine Gelegenheit zu antworten, bevor Amy schon nachfragte: »Hat er nicht?«

»Nee.« Evan stopfte sich ein Marshmallow in den Mund.

Wann, zum Henker, bist du so gesprächig geworden?

»Warum nicht?«, wollte Jenna wissen.

»Mensch, Leute. Was soll das hier werden, das Verhör vom Cahoon Hollow Beach?« Bella drehte sich zu ihm um. »Tut mir leid. Du musst denen nicht antworten.«

Mist, doch, das muss ich. Er wollte nicht, dass sie über Gründe spekulierten, die ihn entweder wie einen Loser oder wie einen Psychopathen aussehen ließen. »Neben der Arbeit und Evan bleibt nicht viel Zeit für ein Sozialleben.«

»Du hast also wirklich nie Dates? Oder …?«, fragte Amy.

»Vielleicht sollten wir das nicht unbedingt jetzt erörtern«, schlug Bella vor.

»Mir ist es egal, ob mein Dad jemanden datet«, sagte Evan.

Im Laufe der Jahre hatte Caden sich nicht oft mit Frauen getroffen, und von den wenigen Malen hatte er Evan nichts erzählt, denn er wusste, dass es keine Dates waren, die zu etwas Ernstem führen würden. Jetzt las er die unausgesprochene Frage in den Augen seines Sohnes. *Warum hast du keine Dates, Dad?* Und er kam zu dem Schluss, dass er dieses Gespräch lieber unter Ausschluss der Öffentlichkeit führen würde.

»Also falls es dich beruhigt, ich habe vor Kurzem auch allen Dates abgeschworen«, sagte Bella, bevor sie sich noch ein Marshmallow aufspießte.

»Sie beliebt zu scherzen«, warf Jenna schnell ein.

»Nein, das meine ich zu hundert Prozent ernst. Feste Beziehungen kommen für mich nicht mehr infrage.« Bella machte eine wegwerfende Geste.

Ihr Eingeständnis schlug ein wie eine Bombe, aber die finsteren Blicke, die ihre Freundinnen ihr zuwarfen, waren von Skepsis erfüllt.

»Was ist so schlimm an festen Beziehungen?« Caden war sich nicht sicher, ob er die Tatsache, dass ihm die Antwort ziemlich wichtig war, verbergen konnte.

Bella schaute ins Feuer, als sie antwortete. »Sie sind nur so gut wie die Menschen, die sie eingehen.«

Er sah Schmerz in ihren Augen, und er fragte sich, wie tief diese Wunde war. Er musste das Thema wechseln, bevor die Unterhaltung möglicherweise zu Evans Mutter führen und seinem Sohn unangenehm werden konnte.

»Wie lang seid ihr alle denn hier am Cape? Oder wohnt ihr hier das ganze Jahr über?« Ein unverfängliches Thema, das ihm auch mehr Informationen über Bella bescheren würde. *Perfekt.*

»Ich lebe hier«, sagte Leanna, während sie Kekse und Schokolade für S'mores verteilte.

»Ich bin den Sommer über hier.« Amy gab Bella einen Schokoriegel.

»Ich auch«, sagte Jenna.

Schweigend schmorte Bella ihr Marshmallow weiter.

»Und du, Bella? Bist du den Sommer über hier oder lebst du hier?«

Sie legte die Schokolade auf einen Keks, packte dann das warme Marshmallow darauf und krönte das Ganze dann mit einem weiteren Keks. Sie starrte die Köstlichkeit eine Weile lang an, bevor sie den Kopf zu ihm drehte und antwortete: »Ich bin so lange hier, wie es S'mores gibt.«

Dann lauf ich schnell los und hole noch mehr Marshmallows.

Sie biss in die klebrige Süßigkeit und leckte sich Schokolade von der Unterlippe. Sie hatte einen Klecks Marshmallow an der Wange, und wieder war es für ihn das Natürlichste auf der Welt, ihn mit dem Finger fortzuwischen.

Bella zog verärgert die Augenbrauen zusammen. *Mist.* Da war sie wieder, diese unsichtbare Grenze. Vielleicht war sie doch nicht an ihm interessiert.

»Das hatte ich mir für später aufgehoben«, sagte sie. Mit dem Rücken zu Evan, der mit seinem eigenen Nachtisch beschäftigt war, nahm sie seine Hand und führte sie an ihren

Mund. Sein Puls raste, während er darauf wartete, dass sie sie sinnlich reizend ableckte. Mit großen, belustigt blickenden Augen drehte sie seinen Finger zur Seite und knabberte den klebrigen Marshmallowklecks ab, als hätte sie einen Maiskolben vor sich.

»Ich zeige dir, was passiert, wenn man mir meinen Zucker wegnimmt. Aufmachen.« Sie hielt ihm den S'more vor den Mund.

»Nein, passt schon.« Er lehnte sich zurück, um sie zu ärgern.

»Komm schon. Niemand kann S'mores widerstehen.« Sie beugte sich vor und hielt die Süßigkeit an seine Lippen. Ihr Knie drückte an seinen Oberschenkel. »Du willst es doch auch.«

Zum Henker, ja, und wie! Er biss von der süßen, klebrigen Masse ab. Hitze flammte in Bellas Augen auf, als sie mit dem Finger über seinen Mundwinkel fuhr und die Hand dann hochhielt, um ihm die verschmierte Schokolade zu zeigen, bevor sie ihren Finger langsam, aufreizend ableckte.

Heiliger. Bimbam.

Schön, klug und verführerischer als jede Frau, die er je kennengelernt hatte. Bella rief eine Neugier und ein Begehren in ihm wach, das viel zu lange vor sich hin geschlummert hatte.

Vier

Der Sonntag kam – und mit ihm vielversprechender Sonnenschein und ein Schwarm Schmetterlinge in Bellas Bauch. Sie hätte sich eigentlich darum kümmern sollen, ihr neues Leben auf die Beine zu stellen, anstatt vor Aufregung ganz flatterig zu sein, weil sie mit einem Mann auf den Flohmarkt ging. Und doch spazierte sie nun neben einem gut aussehenden, charmanten Mann und seinem ausgeglichenen Sohn über den Flohmarkt. Sie hatte mit Bedacht das bunte Strandkleid ausgesucht, dazu die passenden Sandalen, und Jenna hatte darauf bestanden, dass sie unter dem Kleid ihren aufregendsten Bikini trug, denn *dieser Mann verdient sexy*. Sie musterte sein hübsches Gesicht und versuchte, ihn dabei nicht anzustarren. Er hatte ein markantes Kinn, das heute mit Stoppeln bedeckt und im Grübchen dunkler war, was ihn verwegener – und unglaublich attraktiv – aussehen ließ.

Der Flohmarkt fand auf dem Parkplatz des Drive-in-Kinos in Wellfleet statt. Von gefälschten Designerklamotten bis hin zu Schmuck und Antiquitäten wurde dort einfach alles verkauft, und selbst wenn es regnete, war es rappelvoll. Sie gingen über den Parkplatz zu dem Meer von Verkaufszelten und -ständen, die sich, so weit das Auge reichte, aneinanderreihten, und mischten sich unter die Massen von Touristen und Einheimischen, um nach Schnäppchen Ausschau zu halten.

»Kann ich allein losziehen, Dad?« Evan steckte die Hände in die Taschen seiner Camouflage-Shorts. Seine Haare waren feucht und ungekämmt, und mit seinem Gamer-T-Shirt sah er aus wie all die anderen Teenager, die auf dem Flohmarkt herumschlenderten.

Caden zog einen Zwanzig-Dollar-Schein aus der Tasche seiner Shorts und gab ihn Evan. »Hast du dein Handy dabei?«

Evan hielt es hoch, als hätte er die Frage schon tausende Male gehört. So war es wahrscheinlich auch.

»Okay. Schreib, wenn du mich brauchst, und bleib auf dem Gelände.«

»Ja, Dad«, gab Evan mit einem entnervten Seufzer von sich und verschwand dann in der Menge.

»Er ist ein toller Junge«, sagte Bella.

»Meistens. Er ist in dem Alter, in dem das Testosteron manchmal den Verstand übertrumpft. Wenn er also mal frech erscheint oder uninteressiert, dann entschuldige ich mich dafür im Voraus.«

»Ich bin Highschool-Lehrerin. Wahrscheinlich weiß ich mehr über Teenager, als ich sollte.«

»Du bist also Lehrerin?« Er fuhr sich mit der Hand durch das volle Haar und legte sie dann auf ihren Rücken, während sie sich durch die Menge schlängelten.

Er strahlte Selbstbewusstsein und Zärtlichkeit zugleich aus und diese seltsame Mischung ließ Bella immer wieder zu ihm spähen. Sie versuchte, sich nicht darauf zu konzentrieren, wie angenehm sich seine Hand auf ihrem Rücken anfühlte, sondern darauf, ihm zu antworten.

»Ich habe die letzten fünf Jahre in Connecticut unterrichtet, aber diesen Sommer arbeite ich für das Schulamt von Barnstable County. Ich hoffe, das führt dann zu einer festen Anstellung.«

Sie hielt an, um sich eine Auslage mit Halsketten anzuschauen, und Cadens Hand glitt von ihrem Rücken. Sie spürte ihn hinter sich, wie er sie vor der vorbeischiebenden Menge abschirmte. Bella war keine Frau, die schutzbedürftig war, und sie war nie mit einem Mann zusammen gewesen, der sie so behandelt hatte. Alles an Caden fühlte sich anders an als bei den Männern, mit denen sie irgendwann mal ausgegangen war, und sie fragte sich, ob es damit zu tun hatte, dass er einen Sohn hatte und Polizist war, der all die Jahre andere beschützt hatte. Es war ein seltsames Gefühl, einem Mann, den sie nicht datete, so nah zu sein, dass sie seine Wärme spürte und seinen erdigen, würzigen Geruch wahrnahm – und sie liebte es, wie er duftete.

Bella hielt nach Leanna Ausschau, aber ihr Verkaufsstand war leer. Sie fragte sich, was ihre Freundin dazu veranlasst hatte, den Flohmarkt so früh zu verlassen, aber sie wusste, dass Jenna sie benachrichtigt hätte, wenn etwas Schlimmes passiert wäre. Wahrscheinlich war nur einer von Kurts Überraschungsausflügen der Grund dafür.

Die Menschenmenge verdichtete sich bei einem Stand mit beliebten Outdoor-Artikeln. Bella spürte wieder Cadens große Hand auf ihrem Rücken, als sie sich ihren Weg hindurch bahnten. Seine Hand fühlte sich gut an. *Vielleicht zu gut. Ich lasse mich auf nichts und niemanden ein. Es ist nur eine Hand.* Sie verdrehte bei dem Gedanken die Augen und erinnerte sich daran, dass sie schließlich nicht Männern allgemein abschwören wollte, sondern nur festen Beziehungen.

»Du ziehst also von Connecticut hierher?« Er hielt an und schaute einen Kasten CDs durch.

Sie überlegte, wie viel sie über ihre gegenwärtige Situation offenbaren wollte, als er mit diesem ungezwungenen Lächeln aufschaute, das sie aus ihren Gedanken riss. Sie merkte, dass sie ihn anstarrte, und wandte ihre Aufmerksamkeit den CDs zu.

»Du erzählst nicht leichtfertig persönliche Dinge aus deinem Leben, oder?«

»Ich möchte dich einfach nicht langweilen.« Noch während sie das sagte, wurde ihr bewusst, dass es nicht der Wahrheit entsprach. Es war so unkompliziert und angenehm, mit ihm zu reden, dass sie sich anstrengen musste, ihm nicht alles zu erzählen, aber sie hatte sich selbst ein Versprechen gegeben. Sie wusste, dass es um ein Vielfaches schwieriger werden würde, Lebensentscheidungen zu treffen, die allein ihre Wünsche berücksichtigten, wenn sie sich auf einen fürsorglichen, beschützenden Mann wie Caden einließ. Er war nicht einfach jemand, den man datete. So viel wusste sie bereits. Caden konnte alles ändern.

»Langweile mich. Bitte.«

Seine Stimme war so voller Aufrichtigkeit, dass sie ihm wieder in die Augen schauen musste. Verdammt, wenn er sie doch nicht so ehrlich und interessiert ansehen würde. *Eindeutig interessiert.*

»Viel gibt es nicht zu erzählen. Ich stecke in einer Übergangsphase, bin auf der Suche nach einer neuen Arbeit. Du weißt schon … Ich will herausfinden, was ich aus meinem Leben machen soll.« *Meine Güte, warum möchte ich deine Hand halten?* Sie ballte die Hände zu Fäusten, um sich davon abzuhalten.

Sie gingen weiter zwischen den Ständen entlang, und jedes Mal, wenn es wieder voller wurde, kehrte seine Hand auf ihren Rücken zurück. Diese Geste – ebenso besitzergreifend wie beschützend – ließ ein warmes Begehren in ihr aufkommen, aber auch ein sorgenvolles Beben, denn das Zusammensein mit ihm fühlte sich viel zu schnell viel zu gut an.

Sie bogen in den nächsten Gang ein und Caden blieb stehen. Er war groß und breit, sodass er leicht über die Köpfe der Menge hinwegschauen konnte und schließlich Evan entdeckte, der bei dem Typen mit den günstigen PC-Spielen mit ein paar Teenagern redete.

»Wenn du möchtest, kann ich wahrscheinlich einen guten Deal für ihn herausholen. Hier feilscht jeder.«

Mit dem Blick immer noch auf Evan gerichtet, drückte er die Hand fester in ihren Rücken. »Nein, noch nicht. Vielleicht lernt er da ein paar Leute kennen.«

»Hat er nicht viele Freunde?«

»Wir sind erst kurz vor den Sommerferien hergezogen. Viel Zeit, um jemanden kennenzulernen, hatte er noch nicht.« Er zog die Augenbrauen zusammen und sein Blick wurde ernst. Seine Hand ruhte noch immer auf ihrem Rücken. »Komm, lass uns nach diesen Haardingern suchen, die du kaufen wolltest.«

Du erinnerst dich daran. »Ein Umzug ist schwer für Kinder, besonders für Teenager. Was hat dich nach Wellfleet verschlagen?«

»Mein Partner wurde im Dienst getötet und das hat mich wachgerüttelt. Mir wurde klar, wenn mir etwas passiert, hätte Ev niemanden. Seine Mom hat sich eine Woche nach seiner Geburt aus dem Staub gemacht und ich habe sie seitdem nicht gesehen. Abgesehen von meinen Eltern bin ich das Einzige an Familie, das Evan je gehabt hat.«

Er war so offenherzig und ehrlich und seine Worte waren voller Liebe. Sie spürte, dass sich ihr Vorsatz noch etwas mehr verflüchtigte. Sie wollte ihn besser kennenlernen, trotz ihres

Plans, auf Abstand zu bleiben.

»Das mit deinem Partner tut mir sehr leid. Das muss sehr schmerzhaft gewesen sein.«

Als er fortfuhr, klang seine Stimme nachdenklich. »War es auch. Ist es manchmal auch noch immer, aber der Umzug hat geholfen.« Er lächelte, aber es war nicht das unbeschwerte Lächeln, das sie zuvor an ihm gesehen hatte. Sein Blick blieb ernst. »Ich wusste, dass der Umzug schwierig für Evan werden würde, und es war keine leichte Entscheidung, von meinen Eltern fortzuziehen. Aber mir war es wichtiger, dass ich an einem sicheren Ort arbeite. Hoffentlich werde ich für Evan da sein, bis er alt und grau ist.«

»Du hast ihn also allein aufgezogen?«

»Von dem Tag an, an dem er mir in die Arme gelegt wurde.« Wieder lächelte er, und dieses Mal war es ein Lächeln voller Liebe und seine Augen leuchteten vor Stolz.

Sie hielten an, um sich ein paar Gemälde anzuschauen, doch Bella konnte ihren Blick nicht von dem Mann abwenden, der sein Leben auf den Kopf gestellt hatte, um seinen Sohn zu beschützen.

»Und was ist mit dir? War der Umzug für dich schwierig?«, fragte sie.

Seine Antwort kam spontan. »Nichts ist zu schwierig, wenn ich es für Evan tue.« Er zuckte mit den Schultern, als wären große Lebensentscheidungen so einfach.

Bella hatte die Entscheidung, ihr Leben zu verändern, auch innerhalb von Sekunden getroffen. Vielleicht waren Lebensentscheidungen wirklich so einfach.

»Wenn ich ganz ehrlich sein soll … Ich musste hier von ganz unten wieder anfangen. Du weißt schon, neue Dienststelle, neue Stadt und all das. Da musste ich mich erst dran gewöhnen, aber hoffentlich wird es sich langfristig lohnen. Was ist mit dir, Bella? Warst du schon mal verheiratet?«

Sie lachte. »Wow! Du redest auch nicht lang um den heißen Brei herum. Keine festen Beziehungen, erinnerst du dich?«

»Du erwähntest, dass das eine kürzlich getroffene Entscheidung ist.«

Was hast du nur an dir, dass ich dir mein Herz ausschütten will? »Halbwegs kürzlich. Ich habe den Entschluss gefasst, nicht …« *Mit Männern auszugehen? Mich nicht auf eine Beziehung einzulassen?* Keines von beidem wollte sie vor Caden so eindeutig festlegen. »Ich habe im Frühjahr diesen Entschluss gefasst, und nein, ich war noch nie verheiratet.« Er machte sie so nervös, dass sie sich auf ein Ablenkungsmanöver verlegte. »Und ich habe auch nicht vor, in nächster Zeit zu heiraten, also brauchst du jetzt nicht auf die Knie gehen und einen Ring hervorzaubern.«

Er lachte. *Gott sei Dank.* Zumindest hielt er sie nicht für so verrückt, wie sie sich vorkam.

»Im Grunde fange ich auch neu an. Wenn ich Glück habe, habe ich zum Herbst hin eine neue Stelle, verkaufe mein Haus und richte mich in einem Leben ein, das nicht von der Ehrlichkeit eines anderen Menschen abhängig ist.« *Mist. Woher kam das denn jetzt?* Sie konnte sich nicht davon abhalten, sich zu erklären. »Ich habe mir selbst versprochen, dass ich meine Lebensentscheidungen einzig und allein aufgrund meiner Bedürfnisse fälle. Du meine Güte, das klingt unglaublich egoistisch, wenn man bedenkt, was du für Evan getan hast.«

»Du hast keine Kinder, das ist etwas anderes.«

»Entweder bist du ein großer Lügner oder der verständnisvollste Mann, den ich je kennengelernt habe. Wahrscheinlich hast du recht und es ist wirklich etwas anderes.

Was ich damit sagen wollte, ist, dass ich meine Entscheidungen unabhängig von einer Beziehung fällen möchte. Du weißt schon, Herz und Verstand voneinander trennen und das alles.«

Cadens Blick wurde ernst. »Gibt es *das alles*? Ich dachte, wenn das Herz eine Entscheidung trifft, hätte der Verstand gar keine Wahl.«

»Ich hoffe schon, dass man Herz und Verstand voneinander trennen kann, aber wenn ich nicht in einer festen Beziehung bin, ist das sowieso kein Problem.« *Halt den Mund. Halt den Mund. Halt den Mund. Oh nein, es geht weiter …* »Ich habe das Angebot, meine alte Stelle in Connecticut wiederzubekommen, und ich versuche, hier ein Arbeits- und Studienprogramm auf die Beine zu stellen. Diese Entscheidung muss auf dem beruhen, was ich will.«

Er nahm ihre Hand – selbst nach allem, was sie gerade gesagt hatte. »Also ich finde, das klingt völlig richtig so.« Er führte sie zu dem nächsten Stand, und sie war sicher, dass ihr der Mund offen stand, als sie auf ihre verschränkten Hände blickte. Es fühlte sich an, als gehörten sie zusammen.

»Hier sind diese Haardinger«, sagte er.

Sie sollte die Hand zurückziehen. Das wusste sie, aber sie tat es nicht, trotz allem, was sie gerade verkündet hatte. Sie sagte sich, sie würde aus reiner Neugier abwarten, ob er sich zuerst zurückziehen würde, aber in Wahrheit gefiel es ihr, ihn zu spüren.

Er gefiel ihr.

So einfach war das.

Und so kompliziert.

Sie nahm drei Packungen Haargummis. »Die hier, bitte.«

Caden holte sein Portemonnaie heraus.

»Haargummis kann ich mir wohl leisten.« Sie zog einen

Zehn-Dollar-Schein aus ihrer Tasche und bezahlte die drei Packungen. Sie war es nicht gewohnt, dass Männer anboten, irgendetwas anderes als ein Essen oder einen Kinobesuch zu bezahlen, und das hatte sie auch nie gestört. Eigentlich hatte sie sich nie etwas dabei gedacht, dass sie ihre eigenen Sachen bezahlte, wenn sie mit einem Mann unterwegs war. Bis zu dieser Sekunde. Sie ermahnte sich, vorsichtig zu sein. Aufmerksam, großzügig und verständnisvoll war eine gefährliche – und aus ihrer Sicht ungewöhnliche – Mischung bei einem Mann.

Sie schlenderten weiter, und dieses Mal legte er die Hand nicht wieder auf ihren Rücken, als sie sich durch die Menge zwängten. Sie fragte sich, ob sie ihn endgültig vergrault hatte.

»Danke für das Angebot zu zahlen, aber das ist eine Sache des Stolzes.« *Eine Sache des Stolzes? Du meine Güte. Was ist bloß los mit mir? Du versuchst, nett zu sein, und ich benehme mich wie eine blöde Zicke.* Aber irgendwie war es doch eine Sache des Stolzes, oder? Bella war stolz darauf, dass sie in der Lage war, sich um sich selbst zu kümmern, finanziell und in anderer Hinsicht.

»Eine Sache des Stolzes? Okay, verstanden. Ich wollte nicht andeuten, dass du es dir nicht leisten kannst, deine eigenen Haargummis zu bezahlen. Es war wohl nur eine natürliche Reaktion, es anzubieten.«

»Eine natürliche Reaktion? Du kaufst also Sachen für jede Frau, mit der du shoppen gehst?« Sie lächelte, um ihn wissen zu lassen, dass sie es nicht ernst meinte, aber er sah sie ernst an.

»Für gewöhnlich gehe ich nicht mit Frauen shoppen, also lautet die Antwort wohl ja, denn bei dir fühlt es sich natürlich an.«

Sein Blick war so heiß, dass ihr unvermittelt der Schweiß auf der Stirn stand.

Da vibrierte sein Handy und durchschnitt die elektrisierende Verbindung zwischen ihnen. Als er das Telefon aus der Tasche nahm, atmete Bella tief durch, um sich zu sammeln. *Meine Güte, was ist los mit mir?* Er zog sie direkt wieder in die verrückte Männerwelt hinein. Die Welt, in der Entscheidungen aufgrund von Gefühlen getroffen wurden und in der der Verstand zu sehr von Begehren und Erwartungen benebelt war, um klar zu funktionieren. Eine Welt, in der – zumindest bei den meisten Typen – Lügen immer dazu dienten, eine Frau ins Bett zu kriegen. Andererseits kam er ihr überhaupt nicht verrückt vor. Dennoch: Sie musste stark sein. *Mein Leben in den Griff kriegen. Dann daten. Vielleicht.* Kurz darauf spürte sie seinen Körper an ihrem Rücken. *Himmel, du fühlst dich gut an.* Seine Hände legten sich um ihre Hüfte und er schob sie aus dem vollen Gang hinaus.

Mit ehrlichen dunklen Augen sah er zu ihr herab und der Rest von ihrem eisernen Vorsatz löste sich auf. Sie wollte dieses sexy Grübchen in seinem Kinn küssen und mit der Zunge über seine Unterlippe fahren. Sie wollte ihre Hände auf seinen Oberkörper legen und die harten Muskeln unter der weichen Baumwolle spüren. Sie wollte in seinen Armen liegen und diese Leidenschaft spüren, die ihn angetrieben hatte, sein Leben in so jungem Alter um ein Kind herum zu gestalten – und gleichzeitig wollte sie auf dem Absatz kehrtmachen. Denn Bella wusste, wenn sie erst einmal die Tür zu ihrem Herzen geöffnet hätte, wären vernünftige Entscheidungen nicht mehr so einfach zu treffen und der Schmerz wäre vorprogrammiert.

»Das war Evan. Diese Kids, mit denen er geredet hat, wollen, dass er den Nachmittag mit ihnen verbringt. Also muss ich die Jungs kurz kennenlernen. Hast du noch Zeit? Vielleicht um an den Strand zu gehen, während er mit seinen Freunden zusammen ist?«

Nein. Mit Sicherheit nicht. Die Worte lagen ihr auf der Zunge. Als sie sich »Klar« sagen hörte, wusste sie, dass sie in Schwierigkeiten war.

Sie fuhren noch bei Caden vorbei, damit er sich Badesachen anziehen konnte. Das einstöckige Haus mit seinen vier Zimmern war ein gutes Schnäppchen für ihn gewesen. Es lag am Ende einer Einbahnstraße nur ein paar Straßen von der Cape Cod Bay entfernt, der Bucht auf der Westseite des Capes, mit Blick auf das Festland. Seit seinem Einzug hatte er das Parkett ausgetauscht, die Küche renoviert und alles von oben bis unten neu gestrichen. Er hatte einen einfachen Geschmack, und als er bemerkte, wie Bella sich umschaute – von der braunen Couchgarnitur hin zu den eingelassenen Bücherregalen, wo ihr Blick einen Moment auf den Buchrücken verweilte, über den gläsernen Couchtisch bis zu den Bilderrahmen auf dem Kaminsims –, fragte er sich, was sie wohl dachte.

Sie nahm ein Bild von ihm und Evan in die Hand, das an Evans sechstem Geburtstag aufgenommen worden war. Es war eines von Cadens Lieblingsfotos. Evan hatte die Augen weit aufgerissen und sein Zahnlückengrinsen war so unschuldig. Die Haare fielen dem kleinen Jungen lang und lockig um sein süßes Gesicht. Das Bild rührte Caden noch immer.

Er stellte sich hinter Bella und sah ihr über die Schulter. »Schöne Zeiten.«

»Schön, dass er heute ein paar Kids kennengelernt hat.«

»Ja, ich freue mich für ihn. Es ist ein seltsames Gefühl, ihn mit neuen Leuten losziehen zu lassen, aber er wird bald fünfzehn, und wenn ich zu sehr die Glucke heraushängen lasse, wird er zum Außenseiter. Aber wenn man zu wenig macht, stolpern Jugendliche schnell mal in die Kriminalität.«

»Zumindest kümmerst du dich«, sagte sie. »Viele Eltern tun das nicht. Sie überlassen die Kinder den Videospielen und dem Internet und schauen nicht mal mehr nach ihnen. Es ist toll, dass ihr gemeinsam Zeit verbringt.«

»Für mich ist es schön. Manchmal habe ich das Gefühl, dass ich mich ihm aufdränge.«

Sie lächelte, als wüsste sie genau, wovon er sprach. »Genau das macht das Teenagerdasein aus. Die Kids sind unglaublich verwirrt, da ist es nur normal, dass die Eltern auch verwirrt sind. Ich sage immer: Lasst sie an der langen Leine laufen. Zieht sie heran, wenn sie es brauchen, und gebt ihnen mehr Leine, wenn sie es sich verdient haben. Wenn die Kids sich nicht verheddern, habt ihr es richtig gemacht. Wenn doch, dann habt ihr es wahrscheinlich auch richtig gemacht, aber irgendwann einmal ein Anzeichen für Schwierigkeiten übersehen.«

Sie stellte das Bild wieder auf dem Kaminsims ab und betrachtete die anderen Fotos. Als sie weitersprach, war ihr Tonfall ernst, aber erfüllt von Empathie.

»Am wichtigsten ist es, dass du – wenn du etwas übersehen hast – ihn nicht in der verhedderten Leine hängen lässt. Zieh ihn wieder heran und verpass ihm einen Tritt in den Hintern – im übertragenen Sinn, nicht wortwörtlich. Begleite ihn auf einen besseren Weg. Gib ihm das nötige Werkzeug und das Verständnis, um ein besserer Mensch zu werden. Versuch selbst, ein besserer Vater zu sein; dann entwickelt ihr beide euch gemeinsam weiter. Mit ein paar blauen Flecken, etwas verlegen, aber ansonsten unbeschadet.« Sie zuckte mit den Schultern, als hätte sie nicht gerade etwas gesagt, das ihn umhaute.

Du bist erstaunlich. Wie konnte eine Frau, die keine Kinder hatte, so viel über Erziehung wissen? »Du bist klug und schön. Das ist eine tödliche Mischung.« Er spürte, dass er sich in so vielfältiger Weise Bella gegenüber öffnete, und nachdem er diese Seite von sich so lange unter Verschluss gehalten hatte, fragte er sich, ob sie es auch spürte.

»Gewissermaßen ist das der Grund dafür, dass ich an diesem Arbeits- und Studienprogramm für die Highschool arbeite.«

Er machte sich eine gedankliche Notiz, dass sie Komplimenten anscheinend immer ausweichen musste, und versuchte noch einmal zu erkennen, ob er ihre Verlegenheit richtig gedeutet hatte.

»Weil du klug und schön bist?«, neckte er sie.

Sie errötete. »Weil Untätigkeit zu Ärger führt, und viele Eltern haben nicht das Einkommen, um ihre Kinder aufs College zu schicken. Je mehr Kindern ich also helfen kann, Erfahrungen im Berufsleben zu sammeln oder für die Zeit nach ihrem Abschluss einen Job zu ergattern, umso größere Chancen auf eine gute Zukunft haben sie. Ob das über weitergehenden Unterricht läuft, den die Firmen bezuschussen, oder über mehr Selbstwertgefühl und Stolz auf das, was sie erreichen ...« Sie zuckte mit den Schultern. »Es ist egal, welchen Weg sie gehen, solange sie ankommen.«

»Deine Leidenschaft, jungen Menschen zu helfen, macht dich sogar noch schöner.« Er konnte das Kompliment nicht für sich behalten. Es war die Wahrheit, und er wollte, dass sie sie kannte. Ja, er preschte voran, vielleicht etwas zu sehr, wenn man ihre zusammengezogenen Augenbrauen betrachtete, aber er wollte herausfinden, welche Gründe es dafür gab, dass sie Komplimenten nicht glaubte. Und er wollte den Schmerz lindern, den diese Gründe verursachten. Er trat etwas näher und ihre Augen glühten heiß. Sie wandte den Blick ab und nahm einen anderen Bilderrahmen in die Hand.

Sie betrachtete das Foto von ihm und George, Arm in Arm in ihren Uniformen. Es war in der Woche vor seinem gewaltsamen Tod aufgenommen worden. George war untersetzt gewesen, mit einer Haut so dunkel wie die Nacht und mit durchdringenden kohlrabenschwarzen Augen, die dafür sorgen konnten, dass ein Verbrecher sich einnässte oder dass eine Frau dahinschmolz, je nachdem wen er mit welchem Blick bedachte. Er hatte ein Lachen, das aus seinem tiefsten Inneren polterte, und er war der allerbeste Freund, den ein Mann je haben konnte.

»War das dein Partner?«

War. Caden schnürte es die Kehle zu. »Mhm … George.«

Sie schaute nicht auf, aber sie legte einen Arm um Cadens Taille und drückte ihn an sich. Eine Weile verharrte sie so, mit der Wange an seiner Brust und den Blick auf den Mann gerichtet, der ihm so viel bedeutet hatte. In diesem stillen Moment wurde ihm klar, wie sehr er sich danach sehnte, all die persönlichen Dinge, die er so lange in sich getragen hatte, mit jemandem zu teilen.

Das Gefühl von ihrem Körper an seinem blieb wie ein Abdruck, als sie sich wieder löste und die anderen Fotos anschaute.

»Sind das deine Eltern?« Bella zeigte auf das Bild mit seinen Eltern, die den vierjährigen Evan zwischen sich an der Hand hielten.

»Ja, sie leben in Boston.« Ihm war es wichtig, seine Eltern gemeinsam mit Evan alle zwei oder drei Wochen zu besuchen, und die nächste Reise war bald wieder fällig.

»Sie vermissen ihn bestimmt sehr.«

Bella war eine interessante Mischung aus Unverfrorenheit und Zärtlichkeit, und als sie voller Mitgefühl zu ihm aufschaute, verspürte er wieder etwas, das er sehr lange nicht empfunden hatte. Das Verlangen, einer Frau ganz nah zu sein und zuzulassen, dass sie ihm ebenso nahekam. Er trat einen Schritt an sie heran und strich ihr die Haare hinters Ohr.

»Ja, sie vermissen ihn schrecklich, und ich glaube, er vermisst sie auch.« Und Caden vermisste genau das hier – mit einer Frau über Dinge zu reden, die wichtig waren. Sie ihr zu erzählen und im Gegenzug mehr über sie und ihr Leben zu erfahren. Floh sie vor jemandem aus ihrer Vergangenheit, der ihr wehgetan hatte? Wenn ja, wer war dann so wichtig für sie, dass sie so verzweifelt versuchte, sich abzuschotten? Oder war ihre Entscheidung umzuziehen so einfach zu erklären, wie sie es getan hatte? Einfach ein Entschluss, ihr Leben zu verändern? Ihm war es nicht fremd, vor Schmerz davonzulaufen. Hatte er ja jahrelang selbst gemacht. Er war vor dem Schmerz davongelaufen, dass Caty abgehauen war, nicht so sehr um seinetwillen, sondern für Evan. Aber er hatte Evan gehabt, den er lieben und hegen konnte und der diese Leere gefüllt hatte, die ihn sonst aufgefressen hätte. Was machte Bella mit all diesen Momenten der Leere, und warum wollte er derjenige sein, der ihr Halt gab?

Sie senkte den Blick, und er spürte, dass sie ihr Gewicht verlagerte und sich wieder entfernte. Doch ihre Finger glitten über seine Taille und sendeten gegensätzliche Signale aus. Einen Moment lang schien sie an ihm interessiert zu sein, und im nächsten konnte er praktisch zusehen, wie sie diese ihr eigene Blase um sich herum wieder verschloss. Mit der Zunge fuhr sie sich über die Unterlippe und schaute mit einem sinnlichen

Blick erneut zu ihm auf. Er fühlte sich verdammt noch mal viel zu sehr zu ihr hingezogen, als dass er sich davon hätte abhalten können, ihren Mund mit seinem zu bedecken.

Himmel! Sie schmeckte süß und heiß und zu gut für nur einen schnellen Kuss. Er ließ seine Hände um ihre Taille auf ihren Rücken gleiten und drückte ihre weichen Kurven an sich. Gütiger Himmel, er war schon hart. Als er gerade besorgt überlegte, dass er sich zurückziehen müsste, schob sie ihre Hände unter sein T-Shirt und legte sie flach auf seinen Rücken, verstärkte den Druck. Er vertiefte den Kuss. Ein sehnsüchtiges Stöhnen entwich ihrer Lunge und steigerte sein Begehren. Er schob die Hand unter ihr dünnes Kleid und umfasste die süßen Kurven ihres Hinterns, woraufhin sie mit der Hüfte gegen sein Becken drückte. Oh ja, sie waren sich einig. Ihren Zeichen folgend glitt er mit den Fingern in ihre Bikinihose. Seit Jahren hatte er nicht mehr so rumgemacht, er überlegte nicht mehr und hatte es auch nicht eilig. Er überließ sich einfach dem Flow. Wie alles andere mit Bella fühlte es sich natürlich an, und es war ihm auch egal, warum. Manches sollte einfach sein.

Seine Fingerspitzen berührten leicht ihre feuchte Mitte und er drehte fast durch. Mit seinem nächsten Zungenschlag öffnete sie ihre Beine. Gott, es war eindeutig, dass sie ihn genauso wollte, wie er sie. Als sie den Kuss vertiefte, schob er die Finger in sie, reizte sie – und sich selbst. Sie stöhnte wieder – wie er diesen tiefen, sinnlichen Laut liebte – und spreizte die Beine noch weiter, um ihm besseren Zugang zu gewähren und ihn um den Verstand zu bringen. Sie ballte die Hände auf seinem Rücken zu Fäusten, während er über ihre samtene Hitze strich. Er vergrub seine andere Hand in ihren Haaren und zog sachte ihren Kopf zurück, damit er ihren geschmeidigen Hals schmecken, saugen, erobern konnte. Ihre Haut war süß und salzig, ihre Mitte warm und feucht, als er tiefer in sie drang und sie zum Höhepunkt brachte. Sein Name schwebte mit einem heißen Atemzug über ihre Lippen, während sie sich in seinen Rücken krallte. Er zog sie zu einem weiteren sehnsuchtsvollen Kuss an sich und spürte ihren Körper an seinem zittern, als beide ihren Atem in die Lunge des anderen hauchten und dann voneinander ließen, um nach neuer Luft zu ringen.

Er drückte ihren Kopf an seine Brust, während seine Finger noch tief in ihr weilten, bis die Wogen ihrer Lust verebbt waren und ein zufriedener Seufzer ihrem Mund entwich. Erst dann ließ er seine Finger herausgleiten. Mit einem seligen Lächeln schaute sie zu ihm auf, und er küsste sie erneut, nun langsam und zärtlich. Ihre Hand glitt an seinem Oberschenkel hinauf und sie streichelte ihn durch seine Shorts. Er verschränkte seine Finger mit ihren und brachte sie an seine Lippen, während er ihr in die fragenden Augen blickte.

Er schüttelte den Kopf.

»Aber …«

»Bella, ich mag dich wirklich, aber … Ich kann nicht.« Die Wahrheit kam ihm leicht über die Lippen. Leider folgte der Schmerz genauso schnell. »Es tut mir leid.«

Sie lehnte sich zurück und schaute hinunter auf seine Erektion, bevor sie ihn wieder mit hochgezogener Augenbraue ansah. »Ich könnte …« Sie leckte sich über die Lippen.

Er beugte sich hinunter und küsste sie sanft. »Ja, schon.« *Und es wäre bestimmt herrlich.* »Ich werde nicht leichtfertig intim und du glaubst nicht an feste Beziehungen.« Er schaute zu den Fotos auf dem Kaminsims. Er war nie besonders impulsiv gewesen, aber nachdem Caty abgehauen und Evan ohne Mutter zurückgeblieben war, war ihm dermaßen klar geworden, dass seine Gefühle und Taten eindeutige Auswirkungen hatten, dass er noch vorsichtiger geworden war. Er zog Bella wieder an sich heran und küsste sie auf den Kopf.

»Es tut mir leid. Wahrscheinlich hätte ich nicht …« *Aber, meine Güte, ich wollte es so sehr.* Er spürte seine Entschlossenheit schwinden, als er ihre geröteten Wangen und das Begehren sah, das in ihren Augen lag. Er biss die Zähne zusammen, um das brennende Verlangen in sich zu bekämpfen. »Ich konnte nicht anders. Du hast mich vollkommen umgehauen.«

Sie sah ihn eindringlich an. »Bist du etwa so ein Fetisch-Typ? Besorgst es einer Frau und befriedigst dich dann später selbst?«

Die Bemerkung war so schroff, dass er den Kopf schütteln musste, um sie zu verarbeiten. Himmel, sie hatte den Teil über feste Beziehung nicht einmal gehört. »Ein Fetisch… Bist du mit solchen Typen zusammen gewesen?« Bei dem Gedanken drehte sich ihm der Magen um.

»Nein, aber …«

»Nein«, antwortete er genauso schroff. Er trat einen Schritt zurück. »Ich bin kein Fetisch-Typ. Nicht so einer, der es Frauen besorgt und dann … Mensch, Bella.«

»Was soll ich denn sonst denken?« Ihre Stimme überschlug sich, und ihm wurde klar, dass es nicht Wut war, die diese heftige Reaktion bei ihr auslöste. Es war Schmerz oder Verlegenheit, vielleicht auch beides.

Sie hatte recht. Was zum Henker sollte sie denken? Er verringerte die Distanz zwischen ihnen, während ihm das Schuldgefühl den Atem raubte.

»Was du denken sollst? Keine Ahnung. Vielleicht dass ich ein Mann mit einem Sohn bin, der weiß, dass Sex immer mit Folgen verbunden ist. Oder dass ich ein Mann bin, der sich unglaublich zu dir hingezogen fühlt, der aber nicht der Typ sein will, mit dem du schläfst und den du dann stehen lässt.« Er ging auf und ab, fühlte sich schuldig, weil er sie berührt hatte, und sehnte sich gleichzeitig nach mehr. Ein einziges großes Gefühlschaos. »Es tut mir leid. Es ist sehr lang her, dass ich so empfunden habe, und ich weiß wirklich nicht, wie ich damit umgehen soll.«

Sie wandte den Blick ab. »Verrätst du mir, wo dein Bad ist?«

Auch eine Art, der Situation zu entkommen.

»Klar.« Er zeigte ihr den Weg und ging sich dann selbst ein wenig frisch machen. Als er zurückkehrte, schaute sie zum Fenster hinaus in den Garten hinter dem Haus. Er schlang ihr die Arme um die Taille und spürte, wie sie sich anspannte. *Mist.* Er lockerte seine Umarmung und trat einen Schritt zurück. Doch sie hielt ihn fest.

Dann drehte sie sich zu ihm um und legte die Hände auf seine Brust. »Tut mir leid, dass ich so zickig reagiert habe. Ich war nur … Das ist gerade eine seltsame Situation für mich.«

»Dann passen wir ja großartig zusammen.« Er küsste sie auf die Stirn.

»Möchtest du immer noch an den Strand?«

Die Anziehungskraft zwischen ihnen schien sie ebenso zu verwirren wie ihn. »Ich zieh mir noch schnell eine Badehose an, und dann verspreche ich, dass ich versuchen werde, für den Rest des Tages die Hände von dir zu lassen.«

Ihre Stimme verfolgte ihn bis ins Schlafzimmer. »So kann man die Hoffnungen einer Frau mit einem Satz zunichtemachen.«

Himmel. Verwirrter konnte er gar nicht mehr werden, oder?

Fünf

»Ich finde, deine Reaktion ist übertrieben.« Jenna saß auf dem Boden vor Bellas Schrank und sortierte ihre Sandalen und Flipflops, während Bella sich die Haare trocknete. »Wie würdest du dich jetzt fühlen, wenn du heute Nachmittag mit ihm geschlafen hättest? Wahrscheinlich nicht besonders toll.«

Bella schaltete den Föhn aus und setzte sich aufs Bett. »Weiß ich nicht. Ich weiß nur, dass er aufgehört hat und dass ich wünschte, er hätte es nicht getan. Und als er davon redete, dass ich keine ernste Beziehung will, wollte ich nur noch davonrennen.«

»Bist du dann ja auch … ins Badezimmer.« Jenna setzte sich neben Bella und legte den Kopf auf ihre Schulter. »Warum musst du so in Kategorien denken? Warum kannst du nicht einfach tun, wonach dir der Sinn steht, und das mit der ernsten oder nicht ernsten Beziehung vollkommen vergessen?«

»Warum ich in Kategorien denke? Jenna, du hast gerade meine Sandalen alphabetisch und nach Farben sortiert. Beige, blau, grün …« Bella sprang auf und stemmte die Hände in die Hüften. »Weil ich genau das jetzt tun muss, damit ich auch wirklich bei meiner Entscheidung bleibe, bis mein Leben in geregelten Bahnen verläuft. Aber das ist gar nicht so einfach, denn ich habe das Gefühl, Caden ist vollkommen anders als alle Männer, mit denen ich bisher zusammen war. *Echter.* Wenn wir zusammen sind, fühlt sich alles richtig an, als wenn wir uns nicht nur über Unwichtiges unterhalten oder uns von unserer besten Seite zeigen wollen, um einen guten Eindruck zu hinterlassen. Als wenn wir diese Phase einfach übersprungen hätten.«

»Weil er echt *ist*, Bella.« Jenna strich eine Falte am Saum von Bellas Kleid glatt. »Du hast ihn heute Abend zu unserem Barbecue eingeladen, also ja, er ist ein lebender, atmender Mann.«

In der Siedlung fand ein Grillabend statt, und trotz ihrer Verwirrung und ihres Wunsches, keine feste Beziehung einzugehen, freute Bella sich, dass Caden und Evan dabei sein würden. Sie ging zum Spiegel, strich über ihr gelbes Strandkleid mit den Spaghettiträgern und schaute über die Schulter hinweg auf ihren Hintern.

»Keine Sorge. Du siehst heiß aus«, versicherte Jenna ihr.

»Das nützt mir auch nicht viel.« Sie zog Jenna in die Küche, nahm einen Krug mit Frozen Margaritas aus dem Kühlfach und schenkte zwei Gläser ein. »Jedenfalls hast du recht. Es ist gut, dass wir es nicht getan haben. So kann ich leichter bei meinem Plan bleiben. Ohne Freund wird es mir leichterfallen, einen klaren Kopf zu behalten, wenn ich Entscheidungen bezüglich eines Jobs treffe.« *Lügnerin.*

»Du weißt schon, dass ich dir den Mist nicht abnehme, oder?« Jenna verschränkte die Arme, schob die Hüfte vor und bedachte sie mit ihrem Raus-mit-der-Wahrheit-Blick, den sie schon in der Schule perfektioniert hatte.

»Klang aber gut, oder?« Bella hob eine Augenbraue. »Ich habe es mir fast geglaubt.«

Jenna nahm einen Schluck von ihrer Margarita, bis ihr etwas Eis über das Kinn und dann weiter in Richtung ihrer Brüste lief. »Mist.« Sie sah zu, wie es in ihrem Ausschnitt verschwand. »Fühlt sich schon besser an.«

»Du hast einen Knall.« Bella warf ihr ein Geschirrtuch zu. »Macht das keine Flecken in dein Party-Barbie-Outfit?«

Jenna trug ein kurzes ärmelloses schwarzes Top und einen beigen Minirock. »Oh, raffiniert, Party-Barbie.« Sie wischte sich mit dem Tuch über die Brust. »Was hätte ich denn machen sollen? Es herausfischen?« Sie lachte. »Aber theoretisch hättest du doch unverbindlich mit ihm schlafen können. Du wärst deinem Plan immer noch treu geblieben, wenn du es mit ihm getrieben und dann Tschüss gesagt hättest.«

Bella nahm einen Salatkopf aus dem Kühlschrank und machte sich daran, ihn auf einem dicken Holzschneidebrett zu zerkleinern. »Du hast ein großes Talent dazu, dafür zu sorgen, dass ich mich miserabel fühle.«

»Verstehst du es denn nicht? Du hast ihn und Evan zu unserem Grillabend eingeladen. Du siehst ihn also wieder. Wenn du mit ihm geschlafen hättest, dann hättest du es deinem Plan zufolge darauf beruhen lassen. Verstehst du?« Jenna stibitzte sich ein Blatt Salat.

»Okay, in gewisser Hinsicht hast du recht. Du bist also nicht so blöd, wie ich dachte.« Bella warf den Salat in eine Schüssel und schnippelte dann Tomaten und Gurken. »Ich halte an meinem Plan fest.« *Zumindest glaube ich das.* »Wir hatten so einen schönen Tag auf dem Flohmarkt und am Strand –«

»Und in seinem Wohnzimmer. Vergiss sein Wohnzimmer nicht.«

»Halt den Mund.« Sie warf mit einem Stück Gurke nach

Jenna, das in deren Ausschnitt landete.

Jenna holte es heraus und entsorgte es in der Spüle.

»Ich mag ihn«, erklärte Bella. »Er geht süß mit Evan um und er stellt die Bedürfnisse seines Sohns über seine eigenen, und das finde ich bewundernswert.«

»Vorsicht!«, säuselte Jenna. »Das klingt ganz nach ›Ich mag ihn, und ich hoffe, es führt zu einer festen Beziehung‹.«

Bella trug den Salat nach draußen. In der Tür drehte sie sich um und sagte: »Ich kann es nicht ausstehen, wenn du recht hast.«

»Hallo, Bell«, rief Jamie vom Platz in der Mitte der Siedlung herüber. Er war der Freund, mit dem Kurt zu Hause geblieben war, anstatt zu dem Lagerfeuer zu kommen. »Wir haben deinen und Leannas Tisch schon umgestellt. Tony bringt noch mehr Stühle mit.« Jamies Großmutter Vera verbrachte ihre Sommer in Seaside, und Jamie kam an den meisten Wochenenden aus Boston her, um Zeit mit ihr zu verbringen.

»Du hast meinen Tisch geklaut, bevor du mich richtig begrüßt hast? Komm her, du Nervensäge.« Bella stellte die Salatschüssel ab und breitete die Arme aus.

»Schön, dich zu sehen, meine Hübsche.« Jamie kam zu ihr auf die Veranda und gab ihr einen Kuss auf die Wange. Wie Tony war auch Jamie wie ein Bruder für Bella. Er war ein Mann der leisen Töne, der Ruhigste ihrer Gruppe, und sehr zuvorkommend, und in all den Jahren, die sie sich kannten, war er immer ehrlich gewesen. Sie vertraute ihm vollkommen – wie fast die halbe Welt es tat. Jamie hatte eine Suchmaschine entwickelt, die nur von Google übertroffen wurde. »Mir ist zu Ohren gekommen, dass du ein Date hattest, das einen ganzen Tag gedauert hat?«

Sie warf Jenna einen Blick zu.

Jenna hob die Hände. »Du weißt doch, dass ich nicht lügen kann.«

»Das war kein Date.« *Oder doch?* Nein. Das hatte sie bereits am Lagerfeuer deutlich gemacht. Allerdings war das vor ihrer Zweisamkeit in seinem Wohnzimmer gewesen – und bevor sie ihn zu dem Barbecue eingeladen hatte, was ihr schon ziemlich wie ein Date vorkam. *Gib es nicht zu. Wenn du es nicht laut aussprichst, ist es kein Date.* »Er kommt heute Abend. Du wirst ihn mögen. Er ist Polizist, du kannst ihm also von all den unartigen Dingen erzählen, die du so treibst.«

»Um ihn zu vergraulen? Auf keinen Fall. Oh, fast hätte ich es vergessen, Leanna und Kurt kommen heute Abend nicht. Leanna hat einen großen Eilauftrag hereinbekommen, und sie meinte, sie muss lange arbeiten und früh aufstehen.«

»War sie deshalb nicht auf dem Flohmarkt?«

»Ja, der Auftrag ist heute früh eingegangen.«

»Hätte ich das doch nur gewusst. Wir hätten ihr helfen können.«

»Das weiß sie. Ich habe es ihr auch angeboten, aber zwei ihrer Angestellten kommen heute Abend. Und Kurt hat einen Abgabetermin bei seinem Verlag. Sie sagte, nächstes Mal kommen sie bestimmt.« Jamie machte sich auf den Weg zu Veras Haus. »Ich hole die Steaks und sehe mal nach, wie es Grandma geht.«

Eine Stunde später hing der Duft von brutzelnden Steaks in der Abendluft. Vera und Jamie saßen mit Amy und Jenna zusammen und unterhielten sich. In der Feuerstelle flackerten die Flammen und auf jedem Tisch standen Zitronellakerzen. Jenna hatte frischen Bohnensalat gemacht, und Leanna hatte ihnen zwei Laibe selbstgemachtes Brot mit zwei Gläsern Erdbeer-Aprikose- und Aprikose-Limonen-Marmelade dagelassen, dazu noch ihre neueste Kreation: Wassermelonen-Marmelade. Zum Nachtisch hatte Amy Chocolate Chip Cookies gemacht, von denen Bella sich unbemerkt schon einen stibitzt hatte.

Bella ging zu Tony an den Grill. Seine Haare hatten die Farbe von Sand nach einem Regen, mit sonnengebleichten Strähnen, und er trug es oben lang und ein bisschen strubbelig, im Nacken dafür kurz. Tony war nicht nur ein Weltklasse-Surfer, sondern auch ein beliebter Motivationsredner. Trotz seiner Bekanntheit war er überhaupt nicht abgehoben. Man konnte gut mit ihm reden und er war ein guter Freund für sie alle.

Bella atmete tief ein. »Das riecht herrlich.«

»Was soll ich sagen? Mein Fleisch ist besonders lecker.« Tony hob seine vollen Augenbrauen und grinste spitzbübisch.

Bella knuffte ihn in die Rippen. »Ferkel.«

»Du hast es provoziert. Wo ist dein Date?« Er schaute auf die Uhr. »Das Essen ist in ein paar Minuten fertig.«

»Er ist nicht mein Date, und ich bin mir sicher, dass er bald kommt.« Bella würde nicht zugeben, dass sie sich bereits die gleiche Frage gestellt hatte.

»Okay, also, wie ich gehört habe, hat dein Nicht-Date einen Sohn. Das ist neu für dich.« Er nahm einen Teller und belud ihn mit Steaks.

»Neu? Er ist ja nicht mein Date, also brauche ich nichts Neues zu berücksichtigen.« *Abgesehen vielleicht von der Tatsache, dass ich die letzten zwei Stunden schon ganz erwartungsvoll und angespannt bin.* Sie bemerkte, dass Amy verstohlen zu Tony herübersah, und dachte, dass sie im Moment wahrscheinlich Ähnliches empfand wie Amy so oft, wenn sie auf das Eintreffen von Tony wartete – auch wenn der Mann überhaupt nicht mitbekam, wie verknallt Amy war.

»Hey, Amy«, rief Tony. »Kannst du die Mayo aus meiner Küche holen? Die habe ich vergessen.«

»Klar.« Amy sah in ihrem weißen Neckholder-Kleid und den Sandalen hinreißend aus.

Tony schaute ihr über den Rasen hinterher.

»Nicht-deine-Amy sieht heute Abend ziemlich süß aus, oder?«, neckte ihn Bella. Sie war sich sicher, dass Tony in Amy eines Tages die hinreißende, liebevolle, kluge und witzige Frau sehen würde, die sie war, und dass er ihr nicht würde widerstehen können. Hin und wieder ein kleiner Stupser in diese Richtung konnte ja nicht schaden.

»Sie sieht immer süß aus.« Tony gab ihr den Teller mit den Steaks und häufte Hähnchenfleisch auf einen anderen. Er beugte sich zu ihr und flüsterte: »Dein Nicht-Date ist da.«

Sie wandte sich um, um Caden zu begrüßen, und bei seinem Anblick – schwarze Leinenhose, weißes kurzärmeliges Hemd, provozierendes Lächeln – bekam sie ganz weiche Knie.

Mein Nicht-Date ist wahnsinnig heiß.

Caden ging mit Evan über den Rasen und erwischte sich dabei, wie er den Mann taxierte, der neben Bella stand. Er legte eine Hand auf ihre Hüfte und gab ihr einen Kuss auf die Wange, um dezent seinen Anspruch geltend zu machen.

»Du siehst hinreißend aus.«

Die Hitze in ihren Augen loderte zwischen ihnen, und ihm wurde klar, dass es gar nicht notwendig war, seinen Anspruch auf sie deutlich zu machen. Ein Blick in ihre Augen und jeder konnte deutlich erkennen, was sie für ihn empfand. Er streckte dem muskulösen Typen in den Boardshorts die Hand entgegen.

»Hi, ich bin Caden Grant, und das hier ist mein Sohn Evan.«

»Freut mich. Ich bin Tony Black, oder falls es leichter zu merken ist: der Typ im blauen Ferienhaus.« Er deutete auf das blaue Häuschen hinter ihm. »Komm, ich nehme dir das ab.« Er griff nach der Schüssel mit dem Nudelsalat, die Caden in der anderen Hand hielt. »Los, Evan, ich stelle dich den Leuten vor.« Tony und Evan gingen zu den anderen.

»Schön, dass ihr gekommen seid«, sagte Bella.

»Tut mir leid, dass wir etwas zu spät dran sind. Evan kam später nach Hause als geplant.« Sein Sohn hatte nicht angerufen, um Bescheid zu sagen, und auch wenn Caden annahm, dass Evan vor seinen neuen Freunden cool wirken wollte, hatte er seinem Sohn einen langen Vortrag darüber gehalten, wie wichtig es war, sich zu melden. Evan hatte es gut aufgenommen, und als sie zum Barbecue aufgebrochen waren, schien er wieder gute Laune zu haben.

»Schon gut. Komm, ich stelle dich allen vor.«

Caden berührte sie am Arm. »Können wir vorher kurz reden?«

»Klar. Was gibt's?« Sie sagte es so flapsig, dass ihm klar wurde, dass sie wahrscheinlich ebenso nervös war wie er.

»Ich habe darüber nachgedacht, was heute Nachmittag passiert ist.«

Bella winkte ab. »Vergiss es. Das ist nicht so wichtig.«

»Vielleicht nicht für dich, aber für mich war es wichtig. Du sollst nur wissen, dass ich total auf dich stehe, und es tut mir leid, wenn ich dir wehgetan habe.«

»Zum einen hast du mir nicht wehgetan. Zum anderen ...

Du stehst auf mich?« Amüsiert riss sie die Augen auf. »Tja, gut zu wissen. Ich finde, du bist auch ziemlich toll.«

Meine Güte. Er schüttelte den Kopf. Wie konnte sie so unbeschwert Witze reißen, während ihm das Geschehene den ganzen Nachmittag zugesetzt hatte?

Sie nahm seine Hand und zog ihn hin zu den anderen. »Komm, Loverboy. Ich stelle dich überall vor und dann können wir etwas essen.«

Das Essen war köstlich und die Gespräche zwanglos. Caden stellte glücklich fest, dass Evan Spaß hatte. Er belagerte Jamie mit unendlich vielen Fragen, und Caden bemerkte, dass Jamie viel Geduld hatte und mit Evan nicht so redete, als wäre er nur ein kleiner Junge. Evan hatte ziemlich viel Ahnung von Computern, und die beiden führten eine angeregte Diskussion über die Zukunft irgendeiner technischen Errungenschaft, der Caden nicht folgen konnte. Aber auch wenn er technisch nicht so versiert war wie sein Sohn, war der Grund, weshalb er dem Gespräch nicht folgte, wohl eher Bella. Sie lachte ungeniert, und immer wieder berührte sie sein Bein, als wären sie schon seit Ewigkeiten zusammen. Er fragte sich, ob sie das bei allen Männern tat, mit denen sie sich verabredete, oder ob sie – wie er – spürte, dass mehr zwischen ihnen war.

»Und, Bell, weiß Caden schon von deiner aufsässigen Seite?« Tonys breites Grinsen machte ihn neugierig.

»Psst.« Amy schlug ihm auf den Arm. »Wir wollen den Mann doch nicht gleich wieder in die Flucht schlagen.«

Bella schaute zu Caden auf und knabberte an ihrer Unterlippe. »Ich verstoße gern mal ein bisschen gegen Regeln, aber nichts Schlimmes. Nur …«

Jenna stand auf, um sich Wein nachzuschenken, und reihte bei der Gelegenheit auch gleich die Gewürze ordentlich auf.

»Nur eben mal über den Zaun klettern und auf den Feuerwachturm von South Wellfleet steigen, du weißt schon, der, der etwa eine Meile von hier entfernt ist und zu dem die Einwohner keinen Zugang haben. Solche nicht schlimmen Sachen.«

»Warum der Feuerwachturm?«, wollte Caden wissen.

»Weil ein Wasserturm zu beängstigend ist.« Bella schwenkte ihr Weinglas und leerte es anschließend.

Sie war flapsig und kokett und Caden hatte noch nie jemanden wie sie kennengelernt. Er lauschte den Geschichten darüber, wie sie im Laufe der Jahre immer mal wieder zum Turm gelaufen waren und sich überlegt hatten, wie sie den Stacheldraht überwinden könnten. Er konnte sich gut vorstellen, wie Bella und ihre Freundinnen vor dem Zaun standen, der um den mehr als zwanzig Meter hohen Turm gezogen war, und die Möglichkeiten durchspielten: *Drüber? Drunter? Mittendurch?*

Sie lehnte sich zu ihm herüber. »Vergiss den Feuerwachturm. Ich erzähl dir was über Vera.«

»Versuchst du, das Thema zu wechseln?«

Mit zusammengekniffenen Augen sah sie ihn an. »Natürlich. Aber echt jetzt, Vera ist Geigerin und hat schon überall auf der Welt gespielt. Ich schwöre, wenn du sie einmal gehört hast, wird sich Geigenmusik für dich nie wieder gleich anhören.«

»Ach, Bella, Liebes, lüg doch den armen Mann nicht an.« Vera strich sich über den Pixie Cut. Das kurze Haar umrahmte ihr Gesicht in verschiedenen Silbertönen mit kleinen Tupfen von Mattgrau am Ansatz. Trotz der feinen Linien und tiefen Furchen hatte ihre Haut diese besondere Weichheit, die mit dem Alter kam.

»Sie ist begabt *und* bescheiden«, sagte Bella.

»Das ist nett von dir, Liebes. Aber du solltest Caden lieber mehr über eure Späße erzählen, während ich Evan meine kleinen Geheimnisse verrate.« Vera wandte sich an Evan. »Evan, mein Junge, habe ich das richtig mitbekommen, dass du dich gern mit Computern beschäftigst?«

Evan nickte. »Na ja, in meiner alten Schule war ich in der Technik-AG, und da haben wir gelernt zu programmieren. Also ja, ich mach das gern.«

Vera klopfte auf den Stuhl neben sich. »Setz dich doch zu mir, dann erzähle ich dir von Dr. Samuel Masterson, dem Mann, der den ersten PC erschaffen hat. Ich war siebzehn und er sechsundfünfzig. Er hat mit meinem Vater zusammengearbeitet.«

Evans Reaktion war schneller als jede andere Bewegung, die Caden im letzten Jahr bei ihm gesehen hatte, und er hing förmlich an ihren Lippen.

»Scheint, als hätte deine Großmutter dich ausgebootet, Jamie.« Bella klopfte ihm auf die Schulter.

»Ich überlasse ihr gern meinen Platz. Sie liebt Kinder so sehr und hat nur selten die Gelegenheit, sich mit ihnen auszutauschen«, sagte Jamie. »Evan ist ein helles Köpfchen und interessiert sich wirklich für Technik.«

»Danke. Ich wünschte, ich hätte mehr Ahnung von Computern, damit ich ihm dabei ein bisschen helfen könnte.«

»Ich kann ihm ein paar Sachen beibringen, wenn ich an den Wochenenden hier bin«, bot Jamie an. »Diese Woche bleibe ich auch länger. Wenn du ihn also morgen Abend vorbeibringen willst, kann ich gern ein paar Stunden mit ihm arbeiten.«

»Das wäre großartig. Ich frage Evan, wenn er mit Vera zu Ende geredet hat. Vielen Dank.«

Eine Stunde später waren die Pläne für den nächsten Abend

geschmiedet, und Evan freute sich darauf, Zeit mit Jamie verbringen zu können. Caden half Tony und Jamie damit, die Tische und Stühle zurück zu ihren rechtmäßigen Eigentümern zu bringen, und dann folgte er Bella mit einem Stapel Geschirr in ihr Ferienhaus. Er hatte erwartet, dass ihr Haus ihre Persönlichkeit widerspiegelte: etwas laut mit Sprenkeln einer weicheren Seite. Als er auf den hellen, schmalen Dielen in ihrem gemütlichen Wohnzimmer stand, stellte er überrascht fest, wie sehr er sich geirrt hatte. Ein cremefarbenes Sofa mit unzähligen pastellfarbenen Kissen mit Spitzenborte stand rechts an der Wand. Frische Blumen blühten in einer Vase auf einem Beistelltisch und das Küchenfenster wurde von Rüschengardinen umrahmt.

Die Schlafzimmertür stand offen und erlaubte einen Blick auf ein schön gemachtes Bett mit einer flauschigen rosa Daunendecke und auf noch eine Vase mit frischen Blumen auf einer weißen Kommode. Er hatte das Gefühl, die intimste Seite von ihr zu sehen, und er fragte sich, warum sie so bemüht war, ihren Hang zum Femininen zu unterdrücken.

Bella nahm ihm das Geschirr ab und stellte es auf die Arbeitsfläche. »Ich bin froh, dass du und Evan heute Abend gekommen seid, und ich bin mir sicher, dass Evan viel von Jamie lernen wird. Er ist ein wirklich netter Kerl.«

»Ja, das scheint er zu sein. All deine Freunde scheinen wirklich nett zu sein.«

Den ganzen Abend über hatte er gegen das Verlangen angekämpft, die Hand auszustrecken und sie zu berühren. Er hatte den Arm um ihre Schulter legen, sie an seiner Seite spüren wollen, aber das waren Dinge, die Leute machten, wenn sie ein Date hatten – und er wusste nicht, ob dies ein Date war oder nicht. Den ganzen Tag hatte sie widersprüchliche Signale ausgesendet, aber heute Abend hatte sie sein Bein hundertmal berührt, obwohl er sie zuvor zurückgewiesen hatte.

»Warum siehst du mich so an?«, wollte sie wissen.

Er war unfähig, auf Distanz zu bleiben, und nach einem kurzen Blick aus dem Fenster, um sicher zu sein, dass Evan noch immer in ein Gespräch mit Jamie vertieft war, legte er die Hände auf ihre Hüfte.

Das war ein Fehler. Jetzt wurde sein Verlangen nur noch größer.

»Bella«, flüsterte er fast. »Ich möchte mit dir ausgehen.«

Sie seufzte laut und zog die Augenbrauen zusammen, was in starkem Kontrast zu dem Verlangen in ihren Augen und ihrem beschleunigten Atem stand. Ihre Reaktion beunruhigte ihn, aber er war nicht bereit, die Gefühle zu ignorieren, die sie in ihm auslöste.

»Ich kann niemanden daten«, sagte sie schließlich.

»Vielleicht meinst du in Wirklichkeit, dass du es dir nicht leisten kannst, noch einmal verletzt zu werden.«

Ihre Augen zuckten nur minimal, und er hätte es nicht bemerkt, wenn er nicht nach einem Hinweis dafür gesucht hätte, ob er wohl einen Nerv getroffen hatte. Sie wandte den Blick ab, doch er zog sachte ihr Kinn zurück, sodass sie ihn ansehen musste.

»Ich kenne mich gut mit Verletzungen aus, und auch wenn ich dir nicht versprechen kann, dass ich dich nicht unabsichtlich verletze, so kann ich dir doch versprechen, dass ich alles versuchen werde, es nicht zu tun.«

Bella entzog sich seiner Berührung und ging ins Wohnzimmer, wo sie sich auf das Sofa fallen ließ.

Caden setzte sich auf den Couchtisch ihr gegenüber und legte die Hände auf ihre Knie. Er spürte, dass sie sich anspannte, doch wieder surrte die Luft zwischen ihnen, und ihre Augen verrieten das Bemühen, sich gegen die zwischen ihnen brodelnde Leidenschaft zu wehren. Er beugte sich vor und seine Hände glitten an ihren Oberschenkeln hinauf. Ein Schaudern erfasste ihren Körper, als sich seine Knie zwischen ihre Beine schoben.

»Verletzt zu werden ist mies.« Sie sprach leise, aber ihre Augen waren schmal und wütend.

»Stimmt.«

»Ich habe einen Plan. Keine feste Bindung.« Sie verschränkte die Arme und wandte den Blick ab.

»Ich bitte dich nicht, deinen Plan zu ändern. Mir war bisher nicht klar, dass ich einen Plan hatte, aber anscheinend habe ich einen. Nicht verletzt zu werden steht definitiv auch auf meinem Plan, und es ist offensichtlich, dass du schon nach ein paar Stunden mit mir die Macht hast, mich zu verletzen.« Er hatte keine Ahnung, woher die Worte kamen, aber Bellas Nähe entlockte ihm die Wahrheit.

Sie schaute ihn wieder an.

»Und was willst du jetzt damit sagen? Ich bin total verwirrt. Du hast heute deutlich gemacht, dass du nicht mit mir schlafen willst, weil ich keine feste Beziehung will.«

»Komisch, ich dachte, ich hätte deutlich gemacht, *dass* ich mit dir schlafen will, es aber nicht tun werde, weil du keine feste Beziehung willst.« Er glitt mit den Händen an die Seiten ihrer Oberschenkel und sie schloss eine Sekunde lang die Augen. Als sie sie wieder öffnete, war das Verlangen noch da.

»Aber ich kann trotzdem keine feste Bindung eingehen«, antwortete sie.

»Du *willst* nicht, aber das ist in Ordnung. Darum bitte ich dich auch nicht. Du hast keine Ahnung, wer ich eigentlich bin, und du hast recht, ich kenne dich auch nicht sehr gut. Das sind beides Gründe, warum wir nicht miteinander schlafen sollten.«

Wieder machte sich Verwirrung in ihrem Blick breit. Er

drückte ihre Beine, und sie legte die Hände auf seine und schob sie zu den Innenseiten ihrer Schenkel – so nah an ihre Mitte, dass er die Hitze spürte, die von ihr ausging.

»Was genau willst du denn dann?«, fragte sie schwer atmend.

»Morgen Abend Zeit mit dir verbringen, während Evan bei Jamie ist. Nenne es, wie du willst.«

»Es ist kein Date«, meinte sie entschieden. Dann schob sie seine Hände noch höher. Seine Fingerspitzen berührten ihren Slip.

»Kein Date.« Himmel, er wollte sie ins Schlafzimmer tragen und sie lieben, feste Beziehung hin oder her. Aber er konnte nicht zulassen, dass sein Herz in Stücke gerissen wurde, und Bella hatte die Macht dazu. Sie spreizte die Beine und beugte sich vor. Seine Willensstärke war dahin. Er bedeckte ihren Mund mit seinem zu einem tiefen, sinnlichen Kuss.

»Berühr mich«, flüsterte sie an seinen Lippen.

Er glitt mit den Fingern in ihre feuchte Mitte. Himmel, er müsste es doch besser wissen. Das hier würde es nicht leichter für ihn machen, wenn sie ihm den Rücken kehrte. Er schaute kurz zum Fenster hinaus. Evan war noch in das Gespräch mit Jamie vertieft. *Gott sei Dank.* Bella drückte sich gegen seine Hand. Er hob sie hoch, trug sie ins Schlafzimmer und schloss hinter ihnen ab. Während er sie gegen die Tür drückte, machte sie sich an dem Knopf seiner Hose zu schaffen.

»Caden«, stieß sie mit einem heißen Atemzug aus.

Er umklammerte ihr Handgelenk und hielt sie gegen die Tür. »Nein.« Er ließ die Zunge über ihren Hals gleiten und genoss es, dass sie mit jedem Mal schwerer atmete. Flatternd schlossen sich ihre Augenlider, als er seine Hüfte gegen ihre presste und ihre Brust berührte.

»Du bist so schön, Bella.«

Er küsste sie ungestüm, versuchte verzweifelt, nicht auf die Knie zu gehen und ihre intimsten Stellen zu kosten. Sie griff wieder nach seiner Hose, und er zog sich zurück, um in ihre dunklen, begehrenden Augen zu schauen. Sie leckte sich über die Lippen, und erneut küsste er sie, langsam, sinnlich, um sich das Gefühl einzuprägen. Mit der Hüfte drückte er sie an die Tür, dann hob er ihr Kleid an und musste einen Augenblick lang die Augen schließen, um das Verlangen zu zügeln, das ihn überkam. Er musste einfach ihren Bauch kosten, die weiche Haut am Rand des verführerischsten rosa Slips, den er je gesehen hatte. Er bedeckte ihren Bauch mit Küssen, spürte, dass ihr Körper vor Verlangen zitterte. Der Duft ihrer Erregung zog ihn weiter südwärts. Ein Zungenschlag an dem feuchten Stoff ihres Slips entlockte ihm ein Stöhnen und ihr einen lasziven Seufzer. Sie umklammerte seine Schultern und drängte ihn weiterzumachen. Wie beim Küssen war es nicht genug, Bella nur einmal zu kosten, aber er wusste, dass – abgesehen davon, in ihr zu sein – nichts genügen würde. Und da sein Sohn in der Nähe war, zwang er sich, sein Verlangen zu unterdrücken, sie auf das Bett zu werfen und sie zu lieben.

Er löste sich aus ihrer Umklammerung und stand auf, um sie dann noch einmal ungestüm zu küssen und ihr Flehen mit seinem Mund einzufangen. Er hatte nicht das Recht, sie zu küssen, als gehöre sie ihm, oder ihren Körper zu erkunden, wenn sie vielleicht nie bereit wäre, ihm das zu geben, was er brauchte, aber gleichzeitig war er nicht imstande, Bella loszulassen. Er war schon eine Beziehung eingegangen, auch wenn sie nicht so weit war.

Er zwang sich, seine Lippen von ihren zu lösen.

Mit geschlossenen Augen sagte sie: »Es ist kein Date.«

Seine Lippen zeigten ein Lächeln, als er flüsterte: »Nein, noch nicht.«

Sechs

Bella musste sich am Montagmorgen anstrengen, um sich zu konzentrieren und ihre Gedanken nicht immer wieder zu Caden wandern zu lassen. Sie war eigentlich nicht die Art von Frau, die es mit Männern so schnell anging, aber bei ihm konnte sie sich nicht zügeln. Egal wie sehr sie sich davon überzeugen wollte, dass es beschämend war und dass sie ihm die falschen Signale sendete – *keine feste Beziehung, aber bitte nimm mich* –, sie schaffte es nicht. Was sie taten, fühlte sich nicht beschämend an. Es fühlte sich unglaublich an, leidenschaftlich. Richtig.

Sie zwang sich, ihre Aufmerksamkeit wieder Dr. Wilma Ritter zuzuwenden, der Leiterin der Nauset Regional High School. Wilma war groß, gertenschlank und hatte graumelierte Haare, die zu einem losen Dutt hochgesteckt waren. Ihr Händedruck war lasch, und da sie in der Schule herumliefen, seit Bella eingetroffen war, besaß sie wohl nicht die Fähigkeit stillzusitzen.

»Seit Jahren drängen wir auf so eine Art von Programm, aber es gab nie das Budget dafür und auch nicht die richtige Person, die es leiten könnte, oder ...« Wilma wedelte mit ihrer dünnen Hand in der Luft herum. »Ich bin einfach froh, dass Sie es versuchen wollen.«

Sie gingen einen langen Flur entlang, vorbei an Reihen von Spinden. Wilma ließ sich weiter darüber aus, wie viel Bürokratie damit verbunden war, wenn man im Schulwesen etwas verändern wollte.

»Es ist überall das Gleiche«, stimmte Bella zu. »In Connecticut hatten wir die gleichen Schwierigkeiten. Es erstaunt mich immer wieder, dass Sportmannschaften mehr Geld haben, als sie je ausgeben können, während unser Bildungswesen sich kaum über Wasser halten kann.«

Wilma stieß eine schwere Tür auf und ließ Bella vorgehen. Sie standen nun hinter der Schule am Rande einer Wiese, an die sich eine dicht bewaldete Fläche anschloss. Bella folgte Wilma einen Gehweg am Rand des Backsteingebäudes entlang.

»Seit Sie eingestellt wurden, habe ich eine Liste mit Firmen zusammengestellt. Firmen, die vielleicht daran interessiert sind, das Programm zu unterstützen, sowohl gemeinnützige als auch gewerbliche Unternehmen.« Sie blieb stehen und nickte in Richtung Waldrand. »Ich wollte, dass Sie das hier sehen. Jedes Jahr haben wir ein paar Kids, die leicht in Schwierigkeiten geraten. Aus irgendeinem Grund ist das dort drüben für sie zu einem Treffpunkt geworden.«

»Was meinen Sie mit Treffpunkt? Dass die Kids, die da abhängen, stark gefährdete Jugendliche sind?« Bella konnte niemanden sehen.

Wilma nickte, nahm Bella dann am Arm und führte sie zu der Doppeltür zurück. »Also, sicher wäre es unverantwortlich von mir, sie alle über einen Kamm zu scheren, aber zum großen Teil ist es schon so. Warum sie während des Sommers gerade hierher kommen und nicht woanders hin, ist mir ein Rätsel, aber alle paar Tage sind sie hier. Es wäre großartig, diese Kids in etwas einzubinden, das sie beschäftigt. Die anderen Kinder meiden die Gegend wie die Pest.«

Sie gingen wieder ins Schulgebäude und zurück zu Wilmas Büro.

»Von was für Schwierigkeiten reden Sie genau? Und wenn Sie sich sicher sind, dass die Schüler sich in Schwierigkeiten bringen, können Sie dann nicht mit den Eltern reden?« Sie verstand nicht so richtig, warum Wilma es für unabdinglich hielt, ihr den Platz zu zeigen, anstatt ihr nur davon zu erzählen.

»Doch, natürlich. Wir haben alle möglichen Schritte unternommen. Man glaubt ja gern, dass Eltern ihre Teenager unter Kontrolle haben, aber wir wissen es besser.« Sie nickte Bella wissentlich zu. »Eltern und Lehrer haben nun mal nur einen gewissen Einfluss, deshalb hoffe ich, dass Ihr Programm diesen und anderen Kids helfen kann, sich mit etwas Produktiverem zu beschäftigen.«

»Genau das ist die Idee dahinter – und die Hoffnung.«

»Sie fragten, in welche Art von Schwierigkeiten sie geraten, und das ist nicht so leicht zu sagen. Es sind vor allem die Schüler, die eine gewisse Anspannung in die Klassenzimmer bringen. Sie kennen diese Art von Kids sicher: Sie stören den Unterricht, reißen Witze, sind aus Prinzip desinteressiert und machen sich über die Schüler lustig, die wirklich lernen wollen. Sie gehen auch bei Rot über die Ampel.«

»Bei Rot über die Ampel?« Bella unterdrückte ein Lachen.

»Spotten Sie nicht. Damit fängt es an. Vom Verstoß gegen kleine Regeln bis zum Gefängnisaufenthalt ist es oft nur ein kleiner Schritt.«

Bella folgte Wilma in ihr Büro und sagte lieber nicht, dass auch genau diese Art des Denkens manche Kinder in Schwierigkeiten brachte. Wenn man von vornherein davon ausging, dass sie die falschen Entscheidungen trafen, dann fühlten sie sich oft fast schon gezwungen, dem gerecht zu werden oder weiter den Weg der Fehlentscheidungen zu gehen.

Wilma suchte in einem Aktenschrank herum und holte eine Mappe heraus, die sie Bella gab.

»Dies ist die Liste, von der ich sprach. Es sind auch Firmen vermerkt, von denen Sie sich wohl lieber fernhalten sollten.« Flüsternd ergänzte sie: »Widerliche Geschäftsinhaber …«

Als Bella zu ihrem Auto ging, wusste sie nicht, was schlimmer war: zu wissen, dass die Highschool von einer Wichtigtuerin wie Wilma geleitet wurde, die anscheinend nach Problemen suchte und bereit war, Tratsch zu verbreiten, der allein auf ihren Ansichten beruhte, oder die Tatsache, dass sie es nicht abwarten konnte, nach Hause zu kommen und den Freundinnen ihren eigenen Tratsch mitzuteilen. Als sie die Stelle für den Sommer angenommen hatte, wusste sie nicht, was für ein Mensch Wilma war, aber es hätte ihre Begeisterung nicht beeinträchtigt. Für sie zählten die Kids und die intellektuelle Herausforderung.

Wieder in ihrem Ferienhaus angekommen, zog sie sich ihren Badeanzug an, schnappte sich den Laptop, das Handy, einen Notizblock und die Mappe, um dann zum Pool zu gehen. Lieber wäre sie an den Strand gegangen, aber ohne Internet bestand dort keine Hoffnung, irgendwelche Recherchen machen zu können.

Am Pool traf sie auf Tony und Jenna, die sich in der Sonne aalten. Tony hatte die Hände hinter dem Kopf verschränkt, sein wohlgeformter Körper war schon gleichmäßig gebräunt. Jenna trug einen String-Bikini, der an den sehr dünnen Nähten zu reißen drohte.

»Es müsste verboten sein, sich mit solchen Körpern in der Öffentlichkeit zu zeigen«, scherzte Bella.

Tony blinzelte gegen die grelle Sonne an. »So übel bist du auch nicht. Wie war dein erster Schultag?«

»Was viel wichtiger ist …«, unterbrach Jenna. »Ich hatte gestern Abend nach dem Barbecue gar keine Chance mehr, mit dir zu reden. Hast du uns etwas über die geheimnisvollen zwanzig Minuten zu erzählen, in denen du mit Officer Sexy in deinem Haus verschwunden warst?«

Bella sah Tony an und sagte: »Die Schule war eine Erkundungsmission und die war interessant.« Sie seufzte mit einem Blick zu Jenna. »Zwanzig himmlische Minuten.« Bella stellte den Laptop auf einem Glastisch ab und drehte den Sonnenschirm so, dass sie auf ihrem Bildschirm alles lesen konnte.

Jenna streckte Tony die Hand entgegen. »Fünf Dollar.«

Tony griff nach seinem Portemonnaie. »Mensch, ihr Mädels habt mehr Action als ich.«

»Wir haben *es* nicht getan, also gib ihr kein Geld.« Bella legte sich neben Jenna auf einen Liegestuhl in die Sonne.

»Ich dachte, du musst arbeiten«, meinte Jenna.

»Muss ich auch, aber ich möchte fünf Minuten die Sonne genießen, bevor ich mich an die Arbeit in der realen Welt mache.« Sie schloss die Augen und seufzte.

»Du schuldest mir trotzdem das Geld«, sagte Jenna zu Tony. »Wir haben gewettet, ob sie miteinander angebandelt haben, nicht ob sie Sex hatten, und zwanzig himmlische Minuten klingen nach viel mehr als einem unschuldigen Plausch.«

Bella erinnerte sich an Cadens Blick, als sie seine Hände zum Gelobten Land geführt hatte, und an das Gefühl seiner Umarmung. Ach, wie gern sie doch in seinen Armen geblieben wäre. Ganz zu schweigen von dem Rausch, ihn zu küssen. Aber allein schon seine Wärme so nah zu spüren und sein Herz an ihrem schlagen zu fühlen, als er sie ins Schlafzimmer getragen hatte, war himmlisch. Er strahlte Sicherheit und Zuverlässigkeit aus und seine Worte versprachen so viel mehr als lustvolles Vergnügen.

»Und dieses Lächeln sagt noch viel mehr.« Jenna berührte ihren Arm. »Möchtest du erzählen?«

Bella seufzte. »Er ist verwirrend.«

»Ach, und Frauen sind das nicht?«, meinte Tony schnippisch.

»Das habe ich nicht gesagt. Ich weiß, dass ich ihn auch total verwirre.« Sie hatte die ganze Nacht über das nachgedacht, was er gesagt hatte. *Ich dachte, ich hätte deutlich gemacht, dass ich mit dir schlafen will, es aber nicht tun werde, weil du keine feste Beziehung willst.* Sie hatte über Jennas Rat nachgedacht, sie solle bei Beziehungen nicht in Kategorien denken. Es war aber nun mal so, sie dachte in Kategorien. Sie war nie die Art von Frau gewesen, die mehr als einen Mann gleichzeitig datete, und das hatte sie auch jetzt nicht vor. Sie wusste auch, dass es wahrscheinlich albern wirkte, Caden oder ihren Freunden zu erzählen, dass sie weder Dates noch eine feste Beziehung wollte, wenn sie doch eindeutig an Caden interessiert war. Aber es fühlte sich nicht albern an. Es fühlte sich so an, als wollte sie ihren Überzeugungen treu bleiben – auch wenn sie und Caden schon sehr intime Dinge taten, die für sie außerhalb einer festen Beziehung normalerweise nie infrage kamen.

Vielleicht waren Lebensentscheidungen nicht so einfach, wie sie gehofft hatte.

Und wenn sie ehrlich zu sich selbst war, dann sorgte Caden überhaupt nicht für Verwirrung. Sondern sie.

»Was für eine Art von Mann würde nicht ... ihr wisst

schon … mit einer Frau, wenn sie es ohne weitere Verpflichtungen anbietet?«, fragte Bella.

»Die schwule Art«, antwortete Jenna.

»Ich werde mal kurz als Therapeut zu dir sprechen.« Tony setzte sich auf und stützte die Ellbogen auf die Knie.

»Du bist kein Therapeut. Du bist ein Motivationstrainer und Surfer, und nichts von beidem qualifiziert dich, den Therapeuten zu geben.« In Wahrheit hatte Bella mit ihren männlichen Freunden großes Glück. Tonys Ratschläge waren für gewöhnlich goldrichtig.

»Na gut«, sagte Tony. »Dann spreche ich als Mann zu dir und die Qualifikation habe ich. Zuerst einmal: Seit wann suchst du nach jemandem, den du ranlassen und dann abservieren kannst?«

Bella verdrehte die Augen. »Danach suche ich ja nicht. Ich bin nur nicht wild darauf, jemanden ranzulassen und dann angelogen zu werden. Oder jemanden ranzulassen und daraufhin falsche Entscheidungen zu treffen.«

»Weil du irgendeinen Mistkerl gedatet hast, der dir erzählt hat, dass er geschieden wäre, der aber in Wirklichkeit mit seiner Frau alles wieder auf die Reihe bekommen wollte? Was für eine Macht hatte dieser Typ über dich, dass er dich dazu gebracht hat, jemand anderes zu sein? Du bist Bella Abbascia, der Inbegriff von Stärke und Selbstvertrauen. Du bist schön und klug und du hast dir eine großartige Karriere aufgebaut. Was hat der Kerl dir angetan, dass du all das hinter dir lässt?« Tony stand auf und ging neben Bellas Liegestuhl auf und ab. »Und wenn er etwas so Übles getan hat, warum zum Henker hast du mich dann nicht angerufen, damit ich den Typen windelweich schlage?«

»Sehr gute Frage«, kommentierte Jenna, die sich auf die

Seite drehte und ihre Sonnenbrille aufsetzte.

Bella erhob sich von ihrem Liegestuhl und setzte sich seufzend an den Tisch.

Tony kam zu ihr und legte ihr die Hand auf die Schulter. »Du musst da nicht allein durch, Bella. Egal, was es ist.«

»Ich weiß.« Sie lehnte sich zurück und verrückte mit dem Fuß einen Stuhl. »Setzt euch.«

Tony nahm Platz und Jenna setzte sich auf die andere Seite von Bella.

Bella legte die Hände flach auf den Tisch und atmete tief ein. Sie hatte die Wahrheit monatelang für sich behalten, und es würde sie erleichtern, es sich von der Seele zu reden. Es wäre auch ein Schlag ins Gesicht, und sie wusste, wie schmerzhaft dieser Schlag werden würde. Sie wusste aber auch, dass sie Jenna, Tony und all ihren anderen Freunden hier in Seaside ihr Herz ausschütten konnte und dass sie diesen Schmerz lindern würden.

»Okay. Die Wahrheit ist, es hat nicht an ihm gelegen. Es lag an mir. Es *liegt* an mir. Das hier war meine Entscheidung, egal, wie man es dreht. Jay war unbedeutend. Er hat mich angelogen. Ja, das hat wehgetan, aber ich habe in dem Augenblick mit ihm Schluss gemacht, als ich es erfahren habe. Doch mein Leben zu verändern, die Kontrolle über mein Leben in die Hand zu nehmen ...« Sie schüttelte den Kopf. »Das ist ganz allein auf meinem Mist gewachsen. Ich habe gründlich nachgedacht über mein Liebesleben und über mein berufliches Leben. Und ihr könnt mir glauben, es war nicht leicht, die rosa Brille abzunehmen und die Augen zu öffnen. Aber ich habe es getan. Du hast recht, Tony. Ich bin stark. Und weißt du was? Ich bin mir nicht sicher, ob das so großartig ist, wenn es um Beziehungen geht. Ich bin laut. Ich sage Dinge, die schroff rüberkommen oder fehlinterpretiert werden können. Ich mache Witze über Sachen, die andere vielleicht nicht so witzig finden. Aber ich mag mich so, wie ich bin.«

Jenna hob die Augenbrauen. »Wir lieben dich so, wie du bist.«

»Danke, Jen. Ich euch auch.« Sie seufzte. »Mir ist nur klar geworden, dass Beziehungen für mich vielleicht nicht funktionieren, weil ich keine haben soll. Wir Frauen scheinen immer nach dem perfekten Mann Ausschau zu halten, und mir wurde bewusst, dass ich den perfekten Mann nicht *brauche*. Was ich einfach nur brauche, ist, mit mir selbst glücklich zu sein, und das bin ich. Deshalb habe ich beschlossen, mein Leben in die Hand zu nehmen und etwas zu verändern. Untergehen oder schwimmen. Und zu diesem In-die-Hand-Nehmen gehört auch, dass ich diese elende Notwendigkeit, in einer Beziehung sein zu müssen, ad acta lege.«

»Bella«, setzte Tony an.

»Nein, lasst mich ausreden. Ihr kennt mich. Ich mache niemandem etwas vor. Bei mir weiß man immer, woran man ist, oder?«

Jenna nickte.

»So ziemlich, aber du verbirgst auch viel, Bell, auch wenn du es nicht zugeben willst«, sagte Tony

»Ich verberge etwas?«

»Ja. Teile von dir versteckst du. Ich kann es nicht erklären, aber ich kenne dich lange genug, um es zu bemerken. Das ist nichts Schlechtes. Wenn ich surfe, ist es auch so. Die Leute, die ich bei den Wettkämpfen treffe, wollen mich kennenlernen, weil ich für etwas stehe, nicht wegen des Menschen, der ich wirklich bin. In deren Gesellschaft zeige ich nicht mein wahres Ich. Du machst irgendwie das Gleiche. Vielleicht ist es nicht deine laute Seite, die Beziehungen schwierig macht, sondern dass du diese andere Seite von dir abschottest, denn das schafft eine Art Distanz. Männer spüren so etwas. Ihr Frauen denkt, wir merken nicht, dass ihr etwas verbergt, aber wir sehen es ganz deutlich.«

Darüber dachte sie einen Augenblick lang nach. Wahrscheinlich war da etwas dran, aber sie wollte ihren Gedanken zu Ende bringen und war deshalb zu abgelenkt. Sie schob diese Überlegungen beiseite, um sich später damit zu befassen.

»Okay, vielleicht hast du in gewisser Weise recht. Und du hast auch recht damit, dass ich nicht einfach aus einer Laune heraus mit Männern ins Bett steige.«

»Warte mal. Einen Moment!« Jenna hielt die Hand hoch. »Timmy Brown? Taylor Marks? Sagen dir die Namen irgendwas?«

»Ja, okay, vielleicht kam das schon mal vor. Mensch, Jenna, wie alt war ich denn da? Zweiundzwanzig? Aber es ist keine Angewohnheit von mir und das weißt du auch. Ich hab vielleicht ein großes Mundwerk, aber wie jeder andere Mensch auch will ich Liebe. Ich will diesen dämlichen weißen Zaun, das *Hallo, Schatz, ich bin zu Hause* und all den anderen Kram, der dazugehört.«

Tony zuckte mit den Schultern. »Okay, und warum kannst du das nicht haben und eine Karriere dazu?«

»Keine Sorge, ich bin keine verzweifelte Frau, die denkt, sie sei es nicht wert, geliebt zu werden.« Sie verdrehte die Augen. »Echt, so bin ich absolut nicht.«

»Das wissen wir.« Tony berührte ihre Hand. »Ich habe mir nur Sorgen gemacht, dass du wegen eines Mannes alles aufgegeben hast.«

»Nein. Er hat nur den Anstoß dafür gegeben. Durch ihn habe ich den Hintern hochbekommen und tue nun das, was ich wirklich will. Ich bin realistisch. Ich schaffe das hier und es ist eine gute Sache. Vielleicht kann ich jetzt wirklich für immer an meinem Lieblingsort leben und meine kreative Seele mit einer herausfordernden Arbeit nähren.« Sie atmete tief ein und spürte, dass ihr Lächeln sie mit Glück erfüllte. »Meine umständliche Antwort auf die Frage, warum er die Macht hatte, mir wehzutun, lautet also: Hatte er gar nicht. Er hat gelogen, was seine Frau und seine Beziehung zu mir anging, ja, und das war schmerzhaft. Und vielleicht habe ich auch kurz daran gezweifelt, ob es überhaupt noch Männer gibt, die wissen, wie man nicht lügt. Ich bin auch nur ein Mensch. Aber ich habe die Entscheidung, mein Leben und meine Angewohnheiten in Sachen Dates zu verändern, nicht wegen Jay getroffen. Sondern wegen mir. Mir wurde zufällig genau in dem Moment klar, was ich will, als ich mit ihm Schluss gemacht habe.« Wieder zuckte sie mit den Schultern.

Tony lehnte sich zurück und verschränkte die Arme. Besorgt sah er kurz zu Jenna.

Jenna zuckte ebenfalls mit den Schultern. »Die Frau weiß, wie man die Kontrolle übernimmt.«

Er sah wieder zu Bella. »Dagegen kann ich nichts sagen. Du hast recht. Es ist eigentlich ein ziemlich cooler und mutiger Schritt.«

»Danke.«

»Und was ist mit deinem Nicht-Date?«, wollte Tony wissen. »Wie sieht dein Plan in Bezug auf ihn aus? Er hat seinen Jungen mitgebracht. Das sieht doch nicht nach einem aus, der nur auf das Eine aus ist und dich dann abserviert.«

»Mein Nicht-Date und ich haben heute Abend ein Nicht-

Date, das keins ist. Apropos, nachdem ich euch jetzt mein jämmerliches Herz ausgeschüttet habe, muss ich noch etwas arbeiten, damit ich um sechs Uhr fertig bin.«

Auf dem Weg von der Dienststelle nach Hause hielt Caden noch am Baumarkt an, um zusätzliche Schlösser für die Fenster und Türen seines Hauses zu kaufen und bei der Gelegenheit auch gleich welche für Bellas Ferienhaus zu besorgen. In der vergangenen Nacht hatte es wieder einen Einbruch gegeben und er wollte kein Risiko eingehen. Er stellte seine Tüten auf dem Küchentisch ab und knöpfte sein Hemd auf.

»Ev?«, rief er in den Flur.

Sein Sohn antwortete nicht.

»Evan?« Er klopfte an die Tür von Evans Zimmer und eine Minute später wurde sie geöffnet. Die Haare des Teenagers waren ungekämmt, und sein T-Shirt war zerknittert, als hätte er es direkt aus dem Wäschekorb gezogen.

»Hallo, Dad. Tut mir leid, hab dich gar nicht gehört.« Er ging zu seinem Computer und schaute auf den Bildschirm. »Wir gehen um sechs zu Jamie, oder?«

»Ja, ich muss noch duschen und mich umziehen. Solltest du auch machen.« Er stellte sich hinter Evan und warf einen Blick auf den Monitor. »Was ist Python?«

»Ein Programm.«

»Für?« Er hatte in letzter Zeit das Gefühl, den Kontakt zu Evan zu verlieren, und das gefiel ihm nicht. Das Interesse seines Sohnes für Computer war nur ein Aspekt der Distanz, die sich zwischen ihnen aufgebaut hatte. Gestern Abend hatte er

93

beschlossen, dass er alles in seiner Macht Stehende tun würde, um Zeit mit Bella zu verbringen und seine Gefühle für sie zu erkunden. Und jetzt fasste er einen weiteren Entschluss. Er würde sich mit der modernen Technik befassen, damit er zumindest die Grundlagen von den Dingen verstand, für die Evan sich interessierte.

»Gestern Abend hat es wieder einen Einbruch gegeben.«

»Ich weiß.« Evan hielt den Blick weiter auf den Bildschirm gerichtet.

»Woher weißt du das?«

Evan zeigte auf den Computer. »Das sind öffentliche Informationen. Wellfleet veröffentlicht täglich die Polizeimeldungen.«

»Und die hast du gelesen?« Caden glaubte, seinen Sohn ziemlich gut zu kennen, aber er hätte nie gedacht, dass er sich für Polizeimeldungen interessieren würde. Was Evan wohl sonst noch las, von dem er nichts wusste? Für das Internet hatte er eine Kindersicherung eingerichtet, um ihn von Pornoseiten fernzuhalten, aber er wusste selbst am besten, dass da draußen jede Menge andere Gefahren lauerten.

»Dad, du bist Polizist. Hast du mir nicht seit meinem zweiten Lebensjahr oder so eingebläut, dass ich auf Nummer sicher gehen soll?« Evan schüttelte den Kopf. »Du sagst doch immer, dass die Leute, die ihr Umfeld nicht im Blick haben, am ehesten in Schwierigkeiten geraten.«

»Schaden nehmen können«, korrigierte er ihn.

»Egal. Du weißt, was ich meine. Außerdem, was ist denn schon dabei? Jemand hat ein paar Autos und ein Ferienhaus aufgebrochen. Die haben einen Laptop und ein paar Mäuse mitgehen lassen, die herumlagen.« Evan zuckte mit der Schulter.

»Was dabei ist? Dein Ernst, Ev?«

Evan seufzte. »Du weißt, was ich meine. Ist ja nicht so, als hätten die jemanden umgebracht oder denen alles geklaut, was sie besitzen.«

Caden setzte sich auf Evans Bett und rieb sich über die Schläfen. »Ev, du weißt, wie falsch diese Einstellung ist, oder?«

Evan zuckte mit den Schultern.

»Wie kommt es, dass du dich daran erinnerst, was ich über das Umfeld gesagt habe, das man im Blick haben muss, aber nicht an das, was den Respekt vor dem Eigentum anderer angeht?« Caden beobachtete seinen Sohn. Vielleicht schossen die Hormone ein, aber sein Gesicht hatte noch immer diese weichen, jungenhaften Züge, und genau die beruhigten Caden.

»Ich erinnere mich daran. Es ist ja nicht so, als wäre ich derjenige, der das getan hat, Dad. Ich beschäftige mich heute Abend mit Informatik. Schon vergessen?«

Caden lächelte. »Nein.«

Evan wandte sich wieder seinem Computer zu. »Ich mag Bella.«

»Ja, sie ist nett.«

»Und heiß.«

Caden hob die Augenbraue. *Heiß?* Sein Sohn sah Frauen als heiß an?

»Ja, sie ist ziemlich heiß«, gab er zu.

»Gehst du heute Abend mit ihr aus?«

Evan stellte die Frage so beiläufig, dass es Caden unvorbereitet traf.

»Warum hast du keine Dates, Dad? Ist es wirklich wegen der Arbeit und wegen mir?«

»Wegen dir? Kumpel, ich habe keine Dates, weil man dafür Zeit braucht, und falls es dir noch nicht aufgefallen sein sollte:

Viel Freizeit habe ich nicht.«

»Dann nimm sie dir.« Evan drehte sich auf seinem Stuhl wieder um. »Sie fährt ganz offensichtlich auf dich ab. Den ganzen Abend hat sie dich angesehen und sie hat ständig dieses typische Hand-aufs-Bein-Legen gemacht.«

»Was weißt du über dieses typische Hand-aufs-Bein-Legen?«

Evan lachte. »Ich bin fast fünfzehn und nicht mehr in der zweiten Klasse. Es gibt YouTube-Videos darüber, wie man Mädchen anmacht und Signale deutet.«

»Ach ja?« *Und die siehst du dir an?*

»Ja. Die solltest du dir mal angucken. Es gibt da diesen einen Typen, MasterDater –«

»MasterDater?«

»Ich weiß, blöder Name, aber er ist richtig schlau. Er spricht alles an.« Evan fuchtelte mit der Hand herum. »Dass Frauen gern Blickkontakt haben und dass sie es nicht ausstehen können, wenn man über sich selbst redet. Und dass man sie lieber gar nicht erst datet, wenn einen nicht interessiert, was sie zu sagen haben, weil Frauen einfach gern reden. Er sagt auch, dass du gut riechen musst, sonst mögen dich die Frauen nicht.«

»Im Ernst? Über diesen Kram gibt es Videos?« Caden machte sich eine weitere gedankliche Notiz, sich diesen MasterDater-Typen mal genauer anzusehen.

»Klar doch. Auf YouTube gibt es Videos über alles und jeden.«

»Augenblick. Spricht er auch über Sexkram?« Caden hatte *das Gespräch* mit Evan geführt, als er zwölf gewesen war. Evan war eines Tages von der Schule nach Hause gekommen und hatte von einem Jungen erzählt, der sich auf der Toilette mit einem Mädchen vergnügt hatte. Das hatte wochenlange detaillierte Gespräche über Sex und Liebe und die Bedeutung von Respekt gegenüber Frauen nach sich gezogen. Caden hatte erwartet, dass es seltsam für ihn werden würde, mit Evan über diese Dinge zu reden, aber sein Sohn war ein sehr praktisch veranlagter Junge, der nicht rot wurde oder verlegen reagierte. Er wollte alles verstehen und es ergaben sich leichte, offene Gespräche.

»Nichts, was du mir nicht schon erzählt hättest. Er redet mehr darüber, Frauen nicht zu etwas zu drängen, als dass er über die eigentliche Handlung spricht, wenn du weißt, was ich meine.«

Handlung? Großartiges Wort. Evans Haltung beeindruckte ihn, und er freute sich, dass sein Sohn eher die respektvollen Aspekte des Datens recherchierte als die sexuellen Einzelheiten. Aber er war auch nicht naiv und wusste, dass Evan die Wahrheit vielleicht etwas beschönigte.

»Also, gehst du nun heute Abend mit ihr aus?«, fragte Evan.

Caden hatte gehofft, der Frage ganz aus dem Weg gehen zu können. »Ja, aber es ist kein Date.«

»Warum nicht?«

Er stand auf und ging zur Tür. »Ich muss unter die Dusche und du solltest dich auch fertig machen. Vergiss nicht, ein sauberes T-Shirt anzuziehen.«

»Ja, ja, ich weiß. Aber der Frage entkommst du nicht. Warum ist es kein Date?«

Er konnte nicht erklären, was er selbst nicht verstand.

»Das ist kompliziert«, sagte er und ging in sein Zimmer.

Sieben

Bella hörte, wie Cadens Pick-up über die mit Muschelschalen ausgelegte Auffahrt vor ihrem Ferienhaus fuhr. Ihr Magen schlug einen kleinen Purzelbaum.

»Oh mein Gott! Er ist zu früh.« Bella wandte sich von Jenna und Amy ab und sah schnell in den Spiegel. Normalerweise trug sie nichts Rosafarbenes in der Öffentlichkeit, und als sie in einem Sommer mal aus einer Laune heraus dieses hellrosa, trägerlose Minikleid gekauft hatte, war sie davon ausgegangen, dass sie es nur in der Feriensiedlung tragen würde, wenn sie mit ihren Freundinnen zusammen war. Bisher hatte sie es jedoch noch nie angehabt, selbst in der Siedlung nicht, aber als sie vorhin mit den Mädels nach dem richtigen Outfit suchte, hatte es sie sofort angesprochen.

»Besser, er kommt jetzt zu früh als später«, meinte Amy frech grinsend.

Jenna lachte. »Hat das gerade unsere Amy gesagt?«

»Später kommt niemand«, meinte Bella ernst, auch wenn sie sich da nicht so sicher war, wie sie gerade klang. Er hatte ihr bereits ein verdammt gutes Gefühl verschafft – zwei Mal –, und die Vorstellung, sich zu revanchieren, brachte ihre Nerven zum Glühen.

»Ja, klar.« Jenna gab Bella einen Klaps auf den Hintern.

Amy spähte zum Schlafzimmerfenster hinaus. »Er klopft gleich an die Tür«, flüsterte sie. »Hallo, Caden!« Amy winkte.

»Oh, hallo, Amy.« Cadens tiefe, sexy Stimme klang verlockend in Bellas Ohren.

»Komm doch rein.« Amy drehte sich mit einem breiten Lächeln um. »Zeit für ein Nicht-Date.« Sie täuschte ein Händeklatschen vor.

»Und ihr seid sicher, dass ich okay aussehe?«

»Warte mal.« Jenna verschwand im Badezimmer und kam mit dem Shalimar-Parfum heraus. Sie spritzte es auf Bellas Hals und beugte sich dann vor, um es ihr auch unter den Rock zu spritzen.

»Nicht dein Ernst, Jen!«

»Komm, nur für alle Fälle.« Jenna zog sie aus dem Schlafzimmer.

Caden wartete im Wohnzimmer auf sie und sah unverschämt gut aus in seiner Jeans, dem grauen Button-down-Hemd und den Ledersandalen. In der einen Hand hielt er eine Papiertüte und einen Strauß rosa Rosen in der anderen.

Er musterte Bella von oben bis unten. »Wow! Jedes Mal wenn ich dich sehe, bist du noch schöner.«

»Danke. Ich hab einfach nur dieses alte Teil übergezogen«, sagte Jenna und drehte sich hin und her.

Bella hielt seinem Blick stand und ignorierte Jennas Witz. Es war nicht schwer, alles andere zu ignorieren, wenn seine Augen sagten: *Ich will dich küssen*, und ihr Innerstes *Oh ja!* antwortete.

»So übel siehst du auch nicht aus.« Bella hatte das Gefühl, sie beide würden sich in Zeitlupe bewegen, als sie gleichzeitig einen Schritt vortraten.

»Hey«, sagte er leise. »Die hier sind für dich.«

»Das sind meine Lieblingsblumen. Danke.« Er roch nach Stärke und einer warmen Umarmung. Bella stellte sich auf die Zehenspitzen und er kam ihr zu einem süßen Kuss entgegen. Sie spürte, dass ihr der Blumenstrauß entglitt, und sie hörte, dass Amy in die Küche tappte. Der laufende Wasserhahn verriet ihr, dass Amy sich den Strauß geschnappt hatte und ihn in eine Vase stellte. Als ihre Lippen sich voneinander lösten, blieb Bella auf Zehenspitzen stehen. Seine Finger berührten ihre und erst dann kam sie wieder auf den Boden der Tatsachen zurück.

»Ich habe dir noch etwas mitgebracht.« Er hob die Tüte zwischen ihnen in die Höhe. »Es hat noch einen Einbruch gegeben, und mir ist aufgefallen, dass du ziemlich einfache Schlösser an deinen Türen und Fenstern hast.«

»Du hast mir Schlösser mitgebracht?« Bella spähte in die Tüte. Sie warf Jenna und Amy einen Blick zu und wusste, dass sie ihre Gedanken hören konnten. *Er hat mir Schlösser gekauft!* Schlösser waren eine vollkommen andere Ebene als Blumen. Schlösser zeigten, dass ihm wichtig war, was ihr passierte. Dieser Gedanke beschwor alle möglichen Zukunftsszenarien herauf.

»Ich weiß, das ist keine besonders romantische Geste, aber dies ist ja kein Date, also …«

»Aber du hast mir Blumen mitgebracht. Das hat ziemlich was von einem Date.« *Und ich finde es herrlich.*

»Okay, jetzt hast du mich wohl erwischt. Aber als ich sie sah, schrien sie quasi nach dir. Ich hatte wirklich keine andere Wahl, als sie zu dir zu bringen.«

Bella überlegte nicht, bevor sie die Hand ausstreckte und ihm über seine glatt rasierte Wange strich. Seine Haut war babyweich. Sie fuhr mit dem Finger über sein markantes Kinn, stellte sich dann wieder auf die Zehenspitzen und küsste das

Grübchen in seinem Kinn.

»Das war auch kein Date-Kuss. Dein Grübchen hat nach mir geschrien.«

Er hielt ihre Hand noch fester und im Raum wurde es zehn Grad heißer.

»Okay, Leute. Bei so viel Kitsch machen wir uns lieber vom Acker.« Jenna schnappte sich Amys Hand. »Komm, Süße. Ich habe eine Flasche von unserem Lieblingswein Middle Sister kaltgestellt und die schreit nach uns.«

Amy zeigte mit dem Finger auf Caden. »Bring sie bis Mitternacht zurück, sonst verwandelt sie sich in einen Kürbis.«

»Ich bringe sie bis zehn Uhr zurück. Dann muss ich Evan von Jamie abholen.« Er stellte die Tüte mit den Schlössern auf den Couchtisch.

»Ach, da mach dir mal keine Sorgen. Wir sagen Jamie, dass er Evan zu uns bringen soll, wenn du zu spät dran bist. Keine Angst, wir werden ihn nicht verderben oder so. Wir lassen ihn Mädelsfilme angucken, entlocken dem Jungen vielleicht ein paar Tränchen.« Amy ging winkend zur Tür hinaus.

»Du hast wirklich die unglaublichsten Freundinnen.« Caden legte die Hände auf Bellas Hüfte und zog sie wieder näher an sich heran.

»In der Beziehung habe ich ziemlich viel Glück. Anscheinend habe ich auch das unglaublichste Nicht-Date.«

Wieder trafen sich ihre Lippen, dieses Mal zu einem tiefen, köstlichen, ausufernden Kuss, der Bella den Atem raubte und ihre Beine zu Pudding werden ließ.

Als sie sich voneinander lösten, schmiegte er seine Wange an ihre. »Was ist das nur mit dir? Ich habe das Gefühl, mein ganzes Leben auf dich gewartet zu haben.«

Ogottogottogott. Ich fühle es auch. Die Tür zu Bellas Herz stand weit offen, egal wie sehr sie versuchte, sie geschlossen zu halten. Sie hatte keine Hoffnung mehr, den Gefühlen, die zwischen ihnen immer größer wurden, zu entkommen. Doch ein sorgenvoller Gedanke drängelte sich vor, der Selbstschutzmodus schaltete sich ein und bremste die Wahrheit aus.

»Vielleicht sind wir beide masochistisch veranlagt.«

Er nahm sie bei der Hand, als sie nach draußen zu seinem Pick-up gingen. Bella zog die Tür hinter sich zu und Caden drehte sich um.

»Willst du nicht abschließen?«

»Wir lassen die Haustüren immer offen. Alle sind hier, da bricht also niemand ein, während wir weg sind.«

Caden rieb sich den Nacken. »Ist dir klar, wie gefährlich das ist? Was ist, wenn alle weggehen oder wenn jemand sich die Gegend genauer ansieht und merkt, dass die Türen alle nicht abgeschlossen sind?«

Bella trat an ihn heran, packte seinen Kragen und zog ihn zu sich herunter, sodass sie sich in die Augen schauten. »Der Polizist in dir kommt durch.«

Er küsste sie auf die Nase. »Deine Niedlichkeit auch. Schließ ab. Bitte. Für mich.«

»Och … Na gut.« Sie ging zurück und schloss die Tür ab, wobei sie sich insgeheim darüber freute, dass es ihm so wichtig war. »Zufrieden?«

Er hob eine Augenbraue. »Sehr. Ich weiß jetzt, dass deine Sachen sicher sind, *und* ich habe einen wunderbaren Blick auf deinen Hintern erwischt.«

»Du bist unmöglich«, meinte sie lachend.

Er öffnete die Wagentür und half ihr hinein. »Und genau das gefällt dir doch.« Sein Pick-up roch maskulin und nach Sicherheit, wie er.

»Und was hast du für unser Nicht-Date geplant?«, fragte sie, als er den Motor anließ.

Mit diesem entwaffnenden Lächeln, das Bella so liebte, fuhr er los und streckte die Hand zu ihr herüber. »Nimm meine Hand und dann erzähle ich es dir vielleicht.«

Das hier war gefährlich amüsant. *Er* war gefährlich amüsant. Bella legte ihre Hand in seine und genoss das Gefühl.

»Lass nur«, sagte sie mit einem entspannten Seufzer. »Verrate es mir nicht. Ich möchte überrascht werden.«

Es war ein herrlicher, warmer Abend mit einer leichten Brise. Sie fuhren durch Eastham und dann in Richtung Orleans – mit offenen Fenstern, Händchen haltend und mit Musik. Bei den meisten Männern hatte Bella das Gefühl, Gesprächspausen füllen zu müssen, aber mit Caden war das Schweigen angenehm, vielleicht sogar tröstlich. Er war schon jetzt vertraut, und dass sie die Hände verschränkt hatten, verstärkte diese Empfindung noch.

Wenige Minuten später stellte er das Auto vor dem Orleans Book Stop ab, einem kleinen weißen Fachwerkhaus, das zu einem Buchladen umgebaut worden war. Caden hielt Bella die Tür auf, verbeugte sich übertrieben und wies ihr mit einer ausladenden Armbewegung den Weg.

»Nach Ihnen, Madam. Ich hoffe, du hast nichts gegen Buchläden.«

»Interessante Wahl für ein erstes Nicht-Date, aber eine gute. Ich liebe Buchläden, wahrscheinlich etwas zu sehr. Du hast die Bücherstapel auf der anderen Seite meines Betts noch nicht gesehen.«

Er nahm ihre Hand und sie folgte ihm durch die vielfältigen Auslagen.

»Wir haben es nur bis zur Schlafzimmertür geschafft, falls

du dich erinnerst.« Er drückte ihre Hand und bei der Erinnerung daran schoss ihr die Röte ins Gesicht.

Sie lehnte sich nah an ihn und flüsterte: »Ja, ich erinnere mich. Du bist ein sehr unanständiger Junge.« Sie sah die Hitze in seinem Blick und hätte ihn am liebsten wieder geküsst.

»Du bist diejenige, welche«, meinte er beiläufig.

»Tss! Ich bin die Unanständige?« Sie schaute kurz zu der Jugendlichen hinter dem Ladentisch, die anscheinend zu beschäftigt mit ihrem Handy war, als dass sie ihrem Gespräch lauschen konnte.

»Nein. Du sorgst dafür, dass ich unanständig sein will«, reizte er sie.

»Oh.« Sie hakte einen Finger in seinen Jeansbund und versuchte, das Atmen nicht zu vergessen.

»Du bist die reinste Qual«, sagte er. Er nahm ihren Finger von seinem Hosenbund und wandte sich wieder den Büchern zu. »Bücher. Konzentrier dich.« Er warf ihr einen Blick zu und sie fuhr sich mit der Zunge über die Lippen. »Himmel, Bella!«

Die Reaktion war zu witzig, um es nicht noch einmal zu tun.

Er griff nach ihrer Hand und eilte mit ihr im Schlepptau hinunter in das Untergeschoss. Ihr Puls raste immer schneller, als sie zwischen Bücherregalen hindurchhasteten und er sie schließlich gegen die Toilettentür drückte. Sie genoss dieses Katz-und-Maus-Spiel, und als er seine Hüfte gegen ihre drückte und sie sein Begehren spürte, konnte sie gar nicht anders, als wieder ihren Finger in seinen Hosenbund zu schieben. Er schaute kurz nach oben zur Überwachungskamera in der Ecke, und als sich ihre Blicke wieder trafen, durchfuhr sie ein Blitz der Lust. Er schob die Hände in ihre Haare und küsste sie wie ein Soldat, der gerade aus dem Krieg heimgekehrt war.

»Ich … Das …« Er rieb sich mit einer Hand über das Gesicht und wandte sich ab. Sie konnte nur zuschauen, wie er kurz die Augen schloss, sich dann wieder ihr zuwandte und ebenso erregt und verwirrt wirkte, wie sie sich auch fühlte. Mit zusammengepressten Zähnen stieß er hervor: »Ich will nicht einfach nur heißen Sex mit dir, Bella.«

Dass er so erregt war, jagte ihr einen Schauer über den Rücken. »Du bist also doch ein Fetischist.«

Seine Augen wurden noch dunkler und schmaler, als er sie fest an die Tür drückte. »Nein. Ich möchte deine Hand halten, reden und tun, was auch immer Leute so machen, um sich kennenzulernen. Ich möchte für dich kochen und dämliche Filme gucken, die dich zum Weinen bringen.«

Ihr Herz schmolz ein wenig dahin. All diese Dinge wollte sie auch, aber sie wusste, wenn sie den Mund aufmachte, würde sie mit irgendetwas Dummem wie *Ich weine nicht* von seinen Worten ablenken. Doch sie wollte nicht von Caden ablenken.

Seine Finger glitten über ihre Wange, dann strich er ihr die Haare aus dem Gesicht.

»Ich will das andere – den heißen Sex – auch«, gestand er mit einem liebevollen Blick.

Das brachte sie beide zum Lachen.

Sie zwang sich, ein Ablenkungsmanöver, wie sie ihr so leicht über die Lippen kamen, zu vermeiden. »Ich auch.«

Er drückte ihr einen Kuss auf die Stirn und besiegelte damit ihre Gefühle.

Vierzig Minuten später verließen sie den Laden mit zwei Büchern über Informatik, damit er so etwas wie eine Ahnung für Evans Hobby bekam, und einem Roman, den sie lesen wollte. Als sie in den Pick-up stiegen, gab er ihr ein rosafarbenes Lesezeichen mit einem Spitzenband am Ende.

»Ich dachte mir, das könntest du für dein Buch gebrauchen.«

»Danke.« Sie ließ das Band über ihre Finger gleiten. In weniger als zwei Stunden hatte er ihr zwei rosa Dinge geschenkt. Niemand, nicht einmal ihre Freundinnen in Seaside, hatten ihr je rosa Dinge gekauft, und sie wussten, dass sie Rosa liebte, aber sie wussten auch, dass die Bella, die sie allen anderen darbot, keine mädchenhafte Frau war. *Diese* Bella hatte sie vor Jahren hinter sich gelassen – zumindest in der Öffentlichkeit. Sie sah an ihrem Kleid hinab. *Bis jetzt.* Sie fragte sich, was Caden an sich hatte, dass sie sich sicher genug fühlte, um einen Teil von sich an die Oberfläche zu holen, den sie so lange verborgen hatte.

Sie betrachtete ihn, während er um die Ecke zum Hafen fuhr und am Pier parkte. Er schien sich ihres Blickes sehr bewusst zu sein – sich ihrer bewusst zu sein, allem, was um sie herum geschah, der anderen Autos auf der Straße, der Menschen auf dem Gehweg. Sie nahm an, dass es mit seinem Beruf zu tun hatte – und mit seinem Leben als Vater –, und es gab ihr ein anderes Gefühl von Sicherheit, zusätzlich zu der Sicherheit, die sie empfand, weil sie sie selbst sein konnte.

Caden stellte den Motor ab und beugte sich zu ihr herüber. »Hat dir schon mal jemand gesagt, dass du schön bist, wenn du so nachdenklich bist?«

»Hat dir schon mal jemand gesagt, dass du gut aussiehst, wenn du … du bist?«

Er schüttelte den Kopf. »Für eine Frau, die nicht datet und keine feste Beziehung will, sagst du einige Dinge, die eine feste Freundin sagen könnte.«

Auweia.

»Mhm.« *Freundin.* Sie ermahnte sich, das nicht zu kommentieren, während er ums Auto ging und ihre Tür öffnete. *Freundin.* Er nahm ihre Hand, und sie drehte sich auf dem Sitz herum, um ihn dann so nah an sich zu ziehen, dass ihre Nasen sich fast berührten.

»*Mein Freund* und *meine Freundin* sollte in unserem Wortschatz nicht vorkommen. Das ist wie *Date*. Verstanden?«

»Ist das der bedrohlichste Tonfall, den du zu bieten hast?« Er drückte seine Lippen auf ihre. »Denn das nehme ich dir nicht ab.«

Sie auch nicht. Sie war einfach zu gern mit ihm zusammen, und das konnte sie in etwa so gut verbergen wie ein Leopard seine Flecken. Hinter Caden ging gerade die Sonne unter und brachte die Boote auf dem spiegelglatten Wasser im Hafen zum Glitzern. Als *friedlich* würden die meisten diese Szene beschreiben, aber so schwindelig, wie Bella sich fühlte, passte *romantisch* wohl besser.

Sie stieg aus dem Pick-up und Caden legte den Arm um ihre Schulter. Sie kuschelte sich an ihn, bevor ihr bewusst wurde, was sie da tat.

»Entschuldige mal.« Bella sah mit einem schelmischen Blick zu ihm auf. »Das ist doch eher etwas, was *mein Freund* machen würde.«

»Ich merke, dass du bluffst. Also lächle und leg deinen Arm um mich.«

»Ziemlich sexy, wenn du so das Kommando übernimmst.« Sie schob den Arm um ihn und hakte den Daumen in die Schlaufe seines Hosenbundes.

»Schätzchen, ich ziehe alle Register: öffentlicher Picknicktisch und Plastikweingläser. Du wirst dich so heftig in mich verknallen, dass du wünschst, du hättest mich zehn Jahre früher kennengelernt.«

Das ist schon der Fall.

Acht

Bella konnte sich nicht daran erinnern, je mit einem Mann ausgegangen zu sein, mit dem alles – was sie taten, worüber sie redeten, jeder Blick, jede Berührung – sich so richtig anfühlte. Er hatte sein Versprechen gehalten: Sie hatten an einem Picknicktisch mit Besteck und Weingläsern aus Plastik gegessen und Bella fühlte sich wie die reichste und glücklichste Frau auf der Welt. Caden hatte ihr vorher allerdings nicht verraten, wohin er sie nach dem Essen entführen wollte. Sie erklommen den Feuerwachturm von South Wellfleet! Je höher sie auf der Metalltreppe hinaufstiegen, umso kühler wurde es. Bellas Herz klopfte so heftig, dass sie das Geländer ganz fest umklammerte, um Halt zu haben. Sie konnte es nicht fassen, dass er die Genehmigung bekommen hatte, mit ihr auf den Turm zu steigen, nach dem sie praktisch seit Jahrzehnten gelechzt hatte. Dies war *der* Regelverstoß schlechthin für sie, und dass sie es gemeinsam taten, machte es noch schöner – auch wenn er die Genehmigung hatte und sie eigentlich gegen gar keine Regel verstießen. Nach all den Jahren der freudigen Erwartung war es dennoch aufregend.

In dem Raum ganz oben auf dem Turm lehnte sie sich mit dem Rücken gegen Cadens warmen Körper, spürte seine Arme um ihre Taille, ließ den Blick über Wellfleet schweifen und wünschte sich, sie könnten die ganze Nacht hierbleiben.

»Weißt du, wie viele Jahre ich davon geträumt habe, hier oben zu stehen?« Der Ausblick war spektakulärer, als sie es sich erträumt hatte. Jenseits der hohen Kiefern war die vom Mondlicht erhellte Bucht zu sehen und jenseits der Straße schlängelten sich geheimnisvoll und verschwommen die grasbewachsenen Hügel durch das pechschwarze Wasser des Sumpfes. Obwohl sie das offene Meer nicht sehen konnte, wusste sie, dass es in der entgegengesetzten Richtung lag, gleich hinter der Dunkelheit.

»Wie viele Jahre?« Caden küsste ihre Wange.

»Es fühlt sich an wie mein ganzes Leben. Wie hast du das geschafft?«

Er schmiegte seine Wange an ihre. »Hab einen Freund um einen Gefallen gebeten.«

Er küsste sie auf die Stelle unterhalb des Ohrs und zog sie dann auf den Boden. Sie setzte sich zwischen seine Beine, lehnte sich an ihn und sah zu den Sternen auf. Die leichte Brise ließ Gänsehaut auf Bellas Gliedern entstehen, aber Cadens Wärme umgab sie wie ein Mantel.

»Macht es dir etwas aus, wenn ich ein Foto von uns mache?« Er nahm sein Handy heraus und streckte den Arm aus.

»Nicht, wenn du es mir auch schickst.« Er lächelte und drückte auf den Auslöser.

»Es war heute Abend wirklich sehr schön.« Bella fuhr mit dem Zeigefinger einen Muskel auf seinem Unterarm nach.

»Finde ich auch. Ich glaube, es war das beste Nicht-Date, das ich je hatte.« Er schlang die Arme fester um sie.

Nicht-Date. Dies war eindeutig *kein* Nicht-Date, aber wenn sie das zugab, befände sie sich auf einem Weg, auf dem sie entweder verletzt werden würde oder keine klaren Entscheidungen mehr treffen konnte. Der Gedanke bereitete ihr Sorge, sodass sie ihn gleich wieder beiseiteschob. Sie wollte – *musste* – bei ihrem Vorsatz bleiben, erst ihr Leben in geordnete Bahnen zu lenken, bevor sie sich auf eine richtige Beziehung einließ.

Dies hier fühlt sich richtig an.

Wahrhaft richtig.

Sie unterdrückte das Verlangen, sich genau das einzugestehen, und zwang sich, ihre Energie darauf zu verwenden, ihn besser kennenzulernen. Wenn sie darauf hoffen wollte, eines Tages die Gefühle zuzulassen, die zwischen ihnen aufblühten – nachdem sie ihr Leben in die richtigen Bahnen gelenkt und sich eingerichtet hatte –, musste sie verstehen, wer er war, das Schlechte und das Gute in ihm sehen.

»Kann ich dich etwas Persönliches fragen, ohne die romantische Stimmung zu ruinieren?«, fragte Bella.

»Vorschlag: Du fragst, und wir schauen, was passiert. Ich kann mir keine Frage von dir vorstellen, die etwas daran ändern würde, wie wunderbar es sich anfühlt, mit dir zusammen zu sein.«

Sie drehte sich etwas zur Seite, zog die Beine an und lehnte sie gegen seinen Oberschenkel. Mit den Fingern fuhr sie über seine Brust. »Es gefällt mir sehr, wie offen du mir gegenüber bist, aber wenn du lieber nicht darüber reden willst, verstehe ich das.«

Er küsste sie auf die Lippen. »Ich habe nichts zu verbergen.«

»Okay.« Sie sprach leiser, als sie die heikle Frage stellte. »Wie war es für dich, Evan großzuziehen, als du so jung warst?«

»Das soll die beängstigende Frage sein? Die wurde mir im Laufe der Jahre oft gestellt, und normalerweise gebe ich eine

Antwort, die nicht zu mehr Fragen führt, wie *Wunderbar* oder *Das war es wirklich wert.«*

Bella spürte sein Herz ruhig und gleichmäßig schlagen. Er schaute zu den Sternen auf, und als sich ihre Blicke wieder trafen, spürte sie seine Aufrichtigkeit, noch bevor die Worte über seine Lippen kamen.

»Als ich an diesem ersten Abend bei meinen Eltern auftauchte, war ich so von Liebe und Schmerz gleichzeitig erfüllt, dass ich wahrscheinlich gar keinen klaren Gedanken fassen konnte. Vielleicht konnte ich aber auch zum ersten Mal in meinem Leben wirklich klar denken. Wenn du wissen willst, ob ich meinen Entschluss, ihn großzuziehen, je infrage gestellt habe, dann lautet die Antwort nein. Nicht einmal in den schwierigsten Zeiten.«

»Wie sind deine Eltern damit umgegangen?«

»Meine Eltern …« Er hielt inne und ein Lächeln leuchtete in seinem Gesicht. »Sie standen plötzlich ihrem zwanzigjährigen Sohn und ihrem Enkelkind gegenüber. Was glaubst du, wie sie reagiert haben? Sie hatten eine Riesenangst, weil ich das College abbrechen wollte, und freuten sich unglaublich über diesen kleinen Jungen, der ein Teil von mir war. Ein Teil unserer Familie.«

Bella drehte sich noch weiter zu ihm um und endlich begegnete ihr Blick dem seinen – warm, liebevoll und ohne Reue. Wie er.

»Sie haben versucht, mich davon zu überzeugen, weiter zu studieren. Sie haben sogar angeboten, Evan aufzuziehen, aber ich wollte überhaupt nicht mehr zu diesem Leben zurückkehren. Als gehörten von dem Moment an, in dem Evan bei mir war, all die Partys und das Trinken zu einem ganz anderen Leben.«

»Es heißt, die Liebe zu einem Kind ist anders als jede andere Art von Liebe.«

»Absolut. Für mich traf das zu. Mein Vater hat immer eine wichtige Rolle in meinem Leben gespielt. Er ist so ein Mann, der immer – wirklich immer – das Richtige tut.« Er lachte leise auf. »Er hat mir das Jagen und Angeln beigebracht, und er hat mir beigebracht, Freundschaften mehr zu schätzen als irgendeinen Firlefanz. Was er auch tat, es enthielt immer eine Lektion in Sachen Verantwortungsbewusstsein, so kam es mir jedenfalls vor, und wie er sich meiner Mutter gegenüber verhält, war – und ist – eine wortlose Lektion in Sachen Liebe.« Er zuckte mit den Schultern. »Jedenfalls hatte ich ihre Unterstützung und das hat alles etwas einfacher gemacht.«

Sie redeten noch eine Weile über seine Eltern und darüber, wie es war, Evan großzuziehen. Bella hatte gehofft, das Gespräch würde automatisch auf Evans Mutter kommen, und als das nicht der Fall war, wurde sie noch neugieriger. Sie legte die Hände auf seine Brust, und als er sich vorbeugte und sie küsste, hätte sie das Thema fast fallengelassen.

»Was ist?«, fragte er leise.

Sie zog die Augenbrauen zusammen und überlegte, wie es sein konnte, dass sie für ihn schon so durchschaubar geworden war. Und als er mit dem Finger über ihre Wange strich und sie noch einmal fragte, wusste sie, dass es nichts gab, was sie ihn nicht fragen konnte.

»Du hast gesagt, du warst von Liebe *und* Schmerz erfüllt.«

Sein Mundwinkel zuckte, er lehnte seine Stirn gegen ihre und schloss die Augen. »Das war ich.«

»Das tut mir leid«, flüsterte sie und küsste ihn auf die Stirn, so wie er es bei ihr getan hatte.

»Es war eine harte Zeit.« Er atmete tief durch, und als er

weitersprach, wandte er den Blick keinen Moment von ihr ab. Er hatte eindeutig nichts zu verbergen.

»Ich dachte, ich würde Caty – Evans Mom – lieben, aber in der Sekunde, in der ich Evan im Arm hielt, war ich überwältigt von der Liebe zu ihm. Da wusste ich, dass ich Caty nicht geliebt hatte. Und trotzdem tat es weh, als sie ging. Was mich selbst betraf, hielt der Schmerz nicht lange an. Aber der Schmerz wegen Evan, wegen dem, was Evan erleben würde, weil er von seiner Mutter verlassen wurde, dieser Schmerz war nicht so schnell vorbei. Tag und Nacht habe ich mir darüber Sorgen gemacht, welche Auswirkung es auf ihn haben würde. Und um die Wahrheit zu sagen, mache ich mir deswegen immer noch Sorgen.«

»Glaubst du, es wäre den Versuch wert, mit ihr in Kontakt zu treten, um herauszufinden, ob die beiden jetzt eine Beziehung aufbauen könnten?«

Seine Mundwinkel hoben sich zu einem Lächeln und er küsste sie noch einmal auf den Mund. »Du bist sehr empathisch, Bella, und das liebe ich an dir. Ich glaube, die meisten Frauen würden die Mutter meines Sohnes als Bedrohung wahrnehmen.«

»Es geht hier nicht um mich. Es geht um Evan und das, was am besten für ihn ist.«

»Ich weiß, und deshalb bist du so bemerkenswert.« Er ließ diese Worte wirken, bevor er weitersprach. »Ich habe Caty nie wiedergesehen, seit sie Evan bei mir abgegeben hat. Er hat Phasen durchgemacht, in denen er mehr über seine Mutter erfahren wollte. Also habe ich sie ausfindig gemacht und ihr die Möglichkeit geboten, ihn kennenzulernen, aber es ist, als hätte sie all das hinter sich gelassen.«

»Ich kann mir nicht vorstellen, dass eine Frau ihr Kind so

zurücklassen kann, aber wir wissen wohl nie ganz, was im Kopf eines anderen abgeht. Wahrscheinlich hatte sie Gründe, die in ihrem Denken triftig waren.«

»Genau das meinte ich.« Er fuhr mit dem Finger über ihre bloße Schulter. »Es wäre einfach, sich darüber auszulassen, was für ein schrecklicher Mensch sie ist, aber das machst du nicht. Ich auch nicht, obwohl der Schmerz darüber, keine Mutter zu haben, Evan als kleinen Jungen oft in Tränen hat ausbrechen lassen.« Er schwieg kurz, und in seinen Augen sah Bella, dass er wohl mit Erinnerungen kämpfte. »Es klingt etwas egoistisch, aber in gewisser Weise hat sie Evan einen Gefallen erwiesen. Ich glaube, es wäre schlimmer für ihn gewesen, wenn er bei jemandem aufgewachsen wäre, der ihn nicht wirklich liebt oder ihn sogar ablehnt. So hatte er die Möglichkeit, ohne diese Art von Stress in seinem Zuhause vollkommen geliebt zu werden. Es hört sich vielleicht seltsam an, aber ich glaube, es war sehr viel Mut nötig, um das zu tun, was sie getan hat.«

Bella drückte ihre Wange an seine Brust und legte die Hand flach auf sein Herz. *Wer ist hier jetzt so bemerkenswert?*

Caden legte wieder die Arme um sie. »Es gibt noch etwas, das du wissen solltest, Bella, da wir bei unserem Nicht-Date gerade so aufrichtig sind. Auch wenn sie mich nicht geliebt hat und auch wenn sie schon seit so vielen Jahren nicht da ist – falls sie jemals Evan sehen möchte oder falls Evan sie selbst ausfindig machen möchte, würde ich mich ihnen nie in den Weg stellen. Dafür liebe ich ihn zu sehr.«

Er hob ihr Kinn und schaute ihr liebevoll in die Augen. »Aber egal, wie sehr sie sich vielleicht verändert hätte oder was sie zu sagen hätte, ich könnte sie niemals lieben. Im Laufe der Jahre habe ich gelernt, wie sich Liebe anfühlt, und entweder sie ist da oder nicht. Bei ihr war sie nie da. Das mit ihr war eine

Schwärmerei. Bei Evan war es Liebe auf den ersten Blick, und diese Liebe war so stark, dass mir klar war, wenn ich mich je in eine Frau verliebe, dann wüsste ich es in der ersten Minute unserer Begegnung.«

Er senkte den Mund auf ihren, brachte die Stimmen in ihrem Kopf zum Schweigen und beantwortete ihre unausgesprochenen Fragen.

»Caden«, flüsterte sie an seinen Lippen.

»Hm?«

Danke, dass du so ehrlich bist. Danke, dass du in mein Leben getreten bist. Dies ist das beste Date überhaupt. Ich verliebe mich gerade rettungslos in dich.

»Danke, dass du alle Register gezogen hast.«

Sie parkten bei Bellas Ferienhaus und gingen dann Hand in Hand über den Platz. Sie hatten an diesem Abend eine bedeutende Klippe umschifft, und um ein Haar hätte er ihr gestanden, dass er in dem Moment, als sich ihre Blicke das erste Mal begegnet waren, gewusst hatte, dass er sie liebte. Er hatte sie küssen müssen, damit die Worte nicht aus ihm herausplatzten und er sie verschreckte. Sie musste ihm gar nicht sagen, dass sie die gleichen intensiven Gefühle für ihn hegte wie er für sie. Wie bei seinen Eltern war es einfach so präsent wie die Luft, die sie atmeten. Er spürte, dass er bei Bella vorsichtig sein musste. Denn so stark, wie sie jeden glauben machen wollte, dass sie war, so zerbrechlich war ihr Herz.

Vor Jamies Haus blieb Bella abrupt stehen. »Fast hätte ich vergessen, dir das zu erzählen: Als ich heute bei der Nauset

Regional High School war und mit der Schulleiterin draußen auf dem Gelände herumgegangen bin, erzählte sie mir, dass hinter der Schule am Waldrand immer ein paar problematische Kids rumhängen.«

»Problematisch?«

»Sie scheint gern zu tratschen, also würde ich es nicht allzu ernst nehmen. Die Kids gehen wohl gern mal bei Rot über die Ampel, sagt sie. Na ja, das ist wohl kaum wirklich problematisch, aber ich wollte, dass du es weißt. Immerhin bist du Polizist, und vielleicht müsst ihr über so etwas ja Bescheid wissen, oder? Keine Ahnung.«

»Du bist so süß.«

»Wohl kaum. Vielleicht lohnt es sich, Evan auf die Ecke am Wald aufmerksam zu machen, bevor er wieder mit der Schule loslegt.«

Caden schaute zu Jamies Haus, dachte an Evan und daran, dass sein Sohn den Polizeibericht gelesen hatte, und es war ein schönes Gefühl, dass auch Bella an ihn dachte. »Ich werde ihm davon erzählen.«

Bella lehnte sich an ihn und flüsterte: »Ich gehe ständig bei Rot über die Straße.« Das Geräusch einer Haustür war zu hören und Bella legte den Zeigefinger auf die Lippen: »Psst!«

Pepper, Leannas flauschiger weißer Labradoodle, sprang um die Ecke ihres Ferienhauses auf sie zu. Bella kniete sich hin, um ihn zu streicheln. Pepper bellte, leckte und war so aufgeregt, dass er sich auf den Rücken warf.

»Was flüstern wir denn da?« Leanna spähte über das Geländer ihrer Terrasse.

»Leanna! Du bist wieder da!« Bella lächelte zu ihr hoch. »Ich habe Caden bloß gebeten, niemandem zu verraten, dass ich bei Rot über die Ampel gehe.«

»Und jetzt bestichst du einen Polizeibeamten?« Kurt tauchte hinter Leanna auf. »Hallo, Caden. Wie ich höre, habt ihr beiden ein Date.«

Als er Kurts Stimme vernahm, rannte Pepper zurück auf die Terrasse. Kurt schaute auf den Hund hinab. »Hey, Kumpel, warte kurz.«

»Schön, dich wiederzusehen, Kurt, aber … ähm … genau genommen daten wir gar nicht.« Himmel, das zu sagen, fühlte sich richtig mies an.

Kurt und Leanna sahen sich verwirrt an. »Oh, tut mir leid. Ich dachte, Tony hätte gesagt, ihr hättet ein Date.«

Bella hakte ihren Finger in Cadens Hosentasche ein. »Manche Dinge brauchen kein Etikett.«

Besser hätte er es auch nicht sagen können.

»Hey, wir überlegen, ob wir uns nächsten Dienstag ein Schiff chartern und zum Hochseeangeln rausfahren. Wollt ihr nicht mitkommen?«, fragte Kurt. »Die meisten aus der Siedlung machen wohl mit.«

»Klingt großartig.« Bella schaute Caden hoffnungsvoll an. »Könnt ihr es einrichten, du und Evan?«

»Ich fange bald an, tagsüber zu arbeiten, also muss ich in den Dienstplan schauen. Wenn ich frei habe, ja, dann würden wir gern mitkommen. Evan angelt für sein Leben gern.« Wie sie ihn und Evan bei ihren Freunden sofort miteinbezog, fühlte sich richtig gut an.

»Super. Und falls du arbeiten musst, kann Evan ja trotzdem mitkommen. Ich passe auch auf, dass er nicht zu Haifutter wird.«

»Klingt großartig. Apropos Evan, ich muss Jamie von ihm befreien.« Er gab Bella einen Kuss auf die Wange und ging seinen Sohn abholen.

Den ganzen Weg von Jamies Haus zu Bellas Haus erzählte Evan davon, wie toll es war, mit Jamie zu arbeiten.

»Und Vera hat Geige gespielt, während Jamie einige Programmierschritte mit mir durchgegangen ist. Sie ist richtig gut, Dad. Du solltest sie mal spielen hören.«

Caden lächelte, als er Bella auf der Veranda sitzen sah.

»Ich nehme an, du hattest Spaß?«, fragte Bella Evan.

»Jamie hat mir ein paar echt coole Sachen gezeigt, die ich unbedingt zu Hause ausprobieren will.« Evan ging in Richtung Pick-up.

Caden trat zu Bella. Sie sah entzückend aus, wie sie ihre Füße so auf den Stuhl vor sich gelegt hatte, die langen Beine bis hoch zu den Oberschenkeln entblößt, weil ihr Sommerkleid nach oben gerutscht war. Caden stützte sich mit beiden Händen auf den Armlehnen ihres Stuhls ab und beugte sich vor.

»Ich würde dich wirklich gern wiedersehen.«

»Ich dich auch.« Sie schob die Hände unter seinen Achseln hindurch, hielt sich an seinen Schultern fest und zog sich an ihm hoch, damit ihre Lippen zueinanderfanden.

»Soll ich dich anrufen?«, fragte er.

»Ich habe mein Handy fast nie bei mir, wenn ich also nicht antworte, komm einfach vorbei. Ich bin ziemlich unkompliziert«, sagte sie, als sie sich wieder auf den Stuhl sinken ließ.

»Du bist alles andere als unkompliziert.« Er hielt ihren Blick gefangen.

»Gut, dann mache ich etwas richtig.«

Er war sich sehr bewusst, dass sein Sohn auf ihn wartete, und doch wollte er sich nicht einmal für eine Sekunde, geschweige denn für endlose Stunden von Bella losreißen.

»Kann ich morgen nach der Arbeit vorbeikommen und die

neuen Schlösser für dich einbauen?«

Sie verdrehte die Augen. »Wenn es sein muss, aber zieh etwas Verführerisches an.« Sie wackelte mit den Augenbrauen. »Ich hab es gern, wenn meine Handwerker sexy Werkzeuggürtel und Arbeitsstiefel tragen.«

»Du bist unmöglich.«

»Genau, das haben wir ja bereits festgestellt.«

Er schüttelte den Kopf. »Okay, ich komme in voller Arbeitsmontur, aber …« Er richtete sich zu voller Größe auf, zeigte mit dem Finger auf sie und tat sein Bestes, um ein ernstes Gesicht zu machen – auch wenn ein Lächeln an seinen Mundwinkeln zuckte. »Das ist kein Date.«

Wieder verdrehte sie die Augen. »Logisch. Jetzt sieh zu, dass du hier wegkommst, bevor ich dich ins Haus zerre und unanständige Dinge mit dir anstelle.«

»Wenn du deinem Nicht-Date solche Versprechungen machst, kann ich es nicht abwarten, dein echtes Date zu werden.«

<h1 style="text-align:center">Neun</h1>

Immer noch aufgewühlt von seinem Abend mit Bella wachte Caden am nächsten Morgen früh auf und ging zum Joggen an den Strand. Normalerweise bekam er beim Laufen einen klaren Kopf, und er wollte die Gefühle in den Griff bekommen, die seinen Puls allein beim Gedanken an sie schon zum Rasen brachten.

Schweißperlen standen auf seinen Augenbrauen, als er in flottem Tempo über den nassen Sand lief. Eine kühle Brise wehte ihm über die erhitzte Haut und er genoss den kurzen Schauer. Er kam an einem Mann vorbei, der mit seinem kleinen Sohn eine Sandburg baute, und das weckte Erinnerungen an einen Sommerurlaub am Strand mit Evan als neugierigem Kleinkind zusammen mit seinen Eltern. Evan war immer schon früh wach geworden, und Caden hatte es sich angewöhnt, noch vor Sonnenaufgang aufzustehen, damit er duschen und sich anziehen konnte, bevor Evan aufwachte. In jenem Sommer hatte Evans innerer Wecker sogar noch früher geklingelt, und so hatte Caden jeden Morgen um sechs Uhr schon das Frühstück eingepackt und Decken und Handtücher im Buggy verstaut, während ein sehr glücklicher Evan ungeduldig auf ihren Spaziergang zum Strand wartete. In ihren Sweatshirts und

Shorts bauten sie Sandburgen und suchten am Ufer nach Steinen und Muscheln, bis Evan zu einer angemessenen Uhrzeit die Großeltern mit seinem unaufhörlichen Kleinkindgebrabbel wecken durfte.

Wunderbare Erinnerungen.

Er zog das Tempo an und lief an einem Hand in Hand spazierenden Paar vorbei. Als Evan noch klein war, war Caden abends immer ins Bett gefallen, zu erschöpft, um überhaupt an eine Frau zu denken. Aber in manchen Momenten, wenn er ein Liebespaar sah, das sich etwas zuflüsterte oder sich auf einer Parkbank aneinanderkuschelte, hatte sich ein Teil von ihm nach einer anhaltenden, intimen Beziehung gesehnt. Doch das waren nur Anflüge von einer Sehnsucht nach etwas, das er sich nie zugestanden hatte, und sie vergingen nach wenigen Minuten wieder und sein Leben war wieder vollständig. Seit er Bella kannte, waren diese einsamen Momente allerdings präsenter. Er war kein Heranreifender mehr, der ein Baby zu versorgen hatte und sich gleichzeitig eine Karriere aufbauen wollte. Er war ein Mann und Vater eines Teenagers.

Eines Teenagers.

Er konnte nicht begreifen, wie die Zeit so schnell vergangen war, und er wollte nicht ein paar Jahre vorausdenken, wenn Evan aufs College gehen würde und schon bald so alt wäre, wie er selbst bei Evans Geburt. Seine Gedanken wanderten wieder zu Bella, zu dem Ausdruck in ihren Augen, als sie oben auf dem Feuerwachturm miteinander geredet hatten, und zu der Liebe, die sie ausgestrahlt hatte, als sie sich küssten. Als er gestern Abend nach Hause gekommen war, hatte er ihr eine Nachricht mit dem Foto geschickt, das er von ihnen beiden aufgenommen hatte, obwohl er wusste, dass sie es wahrscheinlich erst entdecken würde, wenn sie das nächste Mal telefonieren musste.

Er konnte nicht anders. Es war eine einfache Nachricht gewesen, aber er hoffte, sie würde ein Lächeln auf ihre wunderschönen Lippen zaubern.

Er lief den gleichen Weg zurück, den er gekommen war, über den Strand und die Zufahrtstraße in Richtung seines Hauses. Kurz fasste er an sein Handy, das er beim Laufen immer am Arm trug, und fragte sich, wie es wohl wäre, es nicht jede Minute am Tag bei sich zu haben. Ihm war aufgefallen, dass Bella und ihre Freunde die Handys nicht wie die meisten Leute ständig dabeihatten. Er hatte nie den Luxus genossen, sich so frei zu fühlen. Und er wollte es auch nicht. Es gefiel ihm, nur einen Anruf von Evan entfernt zu sein – und nun auch von Bella.

Im Haus war es still, als er zurückkam. Er machte noch ein paar Push-ups und Sit-ups im Wohnzimmer. Vom Training noch erhitzt füllte er sich ein Glas mit Eiswasser und ging hinaus auf die Terrasse, um sich abzukühlen. Sein Handy vibrierte, Bellas Name erschien auf dem Display und schon raste sein Puls wieder.

Auf dem Bildschirm tauchte ein Bild auf und er lachte laut auf. Bella trug ein buntes Strandoutfit und hatte die Haare zu einem hohen Pferdeschwanz gebunden. Mit den Händen formte sie ein Herz vor ihrer Brust. Rechts von ihr hielt Amy ein Schild mit einem roten Pfeil, der auf Bella zeigte. Darunter stand VIELLEICHT. Neben ihr hielt Jenna ein Schild, auf dem WILL SIE stand, und neben ihr wiederum stand Leanna mit einem Schild, auf dem DICH DATEN stand.

Als er ihr das Foto mit ihnen beiden auf dem Feuerwachturm geschickt hatte, hatte er dazugeschrieben: *Zukünftige Dater*. Wahrscheinlich hatte sie das zum Lachen gebracht, aber das hier ... das ließ sein Herz so aufgehen, dass er fürchtete, es könnte platzen.

Er schrieb zurück – *Ich hab es gern, wenn meine Freundinnen Leder und Spitze tragen, Stiefel sind nicht nötig* – und hoffte, dass sie die Anspielung auf ihre Handwerker-Bemerkung vom Abend zuvor verstand. Er tigerte auf der Terrasse hin und her, während er auf ihre Antwort wartete. Als diese nicht sofort kam, fragte er sich besorgt, ob er mit seiner Nachricht vollkommen danebengelegen hatte.

Nach fünfzehn Minuten ging er hinein, um kalt zu duschen und sich gedanklich eine Entschuldigung zurechtzulegen. Er könnte zu ihr fahren und ihr persönlich erklären, dass es nur ein Witz gewesen war. Nicht dass es sie wieder auf dieses ganze Fetischthema brachte, das konnte er jetzt gar nicht gebrauchen. Er wusste zwar, dass sie das mit dem Fetisch auch nur im Scherz gesagt hatte, aber er wusste ebenso, dass er sich schon lange nicht mehr in der Welt der Dates getummelt und überhaupt keine Ahnung mehr hatte, was bei Handynachrichten an Frauen angebracht war und was nicht. Wahrscheinlich hätte er besser daran getan, ein blödes Nacktselfie zu verschicken. Der Gedanke ließ ihn innerlich zusammenzucken. Er würde nie verstehen, warum Leute solche Bilder verschickten, wo sie doch so leicht in falsche Hände geraten konnten.

Nach der Dusche zog er frische Sachen an, und als er aus dem Schlafzimmer kam, stand Evan in Cargoshorts und mit einem verräterischen Grinsen in der Küche – und schaute auf Cadens Handy.

»Äh, Dad? Ich dachte, du und Bella datet gar nicht?«

»Jetzt schon irgendwie. Glaube ich.« Caden nahm das Handy an sich.

»Ich würde sagen, ihr datet mit Sicherheit.« Evan lachte und schüttete sich Müsli in eine Schale.

Caden sah auf den Bildschirm. *Heiliger Bimbam.* Er war nicht sicher, was schlimmer war ... dass ihn Bellas Selfie erregte oder zu wissen, dass sein Sohn gerade seine Freundin in nichts als einem rosa Spitzennachthemd und in kniehohen Lederstiefeln gesehen hatte.

Als Bella das Sommerprojekt angenommen hatte, war sie davon ausgegangen, dass die Firmen vor Ort die Möglichkeit, Highschool-Schüler einstellen zu können, begeistert aufgreifen würden. Die Schüler waren billige Arbeitskräfte und brauchten gute Noten für den Abschluss, also würden sie sich wahrscheinlich verantwortungsbewusst verhalten, und die Firmeninhaber konnten den Kids gleichzeitig helfen, besser auf die Zukunft vorbereitet zu sein. Mit diesen Hoffnungen machte sie sich an diesem Morgen auf den Weg zu Treffen mit verschiedenen Unternehmern. Ihren ersten Termin hatte sie bei Wellfleet Automotive, einer Firma, die nicht nur auf Bellas Liste möglicher Partner gestanden hatte, weil sie im Archiv der Zeitung *Cape Codder* ein Interview mit dem Eigentümer gelesen hatte, sondern auch auf Wilmas Liste. In dem Artikel wirkte der Firmenchef bodenständig, und da er selbst als Teenager in die Fußstapfen seines Vaters getreten war, der damals zwei Autowerkstätten besessen hatte, hoffte Bella, dass er dem Arbeits- und Studienprogramm offen gegenüberstehen würde.

Wellfleet Automotive lag gleich neben der Route 6, und somit wäre es für die Schüler gut zu erreichen, egal ob mit dem Auto, dem Fahrrad oder dem Bus. Das einstöckige Gebäude stand am Ende einer langen, gewundenen Auffahrt. Bella stieg aus dem Auto und strich sich das Kleid glatt, während sie das Gelände in Augenschein nahm. Mehrere hohe Bäume spendeten Schatten auf dem Parkplatz, was an dem warmen Morgen sehr angenehm war. Die Autos standen in zwei vollen Reihen auf dem Platz. *Das ist bestimmt ein gutes Zeichen. Die Geschäfte laufen gut.* Das Gebäude hatte drei Werkstattstationen und zwei der Tore waren geöffnet. Auf dem mittleren Arbeitsplatz waren zwei Männer beschäftigt und bei der hinteren Station sah sie zwei in Jeans steckende Beine unter einem Pick-up herausragen.

Bella ging zum mittleren Tor und musste überrascht feststellen, dass weder der große, dunkelhaarige Mann im blauen Overall, der gerade mit einem Schraubenschlüssel hantierte, noch der kleine, untersetzte Mann, der unter die Motorhaube schaute, sie grüßten. Als sie angerufen hatte, um einen Termin mit dem Inhaber Mr. Healy zu machen, war dieser etwas schroff gewesen, und als er sie während ihres kurzen Telefonats dreimal in die Warteschleife verbannt hatte, war sie davon ausgegangen, dass sie ihn mit ihrem Anruf wohl von vielen dringenden Dingen abgehalten hatte. Jetzt überlegte sie allerdings, ob das gesamte Personal eher unfreundlich war.

»Hallo?«

Beide Männer schauten zu ihr auf und wandten sich dann wieder ihrer Arbeit zu.

Wie nett.

In der Werkstatt roch es nach Öl und Benzin und es kam ihr einige Grad kälter vor als draußen, aber das konnte auch an der Ausstrahlung der beiden schweigsamen Männer liegen.

»Entschuldigung, ich habe einen Termin mit Mr. Healy.« Sie ging zu dem Mann mit dem Schraubschlüssel.

Er hatte einen dicken Bauch und Wangen, die eifrig

wackelten, als er sich umdrehte. Er deutete mit einer Kopfbewegung auf eine Tür weiter rechts.

»Danke.« Bella fragte sich allmählich, ob das Ganze ein Fehler war.

Im Wartebereich schaute ein junges Paar, das an der hinteren Wand auf Plastikstühlen saß, auf, beäugte sie kurz und wandte sich dann wieder den Zeitschriften zu. Bella trat an die Empfangstheke und ließ die silberne Klingel ertönen. Sie hörte schwere Schritte, bevor ein riesiger Mann zur Tür hereinkam und sich vor ihr aufbaute. Er war sicher zwei Meter groß, hatte die Schultern eines Footballspielers und einen quadratischen Kopf, der sie an den Butler Lurch von der *Addams Family* erinnerte.

Er breitete die größten Hände, die Bella je gesehen hatte, auf der Theke aus. »Bitte?«

Dass sie ausgerechnet bei diesem Mr. Healy ihr Projekt das erste Mal präsentieren musste, verschaffte ihr ein ungutes Gefühl im Magen. Sie schaute zu dem Paar, das immer noch vom neuesten Tratsch gefesselt war, und nahm all ihren Mut zusammen.

»Ich bin Bella Abbascia, ich habe einen Termin mit Mr. Healy.«

Ein Lächeln ließ seine wettergegerbten Wangen und die grauen Augen freundlicher erscheinen. »Ich bin Healy. Kommen Sie doch um die Theke herum und folgen Sie mir.«

Sie gingen durch eine Tür im hinteren Teil des beengten Empfangsbereichs in ein überraschend aufgeräumtes Büro mit einem Fenster zum Wald hinaus.

»Setzen Sie sich doch«, sagte er und nahm in einem Lederstuhl hinter seinem Schreibtisch Platz, der seinem großen Körper entsprach.

Bella setzte sich auf den Stuhl ihm gegenüber und registrierte das staubfreie Bücherregal, den ordentlichen Stapel mit Unterlagen auf dem Schreibtisch und den nicht vorhandenen Geruch von Mechanikern, der die Werkstatt und den Empfangsbereich erfüllt hatte.

»Bella Abbascia.« Er hatte eine Raucherstimme und ließ einen lauten Seufzer auf seine Worte folgen. »Ist Ihr Vater Milton Abbascia?«

Bella versuchte, ihre Überraschung zu verbergen. »Ja.«

Er lächelte. »Concord Station Wagon von American Motors und ein Buick LeSabre.«

Sie runzelte die Stirn, als er die Autos ihrer Kindheit aufzählte.

»Manche Leute erinnern sich an Gesichter; bei mir sind es Namen und Autos. Ich habe schon für meinen Dad gearbeitet, bevor ich das Geschäft übernommen habe, also hab ich mir die alten Unterlagen angesehen, und … tatsächlich. Es war der Typ, den ich im Kopf hatte: groß, spindeldürr, ernst. Ich nehme an, das war Ihr Vater.«

Erleichterung überkam sie. All das traf auf ihren Vater zu und zudem war er vorsichtig und sorgfältig. Wenn er den Healys vertraute, dann konnte sie das auch.

»Er fährt jetzt einen Taurus.« Sie überkreuzte die Beine, straffte die Schultern, konzentrierte sich und schob die Nervosität beiseite, die sie an ihrer Handtasche herumfummeln ließ.

»Mr. Healy, Sie sind ein vielbeschäftigter Mann, daher möchte ich mich kurz fassen. Wie ich am Telefon erklärte, arbeite ich mit dem Schulamt zusammen, um ein Arbeits- und Studienprogramm auf die Beine zu stellen. Haben Sie schon mal einen Jugendlichen als Auszubildenden oder für ein

Praktikum eingestellt?«

Sein Blick wurde wieder ernst. »Vor ein paar Jahren hatten wir mal einen Jungen da. Die Ratte hat zweihundert Dollar mitgehen lassen.«

Na super. »Das tut mir leid. Aber nicht alle Jugendlichen sind so. Das Programm, das ich aufbaue, ist ausgerichtet auf diejenigen, die es sich nicht leisten können, zum College zu gehen, oder die vielleicht auch kein Interesse daran haben. Ich suche regionale Firmen, die sich beteiligen und dabei helfen wollen, diesen Kids Berufe und Verantwortung nahezubringen. Wir reden hier nur über fünfzehn Stunden pro Woche zum Mindestlohn.«

Er lehnte sich vor und stützte seine kräftigen Unterarme auf dem Tisch ab. »Bella. Ist es in Ordnung, wenn ich Sie Bella nenne?«

»Ja, natürlich.« Sein ernster Tonfall ließ darauf schließen, dass sie eine Abfuhr kassieren würde, und sie kämpfte dagegen an, sich die Verärgerung ansehen zu lassen.

»Bella, was Sie tun, ist lobenswert, aber die Winter auf Cape Cod sind so ganz anders als die Sommer. Es ist ziemlich trostlos, und die Kids sind nicht besonders versessen darauf, mit dem Fahrrad zu einem Job zu fahren, den sie bei minus zehn Grad nur ungern tun.«

»Sie sind hier gut ans öffentliche Verkehrsnetz angeschlossen.«

»Stimmt, aber dafür müssen sie bezahlen.« Er hob seine dichten, ergrauenden Augenbrauen. »Ich könnte Ihnen zehn praktische Gründe nennen, warum ein Jugendlicher mies arbeiten oder gar nicht erst zur Arbeit auftauchen würde, aber Sie sind eine kluge Frau, also lasse ich das. Ich werde Ihnen eine ehrliche Antwort geben: Ich bin nicht bereit, Zeit mit der

Ausbildung von Jugendlichen zu verbringen, die ich nicht kenne und denen ich nicht vertraue. Seit elf Jahren habe ich dieselben Angestellten. Wir führen ein leistungsstarkes Unternehmen und so sehr ich den Kids hier in der Gegend helfen wollen würde … Ich habe mir einmal die Finger verbrannt und das reicht.«

»Mr. Healy, Sie haben Ihre Anfänge in der Arbeitswelt bei Ihrem Vater gemacht. Viele dieser Jugendlichen haben diese Möglichkeit nicht, daher frage ich Sie: Welche Möglichkeiten hätten Sie gehabt, wenn Ihr Vater nicht dieses Unternehmen gehabt hätte?« Bella hielt seinem Blick stand und hoffte, dass er sich ihrem dringenden Anliegen gegenüber doch noch offener zeigen würde.

Er kniff die Augen etwas zusammen und lehnte sich in seinem Schreibtischstuhl zurück. »Großartige Frage, noch dazu eine, die ich mir in den vergangenen zwanzig Jahren schon häufig gestellt habe. Ich kann nicht sagen, welche Möglichkeiten ich gehabt hätte. Aber ich habe viele Jahre damit verbracht, eine Firma aufzubauen, der die Leute vertrauen können. Die Leute hier verlassen sich darauf, dass ich faire Geschäfte mache und qualitativ gute Arbeit leiste.« Er zuckte mit den Schultern, als hätte er damit eine Antwort auf ihre Frage gegeben.

»Inwiefern behindert die Einstellung eines Schülers, der von ihren Bemühungen lernen und daran wachsen kann, dieses Geschäft?«

»Wenn ich sicher sein könnte, dass sie nur hier wären, um etwas zu lernen, wäre das eine Sache.« Er stand auf. »Kommen Sie mal mit.« Er führte sie aus dem Büro, durch den Empfangsbereich hin zu dem Parkplatz, wo er auf ein Auto zeigte. »Sehen Sie den roten Corolla?«

»Ja.«

»Vor zwei Tagen wurde nachts in ihn eingebrochen. Das Radio wurde gestohlen, dazu noch ein paar CDs. Das Scheckheft, das der Kunde im Handschuhfach hatte, wurde nicht angerührt. Das verrät mir, dass Jugendliche dahinterstecken, denn ein geübter Dieb hätte das Scheckheft mitgenommen und gewusst, was er ein paar Orte weiter damit anstellen könnte. Wenn man Teenager hereinlässt, lädt man sie praktisch dazu ein, die Firma zu beklauen.« Er verschränkte die Arme. »Wie gesagt, ich habe mir die Finger schon einmal verbrannt. Lange her, dass ich selbst Teenager war, und ich weiß, dass jede Generation sagt, die nächste ist schlimmer als die eigene.« Er zuckte mit den Schultern. »Ich kann es nicht machen, aber ich bewundere, was Sie versuchen, auf die Beine zu stellen. Folgendes kann ich Ihnen anbieten: Schauen wir mal, wie das erste Jahr des Programms läuft. Wenn die Firmen am Ende nicht mehr Probleme haben als vorher, dann überlege ich es mir für das nächste Jahr. Vielleicht können fürs Erste einige der größeren Unternehmen bei Ihnen einsteigen.«

Ohne Umweg fuhr Bella zu dem Süßwarenladen Chocolate Sparrow und kaufte sich eine riesige Tüte Karamellbonbons. Sie brauchte eine Dosis Zucker, um einen Augenblick lang die harte Realität zu vergessen. Mit einem großen Stück Peanut Butter Fudge setzte sie sich vor das kleine weiße Haus und richtete ein paar aufmunternde Worte an sich selbst. Natürlich hatte sie mit so etwas rechnen müssen. Wie sollte es auch anders sein? Teenager waren nun mal Teenager. Sie waren nicht dafür gemacht, sich immer gut zu benehmen. Aber wenn sie keine Möglichkeit bekamen, sich auf produktivere Ideen zu konzentrieren und sich auf eine Art herauszufordern, die einer verantwortungsbewussten Zukunft dienlich war, was erwarteten die Leute dann? Müßiggang ist aller …

Einen Moment lang schloss sie die Augen, hielt ihr Gesicht in die Sonne und dachte an Caden. In wenigen Stunden würde er bei ihrem Ferienhaus zusätzliche Schlösser anbringen, um für ihre Sicherheit zu sorgen. Sie hielt die Schlösser immer noch für unnötig, trotz der Einbrüche in der letzten Zeit. Es hatte in Seaside nie irgendwelche Probleme gegeben. Irgendjemand war immer zu Hause und die Siedlung lag abseits von der Hauptstraße. Sie fühlte sich dort sicher. Aber es gefiel ihr, dass es ihm so wichtig war, und sie freute sich darauf, ihn wiederzusehen.

Da er gesagt hatte, dass er sie anrufen würde, hatte sie beschlossen, ihr Handy heute mitzunehmen. Jetzt holte sie es heraus, und beim Gedanken an das Selfie, das sie ihm geschickt hatte, schoss ihr wieder die Röte ins Gesicht. Das erste anzügliche Bild, das sie einem Mann je geschickt hatte. Junge, Junge, er entführte sie eindeutig ins Reich der Liebe. Sie betrachtete das Foto von ihnen beiden, das sie als Hintergrundbild auf ihrem Handy eingerichtet hatte.

Bella war absolut praktisch veranlagt, und während sie seine verträumten Augen ansah und mit dem Finger über seine vom Wind zerzausten Haare auf dem Bildschirm fuhr, wusste sie, dass die Gefühle, die er in ihr auslöste, viel zu schnell kamen. Sie widersprachen ihrem Plan, herauszufinden, wie sie ihr Leben zukünftig gestalten wollte, aber Caden Grant gefiel ihr unfassbar gut. Die Bindung an seinen Sohn, den er all die Jahre allein großgezogen hatte, war so tief. Doch das bedeutete nicht zwingend, dass er zu ihr eine ebenso tiefe Bindung aufbauen würde. Oder dass es so bleiben würde, selbst wenn es so käme. Sie wusste ja, dass Männer nicht mit Garantiescheinen geliefert wurden, ebenso wenig wie sie selbst.

Ihre Gedanken wanderten zu Evan. Er war ein aufgeweckter, respektvoller Junge, und sie sah an der Art, wie er mit Caden kommunizierte, dass sie ein gutes Verhältnis hatten. Mr. Healys unerbittliche Absage und Wilmas Spekulationen über missratene Teenager beflügelten sie in ihrem Wunsch, das Programm für Jugendliche wie Evan in Gang zu bringen, für Kids, die mehr tun und lernen wollten, als ihnen normalerweise zugänglich war. Sie aß ihre Karamellbonbons auf, die ihren Frust etwas gelindert hatten, und machte sich mit frischer Hoffnung auf zu ihrem nächsten Termin.

Fast drei Stunden – und drei Absagen – später fuhr Bella die Nebenstraße entlang, die parallel zum Meer nach Seaside führte. Auf der Höhe des Campingplatzes Payton's Campground schossen vier Jugendliche auf Fahrrädern direkt vor ihr auf die Straße. Sie trat das Bremspedal durch, und mit rasendem Puls erkannte sie gerade noch Evans volles kastanienbraunes Haar und seine langen, dürren Beine, als er davonradelte. Nach dem ersten Schrecken darüber, dass sie die Jungs fast überfahren hätte, überkam sie eine Flut von Kindheitserinnerungen. *Sie und die Seaside-Mädels auf ihren Rädern unterwegs zum Strand, wo sie ihre Bikini-Bodys zur Schau stellen, süßen Jungs zuwinken und den ganzen Tag in der Sonne verbringen. Die Abende mit allen am Pool, wo sie über ihre langen Nachmittage am Strand quatschen, und die Momente, in denen sie sich im Dunkeln hinausschleichen und flüsternd erzählen, was sie vorhaben, wenn sie älter sind.* Viel hatte sich nicht verändert. Sie waren noch immer dieselbe eingeschworene Clique, und als sie jetzt in die Siedlung fuhr und vor ihrem Ferienhaus parkte, hoffte sie, dass Evan die gleiche Art von wertvollen Erinnerungen sammeln würde.

»Hallo, du Frischverliebte.« Leanna winkte Bella von ihrer Veranda aus zu. Sie hielt einen Muffin in die Höhe. »Komm rüber und probiere mal meine neueste Kreation.«

»Danke«, sagte sie, als sie Leanna den warmen Muffin abnahm. »Irgendwie hat das Peanut Butter Fudge, das ich bei Chocolate Sparrow gekauft habe, nicht lange vorgehalten. Ich habe einen Riesenhunger.« Sie biss ab und riss die Augen auf, als in ihrem Mund eine köstliche Geschmacksexplosion von schmelzenden Bananen- und Cranberrystücken stattfand. »Leanna, das ist …« Sie vertilgte den Rest. »Fabelhaft.«

»Hmm.« Leanna zog die Nase kraus. Sie trug Cut-off-Shorts und ein Tanktop, das mit roter Marmelade und Muffinteig bekleckert war. »Jenna meinte, die wären *orgasmisch*, da ist *fabelhaft* ja wohl eine Stufe darunter.«

»War Pete hier, als sie das sagte?«, wollte Bella wissen.

Leanna riss die Augen auf. »Ah, stimmt, sie hat Pete gemeint. Echt, ihr alle kapiert solche Sachen viel schneller als ich.«

»Nee, das liegt nur daran, dass heute Dienstag ist, und jeden Dienstagmorgen denkt Jenna an Pete und an die Orgasmen, die sie sich eines Tages von ihm erhofft.«

Kurt kam aus Leannas Ferienhaus. »Ich bin nicht sicher, ob ich mich je daran gewöhnen werde, mitanzuhören, wie ihr über Männer redet. Als wären wir nur dazu da, euch Lust zu bereiten.« Er legte von hinten die Arme um Leanna und küsste sie auf den Hals.

»Mmh.« Leanna streichelte ihm über die Wange. »Warum? Tust du das so ungern?«

»Nein. Weil ich mich frage, was ihr über mich geredet habt.« Kurt gab ihr noch einen Kuss und setzte sich an seinen Laptop.

»Wir mussten gar nicht über dich reden. Ihr habt schon alles verraten, indem ihr eure Fenster aufgelassen habt.« Bella warf

Kurt eine Kusshand zu.

Er schüttelte den Kopf und fing an zu tippen.

Leanna begleitete Bella zu ihrem Haus. »Was macht das Projekt? Konntest du schon Firmen dafür gewinnen?«

»Nein, ich hatte heute vier Termine. Bei zweien bekam ich direkt eine Absage. Die anderen beiden waren im Prinzip offen dafür, haben sich aber noch nicht festgelegt. Ich verstehe es einfach nicht. Als wenn alle Angst davor hätten, Teenager einzustellen.« Bella hatte Leanna nicht gebeten, mit ihrem Marmeladen-Unternehmen an dem Programm teilzunehmen, weil sie wusste, dass Leanna nur zusagen würde, um ihr zu helfen, und sie wollte sie nicht in diese Lage bringen, falls sie eigentlich gar nicht teilnehmen wollte.

Leanna folgte ihr hinein. »Tut mir leid, dass es nicht so gut gelaufen ist, aber ich kann mir nicht vorstellen, dass alle Firmen so reagieren. Wenn jemand die Sache gut verkaufen kann, dann du.«

Die Tatsache, dass Leanna nicht anbot, bei dem Programm mitzumachen, bestätigte Bella in der Ansicht, dass es richtig gewesen war, sie nicht zu fragen. »Das hoffe ich.«

»Ich weiß es. Wie wär's, wenn du abschaltest und mit mir an den Pool gehst? Kurt schreibt noch ein paar Stunden, daher dachte ich, ich mache es mir da gemütlich. Jenna und Vera sind schon da.«

»Klar.« Bella zog sich schnell ihren Badeanzug an und dann machten sie sich auf den Weg zum Pool.

Jenna und Vera saßen unter einem Sonnenschirm und waren in eine Partie Gin Rommé vertieft. Eine Flasche Perrier stand auf dem Tisch.

»Jenna, wenn Theresa dich mit einer Glasflasche am Pool erwischt, bist du erledigt. Regel Nummer siebzehn: kein Glas auf dem Poolgelände.«

»Theresa ist nicht hier, aber ich halte nach ihrem Auto Ausschau. Danke, dass du mir jetzt die Laune verdorben hast.«

»Schön, euch zu sehen, Mädels.« Vera trug einen weißen Schlapphut und dasselbe weiße leichte Sommerkleid, das sie die vergangenen drei Sommer getragen hatte. Dunkle spinnenförmige Adern zeichneten sich auf ihren blassen Beinen ab. Sie lächelte zu ihnen auf und deutete auf die freien Stühle. »Setzt euch doch. Jenna lässt mich wieder gewinnen.«

Jenna schnaufte genervt. »Ach, komm. Vera war in ihrem vorigen Leben bestimmt Kartenzählerin oder sie hat gezinkte Karten.« Jenna sah Bella prüfend an. »Oh, oh, harter Arbeitstag?«

»Kann man wohl so sagen. Ich bin nicht davon ausgegangen, dass es leicht wird, aber ich dachte auch nicht, dass ich bei allen Firmen abblitze.« Bella sprühte sich Sonnenschutz auf Arme und Beine und gab die Flasche dann an Leanna weiter. »Vielleicht habe ich nicht den richtigen Ton getroffen oder so.«

»Gin.« Vera legte ihre Karten ab.

Jenna verdrehte die Augen und zeigte ihre Karten. »Okay, ich brauche eine Pause. Glückwunsch, Vera, ich schulde dir etwa eine Million Dollar.«

»Du schuldest mir gar nichts. Es ist nett von dir, dass du mit einer alten Dame wie mir spielst.« Vera tätschelte Jennas Hand und wandte sich dann Bella zu. »Übrigens, Bella … Evan war ein richtiger Gentleman, als er bei uns war. Hat mir Spaß gebracht, Zeit mit ihm zu verbringen.«

»Oh wie schön, das freut mich.« Sie dachte daran, wie er vorhin mit seinem Fahrrad auf die Straße geschossen war. »Sie sind ein paar Wochen vor den Sommerferien hergezogen, und

Caden sagte, er habe noch nicht viele Freunde. Aber neulich hat Evan ein paar Jungs auf dem Flohmarkt kennengelernt.«

»Ja, das hat er Jamie auch erzählt. Klang so, als kämen sie gut miteinander aus«, sagte Vera.

»Kann sein. Auf dem Weg hierher habe ich sie auf ihren Fahrrädern gesehen. Ich weiß, dass Caden besorgt ist, weil er mit Jungs loszieht, die er nicht kennt. Ich hoffe, dass es anständige Kids sind.«

»Das hoffe ich auch. Er scheint wirklich ein richtig netter Junge zu sein.« Auf Veras schmalen Lippen breitete sich ein Lächeln aus. »Du magst diesen Mann sehr, stimmt's, Liebes?«

»So könnte man es auch ausdrücken«, sagte Jenna, während sie ihren Stuhl in die Sonne zog.

Bella schaute kopfschüttelnd zu Jenna und wandte sich dann wieder Vera zu. »Ja, stimmt, aber ich versuche mit aller Kraft, mich nicht in eine ernsthafte Beziehung zu stürzen, während ich dabei bin, die Puzzleteile meines Lebens zusammenzusetzen.«

»Und warum nicht?«

»Na ja, du weißt ja, dass ich versuche, dieses Arbeits- und Studienprogramm auf die Beine zu stellen, damit ich eine Vollzeitstelle bekomme, und dann muss ich noch mein Haus in Connecticut verkaufen. Mein Leben ist im Moment nicht gerade geregelt, und ich glaube, wenn zu dem ganzen Chaos noch eine Beziehung kommt, wird es noch verwirrender.«

Vera tätschelte ihre Hand. »Bella, mein Liebes. Dein Leben läuft in geregelten Bahnen. Es ist immer geregelt gewesen. Im Moment befindest du dich einfach nur in einer Übergangsphase deines geregelten Lebens. Manchmal ist es mit einer Beziehung leichter, alles zu bewältigen. Manchmal braucht man nur dieses eine Puzzleteilchen, um das große Ganze zu sehen, das dann auch einen Sinn ergibt.«

Eine Übergangsphase meines geregelten Lebens. Bella schaute in die Ferne und ließ die Worte sacken. Konnte Caden das fehlende Puzzleteil in ihrem Leben sein? *Nein, ich brauche keinen Mann.* Aber das behauptete Vera ja auch nicht. »So sehr ich auch versuche abzustreiten, was du sagst, damit ich an meiner Keine-Beziehung-Regel festhalten kann, so genau weiß ich auch, dass es Sinn ergibt, was du sagst, Vera.«

»Du hast erwähnt, dass der Mann, mit dem du in Connecticut zusammen warst, dich in Bezug auf seine Ehefrau angelogen hat, und ich kenne dich gut genug, um zu begreifen, dass du wahrscheinlich genug von Männern hast, die dich anlügen.« Vera beugte sich näher zu Bella herüber und senkte die Stimme. »Aber, meine Süße, wenn du dein Leben in Angst vor Verletzungen lebst, dann lebst du dein Leben nicht so richtig, oder?«

Bella seufzte. »Sag mal, Vera, kommt die Weisheit wirklich mit dem Alter, oder wusstest du all dies schon, als du in unserem Alter warst?«

»Nein, Schätzchen. In eurem Alter habe ich mich genau wie ihr alle durch meine Gefühlswelten getastet. Erst wenn du mehr Falten als Orgasmen hast, kommt die Weisheit zum Vorschein.« Vera lächelte, als wüsste sie ganz genau, dass sie gerade alle umgehauen hatte.

Bella lachte. »Hoffentlich bleibt mir bis dahin noch eine Menge Zeit. Ich mag Caden wirklich sehr, und Evan mag ich auch. Vielleicht sollte ich einfach über meinen Schatten springen und aufhören, gegen meine Gefühle für ihn anzukämpfen.« Vera hatte ihr gerade die Bestätigung gegeben, von der sie gar nicht wusste, dass sie darauf gewartet – vielleicht sogar gehofft – hatte. »Ja, und weißt du was? Du hast recht,

Vera. Ich denke, es ist an der Zeit für mein ach so beständiges Ich, die Bedenken über Bord zu werfen und das zwischen uns beim Namen zu nennen. Ich werde ihn *daten*.«

»Ich freu mich für dich, Bella. Es fühlt sich wahrscheinlich so an, als würdest du dein eigenes Versprechen dir gegenüber brechen, aber sieh es doch stattdessen lieber als eine Neuverhandlung des Plans an. So war es auch bei mir und Kurt«, sagte Leanna. »Ihr wisst sicher noch, wie überfordert ich war bei dem Versuch, alles irgendwie hinkriegen zu wollen. Kurt hat dann meinem ganzen Chaos einen Sinn gegeben, nachdem wir zueinandergefunden haben.«

»Glaub mir, Leanna, wir hören alle etwas zu oft, wie ihr zueinanderfindet.« Jenna hob vielsagend die Augenbrauen.

Leanna schoss die Röte ins Gesicht.

»Kommt, Mädchen, ihr seid keine Kinder mehr. Sex gehört zu einem Leben als Paar dazu. Es ist ein schöner Bestandteil und … Ach, wo ich davon spreche. Bella, stört es dich, dass Caden einen Sohn hat?« Veras Tonfall war nun ernst.

»Ob es mich stört? Nein. Es ist ja nicht so, als hätte er die Wahl, kein Kind zu haben.«

Ein warmes Lächeln trat auf Veras Lippen. »Das ist eine sehr kluge Ansicht. Ich kann mir vorstellen, dass einige Frauen eifersüchtig wären.«

»Auf seinen Sohn? Einige Frauen vielleicht, aber Evan war vor mir da und er bedeutet Caden alles. Außerdem glaube ich nicht, dass jemand nur ein Kind oder einen anderen Erwachsenen lieben kann. Wenn das der Fall wäre, würden Ehen mit Kindern nie funktionieren.« Sie dachte an Caden und daran, wie er sein ganzes Leben für Evan verändert hatte, und sie fragte sich, ob er zu dem Mann geworden wäre, der er jetzt war, wenn es Evan nicht in seinem Leben gegeben hätte.

»Ich denke, man erfährt viel über einen Mann, wenn man sich seine Kinder anschaut, und Evan ist ein liebenswerter Junge.« Vera kannte Bella und die anderen, seit sie kleine Kinder gewesen waren und ihre Eltern die Ferienhäuser gekauft hatten. Sie war immer sehr vorsichtig damit gewesen, den jungen Frauen ihre Meinung mitzuteilen. Die Tatsache, dass sie jetzt ihre Sicht kundtat, hatte viel zu bedeuten.

»Evan ist in der Tat liebenswert, aber ich arbeite schon lange mit Teenagern, und wenn ich eines mit Sicherheit weiß, dann dass selbst Kinder von guten Eltern straffällig werden können.« Bella streckte ihre Beine in der Sonne aus. »Und genauso kann das Gegenteil eintreten. Straffällige Eltern können Kinder mit richtig gutem Benehmen haben. Ich glaube nicht, dass es da ein stets funktionierendes Rezept gibt.«

»Vielleicht ist das die Lösung für dein Projekt«, schlug Vera vor.

»Was meinst du?«

»Als wir neulich darüber sprachen, sagtest du, das Projekt sei für Jugendliche, die ansonsten zu viel Zeit hätten und in Schwierigkeiten geraten könnten. Aber was ist mit denen, die den Kreislauf durchbrechen wollen? Die Kinder, die ein Handwerk erlernen oder mehr aus ihrem Leben machen *wollen*, die aber vielleicht nicht gerade dazu gedrängt werden? Ich sage nicht, dass du es unbedingt so ausdrücken solltest, aber anstatt das Programm als eine Rettung für Jugendliche darzustellen, für die die Kriminalität quasi vorprogrammiert ist, könnte man es doch als Programm für Kids verkaufen, die aus eigenem Antrieb etwas in ihrem Leben verbessern wollen. So wie Evan, der von Jamie lernt. Niemand hat ihn gezwungen, vorbeizukommen oder ein weiteres Treffen mit Jamie für das nächste Wochenende auszumachen.«

Bella atmete hoffnungsvoll ein. »Vera, du bist brillant. Vielleicht habe ich das Ganze falsch betrachtet. Vielleicht wäre es gar nicht schlecht, wenn die Hürden für die Teilnahme am Programm ein bisschen höher liegen würden.« Bella erhob sich und ging auf und ab. »Vielleicht sollten die Schüler in ihrer Bewerbung nicht nur beschreiben, woran sie interessiert sind, sondern auch darauf eingehen, welche Ziele sie nach der Highschool haben. Und zusätzlich könnten wir sie einen Essay darüber schreiben lassen, warum eine Firma sie einstellen sollte. Nichts Großes, nur ein paar Absätze.« Sie umarmte Vera stürmisch.

»Danke! Das klingt gleich viel ansprechender für die Firmen. Kein Teenager würde doch freiwillig einen Essay schreiben, außer er will den Job wirklich. Dabei müssten sie sich auch richtig mit den Branchen auseinandersetzen, an denen sie interessiert sind.« Bella nahm wieder Platz. »Und die Kids, die das Programm brauchen können, die aber mit dem Papierkram nicht so zurechtkommen, können eine Empfehlung von ihrem Beratungslehrer erhalten, damit sie eine Chance haben. Sie müssten natürlich die gleichen Formulare ausfüllen, aber vielleicht fügen wir dann … Augenblick, das hört sich so an, als würden wir einige bevorzugen. Das geht so nicht.«

»Bella, du sollst doch nicht die ganze Welt retten. Du stellst ein Programm für diejenigen auf die Beine, die etwas aus sich machen wollen«, sagte Leanna. »Ich finde, die Idee mit dem Essay ist ein gutes Kriterium. Denk mal nach. Willst du den Firmen einen Schüler schmackhaft machen, der nur die Zeit außerhalb der Schule dort verbringt, oder willst du wirklich den Kids helfen, die sich helfen lassen wollen?«

»Vergiss nicht, dass die Beratungslehrer den Schülern empfehlen können, teilzunehmen«, fügte Jenna hinzu. »Und diejenigen, die die Bewerbung und den Essay schreiben, sind ohnehin die, die eher gute Arbeit leisten werden.«

»Stimmt. Und für die Bewerbung brauchen die Kids sowieso schon Empfehlungsschreiben von Lehrern und anderen, das ist schon festgelegt. Wisst ihr was?« Sie schnappte sich ihr Handtuch und umarmte Vera noch einmal. »Ich schreibe Caden eine Nachricht und teile ihm mit, dass wir offiziell daten, und dann möchte ich das hier weiter ausarbeiten. Ich habe einen neuen Freund und muss eine Präsentation auf die Beine stellen!«

Zehn

Am frühen Nachmittag saß Caden an einem Bericht über einen weiteren Autoeinbruch am Duck Pond. Der See lag abseits von einer Nebenstraße, am Ende eines hügeligen Waldweges. Wie bei vielen Seen am Cape lag der Parkplatz in einiger Entfernung vom Wasser und das machte ihn leider zu einem leichten Ziel. Er schrieb den Bericht und fuhr dann die Hauptstraße entlang zum Zentrum von Wellfleet, um sich dort eine Limonade zu holen.

Er parkte hinter der Kirche und überquerte gerade die Hauptstraße, als er Evan und seine Freunde mit ihren Fahrrädern auf dem Kiesplatz neben dem Markt sah. Zwei der Jungs, Mike und Bobby, erkannte er vom Flohmarkt wieder. Die beiden trugen ihre dunklen Haare ganz kurz, während die anderen wie Evan längere Haare hatten.

»Ev«, rief er ihm zu, als er näherging.

Evan ließ die Schultern hängen und stieg zögernd von seinem Fahrrad ab. »Bin gleich wieder da«, sagte er zu den anderen.

»Hey, Kumpel. Wie geht's?« Caden schaute zu den Jungs auf den Fahrrädern, und als Mike den Blick abwandte, überkam Caden ein seltsames Gefühl. Er schrieb das Unwohlsein sowohl der Distanz zu, die er in letzter Zeit zwischen sich und Evan wahrnahm, als auch der Tatsache, dass er Evans neue Freunde nicht kannte. *Auch das geht vorüber*, hoffte er.

Evan richtete den Blick auf den Gehweg und schoss einen Stein weg. »Gut.«

»Wohin fahrt ihr gerade?«

Evan zuckte nur mit den Achseln.

Evans Freunde fuhren ans andere Ende des Kiesplatzes, wo sie auf ihn warteten und ihm ganz offensichtlich zu verstehen gaben, dass sie weiterfahren wollten. Caden warf ihnen einen finsteren Blick zu. Er würde sich nicht drängen lassen, aber er bewegte sich auch auf einem schmalen Grat, weil er Evan vor seinen neuen Freunden nicht in Verlegenheit bringen wollte.

»Dad, kann ich gehen oder wolltest du noch was?«, fragte Evan.

Es gefiel ihm nicht, dass Evan ihn nicht ansah und seine Fragen nicht beantwortete. »Du weißt, dass ich es nicht mag, wenn du so herumlungerst. Was habt ihr für Pläne?«

Evan zuckte wieder nur mit den Schultern.

»Mensch, Evan. Fahrt ihr einfach nur in Wellfleet im Kreis herum? Geht ihr zu jemandem nach Hause und spielt ein Spiel? Was habt ihr vor? Und sieh mich an, wenn ich mit dir rede.«

Evan hob den Blick. »Strand, nehme ich an.«

Caden gefiel seine Verschlossenheit überhaupt nicht, aber für den Moment ließ er ihn in Ruhe. »Gut. Mach keine Dummheiten und sei rechtzeitig zurück. Du wolltest doch heute Abend zu Jamie gehen, oder?«

»Mir egal.« Evan ging zu den anderen.

Caden wollte ihn gerade zurückrufen, besann sich dann aber eines Besseren und schüttelte seine Wut ab. Er wusste, dass es einige Begleiterscheinungen mit sich brachte, der Sohn eines

Polizisten zu sein. Dazu gehörte auch, dass neue Freunde vor Nervosität leicht zwielichtig wirkten, auch wenn sie keine schlechten Kids waren. Eine Uniform konnte selbst die coolsten Jugendlichen verunsichern. Er ließ Evan das hier für den Augenblick durchgehen, aber er würde die Assistentin in der Dienststelle bitten, die zwei Jungs, die Evan auf dem Flohmarkt kennengelernt hatte, zu überprüfen – nur um sicherzugehen, dass Mikes ausweichender Blick bloß die übliche nervöse Reaktion eines Teenagers in Gegenwart eines Polizisten widerspiegelte.

Am Ende seiner Schicht grübelte Caden gerade über die Polizeiberichte der vergangenen Nacht, als er eine Nachricht von Bella erhielt. Unter ihrem lächelnden Gesicht stand auf dem Display: *Rate mal, wer das ist?*

Er schrieb zurück: *Die heiße Lady mit einer Vorliebe für Lederstiefel?*

Was hatte sie vor, und warum zum Teufel verursachte sie diese freudige Aufregung in ihm, als wäre er wieder sechzehn Jahre alt? Eine Minute später vibrierte sein Handy.

Deine neue Freundin. Ja, es ist offiziell. Gib eine Presseerklärung heraus. Wir daten. Also ... falls du noch willst. Wenn nicht, na ja, guck dir noch mal das anzügliche Bild mit den Stiefeln an, und dann änderst du deine Meinung schon. xox

Caden lachte, als Kristie Palken, die Chefassistentin der Dienststelle, mit dem Bericht kam, den er zu Evans zwei neuen Freunden Bobby Falls und Mike Elkton angefordert hatte. Er steckte sein Handy in die Tasche und räusperte sich, aber um nichts in der Welt konnte er sein Grinsen verbergen.

Kristie war süchtig nach Kaugummi. Man sah sie nie ohne einen pinkfarbenen Klumpen im Mund und auf eine nervige Art und Weise machte sie mitten im Gespräch ständig Kaugummiblasen. Aber sie war unglaublich effizient, und nachdem sie die letzten zehn Jahre für die Polizei gearbeitet hatte, war sie clever genug, um auch dort noch etwas zu finden, wo eigentlich überhaupt nichts zu holen war.

»Okay, spuck's aus. Wieso grinst du wie ein Honigkuchenpferd?«

»Nur so. Was hast du für mich?«

»Nichts da. Ich hatte zu Hause auch schon mal einen Teenager. Ich weiß, wie ein schlüpfriges Geheimnis aussieht, und du, mein Freund, guckst gerade so aus der Wäsche, als hättest du eines.« Sie lächelte und ließ ihr Kaugummi knallen. »Schon gut. Wellfleet ist eine kleine Stadt. Ich finde es irgendwann schon heraus, wenn es etwas Interessantes ist. Auf alle Fälle habe ich hier die Informationen für dich.« Sie rückte ihren runden Hintern auf dem Stuhl gegenüber von Caden zurecht.

»Und?« Er versuchte, ihren Gesichtsausdruck zu deuten, aber sie sah an Caden vorbei zu zwei Beamten, die hinter ihm herumalberten.

Sie machte eine Kaugummiblase und zuckte mit den Schultern. »Hab nichts zu ihnen gefunden. Sie gehen auf die Nauset High School, die Eltern sind unbescholten und keiner von beiden hat Einträge wegen irgendwelcher Delikte.«

Caden atmete erleichtert auf.

Sie ließ noch eine große Blase vor ihrem Gesicht wachsen, die sie dann mit ihren blutroten Lippen wieder einfing. »Ist das hier ein Fall von ›Kleiner Junge wird groß und sein Papa ist überfürsorglich‹, oder hattest du einen Grund zur Sorge?« Kristie war eine alleinerziehende Mutter mit einer mittlerweile zwanzig Jahre alten Tochter, und die Art, mit der sie ihre roten Haare über die Schulter warf, dann die Augen zusammenkniff und ihren eisernen Blick auf Caden ruhen ließ, verriet ihm, dass sie all das auch schon hinter sich hatte.

»Sie haben sich heute in meiner Gegenwart etwas nervös verhalten, aber das lag wohl an der Uniform. Und die Leiterin der Highschool sagte, es gäbe in der Gegend ein paar Kids in dem Alter, die Probleme machen, da wollte ich das nur mal nachprüfen.« Er schüttelte den Kopf. »Ich bin froh, dass sie nicht dazugehören.«

»Wilma Ritter?« Sie winkte ab. »Für Wilma machen alle Kinder, die keine Roboter sind, Probleme. Was sagt dir dein Bauchgefühl?«

»Ich habe sie nur ein paarmal ganz kurz gesehen, aber sie kamen mir wie normale Kids vor.«

»Polizisten haben üblicherweise einen guten Instinkt.« Sie beugte sich über den Tisch und hörte kurz auf zu kauen, um leiser weiterzureden: »Verbring Zeit mit ihnen. Lass sie wissen, dass du Polizist bist und sie im Auge behältst.« Sie hielt Zeige- und Mittelfinger vor ihre Augen und richtete sie dann auf Caden. »Du wärst überrascht, wie schnell etwas Angst bei Jugendlichen für gutes Benehmen sorgen kann.« Mit einem kurzen Nicken stand sie auf und ging.

Caden wusste ziemlich gut, was Angst ausrichten konnte. Sie konnte ebenso leicht negative Auswirkungen haben, wie sie gutes Benehmen auslösen konnte. Er würde einen Mittelweg finden müssen und hoffen, dass diese Jugendlichen gar keinen Anlass zur Sorge bieten würden, denn er wusste auch, wenn Kids auf Schwierigkeiten aus waren, gab es manchmal keine

Möglichkeit, sie davon abzuhalten.

Er wandte sich noch einmal den Berichten von gestern Nacht zu, bevor er sich auf den Heimweg machte. Drei Autos waren aufgebrochen worden, alle nur wenige Meilen von Bellas Ferienhaus entfernt, und am Spätnachmittag war in ein Ferienhaus eingebrochen worden. Zum Glück war zur Tatzeit niemand zu Hause gewesen. Bei dem Gedanken, dass Bella etwas zustoßen könnte, spannten sich all seine Muskeln an.

Auf der Fahrt nach Hause dachte Caden daran, wie wichtig Bella für ihn geworden war. Er wollte sie so sehr beschützen, wie er Evan beschützen wollte, und auch wenn sie nicht so unumwunden über ihr seelisches Befinden sprach, wusste er in seinem tiefsten Inneren, dass ihre Gefühle für ihn ebenso stark waren.

Sein Handy klingelte, als er gerade das Haus betrat. Evan. »Hey, Kumpel.«

»Hi, Dad. Ist es okay, wenn ich heute Abend noch was mit Bobby und Mike mache? Wir wollen bei Bobby Videospiele spielen.« Evan klang aufgeregt.

Zwei Gedanken buhlten um Cadens Aufmerksamkeit: die Sicherheit seines Sohnes und ein paar Stunden allein mit Bella. Spontan wollte er die Zeit mit Bella genießen, aber der Vater in ihm hielt ihn zurück und ließ ihn die richtigen Fragen stellen.

»Sind seine Eltern zu Hause?«

Evan seufzte. »Ja.«

»Ihr geht nirgendwohin? Du bist den ganzen Abend da?« In Boston hatte Caden die meisten Eltern von Evans Freunden gekannt. Die Erwachsenen nicht zu kennen, die für die Jungs verantwortlich waren, war neu für ihn, und er musste sich anstrengen, um nicht überfürsorglich zu reagieren.

»Ja, Dad.« Laut und deutlich war zu hören, wie genervt

Evan war.

Cadens innere Stimme riet ihm, vorbeizufahren und die Eltern kennenzulernen, aber er vertraute seinem Sohn und er wollte nicht, dass Evan für ein Papasöhnchen gehalten wurde. Kristie hatte ihm schon die Namen, Adressen und Telefonnummern von den Eltern beider Jungen gegeben. Er beschloss, Evan an der langen Leine laufen zu lassen, und hoffte, dass sein Sohn sich nicht darin verhedderte.

»Okay, aber um zehn bist du zu Hause. Soll ich dich abholen?« Er hatte das Gefühl, ihn das erste Mal allein in den Kindergarten zu schicken. Zumindest hatte er da die Möglichkeit gehabt, in seinem Auto zu sitzen und zuzusehen, wie Evan sicher in der Obhut der Erzieher spielte. Das hier machte ihm viel mehr Angst.

»Nee, ich hab mein Fahrrad. Aber können wir nicht elf Uhr sagen?«

»Evan!«

»Was? In Boston durfte ich doch auch bis elf raus. Und es ist Sommer, Dad.«

Der Frust in Evans Stimme bohrte sich mitten in Cadens Brust. Er hatte recht. Die Bitte war nicht unangemessen und Caden hätte eine Stunde mehr Zeit mit Bella.

»Okay, aber keine Minute später.«

Caden duschte und zog sich um, voller Vorfreude darauf, ein paar Stunden allein mit Bella zu verbringen. Als er aus dem Haus ging, schnappte er sich noch seinen ledernen Werkzeuggürtel. Ihm gefiel dieses kleine Spielchen, und er hatte vor, das Beste daraus zu machen.

Er hielt am Straßenrand, bevor er in die Seaside-Feriensiedlung einbog. Als er sein Hemd auszog und den Werkzeuggürtel um seine Taille legte, spürte er das erwartungsvolle Prickeln in seinem ganzen Körper. Im Rückspiegel sah er sich kopfschüttelnd an. Gegen das Lächeln auf seinen Lippen war er machtlos. Er neigte den Spiegel so, dass er seine Bauchmuskeln sehen konnte. Er trainierte viel und war gut in Form, doch noch während er sich diese Tatsache bestätigte, kam er sich unglaublich albern vor. Seit seiner Collegezeit hatte er nichts dergleichen getan. Damals waren er und seine Kumpel auf eine Alles-außer-Kleidung-Party gegangen, auf der sie lediglich mit Schwimmreifen ausgestattet und ansonsten wie von Gott geschaffen aufgetaucht waren.

Er kippte den Spiegel wieder in die richtige Position und lehnte den Kopf zurück. *Was mache ich hier eigentlich?*

Er holte sein Handy hervor und schaute sich das Foto von Bella in ihrer Spitzenunterwäsche und den Lederstiefeln an. Das verschmitzte Funkeln in ihren wunderschönen Augen gab ihm Selbstvertrauen.

Himmel, ja, und ob er das hier durchziehen würde! Er legte den Gang ein und fuhr weiter. Nachdem er das Auto bei Bellas Ferienhaus geparkt hatte, stellte er mit einem kurzen Blick fest, dass in unmittelbarer Nähe niemand draußen war. Gut so, denn auch wenn er Bella unwahrscheinlich gern in seiner oberkörperfreien Handwerkeraufmachung überraschen wollte, so wusste er doch ziemlich sicher, dass der Hintergedanke bei diesem Outfit auch für alle anderen offenkundig wäre.

Er atmete tief durch, ignorierte die seltsamen Regungen in seiner Magengegend und stieg aus dem Auto.

»Sie ist bei Leanna.« Tony kam um das Haus herum und begutachtete Caden mit einem wissenden Grinsen.

»Herrje …« Caden schloss einen Moment lang die Augen und schüttelte den Kopf.

»Kumpel, ich hole sie lieber. Glaub mir, du willst nicht, dass diese Mädels dich so sehen. Bella ja, aber Jenna? Die würde dich bei lebendigem Leib fressen.«

Caden konnte sich nicht einmal bei ihm bedanken, so peinlich war ihm die Situation. Er schlug mit der Stirn gegen die Tür und griff dann nach dem Verschluss des Werkzeuggürtels, um das dämliche Ding abzulegen.

Das Kichern hörte er, noch bevor er den Gürtel ablegen konnte. *Mist.*

»Oh ja, komm zu Mama«, neckte ihn Jenna.

»Verflucht, das ist aber mal ein heißer Handwerker«, sagte Bella, als sie hinter ihm stand und ihm einen Klaps auf den Hintern verpasste.

»Holla, die Waldfee«, meinte Amy. »Ich hab doch gesagt, dass das Unterwäsche-Lederstiefel-Outfit eure Beziehung anfeuern würde.«

»Himmel noch mal!« *Hatten wir es nötig, angefeuert zu werden?* Ihm blieb wohl nichts anderes übrig, als mitzuspielen. Caden hielt die Hände in die Höhe und drehte sich langsam um sich selbst. »Bitteschön, meine Damen. Genießt den Anblick, denn dies ist eure erste und einzige Gelegenheit.«

»Kumpel, du schraubst die Erwartungen hier ziemlich hoch. Wie sollen wir da mithalten?« Kurt und Leanna folgten Jenna auf die Veranda.

»Ach, weißt du, du hast ja Leanna schon erobert, also musst du diesen Kram wahrscheinlich nicht mehr machen. Ich dagegen mache Bella noch den Hof.«

Bella ließ ihre Finger über seine Bauchmuskeln gleiten und sah ihn dabei mit so einem lüsternen Blick an, dass er froh war, den Werkzeuggürtel vor seinem besten Stück hängen zu haben.

Kurt schüttelte den Kopf. »Wenn du glaubst, dass es aufhört, sobald ihr zusammen seid … Mann, dann bist du schon zu lange aus der Dating-Welt raus. Ich war es auf alle Fälle.« Er zog Leanna an sich und sie legte die Arme um seine Taille.

Bella schob ihren Finger in seine Gürtelschlaufe und lächelte zu ihm auf. »Es gefällt mir, dass du gut vorbereitet gekommen bist.« Sie hob die Augenbraue und biss sich auf die Unterlippe.

Heiliger … Er schaute zu den anderen.

Tony hob die Hände. »Ich hab's versucht, Junge.«

»Danke, Kumpel.«

»Wenn du dachtest, wir würden das hier verpassen, dann hast du dich gehörig geschnitten.« Jenna und Amy bemühten sich erst gar nicht, verstohlen zu glotzen.

»Wenn ihr mich anschmachten wollt, dann könnt ihr mir auch gleich ein paar Dollarscheine zustecken.«

Bella legte die Hand flach auf Cadens Oberkörper. Sie war warm und weich, und obwohl all die Leute um sie herum zuschauten, musste er sie einfach in den Arm nehmen und küssen.

»Hallo, du sexy Bursche«, sagte sie. »Kurt und Leanna haben mir gerade dabei geholfen, einige Dinge zusammenzuschreiben, die ich für das Projekt brauche. Aber wir können das morgen zu Ende bringen.«

»Nicht nötig. Ich brauche auch etwas Zeit, um diese Schlösser anzubringen. Macht doch eure Sachen fertig und anschließend sehen wir uns.«

Sie ließ ihren Finger wieder an seinem Oberkörper hinabgleiten. »Behältst du dieses Outfit an?« Sie zwinkerte eifrig mit den Wimpern und knabberte an ihrer Unterlippe.

Hatte sie irgendeine Ahnung, wie verrückt ihn das machte?

Er sah zu den anderen, die miteinander redeten, aber noch

nah genug standen, um sie zu hören. Bellas Gegenwart hatte ihn beruhigt und er war nicht mehr verlegen. Es erstaunte ihn, dass Bellas Freunde ihm bereits so angenehm vertraut geworden waren.

Er zuckte mit den Schultern. »Warum nicht?«

Bella stellte sich auf die Zehenspitzen und küsste ihn. »Verdammt heiß! Und falls du die Nachricht nicht erhalten hast: Wir daten. Du kannst also absolut Dinge tun, die mein Freund tun würde.«

Er legte seine Wange an ihre. »Die Nachricht habe ich ebenso erhalten wie dein Selfie. Glaubst du wirklich, ich wäre in so einem Aufzug gekommen, wenn ich nicht davon ausgegangen wäre, dass wir daten?«

Sie lächelte ihn an.

»Bedeutet das, dass du dich darauf einlässt, ausschließlich mit mir auszugehen, oder hast du vor, jeden zu daten, der bereit ist, einen Werkzeuggürtel zu tragen?«

Sie lehnte sich zurück und sah ihm forschend in die Augen. »Ich werfe meinen Plan für dich vollkommen über den Haufen, das weißt du, oder?«

»Das weiß ich.« *Und ich hoffe, dass dein neuer Plan mich und Evan miteinschließt.*

Bella hatte Schwierigkeiten, sich auf den Marketing-Pitch und den Entwurf des Konzepts für das Arbeits- und Studienprogramm zu konzentrieren, während Caden halb nackt herumlief. Sie hatten so heiße Blicke getauscht, dass sie sich wie ein verknalltes Highschool-Mädchen vorkam. Nur dass Caden kein Highschool-Junge war. Er war zu hundert Prozent Mann. Sie fragte sich, wie er wohl auf der Highschool gewesen war. War er stark und schweigsam, etwas geheimnisvoll gewesen, wie er nun auch als Mann war? Oder war das mit seinem Leben als Vater entstanden oder einfach, während er erwachsen geworden war? War er eine Sportskanone oder ein fleißiger Streber gewesen?

Sie stellte ihn sich als eine sexy Mischung aus beidem vor.

Bella wandte ihre Aufmerksamkeit wieder Kurt zu, der auf seinen Laptop starrte und das Marketingkonzept für sie optimierte. Leanna behauptete, besser denken zu können, wenn sie ihre Hände in Bewegung hielt. Sie hatte ein Chaos in Bellas Küche angerichtet, während sie Brot backte und ihnen Ideen zurief. Jetzt kramte sie in Bellas Kühlschrank herum.

»Ich denke, du hast hier einen überzeugenden Plan.« Kurt drehte den Laptop zu Bella um. »Ich habe nur wenige Worte geändert.«

»Wirklich? Es ist also nicht so miserabel?«

Kurt lachte. »Natürlich nicht. Was du zuerst hattest, war schon überhaupt nicht miserabel, aber dies ist noch besser. Mir gefällt die neue Ausrichtung.«

Leanna holte ein frisch gebackenes Brot aus dem Ofen, das das kleine Haus mit dem köstlichen Duft von Wärme und Behaglichkeit erfüllte. »Du weißt, dass ich bei dem Projekt mitmachen würde, wenn du es wirklich möchtest.«

»Das weiß ich, aber das brauchst du nicht. Es wird schon funktionieren, ich muss nur kreativ sein.«

Leanna schaute in den Kühlschrank. »Wo versteckst du die Marmelade?«

Bella nahm ein Glas Aprikosen-Limonen-Marmelade von Luscious Leanna's Sweet Treats aus der Kühlschranktür und winkte damit Kurt und Leanna zu. »Möchtet ihr? Mach dir nichts draus, Leanna. Ich finde auch nie etwas in meinem Kühlschrank«, versicherte Bella ihr.

Caden kam aus dem Schlafzimmer, wo er das letzte der neuen Schlösser am Fenster angebracht hatte. »Riecht himmlisch hier.«

»Leanna hat Brot gebacken.« Bella warf einen Blick auf Leannas schmutziges T-Shirt. »Wie man an dem Mehl, dem Zucker und« – sie beugte sich vor, um sich den Fettfleck auf Leannas Jeans genauer anzusehen – »an der Butter sehen kann, die sie trägt.«

»So kenne und liebe ich mein Mädchen.« Kurt küsste etwas Teig von Leannas Wange.

»Hey, Sauberkeit und Kreativität passen nicht zusammen.« Leanna machte sich daran, die Schüsseln und Utensilien, die sie benutzt hatte, zusammenzusammeln. »Es ist ein Bananen-Cranberry-Mandel-Brot und dieses Chaos ist ein kleiner Preis dafür.«

»Da stimme ich dir zu«, sagte Bella. »Lass nur, ich kümmere mich schon darum. Vielen Dank für eure Hilfe, Leute. Ohne euch hätte ich das nicht geschafft.«

»Natürlich hättest du das, aber wenn wir dich nicht beschäftigt hätten, hätte Caden nichts geschafft.« Kurt nahm Leannas Hand. »Komm, Liebling. Wir sehen mal nach Vera und lassen die beiden ein bisschen allein.«

»Danke, dass ihr Bella geholfen und mir Zeit gegeben habt, die Schlösser einzubauen«, sagte Caden. »Jetzt weiß ich zumindest, dass ihre Sicherheitsvorkehrungen ausreichen.«

»Leanna öffnete die Tür. »Als ob sie ihre Türen abschließen würde ... Macht's gut, Leute.«

»Grüßt Vera von uns«, rief Bella ihnen hinterher.

Caden legte die Hände auf ihre Hüfte. Seine Finger glitten unter ihr weites Tanktop und strichen über ihre Taille, während er seine Stirn an ihre legte.

»Hast du ein gutes Gefühl bei dem, was du geschafft hast?« Sein Atem war heiß, seine Stimme voll und verführerisch.

Bellas Körper vibrierte erwartungsvoll. Sie legte die Arme um seinen bloßen Rücken und spürte die Muskeln, die sie gerade über eine Stunde lang beobachtet hatte und die sich unter seiner straffen, gebräunten Haut immer wieder angespannt und gewölbt hatten. Himmel, er fühlte sich gut an.

»Ja«, brachte sie nur hervor. »Und du?«

Er hob ihr Kinn und küsste sie sanft. Das war der Kuss eines Mannes, der nirgendwo sonst lieber wäre. Ein zärtlicher, verheißungsvoller Kuss.

»Kommt drauf an. Wirst du diese neuen Schlösser benutzen?«

Ich mache alles, was du willst. »Mhm.«

»Dann ja. Ich fühle mich besser, wenn ich weiß, dass du etwas sicherer bist.«

»Ich bin nie davon ausgegangen, dass ich beschützt werden muss, aber ich muss zugeben, dass es sich irgendwie gut anfühlt, wenn *du* mich beschützt.«

»Tatsächlich?« Er glitt mit seinem Mund auf ihren Hals und küsste sich vor bis zu ihrem Ohr. »Jeder muss beschützt werden.« Er leckte ihre Ohrmuschel und flüsterte dann: »Sogar taffe Frauen, die Pläne machen.«

Bella schloss die Augen und genoss es, ihn zu hören und zu fühlen.

»Bist du sicher, dass du eine feste Beziehung mit mir eingehen kannst?«, fragte er leise.

Oh Gott, ja! Ein sorgenvoller Schauer rann ihr über den

Rücken. Mit noch immer geschlossenen Augen flüsterte sie: »Ich weiß, dass ich eine feste Beziehung eingehen kann, aber du könntest herausfinden, dass ich überhaupt nicht die bin, die du dir erhofft hast.«

Er drückte seine Lippen auf ihre Wange. »Du bist genau die Frau, die ich mir erhofft habe.«

Der Kloß in ihrer Kehle wurde größer.

Caden lehnte den Kopf zurück und legte seine großen, starken Hände um ihre Wangen. »Sieh mich an, Bella.«

Sie zwang sich, die Augen zu öffnen, und sein mitfühlender, liebevoller Blick sagte ihr alles, was sie wissen musste, und seine Worte bestätigten dieses Gefühl.

»Ich habe keine Angst vor einer festen Beziehung und ich habe keine Angst zu lieben.« Er sah ihr forschend in die Augen und schwieg kurz, damit – wie Bella annahm – seine Worte sie erreichen konnten.

»Aber wir sind erwachsen und Evan ist noch ein Kind. Ich entscheide nicht nur für mich, Bella. Mein Leben beinhaltet Evan und das wird auch immer so bleiben. Meine Entscheidungen haben Auswirkungen auf ihn, wenn also in irgendeiner Weise die Gefahr besteht, dass du verängstigt davonrennst, dann lass es uns langsam angehen.«

Sie schlang die Arme noch fester um ihn. »Langsam? Es ist egal, wie wir es nennen, Caden. Unsere Herzen und Körper kennen kein *Langsam*. Zumindest nicht, wenn wir zusammen sind. Du hast dich so schnell in mein Herz gestohlen. Ich habe kein Verlangen danach, es langsam mit dir angehen zu lassen. Ich will einfach … Ach, Caden, ich will keine wichtigen Entscheidungen über meinen Job oder mein Haus treffen und dann verletzt werden. Ich muss solche Entscheidungen treffen, ohne dass andere Gründe hineinspielen, aber das kommt mir unrealistisch vor.«

Er strich ihr die Haare aus der Stirn hinter das Ohr. »Wie wäre es dann, wenn wir einfach dafür sorgen, dass wir uns nicht gegenseitig wehtun? Denn ich brauche die gleiche Art von Hingabe von dir. Ich kann es mir nicht leisten, verletzt zu werden. Evan braucht keinen Vater mit Liebeskummer, der sein Leben noch komplizierter macht.«

»Ich betrüge und lüge nicht. Das habe ich noch nie getan«, versicherte Bella ihm mit Nachdruck.

»Ich auch nicht.«

Er verschloss ihren Mund mit einem zärtlichen, langen Kuss, der sie nach mehr verlangen ließ.

»Sag mir, was ich wissen muss, bevor ich dich in dein Schlafzimmer bringe und dich liebe, bis wir beide nicht mehr wissen, wie man redet.«

Sie konnte kaum atmen, geschweige denn noch denken.

»Ich … ich breche Regeln«, brachte sie hervor.

Sein linker Mundwinkel zuckte nach oben. »Im Schlafzimmer oder allgemein?«

Sie legte die Hände auf seinen nackten Oberkörper und spürte sein Herz, das genauso schnell schlug wie ihres. Jeder Atemzug, jede Sekunde war von pulsierender Hitze begleitet. Sie zwang sich zu antworten.

»Beides.« Im Schlafzimmer brach sie nicht unbedingt Regeln, aber jetzt, mit ihm, war die Vorstellung verlockend.

»Im Schlafzimmer bin ich kein Polizist.« Er schob den Träger ihres Tops hinunter und küsste ihre Schulter. Ihr wurde schwindelig. »Erzähl mir von den Regeln, gegen die du außerhalb des Schlafzimmers verstößt.«

Seine Zunge glitt über ihr Schlüsselbein. Bella schloss die Augen, genoss es, seinen Körper an ihrem zu spüren, seine

Zunge auf der Haut oberhalb ihrer Brüste, seine Erregung an ihrem Bauch.

»Feuerwerk«, sagte sie langsam ausatmend.

»Siehst du es jetzt?«, fragte er flüsternd. »Oder zündest du ab und zu eines?« Er ließ die Hände an ihren Rippen hinaufgleiten, gab ihr das Gefühl, klein und weiblich zu sein – und weckte in ihr das Begehren, seine Hände auf ihren Brüsten zu spüren.

»Beides«, stieß sie wieder schwer atmend aus. Sie musste mit ihren Lippen seinen Oberkörper berühren. Er roch nach Leidenschaft und Kraft. Erdig, moschusartig und gleichzeitig süß. Sie küsste und knabberte an seinen Brustmuskeln.

»Ich kann nicht gegen Gesetze verstoßen«, flüsterte er.

Sie hörte in seiner Stimme, wie er sich zurückhielt. »Das würde ich nie von dir verlangen.«

Seine Augen wurden dunkler, als er mit den Daumen über die Unterseite ihrer Brüste strich. *Oh Gott, ja!* Sie war unfähig, irgendetwas von sich zu geben. Zu sehr war ihre Konzentration auf seinen Daumen gerichtet, der nun über ihre feste Brustwarze strich. Sie war mehr als bereit und erfüllt von glühender Hitze.

Er küsste sie noch einmal und flüsterte dann: »Erzähle mir jetzt all die schlimmen Dinge, damit wir das hier sehenden Auges angehen können.«

Sein Daumen glitt von ihrer Brustwarze, und noch bevor sie es verhindern konnte, entwich ihr ein kleiner sehnsuchtsvoller Laut. Er verschloss ihren Mund mit seinem und nahm sie mit einem ungeduldigen, zungenschlagenden Kuss in Besitz. Als er von ihr abließ, war sie benommen, trunken vor Begehren.

»Sehenden Auges, Kleines. Keine Geheimnisse, keine Lügen, keine verborgenen Absichten.«

Sie öffnete die Augen und sein hungriger Blick brachte die Wahrheit ans Licht.

»Nacktbaden.« Oje, er würde die Flucht ergreifen, wenn sie noch mehr von ihren schlechten Angewohnheiten verriet.

Wieder zuckte sein Mundwinkel. »Du bist tatsächlich ein unartiges Mädchen.« Seine Daumen strichen über die Seiten ihrer Brüste.

»Erzähl.« Sie küsste wieder seinen Oberkörper und zwang sich, weiterzusprechen. »Was hast du schon Unartiges angestellt?«

Er küsste ihre Halsbeuge und entlockte ihr noch ein Stöhnen. Seine Lippen strichen sanft über ihre, als er antwortete. »Ich bin schon seit sehr langer Zeit ein alleinerziehender Vater.« Er legte die Hände um ihre Brüste und sie atmete bei dieser wohltuenden Berührung heftig ein. »Und ich bin Polizist«, flüsterte er. »Ich stelle nie etwas Unartiges an.«

Er schob den anderen Träger nach unten und küsste sich an ihrer Schulter entlang. Eine leichte Brise wehte durch die Küche, und Bella wurde bewusst, dass nur eine Fliegengittertür sie von der Welt da draußen trennte. Er zog sie zu einem weiteren knieerweichenden Kuss an sich und ließ eine Hand auf ihren Hintern gleiten.

»Nur Fantasien«, flüsterte er an ihren Lippen.

Bei dem Gedanken wurde sie feucht.

Sein Blick wanderte zur Tür. »Über all die Dinge, zu denen ich keine Gelegenheit hatte.« Er küsste ihre beiden Mundwinkel und drückte dann einen zärtlichen Kuss auf ihre Lippen. »Zum Beispiel eine Frau unter freiem Himmel zu lieben.«

Bellas Knie wurden ganz weich. *Unter freiem Himmel.* »Am Strand?« Ihr wurde allmählich bewusst, dass ihre Regelverstöße ziemlich zahm waren. Sie hatte noch nie richtigen Sex unter freiem Himmel gehabt, und die Vorstellung, Caden draußen zu lieben, erregte sie noch mehr.

»Zu offen.« Er küsste sie noch einmal. »Erregung öffentlichen Ärgernisses.«

»Im Wald?«, schlug sie vor.

Er legte wieder die Stirn an ihre. »Bella.«

»Der Pool?«, fragte sie leise.

Er sah ihr in die Augen. »Du wirst mich in Schwierigkeiten bringen.«

Sie leckte über seine Brustwarze und spürte, wie diese mit jeder Berührung fester wurde.

»Himmel!« Er vergrub die Hände in ihren Haaren und zog sie zu einem tiefen Kuss an sich.

Sie wollte ihm näher sein, sein Gewicht auf sich fühlen. Ihn tief in sich spüren.

Er zog sich zurück, seine Augen in ihren versunken. »Bella, wenn es noch etwas gibt, sag es mir schnell.«

»Ich … kann nicht … denken.«

Sie zog ihn zu einem weiteren Kuss zu sich herunter und gemeinsam stolperten sie ins Schlafzimmer. Caden stieß die Tür mit dem Fuß zu und küsste sie so innig, dass sie das Gefühl hatte, auf einer Wolke zu schweben. Er schmeckte wunderbar süß und heiß, wenn er seine Zunge leidenschaftlich in ihren Mund tauchte und seine Lippen nur so lang von ihren löste, dass sie ihr T-Shirt ausziehen konnte; und schon waren ihre Münder wieder beieinander. Sie fummelte am Verschluss seines Werkzeuggürtels herum und hörte Tonys Lachen, das durch das offene Fenster drang.

Bella erstarrte.

»Das Fenster«, flüsterte sie.

Schnell ging er zum Fenster. Bella sprintete zur Schlafzimmertür hinaus, die Arme vor der Brust verschränkt. Sie schloss das Küchenfenster und die Haustür. Einen Augenblick lang musste Bella sich sammeln, damit sie nicht jegliche Kontrolle verlor und Caden wie einen Baum erklomm. Sie drückte die Hände flach an die Tür und lehnte die Stirn dagegen, um tief durchzuatmen.

Sie spürte Caden hinter sich, und gleich darauf merkte sie, dass er ihren BH öffnete. Seine Hände schoben sich von hinten um sie herum, sein nackter Oberkörper strahlte Hitze aus. Er drängte sich gegen sie, schob ihr die Haare von der Schulter und senkte seinen Mund auf ihren Nacken. Sie warf ihren BH fort und umfasste seine kreisenden Hüften. Seine Hände glitten an ihren Rippen hinauf, hielten jedoch kurz vor ihren Brüsten inne. Sie hielt es nicht aus. Sie sehnte sich danach, dass er sie wieder berührte, dass er ihre Brüste mit seinen Händen umfasste und – *Oh Gott. Oh ja.* Seine Hand glitt vorne in ihre Shorts und legte sich um ihre Mitte, während er sie mit den Fingern reizte. Begehrende Hitze erfasste ihren Körper, als er an ihrem Hals saugte und küsste, knabberte und leckte, sie dem Gipfel entgegentrieb. Sie stellte sich auf die Zehenspitzen, drängte ihn, tiefer zu gehen.

»Das gefällt dir«, flüsterte er an ihrem Hals.

Sie stöhnte, wölbte sich seinen tastenden Fingern entgegen. Mit dem nächsten Atemzug griffen seine Hände nach ihren Shorts und zogen sie herunter. Grob drehte er sie in seinen Armen herum und drückte seinen Körper an ihren, ihren Rücken an die Holztür. Er hauchte kaum wahrnehmbare Küsse auf ihre Wangen, ihr Kinn, ihren Hals … überallhin, bis auf ihre Lippen, bevor er sich langsam an ihrem Hals hinunter und dann wieder hinauf zu ihrem Gesicht küsste. Jede einzelne dahingehauchte Berührung verstärkte ihre Ungeduld.

»Caden, bitte.« Sie war bereit, aus ihrer Haut und unter seine zu schlüpfen.

Er legte die Hände um ihr Gesicht und drückte seine Oberschenkel an ihre. Sie beugte sich vor, um seine köstlichen Lippen zu küssen, doch er zog sich zurück.

»Keine Eile.«

Mit der Zunge fuhr er über ihre Mundwinkel. Jedes Mal, wenn sie vorwärts drängte, ihn kosten wollte, seinen Mund spüren wollte, zog er sich zurück. Er hielt ihre Unterlippe zwischen seinen Zähnen gefangen, saugte sie dann in seinen Mund und liebkoste sie mit seiner Zunge, bis Bella sich ihm wieder auf Zehenspitzen entgegendrängte. Sie streichelte ihn durch seine Shorts, während er sie um den Verstand brachte. Er küsste sich an ihrem Kiefer entlang, und sie schloss die Augen, gab den qualvoll langsamen Berührungen nach, mit denen er sie überschüttete, und hatte das Gefühl, vor purer Erwartung zu explodieren.

»Du schmeckst so süß«, flüsterte er an ihrem Hals.

Seine Hände glitten außen an ihren Oberschenkeln hinauf, verharrten an ihren Hüften und streichelten dann die Innenseiten ihrer Oberschenkel. Sie kreiste mit den Hüften, flehte lautlos nach mehr, bis er – endlich – seinen Mund auf ihren senkte und ihr einen langen, hingebungsvollen Kuss schenkte. Sie fummelte am Knopf seiner Shorts herum. Rasch entledigte er sich seiner Stiefel und der Shorts, wobei er nach seiner Geldbörse griff, ein Kondom herausnahm und die Verpackung mit den Zähnen aufriss.

»Ich nehme die Pille.« Sie sah ein Zögern in seinen Augen. »Ich bin gesund, Caden. Im Frühjahr habe ich mich testen lassen. Ich habe die *Jetzt geht es nur noch um mich*-Phase hinter mir, und der erste Schritt war, mich durchchecken zu lassen.«

Er lehnte seine Stirn an ihre. »Das ist es nicht. Caty hatte auch die Pille genommen.«

Ihren Namen in diesem intimen Moment zu hören, tat weh. Aber er hatte um Ehrlichkeit gebeten, und sie wollte ihm nichts Geringeres geben – und auch von ihm bekommen. Sie streichelte ihm über die Wange, und als sie nun seine Lippen küsste, zog er sich nicht zurück.

»Okay«, flüsterte sie und half ihm, den Schutz abzurollen.

Der verständnisvolle Blick in Bellas Augen überwältigte ihn nahezu. Keine Sekunde konnte er länger abwarten, in ihr zu sein. Er setzte sich auf einen Stuhl und führte ihre Hüften, als sie sich rittlings auf ihn setzte. Beide hielten den Atem an, als sie jeden Zentimeter seines kräftigen Begehrens in sich aufnahm, bis er tief in ihr vergraben war. Sie war so schön und liebte ihn in rhythmischem Einklang mit seinen eigenen Bewegungen. Seine Hände tauchten in ihre Haare ein und brachten ihre Lippen zu einem weiteren leidenschaftlichen Kuss an seine. Caden liebte es, Bella zu küssen. Ihr Mund war so weich und ungeduldig, und jeder Zungenschlag von ihr war sinnlich und von so viel mehr als der puren Lust erfüllt, die sie gegenseitig anzog. Deshalb ließ er sich Zeit und genoss jede einzelne Sekunde von jedem umwerfenden Kuss.

Bella hielt sich an der Rückenlehne des Stuhls fest, als er schneller und fester in sie stieß. Er legte ihre Hände auf seine Schultern.

»Ich will dich spüren.« Er schaute sie an. »Alles von dir. Deine Stärke, dein Begehren, deinen Körper, der an meinem bebt.«

Hitze glomm in ihren Augen. Er nahm ihre Brust in den

Mund, saugte an ihrer Brustwarze und fuhr dann mit den Zähnen darüber, während er sie mit der anderen Hand zwischen ihren Beinen streichelte und sie ihn noch tiefer in sich aufnahm. Sie packte ihn fest an den Schultern. Ihre Fingernägel gruben sich in seine Haut, während sie die Augen schloss und die Lippen öffnete.

»Komm für mich«, drängte er.

Er hatte es eilig gehabt, in sie einzudringen, als er sich auf den Stuhl gesetzt hatte, doch nun wollte er noch mehr von ihr bekommen. Er umfasste ihre Hüften, stieß härter, schneller und brachte sie immer höher, höher … Ihre inneren Muskeln pulsierten um ihn herum, zogen sich immer wieder in kurzen Abständen zusammen.

»Caden«, schrie sie.

Ihre Hüften zuckten, er umfasste ihren Hinterkopf und führte ihre Lippen wieder zueinander, verschlang ihren Mund, als sie innerlich explodierte. Sein Körper verlangte nach mehr von ihr, voll und ganz in ihr vergraben zu sein, reichte nicht. Er wollte sie lieben, wollte sie vögeln, sie verwöhnen, sich um sie kümmern, alles gleichzeitig – und er begriff die Bedeutung dieser Gefühle. *Ich liebe dich mit jeder Faser meines Selbst.*

Er stand auf, und ihre Körper waren noch vereint, während er sie in ihr Schlafzimmer trug. Mit einem zufriedenen Seufzer legte sie den Kopf auf seine Schulter, und als er sie auf das Bett legte, streckte sie die Arme wieder nach ihm aus. Er nahm sie in einem weiteren endlosen, leidenschaftlichen Kuss, von dem er hoffte, er würde ihr zeigen, wie viel sie ihm bedeutete. Er strich über ihren Gaumen, ihre Zähne, all die Bereiche von ihr, die normalerweise übersehen wurden. Er wollte, dass Bella sich so sicher mit ihm fühlte, dass sie alles von sich offenbarte – und dabei selbst akzeptierte –, was sie vor dem Rest der Welt verbarg.

Auf ihren Lippen lag ein Lächeln, und ihre Augen waren so voller Begehren, dass es keinen Raum für Missverständnisse gab. Sie waren absolut einig und vereint. Wieder drängte er sich in sie, und sie fühlte sich zu unverschämt gut an, als dass er es langsam angehen konnte. Er umfasste ihre Hüften und stieß wieder und wieder in sie. Sie legte die Beine um seine Taille und hob die Hüfte an, um jeden Stoß aufzunehmen, und als sie den Mund an seinen Hals legte und saugte, jagte sie einen heißen Blitz so tief durch ihn hindurch, dass er sich nicht mehr zurückhalten konnte. Sie klammerte sich an ihn, stieß die Hüfte gegen ihn und krallte sich in seinen Rücken, als sie ihm mit ihrer eigenen köstlichen Erlösung auf den Gipfel folgte.

Lange noch lagen sie anschließend beieinander, bevor Caden sich von Bella lösen konnte, um das Kondom zu entsorgen. Als er zurückkehrte, lag Bella auf der Seite und schaute in die andere Richtung. Er legte sich wieder zu ihr und schlang seinen Körper um sie.

»Es kommt mir ungerecht vor, dass wir die Nacht getrennt voneinander verbringen müssen«, gestand er.

»Ich dachte gerade genau das Gleiche.«

»Seit Collegezeiten habe ich keine Nacht mehr mit einer Frau verbracht.«

Sie drehte sich zu ihm um und streichelte über seine Wange. »Vermisst du es?«

»Ehrlich gesagt habe ich bis zu diesem Zeitpunkt nie wirklich darüber nachgedacht. Es ist etwas anderes, wenn man ein Kind hat, das von einem abhängig ist. Ich wollte zu Hause bei Evan sein. Es gab keine Frau auf der Welt, die mich dazu bringen konnte, die Nacht fern von ihm zu verbringen.« Er küsste sie zärtlich. »Bis du kamst.«

»Caden.« Sie schmiegte sich an ihn.

»Ich habe Ehrlichkeit versprochen, und die Wahrheit ist, dass ich Evan nicht allein lassen möchte, besonders weil er mich in letzter Zeit mehr unter Beschuss genommen hat und sich zurückzuziehen scheint.«

»Das ist nicht gut. Glaubst du, dass er einfach nur gerade eine schwierige Zeit durchmacht, oder machst du dir Sorgen, dass etwas nicht stimmt?«

»Ich weiß nicht. Ich hab das Gefühl, er will mich provozieren.«

»Das nenne ich die Ich-brauche-keine-Eltern-Phase. Du kannst dich sicher noch daran erinnern, wie es war, sich alt genug zu fühlen, dass man nicht ständig im Auge behalten werden musste, oder? Als deine Eltern nicht mehr die Leute waren, die alles wussten, sondern zu den dämlichsten auf Erden wurden? Die Zeit kommt ein paar Jahre vor der Ach-ja-so-dämlich-wart-ihr-gar-nicht-Phase, die normalerweise so um die zwanzig eintritt.«

»Ich hoffe, du hast recht.« Er küsste sie auf die Lippen. »Ich weiß nur, dass ich auch nicht von dir weg möchte.«

»Ich dachte, du wolltest nur süß sein, aber du meinst es ernst.«

»Todernst.« Er sah ihr tief in die Augen.

Sie küsste das Grübchen in seinem Kinn. »Die Nacht miteinander zu verbringen, steht nicht zur Debatte. Das wissen wir beide.«

Er zog sie auf sich. »Okay, Miss Vernunft. Ist die Frau nicht für gewöhnlich diejenige, die sich nach Kuschelzeit sehnt?«

»Oh ja, ich sehne mich nach Kuschelzeit mit dir.« Sie fuhr mit dem Finger in der Mitte seines Oberkörpers hinab, was in ihm wieder ein unglaubliches Verlangen auslöste. »Aber ich würde nie versuchen, mich zwischen dich und Evan zu drängen oder dich dazu zu verleiten, Zeit ohne ihn zu verbringen. Ich liebe und respektiere die Art von Vater, die du bist.«

Sie knabberte auf ihrer Unterlippe und ihr Blick war wieder ganz verschmitzt. »Also … Du möchtest also eine Frau unter freiem Himmel lieben?«

Er drehte sich mit ihr im Arm herum, sodass sie wieder unter ihm lag.

»Nein, ich möchte *dich* unter freiem Himmel lieben, werde es aber nicht tun.«

Sie hob die Augenbrauen. »Oh doch, das wirst du.«

Er lachte. »Ich bin Polizist. Es wäre vollkommen falsch, wenn ich das täte.«

»Dann sind wir besonders vorsichtig und suchen uns einen Ort, wo uns unmöglich jemand erwischen kann.«

»Du, Bella Abbascia, hast einen sehr schlechten Einfluss auf mich.« Er küsste sie erneut. »Übrigens konnte ich überhaupt keine Regelverstöße im Schlafzimmer feststellen. Nur Gerede und nichts dahinter?«

»Eine Frau sollte nicht in einer Nacht alle Register ziehen.«

»Das hatte ich gehofft.«

Elf

Alles, was Bella je am Cape gebraucht hatte, waren ein paar Sommerkleider, Flipflops, Handtücher und Badeanzüge. Essen und Getränke wurden spontan gekauft, und die Tage begannen, wenn ihr Körper entschied, dass es an der Zeit war aufzuwachen, und sie endeten, wenn sie und ihre Freunde zu müde waren, um noch länger wachzubleiben. Sie hatte so viele Sommer damit verbracht, den Teil ihres Gehirns auszuschalten, der Uhren und Kalender benötigte, dass es eine riesige Umstellung für sie war, darauf zu achten, welcher Wochentag oder welche genaue Uhrzeit es war. In ihrem Kopf war das Cape gleichbedeutend mit sieben oder acht Wochen sorglosem Leben mit ihren Freunden, ein Ansammeln von Erinnerungen, die sie bis zum Frühling trugen, wenn sie für ein langes Wochenende zurückkehrten und Neuigkeiten austauschten.

Sie wusste, dass heute Freitag war, weil sie Termine hatte, aber auch – und das spielte im Moment eine viel größere Rolle für sie – weil es Cadens letzte Nachtschicht war. Er freute sich darauf, zu den Tagesschichten zu wechseln, damit er mehr Zeit mit ihr und Evan am Abend verbringen konnte. Sie schickte ihm eine kurze Nachricht. *Yippie! Deine letzte Nachtschicht! Ich gehe gleich ins Ärztezentrum. Drück mir die Daumen! xox*

Das Handy war eine willkommene Ergänzung ihrer sommerlichen Accessoires. Sie und Caden hatten in den vergangenen zwei Tagen Flirtnachrichten ausgetauscht, wenn er nachts arbeitete, und sie war mit Besprechungen in Firmen und mit Leuten aus der Schulverwaltung beschäftigt gewesen, um die neue Ausrichtung des Programms zu diskutieren. Er hatte sie jeden Abend angerufen, und ihre Unterhaltungen waren vollkommen ungezwungen, so als wären sie schon seit Jahren zusammen. Er war an ihrem Projekt interessiert und sie erfuhr gern etwas über Cadens und Evans Tage. Evan hatte sich in letzter Zeit wenig entgegenkommend gezeigt, und sie hatte Caden versichert, dass man in dem Alter und nach allem, was er in letzter Zeit durchgemacht hatte, damit rechnen musste. Aber aus ihrer Erfahrung im Unterrichten von Teenagern wusste sie, dass das Verhalten von Jugendlichen den Eltern viel abverlangte, daher hatte sie großes Mitgefühl mit ihm.

Mit dem neuen Konzept im Kopf strich sie ihr zerknittertes Baumwollminikleid glatt, prüfte ihr Aussehen in der Reflexion ihres Autofensters und betrat dann erhobenen Hauptes das Ärztezentrum.

Ich kann das.

Ich schaffe das.

Wellfleet war ein Touristenort, dessen Bevölkerung im Sommer auf das Dreifache anstieg. Im Vergleich dazu waren die Winter in dem kleinen Ort trostlos, und deshalb praktizierten Ärzte eher in größeren Städten wie zum Beispiel Hyannis, das eine Dreiviertelstunde entfernt lag. Es war erst neun Uhr morgens und doch war schon jeder Stuhl im Wartezimmer besetzt von hustenden, niesenden Patienten mit aufgequollenen Augen sowie von Leuten, die irgendein bandagiertes Körperglied vorzuweisen hatten. Das Ärztezentrum war ein

Segen für die Touristen, da hier alles von Halsentzündungen bis hin zu Knochenbrüchen behandelt wurde.

Bella wartete in einer Schlange hinter drei Frauen, von denen die erste mit einer finster dreinblickenden Arzthelferin mittleren Alters sprach, die ein Klemmbrett in einer Hand hielt und gleichzeitig auf einem Block Notizen machte, während sie nebenbei mit einer anderen Angestellten sprach, einer dünnen Frau, um deren Hals und Schultern sich mehrere Tattoos schlängelten. Die pechschwarzen Haare der dünnen Frau waren zu stacheligen Strähnen geformt, die in alle Richtungen von ihrem Kopf abstanden. Das Ganze wurde durch Augenbrauen- und Nasenpiercings vervollständigt.

Die Tür ging auf, und ein Mann mit einem schreienden Baby auf dem Arm betrat die Eingangshalle, gefolgt von einer fülligen Frau mit einem Kleinkind auf der Hüfte.

Die tätowierte Frau sah kurz zur Tür und rief dann über die Schulter zurück: »Goodman, du bist gefragt, vorderes und mittleres Behandlungszimmer.«

Ein hochgewachsener Mann in Jeans und einem T-Shirt mit dem Aufdruck P-TOWN ROCKS, der kaum älter als zwanzig sein konnte, schaute hinter einem Metalltisch auf.

»Komme.« Goodman eilte zum Tresen und nahm der ernst dreinblickenden Frau das Klemmbrett ab. Seine schmalen Lippen verzogen sich zu einem Lächeln, das seine hageren Gesichtszüge weicher erschienen ließ und seine jugendliche Erscheinung bestätigte.

»Bitte tragen Sie hier Ihren Namen, die Versicherung und –«

»Ich habe keine Versicherung«, flüsterte die Patientin.

Goodman beugte sich vor und sah sie freundlich an. »Keine Sorge. Sie können trotzdem medizinisch versorgt werden. Wir haben einen Fachmann für Sozialleistungen, der sich mit Ihnen zusammensetzen wird. Füllen Sie das hier einfach aus, und dann rufen wir Sie auf, wenn Sie dran sind.«

»Gott segne Sie«, sagte die Frau.

Als die Frau sich umdrehte, bemerkte Bella einen roten Ausschlag auf ihrer rechten Gesichtshälfte. Bella hatte das Glück, bisher nie ärztlichen Rat benötigt zu haben, während sie auf Cape Cod war, aber sie war froh, dass man hier keine Patienten wegschickte.

Mit der gleichen mühelosen Geduld kümmerte Goodman sich um die nächsten beiden Patienten in der Schlange. Eine Frau in OP-Kleidung steckte den Kopf aus dem Büro hinter ihm.

»Perry, Mary braucht dich«, sagte sie.

Die tätowierte Frau murmelte etwas zu der finster dreinblickenden Frau, das diese zum Lächeln brachte. Sie berührte kurz ihre Schulter, als sie fortging, um sich um besagte Mary zu kümmern.

»Hallo?« Goodman hielt Bella ein Klemmbrett hin.

»Oh, tut mir leid.« *Perfekter Zeitpunkt zum Träumen, Bella.* »Ich bin nicht als Patientin hier. Mein Name ist Bella Abbascia, ich habe einen Termin mit Ms. Blankenship.«

»Ach ja, gut. Wenn Sie im Wartebereich einen Stehplatz finden, treibe ich sie auf.«

»Perfekt, danke.« Bella war von der ruhigen Effizienz hier beeindruckt. Während sie wartete, kam eine Frau in OP-Kleidung dreimal heraus, um Patienten nach hinten zu rufen, und jedes Mal drückten die Augen der Frau Mitgefühl aus. Obwohl das Ärztezentrum offensichtlich von wartenden Patienten überrannt wurde, wurden die Kranken nicht gehetzt.

Die tätowierte Frau erschien in der Tür. »Bella Abbascia?«

»Hallo, ich bin Bella.«

»Ich bin Perry Blankenship. Tut mir leid, dass Sie warten mussten. Kommen Sie doch mit durch.«

Bella folgte ihr durch einen breiten Flur, in dem sich die Behandlungszimmer aneinanderreihten. Sie hatte Perry zuerst auf Mitte zwanzig geschätzt, aber als sie genauer hinsah, bemerkte sie feine Linien um ihre Augen und den Mund herum und dazu einen weisen Blick, der nur auf Erfahrung beruhen konnte, und so nahm sie an, dass sie wahrscheinlich eher Mitte bis Ende dreißig war.

»Wir setzen uns hier hinein.« Sie führte Bella in ein Büro, das kaum groß genug für den Metalltisch, den Aktenschrank und die Stühle darin war. »Die Freitage sind hier ziemlich verrückt.«

Bella setzte sich auf einen der Stühle vor dem Schreibtisch, und anstatt sich hinter den Tisch zu setzen, nahm Perry neben Bella Platz. Sie atmete kurz durch und wandte sich dann mit einem herzlichen Lächeln an Bella.

»Willkommen in unserer belebten kleinen Praxis«, sagte Perry.

»Sie wird sehr effizient geführt. Danke, dass Sie sich Zeit für mich nehmen. Ich werde mich kurzfassen, damit Sie zurück an die Arbeit können. Das Schulamt hat mich damit beauftragt, ein Arbeits- und Studienprogramm für die Abschlussklassen der Highschool auf die Beine zu stellen.«

Perry schlug sich auf den Oberschenkel und riss begeistert die Augen auf. »Großartige Idee.«

»Ja, das fanden wir auch. Ziel des Programms ist es, eine praktische Ausbildung für die Jugendlichen anzubieten, die etwas lernen wollen, ihr Selbstvertrauen und ihre Unabhängigkeit zu fördern und ihnen zu helfen, Fähigkeiten zu erwerben, die sie für ihre Zukunft nutzen können.«

Perry brachte Bella mit einer Handbewegung zum Schweigen. »Verantwortungsbewusstsein, Selbstwertgefühl, das ergibt sich alles aus der Hilfe für andere. Wie ich sagte, großartige Idee. Was brauchen Sie von mir?«

Bella zwang sich, *Echt jetzt?* nicht laut auszusprechen. »Ich möchte, dass Sie sich überlegen, ob Ihre Praxis Teil des Programms werden und zwei Schüler über unser Programm anstellen könnte. Die Jugendlichen dürften nicht mehr als fünfzehn Stunden pro Woche arbeiten und bekämen den Mindestlohn.«

»Wir führen Drogentests durch.«

»Gut. Wir wollen ebenso wenig wie Sie, dass die Jugendlichen Drogen nehmen.« Hoffnung keimte in Bella.

»Sie hätten natürlich keinen Zugriff auf Medikamente, und bis wir ihre Fähigkeiten und Zuverlässigkeit abschätzen können, wären ihre Tätigkeiten auf den Verwaltungsbereich beschränkt.« Mit Begeisterung in der Stimme lehnte Perry sich vor. »Aber wenn wir vielversprechende und herausragende Schüler finden, dann habe ich nichts dagegen, sie nach ihrem Abschluss hierzubehalten und ihnen die Grundlagen beizubringen, damit sie Medizinische Fachangestellte oder Labortechniker werden können.«

»Danke, mehr können wir gar nicht erwarten.« Innerlich vor Freude platzend wackelte Bella mit den Zehenspitzen. »Wir bereiten gerade die letzten Unterlagen vor und dann würde ich Ihnen gern —«

Die Tür zum Büro ging auf und Goodman steckte den Kopf herein. »Perry, Doc Winston ist auf Leitung vier. Er sagt, es sei dringend.«

»Okay. Sag ihm, ich brauche noch eine Minute. Ach,

Goodman, das hier ist Bella Abbascia. Sie koordiniert ein Arbeits- und Studienprogramm für die Highschool.«

Er hielt Bella eine Hand entgegen. »Barry Goodman, aber alle nennen mich nur Goodman. Freut mich sehr.«

»Bella, würde es Ihnen etwas ausmachen, die Einzelheiten mit Goodman zu klären? Ich muss diesen Anruf entgegennehmen.«

»Überhaupt nicht.« Bella stand auf.

»Ich wünschte, es hätte so ein Programm gegeben, als ich auf der Highschool war. Dann hätte ich vielleicht etwas Sinnvolles mit meiner Zeit anstellen können und wäre nicht mit achtzehn schwanger geworden. Nicht, dass ich es bereue, meine Tochter bekommen zu haben. Sie ist wunderbar.« Perrys Stimme war von Stolz erfüllt. »Zum Glück hat sie im vergangenen Jahr ihren Abschluss *ohne* ein Baby im Bauch gemacht. Hoffen wir, dass sich das hier durchsetzt.«

Als Bella das Ärztezentrum eine halbe Stunde später verließ, hatte sie das zweite Mal in der Woche das Gefühl, wie auf Wolken zu gehen. Dies hier kam eindeutig nach dem Sex mit Caden, aber es war auch ein ziemlich gutes Gefühl. Sie stieg ins Auto und fuhr zu ihrem nächsten Termin nach Orleans.

Caden fuhr auf den Parkplatz vom Nauset Beach, um einen weiteren Einbruch in ein Auto aufzunehmen. Evan war heute mit seinen Freunden an diesem Strand, und Caden hatte ihm geschrieben, als er bei der Dienststelle losgefahren war, dass er in Kürze dort sein und ihn kurz sprechen wollte. Er wusste, dass Evan die Nachricht wegen des schlechten Empfangs nur bekommen würde, wenn er in der Nähe des Kiosks oder des Parkplatzes wäre, aber irgendwann würde er sie schon sehen. Bella hatte er vor Stunden geschrieben, und er nahm an, dass ihre Besprechungen entweder gut liefen oder sie vergessen hatte, ihr Handy mit ins Ferienhaus zu nehmen, denn sie hatte immer noch nicht geantwortet. Als sein Handy vibrierte, hoffte er, dass es vielleicht sie war. Er war überrascht, so schnell eine Antwort von Evan zu bekommen, da Handys am Strand keinen Empfang hatten. Er las die Nachricht.

Bin noch hier. Gehen bald zu Bobby nach Hause.

Caden schrieb zurück. *Bin hier. Treffen in 20 Min. beim Kiosk?*

Er stieg aus dem Streifenwagen aus und sah sich um. Eine Frau in Shorts und einem blauen Badeanzug, der etwas eng für ihre Fülle war, winkte ihm zu, als er den Parkplatz überquerte.

»Officer, die haben mein Portemonnaie und mein Handy gestohlen«, jammerte die Frau hektisch. Die nassen dunklen Haare klebten an ihren fuchtelnden Armen. »Ich fasse es nicht. All meine Kontakte, mein Kalender, mein Leben befindet sich auf diesem Handy.«

»Ma'am, ganz langsam. Ich bin Officer Grant und ich nehme gern die Anzeige auf.«

»Danke. Ich kann nur einfach nicht glauben, dass meine Sachen weg sind. Ich meine … das kann doch nicht sein! Ich bin hier am Strand, meine Güte. Wer bestiehlt denn die Leute am Strand?«

Caden spähte ins Auto. »War das Auto zu dem Zeitpunkt verschlossen?«

Sie verdrehte die Augen. »Nein, ich wollte meinen Schlüssel nicht am Strand verlieren.«

Na klar. Caden wunderte sich schon lange nicht mehr über

die Naivität einiger Menschen. »Touristenorte sind beliebte Ziele von Dieben. Ich schlage vor, dass Sie Ihr Fahrzeug von nun an immer abschließen.«

Er notierte sich das Nummernschild und das Fahrzeugmodell.

»Ich komme schon seit Ewigkeiten ans Cape und es hat noch nie irgendwelche Verbrechen gegeben.«

Caden ließ den Blick über den Parkplatz wandern, während sie Dampf abließ und zeterte, wie wenig Respekt die Menschen füreinander hätten. Er entdeckte Evan und eine Gruppe Jugendlicher, die in der Nähe des Kiosks gerade ihre Räder aufschlossen. Er nahm die Anzeige zügig auf und fragte sich, wie viele es wohl vor Ende des Abends noch geben würde. Dann ging er zu Evan hinüber.

Evan und einige Freunde saßen auf ihren Rädern und hatten die Vorderreifen sternenförmig einander zugewandt. Zwei der Jungs trugen Handtücher um den Hals und drei hatten Rucksäcke auf dem Rücken. Alle lachten gerade, als er näher kam.

»Evan.« Das Lachen verstummte und Caden beäugte die Gruppe. Sie schienen zwischen vierzehn und sechzehn Jahren zu sein – schwer zu sagen in dem Alter. Mike und ein anderer Junge wandten den Blick wieder ab.

»Hallo«, sagte Evan.

Hallo? Nicht *Hallo, Dad?* Das ging Caden ziemlich gegen den Strich, aber er war wieder nachsichtig mit Evan und schrieb es dem ganzen coolen Gehabe zu, das Jungen in seinem Alter oft an den Tag legten.

»Was habt ihr vor?«, fragte Caden in einem schärferen Tonfall, als er ihn gehabt hätte, wenn Evan allein gewesen wäre.

Evan zuckte nur mit den Schultern. »Wir hängen ’n

bisschen bei Bobby ab.«

Als er seinen Namen hörte, schaute Bobby herüber und nickte. »Hallo, Mr. Grant.«

»Wie geht's, Bobby?«

»Alles cool«, antwortete er wieder mit einem Nicken.

Caden spürte, dass die Jungen ihn beobachteten. Er dachte an das, was Kristie gesagt hatte, und warf den anderen Jungs einen sehr ernsten Blick zu, gefolgt von einem Lächeln.

»Ich bin Evans Vater«, sagte er zu den zwei Jungs, die er noch nicht kennengelernt hatte.

»Ich bin Brett«, sagte der Blonde.

»David«, stellte sich der Junge mit den dunkleren Haaren vor.

Er bemerkte ihre wippenden Beine und schaute wieder zu Evan. Caden war es gewohnt, dass die Jugendlichen in seiner Nähe nervös waren, wenn er Uniform trug, aber es war sehr lange her, seit er Kids, die er nicht kannte, als Freunde seines Sohnes einschätzen musste, und er merkte, dass er jede Regung hinterfragte.

»Ev, lass uns kurz reden.« Er hob das Kinn und bedeutete Evan mitzukommen.

Evan stieg mit einem gequälten Seufzer vom Rad.

Caden wartete, bis sie sich weit genug von den anderen entfernt hatten. Er sah seinen Sohn finster an, um ihm klarzumachen, dass er es ernst meinte, aber er sprach in seinem üblichen väterlich-liebevollen Tonfall.

»Wie geht's dir?«

Evan zuckte mit den Schultern. »Gut.«

»Hattest du Spaß am Strand?«

»Mhm.« Evan beobachtete ein Mädchen, das gerade vorbeiging.

»Ev, für mich ist das eine unangenehme Situation. Ich kenne diese Jungs nicht, aber ich habe ein seltsames Gefühl. Muss ich mir Sorgen machen?«

Evans Blick folgte einem anderen Mädchen im Bikini. »Nein.«

Caden berührte die Schulter seines Sohnes, damit er ihn anschaute. »Sieh mich an.«

Evan blickte ihm in die Augen. Seine Kiefermuskeln zuckten.

»Wenn du sagst, dass diese Jungs in Ordnung sind, dann vertraue ich dir. Aber wenn sie Ärger machen, dann kennst du ja unseren Deal.«

Evan verdrehte die Augen.

»Ich will es hören.« Er hatte Evan eine sehr einfache – und in seinen Augen befreiende – Regel eingetrichtert, seit er ein kleiner Junge gewesen war. Im Laufe der Jahre hatte Evan seinen Teil der Vereinbarung immer eingehalten, ebenso wie Caden.

»Ach, komm schon, Dad.« Evan trat von einem Bein aufs andere.

»Nichts hier von wegen *Komm schon, Dad.* Du machst eine Phase mit großen Veränderungen durch: eine neue Stadt, neue Schule, neue Freunde.«

»Eben. Und genau deshalb kann ich diesen Sch... diesen Kram nicht gebrauchen.«

Caden zog sich der Magen zusammen. Er warf einen Blick über die Schulter, und ihm gefiel nicht, dass die anderen Jungs sie wie Falken beobachteten. Er tat es nur sehr ungern, aber er setzte diese tiefe, väterliche Stimme ein, auf die er bei Evan nur selten zurückgreifen musste.

»Genau deshalb brauchst du diesen Scheiß. Erzähl mir, wie

unsere Vereinbarung lautet und dass du sie immer noch respektierst, ansonsten kannst du aufs Fahrrad steigen und direkt nach Hause fahren. Und bevor du irgendetwas sagst, denk daran, dass dein Wort so ziemlich das Einzige ist, was zählt. Ich bin auf deiner Seite, Ev.«

»Ja, klar.« Evan stieß die Fußspitze in den Boden.

Caden verschränkte die Arme und blickte seinen allzu teenagerhaften Sohn eisig an. »Ja, klar? Ich bin nie woanders als auf deiner Seite gewesen.« Er wusste, dass es seit einiger Zeit zwischen ihnen brodelte, aber dies war weder der Zeitpunkt noch der Ort, an dem die Sache sich zuspitzen sollte.

Evan sah ihn seinerseits eisig an. »Wenn du auf meiner Seite wärst, wären wir in Boston geblieben.«

Caden hielt seinem Blick stand. Er mochte dieses verbale Gezerre nicht, und er hatte sich etwas vorgemacht, wenn er dachte, dass sie vielleicht davon verschont bleiben würden. Dass er vielleicht ein so guter Vater war, dass sie es unversehrt durch Evans Teenagerjahre schaffen würden. George hatte ihm oft warnend vorgehalten, er würde in einer Traumwelt leben, wenn er das annahm. Er hatte Georges Kommentare von sich gewiesen, denn er glaubte, durch sein Engagement hätten er und sein Sohn eine ganz andere Beziehung als alle anderen Eltern zu ihren Teenager-Kindern.

Er hatte sich gründlich geirrt.

»Okay«, gab Evan nach. »Unser Deal ist, wenn ich dir die Wahrheit sage, egal was es ist, dann bestrafst du mich nicht, aber wenn ich lüge oder die Wahrheit zurückhalte, dann bekomme ich Ärger. Zufrieden?«

Er zog die Zügel nur sehr ungern an, aber der herausfordernde Blick in Evans Augen sagte ihm, dass es an der Zeit war.

»Neue Regel: Du bist um zehn zu Hause.«

»Aber –«

»Evan, das hier ist keine Verhandlung. Um zehn zu Hause. Um neun von der Straße runter und bei jemandem im Haus. Ich will um neun wissen, wo du bist, und ich will um zehn Uhr einen Anruf – keine Nachricht übers Handy – bekommen, dass du zu Hause bist. Verstanden?«

Evan wandte sich mit zusammengebissenen Zähnen ab. »Ja, du vertraust mir wirklich.«

Er ging einen Schritt weg, doch Caden hielt ihn am Arm fest. »Ich vertraue dir. Aber ich kenne deine Freunde nicht, und diesen neuen Evan, der seinen Vater so herausfordert? Wie ich den beurteile, muss sich noch zeigen.« Er packte ihn an den Schultern und beugte sich hinunter, sodass sie sich Auge in Auge gegenüberstanden. Er wusste, dass diese intime Geste Evan peinlich sein musste, aber er tat es, um die Tatsache deutlich zu machen, dass er ihn liebte, egal was zwischen ihnen war, und ebenso um die anderen Jungs wissen zu lassen, dass Evan einen Vater hatte, dem er wichtig war. Sein Innerstes zog sich schmerzhaft zusammen, als er spürte, dass sich Evans ganzer Körper versteifte, und die Glut in den Augen seines Sohnes trieb den Schmerz noch tiefer.

»Dieser unbequeme Teil unseres Verhältnisses ist für uns beide neu, und ich weiß, dass es da Bereiche gibt, die du nicht kontrollieren kannst, und es wird Bereiche geben, die ich auch nicht kontrollieren kann.« Er hatte sich geschworen, dass er Evan nie ein schlechtes Gewissen machen würde, wenn er die Grenzen auslotete, doch er merkte, dass es ein schwieriger Drahtseilakt war. »Ev, du musst mich nicht mögen, aber du sollst wissen, dass ich dich liebe.« Er spürte, dass die Anspannung in Evans Schultern einen Tick nachließ, und so fuhr er in der Hoffnung fort, dass Evan wirklich zuhörte. »Und ich werde ums Verrecken nicht ignorieren, was mir mein Bauchgefühl über diese Kids verrät. Meine Aufgabe ist es, dich zu beschützen. Also, wie schwierig es auch für uns beide sein mag, wir sollten uns beide lieber daran gewöhnen.«

Evan löste sich aus dem Griff seines Vaters. »Das sind meine Freunde, Dad.«

»Das weiß ich. Und ich verstehe das. Lass uns nur herausfinden, ob sie die richtigen Freunde sind.«

Er sah Evan hinterher und hatte das Gefühl, ihn mit jedem Schritt etwas mehr zu verlieren. Wieder fragte er sich, ob er mit dem Umzug das Richtige getan hatte. Er hatte es fast dreizehn Jahre im Dienst geschafft, nicht umgebracht zu werden. Hätte er sein Glück herausfordern, in Boston bleiben und das Beste hoffen sollen? Diese Frage hatte er sich tausendmal gestellt, und er wusste, er würde sie sich noch weitere tausendmal stellen, bevor Evan den Weg hin zu einem Erwachsenen hinter sich gebracht hatte.

Im Streifenwagen schaute er auf sein Handy, aber von Bella gab es immer noch keine Neuigkeiten. Er rief sie an und erreichte nur den Anrufbeantworter. Er brauchte eine Dosis Bella. Sie achtundvierzig Stunden lang nicht zu sehen, war viel zu lang.

Auf dem Weg nach Seaside ging er das Gespräch mit Evan im Geiste immer wieder durch. Er war sicher, dass es richtig gewesen war, ein bisschen die elterlichen Muskeln spielen zu lassen, aber davon war nun sein Nacken ziemlich verspannt. Ein winziges Schuldgefühl nagte an ihm. In Boston war Freizeit gleichbedeutend gewesen mit mehr Zeit, die er mit Evan verbringen konnte, die er ihm zusehen konnte, wie er im Skaterpark angab, oder die er zu Hause verbrachte, während

Evan im Laufe des Tages mit seinen Freunden auftauchte, bevor sie dann zum nächsten Haus weiterzogen und das taten, was Jugendliche eben so taten. In letzter Zeit war Evan lieber mit seinen Freunden als mit seinem Vater zusammen, und Caden gestand ihm mehr Zeit mit ihnen zu, weil er sich nach Momenten allein mit Bella sehnte. Dieses Schuldgefühl hatte in den vergangenen achtundvierzig Stunden an ihm genagt, wenn er nachts gearbeitet und sich gewünscht hatte, er könnte bei ihr sein.

Er bog auf den Kiesweg von Seaside ein und parkte neben Bellas Auto auf ihrer Auffahrt. Er winkte Amy zu, die gerade aus dem Waschhaus kam.

»Ach, heute kein Werkzeuggürtel?« Amy drückte den Wäschekorb an ihre Hüfte und zog die Tür zum Waschhaus mit der freien Hand zu.

»Mein Chief würde einen Herzinfarkt bekommen, wenn ich damit bei der Arbeit auftauchen würde.«

Sie überquerte den Kiesweg. »Du hast offensichtlich einen männlichen Vorgesetzten.«

»Sehr männlich.« Caden schaute auf ihren Korb. »Brauchst du Hilfe?«

»Du bist so ein Gentleman! Aber nein, danke. Das schaffe ich schon. Bella ist noch mit Jenna am Strand. Soll ich ihr sagen, dass du hier warst?« Amy strich sich die Haare zurück.

»Gern. Ich versuche später noch mal vorbeizukommen, wenn ich Streife fahre, aber das kann noch ein paar Stunden dauern, falls ich es überhaupt schaffe.« Er bemerkte, dass Amy einen Badeanzug unter ihrem Kleid trug. »Warum bist du nicht am Strand?«

»Hallo, Caden. Wie geht's?« Tony winkte ihm von der Veranda seines Ferienhauses zu. Seine Haare waren zerzaust, was bei Tony ein immerwährender Zustand zu sein schien und was ihn immer so aussehen ließ, als käme er gerade vom Strand – was angesichts seiner Boardshorts und des freien Oberkörpers offenbar auch der Fall war.

Ich hatte gerade eine Auseinandersetzung mit meinem Sohn, kann meine Freundin nicht finden und bin sicher, dass ich heute Abend noch mit drei weiteren Diebstählen zu tun haben werde. Alles super.

»Großartig. Ich wollte nur gerade mal schauen, ob ich Bella erwische.« Mann, er vermisste sie.

»Ich war mit ihnen am Cahoon Hollow Beach, aber die Sonne knallt heute ziemlich, also wollte ich hier einiges erledigen.« Amy verlagerte den Wäschekorb auf die andere Hüfte. »Sie wird sich ärgern, dass sie dich verpasst hat, aber sie hatte einen tollen Tag, und ich weiß, dass sie sich darauf freut, dir davon zu erzählen.«

»Ja, ich habe ihr geschrieben, aber wenn sie am Cahoon ist, bekommt sie die Nachrichten erst, wenn sie aufbricht.« Er fuhr sich durch die Haare und überlegte, ob er zu dem Strand fahren sollte, aber die Chance, sie auf dem Parkplatz dort zu erwischen, war gleich null. »Kannst du ihr nur sagen, sie möchte ihre Nachrichten checken?«

»Klar.« Amys Blick wanderte zu Tony und ihre Wangen erröteten.

Aus seinem Streifenwagen war rauschend und knackend eine Stimme aus der Einsatzleitstelle zu hören. »Danke, Amy. Den Funkspruch muss ich annehmen. Sie kann mir schreiben, und falls ich etwas Luft habe, komm ich noch einmal vorbei.« Er winkte Tony zu, nahm die Nachricht von der Leitstelle entgegen und fuhr zurück nach Nauset, um einen weiteren Einbruch in ein Auto aufzunehmen. Ihn überkam das Gefühl, dass es eine sehr lange Nacht werden würde.

Bella blieb mit Jenna noch lange nach Sonnenuntergang am Strand. Die Haare wehten ihr ins Gesicht, was sie an den Abend erinnerte, an dem Caden ihre Haare mit einer Angelschnur zurückgebunden hatte. Er tat immer solche aufmerksamen Dinge, kümmerte sich auf eine Weise um sie, wie es nie ein Mann zuvor getan hatte. Er war in vielerlei Hinsicht anders als die anderen Männer, die sie gedatet hatte, und sie war in seiner Gegenwart auch anders, das war ihr aufgefallen. Auch wenn sie nicht so viel Biss hatte wie sonst, so gefiel ihr doch die sanftmütige Frau, zu der sie in seinem Beisein wurde.

Jenna zog ihren Sonnenstuhl näher an Bella heran und legte eine Decke über ihrer beider Beine. »Du siehst so aus, als seist du tief in Gedanken versunken.«

»Ich denke an Caden.« Sie atmete die kühle, salzige Luft ein, während ihr Cadens Fantasien durch den Kopf gingen. Bella war schon immer abenteuerlustig und nie besonders sittsam gewesen. Sex an anderen Orten als dem Schlafzimmer zu haben, war für sie nicht neu – Zelte, Autos … alles schon gehabt. Aber unter freiem Himmel? Das war immer mit einem Hauch Gefahr verbunden gewesen, doch der Gedanke, das mit Caden zu erleben, erschien ihr überhaupt nicht gefährlich. Caden würde nichts zulassen, was gefährlich sein könnte. Vielleicht konnten sie einen abenteuerlichen, abgeschiedenen Ort finden, um seine Fantasie auszuleben …

»Denkst du nicht immer an Caden?« Jenna hatte sich einen Sarong um die Schultern gelegt, der sich hinter ihr wie eine bunte Mähne im Wind erhob.

»Bin ich ein Schwächling, weil ich meine Überzeugungen so schnell über Bord geworfen habe und einverstanden war, Caden zu daten beziehungsweise eine feste Beziehung mit ihm einzugehen?« Sie hatte versucht, sich davon zu überzeugen, dass sie vielleicht einen Fehler machte oder geradezu alles daran setzte, verletzt zu werden. Aber mit Caden zusammen zu sein, fühlte sich einfach nur richtig an.

Jenna nahm Bellas Hand zwischen ihre eigenen. »Bella, Bella. Bella. Hast du denn gar nichts von mir gelernt? Überzeugungen sind dazu da, gegen sie zu verstoßen.« Sie griff unter ihr Bikinioberteil und holte drei kleine Steine hervor.

»Jenna!« Bella lachte laut auf. Seit sie ein kleines Mädchen gewesen war, hatte Jenna schon kreative Lösungen gefunden, um Steine vom Strand mit nach Hause zu nehmen. Oft hatte sie winzige Steinchen zwischen Zahnfleisch und Wange gesteckt und sie dann dort vergessen. Ihr Ausschnitt war ein weiteres beliebtes Versteck – und in Jennas Ausschnitt konnte man Felsbrocken verstecken.

»Ich kann nichts dagegen tun. Ich liebe sie einfach.« Sie fuhr mit dem Zeigefinger über einen grau-weißen Stein. »Sie haben keine perfekte Herzform und sie sind auch nicht perfekt grau oder weiß, aber sieh sie dir an.« Sie streichelte über die Steine in ihrer Hand. »Kannst du sie dir nicht auch wunderbar auf meinem Couchtisch neben dem vorstellen, der wie ein Straußenei aussieht?« Mit großen Augen zeigte sie ihr mörderisches Lächeln und klapperte so schnell mit den Wimpern, wie sie es mit fünfzehn getan hatte, als sie ein Date mit dem heißesten Surfer am Strand klargemacht hatte.

»Ja, ich kann sie mir dort total gut vorstellen.« Bella legte ihren Kopf auf Jennas Schulter. »Diese Zeit mit dir habe ich gebraucht. Ich wünschte, Amy hätte länger bleiben können. Diese Tage mit euch am Strand haben mir gefehlt.«

»Mir auch. Aber das hier findet alles aus einem guten Grund statt, und nächsten Sommer machen wir es wieder wie gehabt und verbringen den ganzen Tag am Strand und hängen die Abende zusammen ab.« Jenna hielt den Atem an. »Oh nein!«

»Was ist?« Bella schaute aufs Wasser in der Annahme, Jenna hätte jemanden in Not entdeckt.

»Du kannst Caden gar nicht daten!«

»Was?« Bella drehte sich zu ihr herum. Jenna hatte ihre dünnen Augenbrauen zusammengezogen und sah sie voller Sorge an. »Warum nicht?«

»Leanna hat Kurt und wir sehen sie nur noch halb so oft wie früher. Wenn du mit Caden zusammenbleibst, dann sehen wir dich nächsten Sommer auch nur noch halb so viel.« Sie schüttelte den Kopf. »Nein, das ist nicht gut. Wir können dich nicht auch noch verlieren.«

»Ihr werdet mich nie verlieren und Leanna sehen wir viel. Sie und Kurt sind ständig in Seaside. Ich meine, ja, es ist schon anders, wenn er da ist, aber du magst Kurt doch. Wir alle mögen ihn.«

»Ich mag ihn total, und soweit ich Caden und Evan bisher kennengelernt habe, finde ich sie auch wirklich nett, aber es ist anders.« Jenna stopfte ihre Steine wieder in das Bikinioberteil.

»Ja, aber es ist auch irgendwie besser. Ich freue mich für Leanna. Sie ist noch nie so glücklich gewesen, und du weißt, wie abgöttisch Kurt sie liebt. Er ist von New York hierher gezogen, um bei ihr zu sein. Das ist Liebe.« Caden war für Evan von Boston ans Cape gezogen. *Das ist auch Liebe.*

»Ich weiß, aber was ist, wenn du mit Caden zusammenbleibst? Amy ist zuckersüß. Sie wird als Nächste aufgegabelt werden. Jamie wird hier irgendwann mit einer Computerfreak-Freundin auftauchen und Tony … Mann, der wird einen Harem haben. Dann bin nur noch ich übrig, die sich nach Pete verzehrt.« Sie schlug die Hände vors Gesicht. »Meine Güte, Bella. Ich kann doch keine vierzig Jahre alte Frau werden, die sich nach Pete verzehrt.«

Bella lachte. »Wow, wir sind heute aber etwas theatralisch drauf, oder?« Sie tätschelte Jennas Arm. »Du wirst keine vierzig Jahre alte Frau werden, die sich nach Pete verzehrt. Bis dahin seid ihr schon längst verheiratet.« Sie lehnte sich zurück und Jenna gab ihr einen Klaps auf den Arm.

»Mann, du bist blöd.« Jenna sah sie gespielt böse an, aber ihre funkelnden Augen verrieten sie. »Pass nur auf. Der Mann gehört mir, bevor ich fünfunddreißig bin.«

»Das hoffe ich doch. Somit hast du fünfeinhalb Jahre Zeit. Wenn du dir deinen Typen nicht bis dahin schnappen kannst, dann solltest du vielleicht weiterziehen.« Jenna schwärmte seit Jahren für Pete, aber während sie in der Gegenwart von allen anderen vollkommen extrovertiert war, wurde sie in seinem Beisein zu einem schüchternen Mäuschen.

»Ach, halt doch den Mund.«

»Können wir vielleicht noch kurz auf mich zurückkommen?« Mit ihrem Fuß vergrub sie Jennas Fuß unter dem Sand.

»Immer doch.« Jenna wackelte mit den Zehen, um ihren Fuß wieder zu befreien, und Bella machte sich aufs Neue daran, ihren Fuß zuzuschaufeln.

»Die Sache ist die: Es beunruhigt mich nicht, dass ich Caden date, und ich frage mich, ob das bedeutet, dass ich schon jetzt irgendwelche Warnzeichen übersehe. Es ist schon ernst mit uns. Superernst. Ich meine, Jenna, die Art von so-ernst-wie-noch-nie-in-meinem-Leben-ernst. Und was ist, wenn ich mein

Haus nicht verkauft bekomme? Was mache ich dann? Was ist, wenn es mit der Stelle an der Schule nichts wird? Was ist, wenn es was wird, ich aber mein Haus nicht verkauft bekomme? Was soll ich dann machen?«

»Die Antwort auf die erste Frage lautet: Ich sehe keinerlei Warnzeichen. Ich glaube, Tony hatte recht. Der Mann ist seit vierzehn Jahren alleinerziehender Vater. Er ist eindeutig jemand, dem Bindungen und Verpflichtungen über alles gehen. Was den Rest angeht, so stellst du ziemlich viele Fragen für eine Frau, die keine Margarita in der Hand hat.«

»Du hast recht. Tut mir leid. Diese eine große Frage hat mich beunruhigt.« Sie stand auf, klappte ihren Liegestuhl zusammen und sammelte ihre Sachen ein. »Aber wenn du denkst, dass ich klar sehe – und du weißt, ich vertraue darauf, dass du mich nicht in eine dunkle Männerschlucht hinabstürzen lässt –, dann lass uns nach Hause gehen und wir füllen dich mit dem guten Zeugs ab.«

»Zuerst stellst du mal den ganzen Kram wieder ab und siehst mich an.« Jenna baute sich mit den Händen in die Hüften gestemmt vor ihr auf.

Bella ließ alles fallen und sah sie an.

»Hierhin.« Jenna deutete auf ihre Augen.

Bella richtete den Blick auf ihre Freundin, und Jenna beugte sich so weit vor, dass Bella dachte, ihre Nasen stießen fast gegeneinander.

»Nee. Diese Augen da sind vollkommen klar und wesentlich schlauer, als meine es je sein werden.«

»Du bist so ein Quatschkopf.« Bella sammelte alles wieder auf.

Jenna schulterte ihre Strandtasche und dann trugen sie allesamt Stühlen Richtung Parkplatz. »Ich sage nur, vertraue bei

Caden Zu-gut-um-wahr-zu-sein-Grant auf dein Bauchgefühl.«
Jenna hielt unten an der Düne an.

»Warum bleibst du stehen? Lass uns gehen. Ich will noch
beim Weingeschäft anhalten.«

Jenna deutete nach oben, wo Caden neben seinem
Polizeiauto stand.

»Oh mein Gott!« Bella rannte die Düne hinauf, während
Jenna lachend hinterhereilte. Außer Atem erreichte Bella den
Parkplatz. Sie ließ ihre Sachen fallen und lief in seine
ausgebreiteten Arme.

»Tut mir leid, dass ich einfach so auftauche.« Er küsste sie
kurz, während sein Blick zu den Leuten huschte, die sie
beobachteten.

»Tschuldigung«, flüsterte sie. Sie räusperte sich. »Ich hab
ganz vergessen, dass du im Dienst bist, und ich freue mich, dass
du einfach so auftauchst.« Sie schaute an ihm herunter. Seit
dem ersten Abend, an dem sie sich kennengelernt hatten, hatte
sie ihn nicht mehr in Uniform gesehen, und er sah verdammt
heiß aus. Aber Bella sah nicht die gleichen Dinge, die die
anderen Frauen in der Abenddämmerung in Augenschein
nahmen. Sie sah mehr als die Sixpack-Bauchmuskeln und den
wohlgeformten Körper, der unter seiner schönen Uniform
versteckt war. Mehr als die glattrasierten Wangen, die sie so
gern berührte, und den Duft von purer Männlichkeit, den er
verströmte. Sie sah den Menschen, der er im Inneren war. Der
Evan liebte und alles unternehmen würde, um ihn zu schützen.
Dessen Augen feucht wurden, wenn er über den Verlust seines
besten Freundes und Partners sprach, und dessen
ausdrucksstarker Blick sich nie von ihren Augen löste, wenn sie
redete. Als sie zu diesen Eigenschaften noch seine Intelligenz
hinzufügte und die Art, wie er sie berührte, als wäre ihre Lust

alles, wofür er lebte … Tja, wer auf Erden könnte Caden Grant in Sachen Attraktivität das Wasser reichen?

»Bella.« Jenna stieß sie an.

Bella schreckte aus ihren Gedanken auf. »Oh Mann, tut mir leid. Was machst du hier?«

»Ich habe den ganzen Tag versucht, dich zu erreichen. Amy sagte, ihr wärt vor ein paar Stunden hier gewesen, und als ich dich immer noch nicht erreichen konnte, hab ich mir etwas Sorgen gemacht.«

»Er hat sich Sorgen gemacht«, flüsterte Jenna.

»Ja, ich weiß.« Bella warf ihr einen bösen Blick zu.

»Ich werde schon mal die Sachen ins Auto packen. Schön, dich zu sehen, Caden.«

»Dich auch, Jenna«, sagte er und sah dann wieder Bella an.

»Du hast mir gefehlt«, flüsterte sie.

»Du mir auch.« Seine Augen wurden dunkler.

»Es war so schön, den Tag mit Jenna zu verbringen, dass wir beschlossen haben, etwas länger zu bleiben. Hast du meine Nachricht bekommen?« Bella musste gegen den Drang ankämpfen, ihn wieder zu berühren. Seine Hand zu halten oder den Finger in den Bund seiner Hose zu haken. Die Umarmung und das Küsschen musste sie also bis nach seinem Dienst aufschieben.

»Nur die, die du geschickt hast, bevor du zum Ärztezentrum gefahren bist. Deshalb habe ich mir Sorgen gemacht.« Er trat näher an sie heran und legte die Hand auf ihre Hüfte.

Himmel, ist das schön.

Von seiner Hand strömte die Hitze über ihre Hüfte und kroch in ihren Unterleib. Bella verdrängte die lüsternen Gedanken vorerst.

»Manchmal kann ich Handys nicht ausstehen«, sagte sie.

»Ich habe dir nach meinen Besprechungen eine Nachricht geschickt. Heute konnte ich vier neue Firmen verpflichten.« Sie stellte sich auf die Zehenspitzen, um ihn zu küssen, erinnerte sich dann aber daran, dass er im Dienst war, und biss sich auf die Unterlippe, während sie wieder auf den ganzen Fuß zurücksank.

Er lächelte und legte die Hände fester auf ihre Hüfte. Beides zusammen verriet ihr, dass er sie ebenso gern geküsst hätte. »Das ist wunderbar. Wir sollten das feiern.«

»Na ja, es ist nur ein Drittel von dem, was ich brauche, aber es macht mir eindeutig Hoffnung.«

Er streichelte mit einem Finger über ihre Wange und schob ihr dann die Haare hinters Ohr. Er hatte das bereits ein dutzend Mal oder mehr getan und noch immer lief ihr dabei ein Schauer über den Rücken.

»Ich freue mich so für dich, Bella. Evan will morgen ein paar Stunden mit Jamie am Computer sitzen. Sollen wir den Tag zusammen verbringen? Später könnten wir zu mir gehen und du könntest mit mir und Evan essen?«

»Sehr gern.« Sie dachte an ihren letzten Besuch bei ihm. Ihre Wangen glühten bei der Erinnerung daran.

»Gut. Dann feiern wir deinen Erfolg.«

Ihr fielen hundert verschiedene Möglichkeiten ein, mit ihm zu feiern, wenn sie endlich wieder zu zweit allein wären, und keine davon hatte etwas mit Essen zu tun. Es sei denn, sie zählte Schlagsahne dazu. Sie schüttelte den Kopf, um einen klaren Gedanken fassen zu können.

»Wie war dein Tag?«

»Gut.« Er zog die Augenbrauen zusammen und ein sorgenvoller Ausdruck huschte über sein Gesicht. Ihm ging es eindeutig nicht gut.

»Es tut mir leid, wenn du dir wegen mir Sorgen gemacht hast.«

»Ach, Liebling, es ist nicht wegen dir. Es ist nur …« Er rieb sich den Nacken. »Ich will dir nicht die Laune vermiesen. Es ist nichts.«

Sie trat näher an ihn heran. Wenn sie allein gewesen wären, hätte sie die Arme um ihn gelegt und ihn gedrückt, bis die Anspannung verschwunden wäre. »Mach's einfach.«

»Ich musste gerade die harte Tour bei Evan fahren. Es ist wirklich nichts. Er wird etwas übermütig. Mir gefällt es nur einfach nicht, dass ich so sein musste.« Er zuckte mit den Schultern, aber sie sah den Frust in seinen Augen.

»Das tut mir leid. Bestimmt ist das schwierig.«

»Das Problem ist nicht, dass es schwer ist, so zu sein. Sondern zu wissen, was passieren kann, wenn ich es nicht bin. Ständig sehe ich Jugendliche, die in Schwierigkeiten geraten, und irgendwann musste es ja so kommen, nach dem Umzug, in seinem Alter …«

»Teenagerlaunen sind nun mal Teil des Erwachsenwerdens.« Sie hob die Hand, um seine Wange zu berühren, besann sich aber eines Besseren.

Er nahm ihre Hand und lächelte. »Das ist seltsam, oder? Ich möchte dich auch berühren.« Aus seinem Auto ertönte das Funkgerät. »Tut mir leid, ich muss los. Aber ich freue mich, dass es dir gut geht.«

»Mach dir um mich keine Sorgen. Mir geht es immer gut.« Ihr wurde bewusst, dass sie sich mit ihrer spontanen Antwort die Möglichkeit nahm, dass sich jemand um sie kümmerte, und ihr wurde auch bewusst, dass Caden das ebenfalls bemerkt hatte und noch nach einem Weg suchte, das zu umgehen.

»Hm, na ja. Ich bin Polizist und dein Freund. Es ist meine

Aufgabe, mir Sorgen zu machen, und du bist mir wichtig, daher ist es das Natürlichste auf der Welt, dass ich mir Sorgen um dich mache.« Das Funkgerät gab wieder Laute von sich und er drückte ihr einen schnellen Kuss auf die Wange. »Ich muss los. Also bleibt es bei morgen?«

»Nichts lieber als das.« Ihr war es sogar vollkommen egal, was sie taten.

»Großartig. Wenn ich eine Pause einlegen kann, komme ich nachher kurz vorbei. Sonst rufe ich an und wir schmieden Pläne.«

Jenna hielt mit dem Auto vor ihr an, gleich nachdem Caden weggefahren war. »Bereit, du verliebtes Huhn? Oder willst du da noch länger stehenbleiben und schwärmen?«

Sie packte ihren Stuhl und die Sachen in den Kofferraum von Jennas Auto und setzte sich auf den Beifahrersitz. »Ich habe das Gefühl, dass ich noch sehr lange für diesen Mann schwärmen werde.«

»Was ist mit der Frau passiert, die darauf bedacht war, an ihren Überzeugungen festzuhalten?«

Bella lehnte den Kopf zurück und schloss die Augen. »Eine sehr kluge Freundin hat ihr gesagt, dass Überzeugungen dazu da sind, gegen sie zu verstoßen.«

Zwölf

Am nächsten Morgen stand Bella gerade unter der Dusche, als sie hörte, wie Jenna im Schlafzimmer nach ihr rief.

»Bells? Belly? Bella!« Jenna kam ins Badezimmer gestürmt.

Bella lugte hinter dem Duschvorhang hervor und sah Jenna in ihrem roten Bikini und abgeschnittenen Shorts vor sich. Sie hielt ihr einen Teller mit etwas unter die Nase, das misshandeltem Brot ähnelte. »Meine Güte, Jenna! Was ist denn so dringend?«

»Nachdem ich dich und Caden gestern Abend am Strand gesehen habe, kam ich zu dem Schluss, dass ich die Sache mit Pete angehen muss. Er kommt in zehn Minuten, und ich war nicht sicher, wann du mit Caden wegwolltest. Tut mir leid, dass ich hier so reinplatze.«

»Nein, tut es dir nicht.«

»Stimmt. Aber es macht dir doch nichts aus, oder?« Sie gab Bella keine Gelegenheit zu antworten. »Du musst das hier probieren.« Sie schob ihr den Teller unter die Nase.

»Ich bin ganz nass.« Es machte ihr überhaupt nichts aus, dass Jenna in ihr Badezimmer gestürmt kam. Der Tag, an dem Jenna ihr Haus nicht mehr als ihr eigenes ansehen würde, wäre ein sehr trauriger. Einer, von dem Bella hoffte, dass er nie eintreten würde, auch nicht wenn sie alt, grau und faltig wären. Nachdem nun Leanna mit Kurt zusammen war und sie jetzt mit Caden, sollten sie sich aber vielleicht ein Zeichen überlegen, um zu signalisieren, wenn es drinnen hoch herging und niemand hereinkommen sollte. *Wie die in so manchen Studentenwohnheimen übliche Socke an der Türklinke.* Bei dem Gedanken musste sie lächeln.

Jenna nahm einen Brocken von der undefinierbaren Masse und steckte ihn Bella in den Mund. »Pete liebt Kürbis, also hab ich ein Orangen-Kürbisbrot gemacht, aber ich hatte weder genug Butter noch Mehl, daher …« Sie runzelte die Stirn. »Wie schmeckt es?«

»Jen …«

Jenna ließ sich auf den Toilettensitz sacken. »Och Mann, ich wusste es! Ich habe eine Stunde damit verbracht, das Ding zu backen.«

Bella zog den Vorhang wieder zu und duschte zu Ende. »Warum holst du dir nicht einfach etwas von Leanna? Sie hat doch immer etwas Leckeres da.«

»Sie ist schon auf dem Flohmarkt, und außerdem wollte ich wirklich versuchen, seine Aufmerksamkeit zu erregen, verstehst du?« Jenna stellte sich vor den Spiegel, kämmte sich die Haare und benutzte dann Bellas Wimpernzange.

»Gib mir ein Handtuch.«

Jenna warf ihr eines zu.

»Dieser rote Bikini wird seine Aufmerksamkeit erregen, Jen.« Sie trat aus der Dusche und stellte sich neben Jenna vor den Spiegel. »Sieh dich doch mal an. Du bist wunderschön, du bist klug, du bist mitfühlend und du bist witzig. Jenna, du brauchst keine Extras. Sei einfach du selbst.«

Jenna ließ die Schultern sacken. »Ich bin seit Jahren in Petes

Gegenwart einfach nur ich selbst, entweder ist er schwul oder ich bin einfach nicht sein Typ.«

Bella fuhr sich mit einem Kamm durch die Haare. »Er ist einfach nur schüchtern und in seiner Gegenwart bist du es auch. Lasst uns doch zusammen grillen und du lädst ihn ein. Wir füllen dich ab, dann bist du wieder du selbst und verkriechst dich nicht so in deine Pete-Schwärmerei.«

»Vielleicht sollte ich ihn zu unserem Angelausflug einladen.«

Bella zuckte mit den Schultern. »Klingt doch gut.« Sie ging ins Schlafzimmer und zog einen Bikini und ein kurzes, durchscheinendes Hängerkleid an.

Jenna ging zu Bellas Schrank, nahm zwei Paar Flipflops heraus – ein zartgelbes und ein hellblaues – und hielt sie prüfend vor dem Kleid in die Höhe. »Habt ihr schon entschieden, wohin ihr geht?« Sie stellte die gelben Flipflops auf den Boden und Bella schob ihre Füße hinein.

»An den Strand.« Leise sprach Bella weiter: »Er hat *es* noch nie unter freiem Himmel getan.«

»Bella!« Jenna riss die Augen auf. »Er ist Polizist. Du kannst ihn doch nicht zu einer Straftat verleiten!«

Bella hob eine Augenbraue. »Sagt die Frau, die mich zu fast allem angestachelt hat, was ich je an halbwegs schlimmen Sachen getan habe.«

»Dich, ja, aber keinen Polizisten.«

Bella verdrehte die Augen. »Glaubst du wirklich, dass ich irgendetwas vorschlagen würde, das ihn in Schwierigkeiten bringen könnte?«

Jetzt hob Jenna eine Augenbraue.

»Vertrau mir einfach. Ich werde versuchen, mich zu benehmen.« *Vielleicht.*

Als sie Reifen auf dem Kies knirschen hörten, schaute Jenna

aus dem Fenster und schnappte nach Luft.

»Er ist hier.«

»Caden?«, fragte Bella.

»Pete!«

Bella schob sie in Richtung Tür. »Dann geh.«

Jenna rannte zurück ins Badezimmer und schnappte sich den Teller. Bella nahm ihn ihr wieder aus der Hand. »Lass das hier und geh. Versuch, einen vollständigen Satz herauszubringen.«

Jenna zupfte ihr Bikinioberteil zurecht und lächelte. »Sehe ich gut aus?«

»Kristallblaue Augen, Möpse wie Salma Hayek und eine süße, sexy Ausstrahlung, die Eis zum Schmelzen bringen könnte. Man kann dich guten Gewissens als wandelnde, sprechende, Spontanerektionen auslösende Granate bezeichnen.« Sie umarmte sie kurz und schob sie zur Tür hinaus. »Rede mit ihm. Auf dem Weg dahin übst du den Satz *Hey, du sexy Kerl.*«

Jenna winkte ihr noch kurz zu, als sie auf Petes Pick-up zuging, der am Pool parkte. Bella ging um ihr Ferienhaus herum und spähte um die Ecke, um Jenna zu beobachten. Jenna ging leicht x-beinig und schwang ihre Hüften so, dass es bei jedem anderen albern gewirkt hätte, aber bei Jenna sah es sexy und natürlich aus. Vor Tonys Auffahrt wurde sie langsamer und strich sich übers Haar. *Komm, Jenna. Du schaffst das.* Jenna hob die Schultern und senkte sie dann wieder, als hätte sie tief durchgeatmet.

»Wem spionieren wir denn da hinterher?« Caden legte die Arme von hinten um Bellas Taille und küsste sie auf die Wange.

»Jenna will Pete zu dem Angelausflug einladen.« Bella atmete seinen warmen Duft ein – eine Mischung aus Minze und Zitrusfrucht – und jeder Nerv in ihrem Körper erwachte. »Du riechst unglaublich. Was ist das?«

»Tommy Hilfiger. Ich dachte mir, du hättest gern mal etwas anderes.«

Sie schaute über die Schulter und atmete noch einmal tief ein. »Du riechst immer gut.« Seine Haut schimmerte in der warmen Sonne, und als er sich herabbeugte, um sie zu küssen, schloss er die Augen. Sie liebte seine Augen. Sie waren warm und ausdrucksstark. In seinen dunklen Augen konnte sie sehen, was er fühlte, und als er sie wieder öffnete, verrieten sie ihr, dass er genau dort war, wo er sein wollte.

»Es geht los.« Caden deutete zu Jenna.

Pete war Mitte dreißig, hatte einen Körper, der ein Verkehrschaos auslösen konnte, und einen dichten braunen Haarschopf. Sein herzliches Lächeln hätte selbst den Teufel freundlich stimmen können. Er stellte sein Werkzeug ab, lehnte sich lässig an seinen Pick-up und wandte Jenna seine ganze Aufmerksamkeit zu. Wer würde das nicht, wenn er sie in diesem heißen roten Bikini sah?

»Sie sagt etwas, oder? Er sieht aus, als würde er zuhören.« Bellas Puls raste, sowohl aufgrund der Freude über Jennas mögliches Date als auch wegen Cadens spürbarer Nähe.

»Klar. Und was ist dabei?«, fragte Caden.

»Du kennst nur die Jenna, die wir alle kennen. Sie ist eine Granate, aber in Petes Gegenwart ist sie ein Mauerblümchen.«

Pete nickte und Jenna schob die Arme nach hinten. Sie verschränkte die Hände, hob die Schultern und kickte mit einem Fuß Kieselsteine fort.

»Er hat Ja gesagt! Oh, ich freue mich so für sie.«

»Woher weißt du das?«, wollte Caden wissen.

»Ihre Körpersprache. Dieses Schulterzucken war ihr

Freudentanz.« Sie drehte sich zu Caden um und schob, ohne nachzudenken, den Finger unter den Bund seiner Badehose. Er legte die Lippen auf ihre, und eine Minute lang überlegte sie, ob sie den See ganz auslassen sollten und sie ihn stattdessen ins Haus führen sollte, um den Tag in den Laken statt im Sand zu genießen. Sie verdrängte mühevoll diese Gedanken und merkte, dass sie das in letzter Zeit ziemlich oft tun musste.

»Wie geht es Evan?«

»Er war nicht begeistert, dass er gestern Abend früher zu Hause sein musste, aber heute Morgen war alles in Ordnung.«

»Auf eines kann man bei Teenagern vertrauen: Sie sind vollkommen unbeständig.« Bella ging hinein und holte ihre Strandtasche, Handtücher und das Mittagessen, das sie für sie beide eingepackt hatte. »Ich erinnere mich noch daran, wie es in dem Alter war. Ich sagte manchmal fiese Sachen zu meiner Mom, und selbst wenn ich gewollt hätte, hätte ich es irgendwie nicht verhindern können.«

»Ach ja? Dann werden die nächsten Jahre wohl unterhaltsam. Vielleicht möchtest du lieber das Weite suchen, solange du noch kannst.« Caden trug die Kühltasche hinaus und sie packten alles für einen Nachmittag am See in den Pick-up.

»Wenn ich einen Klassenraum voller Teenager unterrichten kann, werde ich auch mit einem einzelnen zurechtkommen.« Sie stiegen in den Wagen und sie lehnte sich zu ihm hinüber, um ihn zu küssen. »So leicht wirst du mich nicht los.«

»Da habe ich aber Glück gehabt.«

Bella und Caden fuhren zum Fisherman's Landing, einem

großen See in Form einer Acht, der sich unter einer Brücke hindurchschlängelte und auf der anderen Seite hinter einer Reihe von Bäumen verschwand. Ein Waldweg führte vom Parkplatz zum Ufer. Eine Handvoll Ruderboote, Tretboote und Kajaks war an einem kleinen Steg festgebunden. Sie gingen in die entgegengesetzte Richtung, weg vom Bootsverleih, und schlenderten an dem schmalen Strand entlang vorbei an Familien mit kleinen Kindern, die immer wieder ins Wasser hinein- und wieder herausrannten. Am anderen Ende des Strandes, hinter dem abgegrenzten Schwimmerbereich, entdeckten sie ein ruhiges Plätzchen.

Bella streckte sich in ihrem gelben Bikini aus, der an den Hüften zusammengeknotet wurde. Ihre Haare breiteten sich wie goldene Fäden um ihr wunderschönes Gesicht aus. Caden musste immer wieder zu ihr schauen. Sie hatte die Augen geschlossen, die Lippen waren leicht geöffnet, und er musste sich zusammenreißen, um sich nicht gleich auf sie zu legen und sie zu küssen, bis sie nach mehr flehte.

»Ich spüre, dass du mich ansiehst.« Bella lächelte mit noch immer geschlossenen Augen.

»Erwischt.« Er stützte sich auf den Ellbogen und fuhr mit den Fingern über ihren Bauch. Ihre Haut war weich und von der Sonne erwärmt.

»Fühlt sich gut an.«

»Wem sagst du das?« Mit einem Blick in die Umgebung versicherte sich Caden, dass niemand in der Nähe war. Dann beugte er sich hinunter und küsste sie auf ihr Dekolleté, genau oberhalb des gelben Stoffdreiecks.

»Mhm … Das fühlte sich auch gut an.« Sie legte sich auf die Seite, streckte den Arm auf der Decke aus und legte den Kopf darauf.

Caden fuhr mit der Hand über die Kurven ihrer Hüfte, hinauf zu ihrer Taille und dann an ihren Rippen nach oben. Er rückte näher an sie heran, sodass sich ihre Körper fast berührten. Je näher er an Bella herankam, umso heißer – und härter – wurde er.

»Du bist gefährlich sexy«, gestand er.

Sie legte den Arm um seine Taille und drückte ihre Hüfte an seine. »Hast du in letzter Zeit mal in den Spiegel geguckt?«

Ein heiseres Lachen entwich ihm, bevor er sie küsste. Sie kam ihm sehnsüchtig, hungrig entgegen und drehte sich auf den Rücken. Caden schob sein Bein auf ihre Oberschenkel, und der Hautkontakt trieb ihn an, den Kuss zu vertiefen.

»Bella«, flüsterte er an ihren Lippen, nur um sie dann wieder zu küssen. »In deiner Gegenwart komme ich mir wie ein Lüstling vor.«

Mit einem sexy Blick, der so voller Begehren war, dass er sie wieder küssen musste, sah sie zu ihm auf.

»Wenn du ein Lüstling bist, was bin dann ich?« Sie ließ die Finger über seinen Rücken wandern und berührte mit dem Mund seine Schulter.

Himmel noch mal! Die warme, sinnliche Zunge auf seiner erhitzten Haut brachte ihn fast um den Verstand. Als sie zurückwich, wurden ihre Augen verführerisch dunkel. Er versicherte sich noch einmal kurz, dass sie weit genug von allen anderen entfernt lagen. Solang er der anderen Seite des Strandes den Rücken zukehrte, konnte er es ihr heimzahlen, ohne gesehen zu werden.

Er schob einen Finger unter die Schlaufe auf ihrer Hüfte und glitt am Saum ihres Bikinihöschens entlang. Die Falte hin zum Oberschenkel war warm und einladend, und als sie die Beine für ihn öffnete und ihn mit einem herausfordernden Blick ansah, wurde sein Puls schneller und schneller. Er beugte sich hinunter und streichelte ihre Lippen mit seinen. Noch nie hatte er so etwas getan – hier, unter freiem Himmel – und es steigerte den Reiz ins Unermessliche. Er konnte der Versuchung nicht widerstehen und glitt mit dem Finger über die feuchte Haut zwischen ihren Beinen.

»Du bist ein sehr, sehr unartiges Mädchen, Bella Abbascia.« Er hielt ihre Unterlippe zwischen seinen Zähnen gefangen und saugte. Hitze glomm in ihren Augen auf.

Sie legte die schlanken Finger um sein Handgelenk und öffnete ihre Beine noch weiter, um seine Finger gegen ihre feuchte Mitte drücken zu können. Er schaute betont ungezwungen über beide Schultern in dem Versuch, den in ihm wütenden Drang zu verbergen, und er fragte sich, ob das Risiko, das sie eingingen, für sie ebenso erregend war wie für ihn. Als sich ihre Blicke wieder trafen, fuhr Bella mit der Zunge über ihre Unterlippe, die nass schimmerte, was ihm ein Stöhnen aus der Tiefe seiner Lunge entlockte.

»Berühre mich«, flüsterte sie.

»Wie wär's, wenn ich die Führung übernehme?« Er küsste ihre Mundwinkel und leckte über das Schimmern auf ihrer Unterlippe, während er sie in ein Meer des Begehrens streichelte.

»So feucht«, flüsterte er an ihrer Wange.

Sie drängte sich gegen seine Hand, flehte nach mehr. Mit dem Mund liebkoste er ihren Hals und küsste sich hinauf bis zu ihrem Ohr.

»Du kannst drängen und flehen, so viel du willst. Du bekommst das, was du willst, erst wenn ich bereit bin«, flüsterte er.

»Du bist so ungerecht.«

»Ach ja?« Er saugte an ihrem Ohrläppchen und ihre Hüfte presste gegen seine Hand.

»Caden«, sagte sie mit einem langen Atemzug.

»Ich liebe es, wenn mein Name wie ein Flehen über deine Lippen kommt.« Er ließ die Zunge über ihr Dekolleté gleiten und spürte, wie Bella unter ihm erschauderte. Ihr Atem stockte, und er wusste, dass sie kurz davor stand zu explodieren. Sie umklammerte sein Handgelenk, fester dieses Mal, und versuchte, seine Finger in sich zu drücken.

»Keine Sorge, Kleines. Ich werde dich nicht hängenlassen.« Er küsste ihre Lippen, und als sie ihren Mund öffnete, zog er sich zurück, jetzt vollkommen darauf erpicht, sie noch mehr zu reizen, und hauchte federleichte Küsse um ihre Lippen herum.

»Ungerecht.« Ihre Augenlider zuckten und ihr Arm landete weich im Sand neben ihr.

Sie öffnete die Lippen, als er mit der Zunge darüberglitt. Seine Hand verharrte zwischen ihren Beinen, die Finger an ihren heißen Falten, den Daumen an ihrer geschwollenen sensibelsten Stelle. Sie krallte sich in den Rand der Decke und legte den Kopf in den Nacken. Er bedeckte ihren Mund mit seinem und nahm sie in einem tiefen, innigen Kuss, mit dem er die lustvollen kleinen Laute schluckte, die sie so verzweifelt hatte unterdrücken wollen, während sie unter der heißen Sonne innerlich explodierte. Als sich ihre Lippen schließlich voneinander lösten, öffnete sie zaghaft die Augen. Er zog die Finger zurück, strich über ihren allzu sensiblen Punkt und ließ sie so noch einmal nach Luft schnappen. Sie schlang die Arme um seinen Hals und zog ihn wieder zu einem atemberaubenden Kuss an sich.

»Himmel, Caden! Ich bin noch nie … du weißt schon, ohne …« Sie schloss die Augen und er legte seine Stirn an ihre.

»Wow«, flüsterte sie. »Wow.«

Ich liebe dich so sehr. Er brachte die Worte, die unbedingt gehört werden wollten, mit einem weiteren zärtlichen Kuss zum Schweigen.

Bella wusste nicht, wie lange sie mit geschlossenen Augen auf dem Rücken gelegen und versucht hatte, dieses Verlangen zu unterdrücken, das durch ihre Adern kroch und ihr die Fähigkeit raubte, klar zu denken, aber als sie schließlich die Augen öffnete, hatte Caden schon fünfzig Seiten seines Romans gelesen. Auf die Ellbogen gestützt lag er neben ihr. Er blinzelte gegen die Sonne an.

»Hallo, meine Schöne.«

»Tut mir leid, dass ich weggedöst bin.« Sie drehte sich auf die Seite und fuhr mit der Hand über seinen muskulösen Rücken.

»Muss es nicht. Ich nehme das als Kompliment.« Er lehnte sich zu ihr herüber und küsste sie.

»Du hast mich umgehauen. Wortwörtlich.« Sie lächelte und schaute ihm in die Augen. Sie könnte den ganzen Tag so neben ihm liegen und wäre vollkommen zufrieden. *Glücklich,* korrigierte sie sich. *Vollkommen glücklich.*

»Mehr kann ich nicht verlangen.« Er legte sein Buch weg. »Sollen wir uns ein Boot mieten?«

»Klar.«

Hand in Hand gingen sie am Strand entlang, und zum ersten Mal seit sehr langer Zeit hatte Bella das Gefühl, Teil eines richtigen Paares zu sein. Sie hatte nie eine echte Verbindung zu

Jay empfunden; er hatte sich immer eher wie ein Freund mit Extras angefühlt. Selbst bei den anderen Männern, mit denen sie im Laufe der Jahre ausgegangen war, hatte sie nie die gleiche tiefe Verbindung gespürt, die sie mit Caden spürte. Seine Hand zu halten, war nicht aufregend wie in der Highschool. Es war auch keine Vorstufe von Sex. Es war so viel mehr. Cadens Hand zu halten, fühlte sich so an, als kämen ihre Leben zusammen und würden eins werden. Sie konnte sich Jahre später sehen, wie sie am Strand neben ihm saß und las; sie konnte ihn sich mit ergrauenden Schläfen und Krähenfüßen um seine schönen dunklen Augen herum vorstellen. Keiner dieser Gedanken war Teil ihres Sommerplans gewesen, und doch waren sie da, so real und präsent wie der Mann, der sie in ihr wachrief.

Caden ruderte sie in die Mitte des Sees. Die Stimmen von Kindern entfernten sich, Vögel landeten plätschernd im Wasser und Bella sog den friedvollen Augenblick in sich auf.

»Diese ganze Szenerie hier gefällt mir.« Sie lehnte sich zurück, streckte die Beine aus und wackelte zwischen Cadens nackten Füßen mit den Zehen. »Du kannst mich jederzeit durch die Gegend rudern. Falls du dich irgendwann mal langweilst und dich einfach nur als sexy, oberkörperfreies Wassertaxi betätigen möchtest.«

Er schüttelte den Kopf, aber sein Lächeln spiegelte sich in seinen Augen wider. »Kann ich das?«

»Mhm. Also, ich würde mich nicht dagegen wehren oder so.«

Bella breitete ihr Handtuch auf dem Metallsitz aus und legte sich zurück, um dann die Zehen ins Wasser hängen zu lassen. Sie schloss die Augen und ließ die Arme seitlich fallen. Es war ein perfekter Vormittag gewesen, und jetzt, als das Boot sanft über das Wasser glitt, überraschte sie die angenehme, nun vertraute Stille nicht mehr.

Hinter den geschlossenen Augenlidern bemerkte Bella, dass ein Schatten den Himmel verdunkelte und die Luft kühler werden ließ, während sie unter der Brücke hindurchfuhren. Als die gleißende Sonne wieder auf sie niederbrannte, wusste sie, dass sie auf der anderen Seite waren. Der See war groß, und sie konnte an einer Hand abzählen, wie oft sie in all den Jahren, die sie dort gewesen war, Leute gesehen hatte, die bis hinter die Brücke gerudert waren. Sie hielt die Augen geschlossen und lauschte nach Geräuschen von anderen. Es war schön, so dahinzugleiten, nicht genau zu wissen, wo sie war, und einfach Caden die Entscheidung zu überlassen, wohin sie fuhren. Sie vertraute ihm, und dieser Gedanke kuschelte sich in ihr Herz wie ein Bär, der seine Höhle für einen langen, kalten Winter vorbereitete.

Das Plätschern der Ruder im Wasser hörte auf, und sie spürte, dass das Boot langsamer wurde. Caden seufzte. Es klang ebenso entspannt, wie sie sich fühlte, und sie fragte sich, was er tat. Aber es war in diesem Moment so herrlich friedvoll, dass sie die Augen nicht zu öffnen wagte. Das Boot wackelte, und sie spürte Cadens Nähe, noch bevor sie seinen Mund auf ihrem fühlte. Sie öffnete die Lippen und hieß seinen warmen, liebevollen Kuss willkommen. Jede Regung seiner Zunge war tief und sinnlich. Sie hielt die Augen geschlossen, genoss die Freude daran, nicht zu wissen, was als Nächstes kam. Sie zwang ihre Hüften stillzuhalten, und als seine große Hand unter ihr Bikinioberteil glitt, wirbelte ein Schauder durch ihr Innerstes. Ihre Brustwarzen wurden zwischen seinen Fingern hart. Sein Kuss war ein Liebesspiel mit ihrem Mund und ihre Gedanken wanderten weit, weit weg. Als er mit dem Mund zu ihrer Brust glitt, hielt sie die Luft an, öffnete die Augen und schaute sich kurz auf dem menschenleeren See um, bevor er ihre Augenlider wieder sanft zudrückte.

»Es ist niemand in der Nähe. Versprochen.«

Sie schloss die Augen und vertraute ihm vollkommen. Das Risiko verstärkte die Aufregung, und sie hoffte, dass er den Nervenkitzel ebenso empfand wie sie. Mit den Zähnen strich er über ihre empfindliche Brustwarze und ihr stockte erneut der Atem. Sie streckte die Arme nach ihm aus, die Augen noch immer geschlossen, spürte seine Hüfte und ließ die Hände bis hin zu seinem festen Hintern gleiten. Er stöhnte, ließ die Zunge zwischen ihre Brüste wandern und flüsterte dann wieder an ihren Lippen.

»Ich schwöre dir, dass ich mehr an dir liebe als deinen Körper. Wirklich.« Er küsste sie sanft, woraufhin sie den Mund öffnete und versuchte, den Kuss zu vertiefen, aber er zog sich zurück und reizte sie erneut. Jede Empfindung wurde durch jeden heißen Atemzug von ihm verstärkt, als er an ihrem Ohr flüsterte: »Aber ich möchte in dir sein.«

Sie krallte sich in den Stoff seiner Shorts und leckte sich über die Lippen.

»Du weißt, dass mich das in den Wahnsinn treibt.« Er küsste sie wieder, und sie öffnete den Mund weiter, um noch mehr von ihm zu bekommen.

Seine großen Hände legten sich um ihre Hüfte und hielten sie fest, während er mit dem Mund zu ihrem Bauch wanderte und sie heftig atmend reagierte. Er leckte am Saum ihrer Bikinihose entlang.

»Ich liebe es, wie du zitterst, wenn ich dich berühre.«

Zittern. Berühren. Mehr.

Seine Hände hinterließen einen heißen Pfad, als sie an ihrem Körper hinaufglitten und sich um ihre Brüste legten. *Oh*

Gott, ja! Sie spürte seine Zunge über die Mitte ihres Dekolletés gleiten und dann in der Senke ihres Schlüsselbeins kreisen. Er knabberte an ihrem Kinn und erweckte ihre Nervenenden. Himmel, er konnte sie zum Höhepunkt bringen, ohne überhaupt in sie einzudringen. Sie spürte sein Gesicht über ihrem, öffnete die Augen und sah ihn an.

Sein Blick glitt zum Wasser und sein Mundwinkel zog sich nach oben. »Lust auf eine Schwimmrunde?«

Himmel, ja! Ihr Mund funktionierte noch immer nicht. Er sank neben ihr auf die Knie und zog sie an sich.

»Ich habe kein Kondom«, flüsterte er.

Ihr Herz schlug so heftig, dass sie sicher war, er musste es fühlen. Sie zwang sich zu sprechen. »Ich nehme wirklich die Pille. Ich bin kein Collegemädchen, das nur auf Sex aus ist, oder eine, die vergisst, die Pille regelmäßig zu nehmen und das Risiko einer Schwangerschaft eingeht.«

Er legte die Stirn auf ihre. »Das weiß ich, Bella.«

Sie schwieg, wollte ihm die Entscheidung überlassen. Sie wollte ihm nah sein, bei ihm sein, in jeglicher Hinsicht, und während er die Situation einschätzte, traf sie ein so mächtiger Gedanke, dass es sie umwarf. Sie konnte sich vorstellen, ein Kind mit ihm zu haben.

»Seit Caty bin ich das Risiko nicht eingegangen.« Er legte die Hände auf ihre Wangen und sah ihr mit einem so ernsten Blick in die Augen, wie sie ihn bei ihm noch nie gesehen hatte. Ihr Puls raste angesichts der Unsicherheit, was das zu bedeuten hatte. Er presste die Kiefer aufeinander und zog die Augenbrauen zusammen. Sein Blick glitt über den menschenleeren See. Sie waren allein, so vollkommen allein. Es fühlte sich an, als wären sie die einzigen Menschen auf Erden.

»Wir müssen nicht …«, bot sie an.

»Ich will es, Bella. Ich will dich. Ich will dich auf jede erdenkliche Weise.« Dann küsste er sie und sie konnte sich nicht länger zurückhalten.

Sie packte seine Schultern, seinen Rücken, seine Haare, alles, was sie zu fassen bekam. Er kniete neben ihr. Sie schob ihn zurück, sodass er sich mit den Handflächen abstützen musste, zog seine Hose herunter und nahm ihn in den Mund.

»Ooh … Himmel«, stieß er hervor.

Sie nahm ihn tief, umschmeichelte ihn mit der Zunge. Er war süß und salzig und heiß – *so heiß.*

»Oh, Bella!«

Seine Stimme war vor Lust belegt. Hitze fuhr wie ein Blitz durch sie hindurch, als sie sich mit den Händen neben ihm abstützte und sich an seinem Körper nach oben küsste. Sein Oberkörper hob und senkte sich mit jedem heftigen Atemzug.

»Wasser.« Ein Befehl. Ein weiterer lustvoller Nervenkitzel.

Er schwang sich über den Rand und streckte die Hand nach ihr aus.

»Komm zu mir, Kleines.«

Sie beugte sich vor und mit einer behänden Bewegung holte er sie in seine Arme und das kühle Wasser erwärmte sich innerhalb von Sekunden. Er versiegelte ihren Mund mit seinem und küsste sie, als bräuchte er sie zum Atmen. Seine kräftigen Beine hielten sie über Wasser, als er die Schleife an einer Seite ihrer Bikinihose löste und der Stoff abfiel und nur noch durch das dünne Band an der anderen Hüfte gehalten wurde. Rasch, immer noch Lippen an Lippen und mit drängend spielenden Zungen, schob er seine Badehose ganz herunter und drang in sie. Bella warf den Kopf in den Nacken, als sie seine Kraft spürte. Er füllte sie vollkommen aus, und als er in sie stieß, spürte sie jeden wundervollen Zentimeter, der sie in eine

Ekstase aus kitzelnden Nerven und pulsierendem Verlangen trieb. Um Halt zu haben, klammerte er sich an den Bootsrand, während er den anderen starken Arm um sie gelegt hatte.

Er riss seine Lippen von ihren fort, atmete heftig und hielt sie fest an sich gedrückt.

»Caden.« Sie hielt inne, um zu Atem zu kommen. *Ich liebe dich.* »Ich … Das habe ich noch nie erlebt. Du bist mein erster Liebhaber unter freiem Himmel.«

»Ich hoffe, auch dein letzter.« Sein Blick wurde dunkel, drang bis in ihre Seele, während er tief in sie stieß und sie beide zum Höhepunkt trieb.

Dreizehn

Nachdem er den Nachmittag auf dem Boot liegend und dann in der warmen Sonne dösend verbracht hatte, dachte Caden, der Drang, Bella seine Liebe zu gestehen, wäre verflogen oder zumindest nicht mehr dieses anhaltende, verzehrende und kaum zu zügelnde Bedürfnis. Doch er hatte sich geirrt. Und wie. Mit jedem Atemzug kämpfte er gegen das Verlangen an, ihr seine Gefühle zu gestehen. Nachdem sie wieder bei ihrem Ferienhaus eingetroffen waren, wollte Caden die letzten Momente mit ihr allein genießen. Es überkam ihn immer noch eine Spur von schlechtem Gewissen Evan gegenüber, aber die Liebe in Bellas Augen ermöglichte es ihm, dieses Schuldgefühl beiseitezuschieben und ihre Hand an seine Lippen zu führen.

»Tut es dir leid, dass ich dich in eine Welt der Ausschweifungen entführt habe?« Bellas Wangen schimmerten rosa neben ihrer goldenen, frischen Sonnenbräune.

»Ausschweifung kann man es wohl kaum nennen, und außerdem war es meine Idee, wenn du dich recht erinnerst.« Er lehnte sich über die Mittelkonsole und berührte ihre Wange. »Warte hier.« Er stieg aus dem Pick-up aus und öffnete ihre Tür. Bella drehte sich auf dem Sitz herum und ließ ihm zwischen ihren Beinen Platz. Caden legte die Arme um sie und atmete den Kokosnussduft ihrer Sonnencreme ein.

»Mmm«, murmelte sie. »Höchstwahrscheinlich der beste Sonntag überhaupt.«

Er wich zurück und schaute ihr in die Augen. Er wusste, dass es für Bella ein großer Schritt war, sich auf eine Beziehung mit ihm einzulassen, und – Herrgott, ja – für ihn war es auch ein großer Schritt. Er dachte ebenso viel an sie wie an Evan, und er konnte nicht leugnen, dass sie ihm beinahe ebenso wichtig war. Aber würde er sie verschrecken, wenn er es ihr gestand? Den ganzen Nachmittag über hatte er versucht, ihre Gefühle ihm gegenüber einzuschätzen, und er ahnte, dass sie absolut auf der gleichen Wellenlänge waren, aber was wusste er denn schon? Seit Jahren hatte er niemandem mehr Zutritt zu seinem Herzen gewährt.

»Wenn du mich weiterhin so ansiehst, mache ich mir Sorgen«, sagte Bella. »Du siehst so aus, als überlegtest du, ob du mit mir Schluss machen solltest.«

Er lächelte und berührte ihre Wange. »Genau das Gegenteil ist der Fall.«

Sie zog die Augenbrauen zusammen.

»Ich glaube, ich bin dabei, mich in dich zu verlieben.« Seine Gefühle platzten nicht aus ihm heraus. Sie kamen ihm leicht, in ruhigem und samtweichem Tonfall über die Lippen. Sie waren so wahr, so verdammt wahr.

Nur einen Atemzug später sah Bella ihn mit großen Augen und einem Lächeln an. Dann kniff sie die Augen etwas zu und schob den Finger in den Bund seiner Badehose. Sie öffnete die Lippen – jede Sekunde kam ihm wie eine Ewigkeit vor, während er auf eine Antwort wartete, die er verstehen konnte.

»Caden«, flüsterte sie. Sie sah ihm prüfend in die Augen und öffnete den Mund, als wollte sie noch mehr sagen. Dann biss sie sich auf die Unterlippe.

Er schob ihr die Haare hinter die Schulter. »Ich kann nichts dagegen tun, Kleines.« Seine Stimme kam nicht über ein Flüstern hinaus, doch bei dieser unfreiwilligen Offenbarung seines Herzens war mehr als ein Flüstern auch nicht nötig. Sie lehnte ihre Stirn an seinen Oberkörper und schlang die Arme um ihn. Caden strich ihr über die Haare, wünschte, sie würde mehr sagen, und fragte sich, ob er einen Fehler gemacht hatte.

Bella hob den Kopf, als sie Veras Geige hörte. Er unterdrückte den Herzschmerz, der in ihm brodelte, während er sich bemühte, Bella den Raum zu geben, den sie benötigte, um seine Worte zu verdauen. Als sie schließlich wieder zu ihm aufschaute, konnte er ihre Gedanken immer noch nicht lesen.

Er musste jedes Fünkchen seiner Kraft aufwenden, um einen Schritt zurückzutreten und ihr sowohl räumlich als auch emotional Platz zum Denken zu geben.

»Ich werde dann wohl mal besser Evan abholen.«

»Caden.« Sie nahm seine Hand und zog ihn wieder nah an sich. »Ich fühle es auch, aber ich habe Angst. Was ist, wenn ich hier keinen Job bekomme? Was ist, wenn sich mein Haus nicht verkaufen lässt? Meine Maklerin hat eine Nachricht hinterlassen und ich habe sie noch nicht gelesen. Was ist, wenn ich zurück nach Connecticut ziehen muss, weil ich es nicht verkauft bekomme?«

Er kannte sie gut genug, um zu spüren, dass ihre wahren Sorgen um etwas ganz anderes kreisten. Er kannte sie auch gut genug, um zu wissen, dass sie die Wahrheit vielleicht nicht zugeben wollte. Aber er musste versuchen, sie dazu zu bringen, dass sie sich ihm gegenüber öffnete.

»Was ist, wenn ich dich anlüge?«, flüsterte er. »Was ist, wenn ich dir wehtue? Ist es das, was du eigentlich meinst?«

Sie wandte den Blick ab.

»Bella, ich verstehe das. Nimm dir all die Zeit, die du brauchst. Nimm dir Jahre, wenn du sie brauchst. Eines Tages wirst du sehen, wer ich bin, und du wirst verstehen, dass ich nicht leichtfertig Bindungen eingehe.«

»Das weiß ich.« Sie drückte seine Hand noch fester. »Ich empfinde das Gleiche wie du. Wenn ich mit dir zusammen bin, fühlt sich alles richtig an.« Sie presste die Lippen aufeinander und ihr Blick wurde ernst. »Weißt du, was mir am meisten Angst macht? Wenn ich mit dir zusammen bin, lasse ich zu, verletzlich zu sein, und wenn du mich kennst, weißt du, dass ich alles andere als verletzlich bin.«

»Bella …«

»Lass mich ausreden, denn es ist schwer, das zuzugeben. Wenn irgendein anderer Mann gesagt hätte, er will Schlösser an meinen Türen und Fenstern anbringen, dann hätte ich ihn fortgejagt. Wenn er am Strand aufgetaucht wäre, während ich mit meinen Freunden dort bin, nur um sicherzugehen, dass es mir gut geht, dann hätte ich ihn für zu besitzergreifend gehalten und Abstand von ihm genommen. Wenn jemand –«

Caden fuhr sich durch die Haare und atmete laut aus. »Im Grunde sagst du also, dass ich alles falsch gemacht habe.«

»Nein«, sagte sie leise. »Du hast alles richtig gemacht, Caden, und zum ersten Mal in meinem Leben habe ich es mir zugestanden, dass jemand diese Dinge tut.«

»Okay, jetzt verwirrst du mich. Das ist also schlecht?«

»Ja, das ist schlecht.« Sie hob die Hände, als ergäbe das, was sie sagte, Sinn, doch Caden sah beim besten Willen nicht, welchen. Nichts von dem, was sie sagte, ergab für ihn irgendeinen Sinn. »Verstehst du das denn nicht?«, flehte sie ihn an.

»Behandele mich wie einen Schüler und erkläre es mir ganz langsam, denn ehrlich gesagt: nein. Ich stehe vollkommen auf dem Schlauch. Ist es nicht gut, dass du dich mit mir so wohlfühlst, dass du es mir gestattest, diese Dinge zu tun?«

»Ja, das ist gut, aber es ist, als stünde ich nackt an der Straßenecke und wartete darauf, dass mein Date vorbeifährt – und immer, wenn er es tut, frag ich mich, ob er mich mit Tomaten bewirft oder bewundernd pfeift.«

Sie nickte wieder, als wäre das völlig klar. Möglicherweise ergab es tatsächlich Sinn, aber nicht in Männersprache.

»Wie bitte?«

Sie stöhnte hilflos auf. »Okay, hör zu. Heute Morgen habe ich auf meiner Veranda ein Brett bemerkt, das locker ist, und mein erster Gedanke war: *Ah, Caden kann das für mich reparieren.*«

»Klar, mache ich gern.« Er hatte sich nie als kompletten Anfänger in der Welt der Frauen gesehen, aber jetzt bekam er Zweifel.

»Eben! Das weiß ich, und vor dir hätte ich gedacht: *Ich hol meinen Hammer.*« Sie hob erneut die Hände. »Siehst du jetzt das Problem? Mit dir bin ich eine … eine …«

»Meine Freundin?«

»Eine Frau.«

Er konnte ein Lachen nicht unterdrücken. »Tut mir leid, aber … äh … wenn du keine Frau wärst, würde es das mit dir und mir gar nicht geben.«

»Ach, Mann!« Sie stieß ihm verspielt gegen den Oberkörper und lächelte. »Eine schwache, mädchenhafte Frau. Dieses Mädchen habe ich auf der Highschool zurückgelassen, und ich habe wirklich hart daran gearbeitet, eine Frau zu werden, die unabhängig ist. Aber ich fühle mich so unverschämt wohl mit dir, dass ich dich Dinge tun lasse, die ich selbst tun kann und auch sollte.«

Er tat das Einzige, was er tun konnte. Er nahm sie in die Arme.

»Bella, Bella, Bella. Es ist in Ordnung, eine mädchenhafte Frau zu sein. Ich liebe deine starke, effiziente Seite ebenso wie deine mädchenhafte Seite. Was kann denn schlimmstenfalls passieren? Du lässt mich ein paar Dinge tun, die du selbst erledigen könntest, und im Gegenzug lasse ich mich von dir auf einen Weg führen, auf dem ich mir ein Leben unabhängig von meinem Sohn erlaube?«

»Ja.« Sie lächelte zu ihm auf. »Genau das ist es. Denn wenn du mir wehtust, muss ich mich daran gewöhnen, all diese Dinge wieder selbst zu machen.«

»Und wenn du mit mir Schluss machst? Dann hätte ich einen Vorgeschmack auf ein Leben mit dir bekommen, und nachdem ich mit dir zusammen war, gibt es kein Zurück mehr. Also sitzen wir im selben Boot.« Er küsste sie auf die Lippen und spürte ihr Lächeln. »Das hier wäre viel einfacher gewesen, wenn du einfach nur gesagt hättest, dass du das Gleiche empfindest, aber Angst hast, dich zu sehr auf mich zu verlassen.«

Sie sprang aus dem Pick-up. »Genau das habe ich doch gesagt.«

Caden schüttelte den Kopf, um seine Verwirrung loszuwerden.

»Nur um sicherzugehen, dass ich alles richtig verstehe: Du bist dabei, dich in mich zu verlieben? Und es ist in Ordnung, wenn ich manchmal Dinge für dich erledige und dich wie eine mädchenhafte Frau behandele? Oder soll ich die Veranda nicht reparieren und dir keine Blumen mitbringen?«

Sie nahm ihre Strandtasche von der Ladefläche des Pick-ups

und warf sie sich über die Schulter. »Ob ich mich in dich verliebe? Ja. Ob du mir Blumen mitbringen sollst? Ja. Meine Veranda reparieren?« Sie stellte sich auf die Zehenspitzen und küsste das Grübchen in seinem Kinn. »Du bist der erste Mann, der meine Liebe zu der Farbe Rosa bemerkt hat. Du kannst meine blöde Veranda reparieren, solange dir bewusst ist, dass ich vollkommen in der Lage bin, es selbst zu tun.«

»Hat dir schon mal jemand gesagt, dass du eine wahre Herausforderung bist?« Er nahm ihr die Strandtasche ab und trug sie zur Veranda.

»Nein«, sagte sie, als sie die Tür aufschloss. »Normalerweise nennt man mich Nervensäge.«

»Tja, da ist etwas dran, aber eine unglaublich liebenswerte, sexy Nervensäge.«

Vierzehn

Bella machte einen Nudelsalat und Brownies, die sie zu Caden zum Essen mitbringen wollte. Als Geigenklänge durch ihr Fenster hereindrangen, beschloss sie, auch Jamie und Vera ein paar Brownies vorbeizubringen, weil sie so nett zu Evan gewesen waren. Sie traf sie auf der Veranda an. Jamie hielt in der einen Hand einen Cocktail und mit der anderen schlug er im Takt auf den Glastisch. Vera lächelte und spielte weiter.

»Da duftet aber irgendetwas sehr lecker. Ich dachte, Leanna backt fleißig«, sagte Jamie. Er zog einen Stuhl für Bella heran.

»Ich habe nur kurz Zeit. Bin gerade auf dem Weg zu Caden, aber ich wollte die hier vorbeibringen und mich dafür bedanken, dass ihr euch Zeit für Evan genommen habt.« Sie stellte den Teller auf den Tisch.

Jamie wirkte in seinen Shorts und mit dem weiten Baumwollhemd sehr entspannt. An den Wochenenden rasierte er sich nicht – *weil ich dann das Gefühl habe, wirklich im Urlaub zu sein.*

»Er ist ein interessanter Junge. Unheimlich schlau, aber ich habe das Gefühl, er hat ein wenig zu kämpfen«, sagte Jamie.

Bella vernahm das mit den Ohren einer Lehrerin und setzte sich auf den Stuhl. Sie wusste, dass oft eher Außenstehende –

Lehrer, Trainer, Nachbarn – Probleme bei Teenagern wahrnahmen, noch bevor die Eltern etwas merkten.

»Caden sagte, dass er eine typische Teenagerphase durchmacht. Ich hoffe, er war dir oder Vera gegenüber nicht unhöflich.«

Vera hörte auf zu spielen und legte die Geige in ihren Schoß.

»Das war wunderschön, Vera«, sagte Bella.

»Danke, Liebes.« Vera wandte sich an Jamie. »Ich frage mich, Jamie, was du bei Evan bemerkt hast? Er scheint mir ein sehr angenehmer junger Mann zu sein, und er hat sehr großes Interesse an dem gezeigt, was du ihm beibringst. Mir beim Spielen zuzuhören, schien ihm auch zu gefallen.«

»Er ist ein wirklich netter Kerl. Heute kam er mir nur etwas abwesend vor. Er hat viel mehr am Handy gehangen als beim letzten Mal, und ich konnte sehen, dass es ihm schwerfiel, mir seine ganze Aufmerksamkeit zu schenken.« Jamie nippte an seinem Drink. »Möchtest du etwas trinken?«

»Nein danke. Ich glaube, die meisten Teenager haben das Bedürfnis, rund um die Uhr online zu sein, weil sie Angst haben, etwas zu verpassen. Er hat auch gerade neue Freunde gefunden, das spielt vielleicht auch eine Rolle. Ich sag Caden, dass er mit ihm reden soll. Ich möchte nicht, dass er euch gegenüber unhöflich ist.« Sie machte sich in Gedanken eine Notiz, dass Caden mit Evan mal den Handy-Knigge ansprechen sollte.

»Nein, das brauchst du nicht. Es macht mir tatsächlich viel Spaß, mit ihm zu arbeiten. Letzten Winter haben ein Kumpel und ich einen Workshop für gut zehn Teenager angeboten. Selbst wenn Evan nicht hundertprozentig bei der Sache ist, so ist er dennoch aufnahmefähiger als die meisten Kids, die richtig aufpassen. Und er ist respektvoll, was ich sehr gut finde. Besonders Grandma gegenüber.«

Vera tätschelte seine Hand.

»Bist du dabei, wenn wir angeln gehen, oder musst du arbeiten?«, fragte Bella.

»Wir kommen beide mit«, antwortete Jamie. »Ich habe mir dafür freigenommen. Den Spaß will ich mir nicht entgehen lassen.«

»Das wird wie in alten Zeiten«, sagte Bella. »Mit Kurt, Caden und Evan als Zugabe. Ich nehme an, wir brauchen ein größeres Boot.«

»Vergiss Pete nicht. Jenna sagte, dass er auch mitkommt.« Jamie nickte grinsend, was so viel bedeutete wie: *Vielleicht hat sie ihn dann ja bald an der Angel.*

»Es wird bestimmt toll.«

»Ich habe solch ein Glück, dass ich euch allen beim Erwachsenwerden zusehen kann«, sagte Vera. Sie tätschelte noch einmal Jamies Hand. »Wenn wir doch nur noch eine nette Frau für Jamie finden würden.«

»Grandma, bitte. Ich glaube, ich kann mir selbst eine Frau suchen.« Er lächelte Vera an.

»Bella, ich wäre gern bei deiner Hochzeit dabei, bevor mein altes Herz beschließt, sich zur Ruhe zu setzen«, sagte Vera.

»Du wirst noch mindestens fünfzehn Jahre leben und somit habe auch ich noch jede Menge Zeit«, versicherte Jamie ihr.

»Mach dir keine Sorgen, Vera.« Bella stand auf und legte Jamie eine Hand auf die Schulter. »Guck doch mal, was das für ein süßer Kerl ist. Er ist klug, liebenswert und er mag Kinder. Im schlimmsten Fall erstellen du und ich gemeinsam ein Profil für ihn auf einem Datingportal und dann kannst du höchstpersönlich eine Frau für ihn aussuchen.«

Jamie legte seine Hand auf Bellas und sah zu ihr auf. »Rache ist süß. Vergiss das nicht.«

Bella wuschelte ihm durch die Haare. »Ich werde es mir merken. Habt ihr übrigens Amy gesehen? Ich wollte ihr etwas erzählen. Ihr Auto ist da, aber ich kann sie nirgends finden.«

»Sie und Tony sind in die Stadt gefahren, um fürs Grillen einzukaufen.« Jamie zog eine Augenbraue hoch. »Soll ich ihr irgendetwas ausrichten?«

»Nee, ich rede mit ihr, wenn ich heute Abend zurückkomme. Danke.«

Eine Stunde später saß Bella mit Caden und Evan beim Abendessen hinter deren Haus auf der Terrasse. Der Garten war von Kiefern gesäumt und die Terrasse erstreckte sich über die gesamte Länge des Hauses. Es war ruhig, abgesehen von der Musik, die durch die Tür mit dem Fliegengitter davor drang, die zum Wohnzimmer führte. Eine Brise wehte über Bellas Zehen. In Erwartung eines kühlen Abends hatte sie Jeans und einen Hoodie angezogen, aber sie weigerte sich, im Sommer geschlossene Schuhe anzuziehen.

»Es war köstlich, Caden. Danke, dass du gekocht hast.« Er hatte ein Gericht mit Garnelen und Reis gemacht – eine gelungene Mischung aus würzig und süß, ganz so wie er.

»Dad kocht ziemlich gut.« Evan sah nicht von seinem Handy auf, in das er gerade eine Nachricht tippte.

Caden legte einen Arm auf die Rückenlehne von Bellas Stuhl. »Können ja nicht immer von Chicken Nuggets und Pommes leben.« Er klopfte sich auf den Bauch.

»Ich schon, aber du lässt mich ja nicht.« Evan schaute unter seinem dichten Pony zu Caden auf.

»Alter Streit, andere Stadt.« Caden schaute zu Bella. »Evan hatte in Boston ein paar Freunde, die meistens Fast Food zum

Mittag- und Abendessen bekamen. Der Außenseiter zu sein, war manchmal schwierig, aber ich wollte nicht, dass er ständig diesen Müll isst.«

»Ich finde das gut«, sagte sie. »Du hast Glück, Evan. Stell dir mal vor, wie es wäre, wenn dein Dad nicht so gut kochen könnte.«

Evan steckte das Handy in die Tasche und zuckte mit den Schultern. Bella bemerkte, dass er nicht annähernd so gesprächig war wie bei dem Barbecue, und als Evan das Handy wieder aus der Tasche holte und Caden seufzte, wusste sie, dass sie Jamies Sorge gar nicht zu erwähnen brauchte.

»Ev, wie wär's, wenn du mal eine Zeit lang aufhören würdest, Nachrichten zu schreiben?«

Evan tippte weiter.

Der Muskel in Cadens Kiefer zuckte heftig. »Ev«, sagte er mit ernster Stimme.

Evan seufzte, schrieb zu Ende und ließ das Handy wieder in der Tasche verschwinden.

»Danke.« Caden lächelte, aber Bella sah, dass es ein gezwungenes Lächeln war, und so versuchte sie, die Stimmung etwas aufzulockern.

»Ich habe dich neulich auf deinem Fahrrad vom Payton's Campground fahren sehen. Wohnen da Freunde von dir?«

»Payton's?« Evan runzelte die Stirn und schüttelte den Kopf, als hätte er keine Ahnung, wovon sie sprach.

»Ja, der Campingplatz hinter unserer Siedlung? Ich bin neulich auf der Nebenstraße nach Hause gefahren, und du und deine Freunde seid da auf euren Rädern herausgeflitzt. Oder zumindest dachte ich, dass du es warst.« Sie lächelte Caden an, allerdings umsonst. Sein Blick ruhte auf Evan. »Es hat mich daran erinnert, wie wir früher immer mit unseren Rädern zum

Strand gefahren sind. Das war mit das Beste an den Sommerferien hier. Es gab Zeiten, da sind Jenna, Amy, Leanna und ich morgens aus Seaside weggefahren und erst zum Abendessen zurückgekehrt.«

Evan schüttelte den Kopf und fummelte an der Armlehne seines Stuhls herum. »Ich war auf keinem Campingplatz. Das muss jemand anderes gewesen sein.«

»Bei Payton's wurde neulich eingebrochen.« Caden nahm den Arm von Bellas Rückenlehne und wandte Evan seine Aufmerksamkeit zu.

Bella spürte die Hitze seines prüfenden Blickes, obwohl er nicht auf sie gerichtet war.

Evan zuckte wieder nur mit den Schultern, und als er seinen Vater anschaute, war sein Blick kalt und seine Stimme ernst. »Ich hab doch gesagt, dass ich den Campingplatz nicht mal kenne. Darf ich aufstehen? Meine Freunde sind alle online und ich möchte ein Spiel mit ihnen spielen.«

»Möchtest du nicht bleiben und uns etwas Gesellschaft leisten?«, fragte Caden.

Evan verdrehte die Augen und Bella legte die Hand auf Cadens angespannten Oberschenkel.

»Schon gut. Er wird mehr Spaß beim Spiel mit seinen Freunden haben als dabei, mich zu unterhalten.«

Evan sah Caden hoffnungsvoll an.

»Gut. Du hast recht. Geh nur, Kumpel, aber nimm deinen Teller mit hinein.«

Evan sammelte seinen Teller und sein Besteck zusammen, und bevor er hineinging, drehte er sich noch einmal zu Bella und Caden um. »Danke für das Essen, Dad. Bella, ich bin froh, dass du hier bist, und danke, dass du mich Jamie vorgestellt hast. Er ist cool.«

Nachdem Evan hineingegangen war, lehnte sich Bella zu Caden hinüber und sagte: »Tief durchatmen, Dad.«

Caden schüttelte den Kopf. »Meine Güte! Es ist, als hätte er sich über Nacht verändert.«

»Er sucht sich Freunde, gewöhnt sich ein.«

»Ich hoffe, dass das alles ist. Warum glaubst du, dass er es war, den du bei Payton's gesehen hast?« Seine Stimme klang wieder ernst.

Sie zuckte mit den Schultern. »Es sah nach ihm aus, aber heutzutage sehen ja alle Kids gleich aus. Zerzauste Haare, Shorts, T-Shirt. Er sagt, er war es nicht, also habe ich mich offensichtlich geirrt.« *Angesichts seiner Reaktion hoffe ich, dass ich mich geirrt habe.*

Caden nickte, aber sie sah ihm an, dass er noch darauf herumkaute.

»Machst du dir Sorgen?«

Er drehte ihren Stuhl herum, sodass ihre Knie zwischen seinen Beinen waren. »Nicht so richtig. Ich vertraue Evan.«

»Ich weiß, dass ich oft meine Mutter heranziehe, aber sie sagte immer: ›Wenn man Kinder hat, bringt man ihnen bei, was richtig und falsch ist, und man gibt ihnen das Werkzeug an die Hand, um gute Entscheidungen zu treffen, aber man kann sie nicht zwingen, den richtigen Weg zu gehen.‹« Sie beugte sich vor, und er kam ihr entgegen, sodass sie sich Auge in Auge gegenübersaßen. »Und dann kannst du nur noch hoffen, dass sie das Richtige tun.«

Er küsste sie und lächelte. »Sie hat recht, aber der fatale Nachteil bei dieser Einstellung ist, dass man erst merkt, dass sie die falsche Entscheidung getroffen haben, wenn sie sie schon getroffen haben. Das ist der Punkt, der nur schwer zu akzeptieren ist. Ich habe mein Leben damit verbracht, mich um

Evan zu kümmern. Meine Aufgabe ist jetzt immer noch, für seine Sicherheit zu sorgen, aber das wird mit seinem Teenagergehabe nicht einfacher.«

»Oh ja, dieser schmale Grat zwischen Junge und Mann.«

»Es wäre leichter, wenn wir nicht umgezogen wären. In Boston kannte ich seine Freunde und das waren gute Jungs. Die Kerle hier sind mir ein Rätsel. Ich habe sie im Ort gesehen, dann neulich wieder am Strand, und die Jungs waren … keine Ahnung, irgendwie rauer vielleicht. Abgebrüht auf eine Weise, wie es seine alten Freunde nicht waren.«

Bella lehnte sich auf ihrem Stuhl zurück. »Na ja, das hier ist ein Touristenort, daher kann ich mir vorstellen, dass die Jugendlichen, die das ganze Jahr hier leben, ihre Sommer wahrscheinlich so verbringen, wie wir es taten. Ich war immer mit einem Haufen Freunden unterwegs, von einem Ort zum anderen, immer mit dem Rad. Nicht der Meereswind blies mir in dem Alter durch die Haare, das war die neugefundene Freiheit. Ich hatte ein Fahrrad, einen neuen Teenagerkörper und Freunde, die Spaß haben wollten. Das Leben war toll. Und für die Jugendlichen, die hier das ganze Jahr leben, ist es sogar noch besser, weil wöchentlich eine neue Ladung von heißen Mädels oder Typen eintrifft.«

Caden stand auf und fing an, den Tisch abzuräumen. »Lass uns das Thema besser nicht vertiefen. Ich bin noch dabei, mich daran zu gewöhnen, dass er lieber anderen Nachrichten schreibt, als mit mir Zeit zu verbringen.«

»Vielleicht bin ich es, mit der er keine Zeit verbringen will. Es ist neu für ihn, dass er dich teilen muss.«

»Es liegt nicht an dir. Er hat mir gesagt, dass er dich mag und dass du …«, Caden hob eine Augenbraue, »*heiß* bist.«

Bella lächelte, als sie die Teller hineintrug. »Zumindest

weißt du, dass dein Sohn einen guten Geschmack hat.«

»Apropos …« Caden folgte ihr hinein. »Er hat das Bild von dir in deinem kleinen sexy Nachthemd und mit den Stiefeln gesehen.«

Bella blieb die Luft weg. »Oh nein! Sag, dass das nicht wahr ist!«

»Doch. Aber er war schon vorher zu dem Schluss gekommen, dass du heiß bist.«

Sie krallte sich in sein Hemd und vergrub ihr Gesicht an seiner Brust. »Es tut mir so leid. Ich werde vorsichtiger sein.«

»Es schien ihn nicht zu beunruhigen. Er hat nur gefragt, ob wir daten.« Caden hob ihr Kinn und küsste sie. »Ich bin so froh, dass das der Fall ist.«

»Mhm, ich auch. Es tut mir leid, dass ich heute so vage war. Ich bin eindeutig dabei, mich in dich und Evan zu verlieben.«

Caden sah sie skeptisch an. »In mich *und* Evan?«

»Ihr seid nur als Paket zu haben. Wie könnte ich von dir angetan sein und nicht von ihm?«

»Es ist im Moment nicht leicht, von ihm angetan zu sein«, meinte Caden ernst. »Aber indem du ihn einbezogen hast, machst du mich zum glücklichsten Menschen überhaupt.«

»Er verhält sich einfach wie ein Teenager und außerdem habe ich Seiten aus der testosteronfreien Zone aufblitzen sehen, und die gefallen mir. Er wird nicht ewig ein Teenager bleiben. Aber ich würde gern Zeit mit ihm verbringen. Ich kann dich nicht einfach vollkommen für mich beanspruchen.«

»Ich glaube, im Moment freut er sich darüber, dass du mich für dich beanspruchst.« Er küsste sie noch einmal. »Als wir hergezogen sind, waren wir anfangs oft zum Brandungsangeln am Strand. Wir sind dann um fünf Uhr morgens aufgestanden, manchmal sogar vor der Schule, und als ich ihn gestern Abend gefragt habe, ob er heute Morgen gehen wollte, sagte er: *Um fünf aufstehen? Auf keinen Fall.*«

»Das bedeutet nicht, dass er keine Zeit mit dir verbringen will. Es bedeutet, dass ihm klar wird, er kann von dir getrennt sein. Er kann länger schlafen und ausgehen und so viel Spaß mit seinen Freunden haben, wie er mit dir haben würde. Er nabelt sich ab.«

Caden lehnte sich gegen die Spüle und schlang die Arme um sie. »Wie gesagt, ich verstehe es ja. Es ist nur einfach nicht leicht. Er wird immer meine größte Verantwortung sein, und das gebe ich nicht auf, nur weil er etwas Freiheit haben möchte.«

»Du sollst es nicht aufgeben. Nur eben nicht persönlich nehmen.«

»Mhm. Worauf hast du Lust? Auf einen Spaziergang? Einen Film? Draußen sitzen und die Sterne zählen?«

Evan platzte aus seinem Zimmer, murmelte leise vor sich hin und stürmte zur Hintertür hinaus. Im Garten begann er herumzutigern.

Caden machte einen Schritt Richtung Tür, doch Bella hielt ihn am Arm fest. »Soll er nicht lieber erst Dampf ablassen?«

Er sah besorgt aus und löste den Blick nur kurz von seinem Sohn, um sie anzuschauen. »Er stürmt nie so raus.«

»Wenn du ihm folgst, wird er dich dann nicht einfach anschnauzen?« Bella spürte, dass sich Cadens Muskeln anspannten.

Caden befreite sich aus ihrem Griff. »Soll er mich doch anschnauzen.«

Sie fühlte mit Caden, als er zur Tür hinausmarschierte. Er wollte nichts lieber, als in Ordnung zu bringen, was Evan derart in Aufregung versetzt hatte. Wenn Evan so war wie die

Teenager, die sie kannte, dann würde er *Nichts* brüllen, wenn Caden ihn fragte, was los war, und zwar auf eine boshafte Art und Weise, die Caden tief treffen würde. Gleichzeitig, das wusste sie, fühlte sich das, was Evan so aus der Fassung gebracht hatte, für ihn in seinem Teenagerempfinden unermesslich groß an.

Sie ging ins Wohnzimmer und setzte sich auf das Sofa, während sie hin- und herüberlegte, ob sie gehen und die beiden ungestört lassen sollte. Geschrei war nicht zu hören und das sah sie als gutes Zeichen. Nach zwanzig Minuten überlegte Bella wieder, ob sie gehen sollte. Sie machte sich auf die Suche nach Caden, um sich höflich zurückzuziehen. Sie fand Vater und Sohn schließlich auf der Treppe zur Terrasse mit dem Rücken zu ihr, beide mit den Ellbogen auf die Beine gestützt. Evans schmale Schultern wirkten neben Cadens kräftigem Körper noch schmaler. Bella blieb zögernd hinter der Fliegengittertür stehen, unsicher, ob sie sie unterbrechen sollte. Sie wollte nicht gehen, ohne sich zu verabschieden, und sie wusste, dass sie durch ihre bloße Anwesenheit zusätzlichen Druck für Caden verursachte.

Als sie die Fliegengittertür öffnete, schauten beide über die Schulter zu ihr hoch. Evans Augen waren hinter seinen Haaren versteckt. Cadens blickten dunkel und ernst.

»Hey.« Sie versuchte, unbeschwert zu klingen. »Ich denke, ich fahre dann mal.«

»Bella, bleib.« Caden kam zu ihr.

»Du musst nicht gehen«, sagte Evan von der Treppe aus.

Sie hatte keine Ahnung, ob sie gehen oder bleiben sollte. Beide schienen es ernst zu meinen, aber sie wollte Cadens Aufmerksamkeit nicht von Evan ablenken, wenn der ihn am meisten brauchte.

»Es tut mir leid«, sagte Caden.

Vielleicht wollte er, dass sie blieb, aber sie wusste, dass ein bedeutender Teil von ihm Zeit mit Evan allein brauchte.

»Schon gut. Evan braucht dich im Moment mehr als ich. Danke für das Essen. Es war wunderbar.«

Er legte die Stirn an ihre. »Es tut mir leid, Kleines«, flüsterte er.

»Muss es nicht. Ich bin ein großes Mädchen. Außerdem hatte ich dich den ganzen Tag für mich allein.« Sie küsste ihn und konnte auf dem Weg zur Tür hinaus seine Enttäuschung fast so deutlich spüren wie ihre eigene.

Fünfzehn

Bella war noch immer enttäuscht, als sie in die Feriensiedlung einbog. Doch sie freute sich, dort alle um die Feuerstelle auf dem zentralen Platz herum versammelt zu sehen. Etwas gute Stimmung konnte sie jetzt gebrauchen.

»Bella! Tony hat Cocktails gemacht, Talking Monkeys.« Jenna eilte mit Pepper im Gefolge auf Bella zu. Mit ihrem violetten Hoodie, den hochgekrempelten Jeans und den ebenfalls violetten Flipflops sah sie wie ein Teenager aus. »Wo ist dein Liebster?« Sie hakte sich bei Bella unter und zog sie über den Rasen.

Pepper sprang an Bella hoch, und sie kniete sich hin, um ihn zu streicheln. Er drehte sich auf den Rücken und ließ sich von Bella den Bauch kraulen.

»Evan brauchte etwas Zeit mit seinem Daddy.«

»Das passt gut.« Jenna stieß Bellas Rücken mit dem Knie an. »Ich brauche etwas Zeit mit Bella.«

»Deshalb habe ich euch ja alle so lieb.« Bella gab Pepper einen Kuss auf seinen flauschigen Kopf und stand auf.

»Komm her, Pep.« Kurts strenger Tonfall ließ Pepper zu ihm zurückspringen.

»Weißt du noch, wie er Pepper anfangs nicht leiden

konnte?«, flüsterte Jenna.

»Die Liebe verändert alles.« *Alles ist eine Untertreibung.*

»Wie lief's heute?« Jennas Augenbrauen zuckten. »Hast du den Tugendbold auf lasterhafte Abwege geführt?«

Bella lachte. »Eigentlich war es umgekehrt.«

Jenna riss die Augen auf. »Echt? Mr. Sittenstreng in der sexy Uniform kann auch auf Böser Junge?«

Amy sprang auf und warf ihren Stuhl dabei um. »Bella!« In Flanellpyjamahose und langärmeligem T-Shirt stürmte sie mit ausgebreiteten Armen auf Bella los und rannte sie fast um. Dann stolperte sie ein paar Schritte zurück, bevor Tony sie mit einem starken Arm auffing. Sie schwankte hin und her und fuhr mit dem Finger über Tonys Kinn. »Hallooo, du sexy Junge.«

»Okay, ich werde unsere Kleine wohl mal lieber nach Hause bringen.« Tony legte einen Arm um Amys Schulter und sie schmiegte sich zufrieden an ihn.

»Mensch, Jen, hast du zugelassen, dass sie sich so volllaufen lässt?« Bella warf Jenna einen wütenden Blick zu.

»Hey, das war Tony mit seinen Cocktails.« Jenna stieß Tony in die Seite. »Wir haben nur zusammen gegessen und dann kam Tony mit ein paar Krügen dazu. Und … na ja, du weißt ja, wenn Amy Drinks in die Finger bekommt, die wie Bonbons schmecken …«

»Ich kümmere mich um sie, okay?« Tony hob Amy hoch. Sie legte die Arme um seinen Hals, schloss die Augen und seufzte.

»Sie wird unfassbar sauer auf uns sein, wenn wir zulassen, dass du sie nach Hause trägst.« Bella stemmte die Hände in die Hüften und schüttelte den Kopf. »Jenna? Was sagst du? Soll er sie nach Hause tragen und wir bringen sie dann zu Bett?«

Amy tätschelte Tonys Brust. »Der sexy Mann hier kann

mich zu Bett bringen.«

Tony zuckte nur mit den Schultern und sein rechter Mundwinkel kräuselte sich.

Bella stieß mit dem Finger gegen seine Brust, als sie sagte: »Tony Black, wenn du diese Situation ausnutzt, dann werde ich dir im Schlaf die Eier abschneiden, das schwöre ich.«

Tony sah auf ihren Finger hinab und schüttelte den Kopf. »Ich habe die Situation nicht ausgenutzt, als sie es *wollte*. Glaubst du wirklich, ich würde es jetzt tun?« Er verschwand mit Amy sicher auf seinem Arm im Dunkeln zwischen den Ferienhäusern von Vera und Leanna.

»Glaubst du, das bedeutet, er wird sich nie auf diese Art für Amy interessieren?«, überlegte Jenna laut.

Bella seufzte. »Keine Ahnung, aber sie wird fürchterlich sauer auf sich sein, und auf uns. Dabei wollte ich heute Abend unbedingt noch die Nackte Wahrheit.« So nannten die Freundinnen ihre langjährige Tradition, nachts heimlich nackt im Pool zu baden.

»Das können wir doch trotzdem noch machen. Wir nehmen Leanna mit und wir drei genießen ein bisschen Nacktsein im Mondschein.« Jenna zog sie mit sich zum Feuer, wo Leanna und Kurt auf einer Bank saßen und sich abwechselnd küssten und miteinander flüsterten.

Wenn sie ihnen nur beim Küssen zusah, sehnte sie sich schon danach, in Cadens Armen zu liegen und seinen männlichen Duft zu riechen. Himmel, wie konnte er ihr jetzt bereits so sehr fehlen?

»Guten Abend, ihr Schmusekatzen«, sagte sie zu den beiden.

Leanna legte den Kopf auf Kurts Schulter und ließ damit Bellas Sehnsucht noch größer werden.

»Du bist ja früh zurück«, sagte Leanna.

Bella zuckte nur mit den Schultern. Sie war nicht in der Stimmung, über ihr abgebrochenes Date zu reden.

Jamie saß in einer verwaschenen Levi's und einem Sweatshirt auf der anderen Seite des Feuers in einem Liegestuhl. Er schob Bella mit seinen bloßen Füßen einen Stuhl hin. Das Feuer spiegelte sich in seinen dunklen Augen, als er ihr seinen Talking Monkey gab.

»Wie geht's, Blondie?«, fragte Jamie.

Sie hatte keine Ahnung, warum sie gedacht hatte, die Ereignisse des Abends für sich behalten zu wollen. Sie war nicht besonders gut darin, und wenn sie nicht antwortete, würden ihre Freunde denken, dass etwas Schlimmes passiert sei. Sie schlürfte an Jamies Drink.

»Mann, das ist echt lecker. Lasst mich mal überlegen … Der arme Ev hatte heute Abend einen üblen Anfall von Pubertät, daher bin ich jetzt hier, anstatt meinen attraktiven Freund zu küssen. Amy wird gerade von ihrem Traummann ins Bett gebracht, aber sie ist zu besoffen, um das zu merken, und ich kann heute Abend nicht nackt baden, weil Amy richtig sauer sein wird, wenn sie merkt, dass sie sowohl Tony als auch unseren mitternächtlichen Poolspaß verpasst hat. Apropos, hat irgendjemand Theresa gesehen?«, fragte Bella. Sie wandte den Blick von Leanna und Kurt ab, die sich schon wieder liebkosten.

»Ja, sie ist im Bett.« Jamie deutete mit einem Nicken zu ihrem Haus. »Sie hat gesagt, wir sollen das Feuer richtig ausmachen, bla, bla, und ist dann schlafen gegangen.«

Bella nahm noch einen Schluck von Jamies Drink und gab ihm dann sein Glas zurück. »Irgendwann müssen wir sie mal dazu bringen, mit uns hier draußen zusammenzusitzen. Ich glaube, sie hat eine Seite, die wir noch nicht kennen.«

»Dann füllen wir sie ab«, schlug Jenna vor.

»Wir müssten es ihr heimlich verabreichen. Sie trinkt nie, und ich hätte Angst, ihr etwas unterzujubeln, also müssen wir einen anderen Weg finden, um sie locker zu machen. Uns fällt schon noch etwas ein. Hattet ihr heute einen netten Abend?«

»Immer«, sagte Jamie. »Kurt hat uns das erste Kapitel seines neuen Manuskripts *Tödliche Gedanken* vorgelesen.«

»Och, zu blöd, dass ich das verpasst habe.«

Kurt riss seine Lippen gerade lang genug von Leannas los, um zu antworten. »Keine Sorge. Du und Caden, ihr könnt es jederzeit lesen.«

Es war ein schönes Gefühl, dass ihre Freunde Caden als Teil der Clique sahen.

»Danke, Kurt. Hat Leanna dir erzählt, wie gut die neue Präsentation funktioniert? Ich habe vier neue Kooperationspartner und ich treffe mich diese Woche mit dem Schulamt. Vielleicht schaffe ich es ja tatsächlich, das Ganze zum Laufen zu bringen. Jetzt muss sich nur noch mein Haus verkaufen lassen.« Sie hatte mittlerweile die Nachricht gelesen, in der ihre Maklerin mitteilte, dass sie diese Woche drei aussichtsreiche Besichtigungen geplant hatte.

»Fantastisch.« Kurt streichelte Pepper. »Wenn du und Caden zu dem Schluss kommt, dass ihr es wirklich ernst meint, dann wirst du eindeutig hierbleiben wollen. Wenn das nicht motivierend ist, dann weiß ich auch nicht.«

»Ich glaube, wir meinen es ziemlich ernst.« Sie nahm sich wieder Jamies Glas und trank es leer in der Hoffnung, es würde die schmerzvolle Sehnsucht nach Caden betäuben. Jenna zog ihren Stuhl neben Bellas, woraufhin die ihr das Glas abnahm und es auch leerte.

»Wo ist der Krug mit der Cocktailmischung?«

»Warum? Soll Tony dich auch ins Bett tragen?«, fragte

Jenna.

»Ich mag ihn, Bella. Und ich freue mich für dich. Er scheint ein guter Typ zu sein«, sagte Kurt.

»Danke. Das glaube ich auch, Kurt.«

Jenna drehte sich herum und schaute in die Richtung von Amys Ferienhaus. »Warum ist Tony eigentlich noch nicht zurück?«

»Jetzt, wo du es sagst …« Bella packte Jennas Hand und zog sie hoch. »Du kommst mit. Du hättest auf sie aufpassen müssen.«

Jenna eilte neben ihr her. »Was machst du denn? Wenn sie mit ihm zusammen ist, kannst du da nicht einfach hineinplatzen.«

»Er wird nicht auf *diese* Art mit ihr zusammen sein. Wir reden hier von Tony, zum Henker noch mal. Und wenn sie sich nun erbricht? Es wäre ihr unendlich peinlich, wenn er sie so sehen würde.« Bella schob Amys Glastür auf. In dem Ferienhaus war es still. Auf Zehenspitzen und die Hand der anderen umklammernd schlichen Bella und Jenna ins Schlafzimmer.

»Du lieber Himmel«, flüsterte Jenna.

»Psst.« Tony hielt sich einen Finger an den Mund. Er saß auf Amys Bett, den Rücken an das Kopfende gelehnt, und Amy war unter seinen Arm gekuschelt. Ihre Haare waren zu einem Pferdeschwanz zusammengebunden und sie sah etwas grünlich aus.

»Was ist passiert?« Jenna hob die Knie übertrieben hoch, als sie theatralisch um das Bett schlich.

»Ihr wurde schlecht, also habe ich ihr die Haare zurückgebunden. Jedes Mal, wenn sie sich hingelegt hat, wurde ihr wieder übel.« Tony zuckte mit den Schultern.

Bella schmolz dahin. Er war so mitfühlend. Aber wenn Amy

sich am nächsten Morgen daran erinnerte, dass er ihr geholfen hatte, würde sie so schnell wie möglich und so weit wie möglich davonrennen wollen.

»Wir übernehmen. Danke, Tony. Es war schrecklich nett von dir, bei ihr zu bleiben.« Bella kletterte auf das Bett. »Und falls sie sich durch irgendwelche glücklichen Umstände beim Aufwachen nicht daran erinnern sollte, dass du dich um sie gekümmert hast, dann musst du versprechen, es mit ins Grab zu nehmen.«

»Wie ich gehört habe, schneidet ihr ja Leuten die Eier ab. Also werde ich es keiner Seele erzählen, solange ich lebe.« Er küsste Amy auf die Stirn und hielt sie aufrecht, während Jenna seinen Platz einnahm. Mit Bella auf der anderen Seite war Amy sicher eingepackt. »Ich hole euch noch ihre Spuckschüssel, nur für den Fall …«

Tony ging in das andere Zimmer und über Amys Kopf hinweg sagte Jenna lautlos: »Spuckschüssel?« Bella zuckte mit den Schultern.

Tony kam mit einer großen Plastikschüssel zurück, die immer auf Amys Kühlschrank stand, und stellte sie auf das Bett. Bella wusste nicht, dass Amy sich jemals in diese Schüssel erbrochen hätte, aber dass Tony Amy die Haare zurückgebunden und diese Schüssel zur Spuckschüssel erklärt hatte, waren so mitfühlende Gesten, dass sie es gern hinnahm.

»Danke, Tony.«

»Falls ihr mich braucht … Ihr wisst ja, wo ich wohne. Kümmert euch gut um sie.« Er warf noch einen gedankenvollen Blick auf Amy, bevor er durch die gläserne Schiebetür hinausging.

»Was war das denn?«, flüsterte Jenna.

Bella zuckte mit den Schultern und schob Amy die Haare

aus der Stirn. »Sieh sie dir an. Wie kann er sich nicht in sie verlieben? Irgendwie ärgert mich das total. Sie ist alles, was ein Mann sich wünschen kann. Warum sieht er das nicht?«

»Weil er alles ist, was eine Frau sich wünschen kann. Warum sollte er sich jemals an eine einzige Frau binden?« Jenna lehnte sich zurück und warf ihre Flipflops ab. »Außerdem«, flüsterte sie, »darf sie nicht vor mir einen Mann finden. Dann bin ich ganz allein und der Gedanke ist grauenhaft.«

Bella seufzte und griff nach Jennas Hand. »Wir werden uns immer haben.« Die Geborgenheit, die sie bei dem Wissen empfand, dass ihre Freunde immer für sie da sein würden, war genau die Geborgenheit, die Evan dank seines Vaters fühlen konnte. Sie schloss die Augen, und die Enttäuschung, die sie zuvor empfunden hatte, schwand.

»Jenna?«

»Ja?«

»Ich habe irgendwie ein schlechtes Gewissen, denn als Evan Caden brauchte, war ich deprimiert, weil mir meine Zeit mit ihm versaut wurde.«

Jenna drückte ihre Hand. »Das ist in Ordnung, Süße. Er ist dir wichtig. Wenn du nicht enttäuscht gewesen wärst, wäre das ein schlechtes Zeichen.«

»Aber das war ein egoistischer Gedanke. Gerade ich sollte doch wissen, wie sehr Teenager ihre Eltern brauchen, und ich wollte mich nie zwischen sie stellen.«

»Bella, Schatz, du hast doch keinen Wettbewerb um Cadens Aufmerksamkeit veranstaltet oder versucht, ihn Evan wegzunehmen. Dass du den Mann, mit dem du zusammen bist, vermisst, ist das Normalste auf der Welt und hat nichts mit dem anderen zu tun. Man braucht kein schlechtes Gewissen zu haben, weil man jemanden vermisst. Ich wette, Caden empfindet das Gleiche.«

Sie lächelte in sich hinein. »Ja, wahrscheinlich hast du recht. Ich war nicht sauer oder so, nur ein wenig traurig, als ich gegangen bin.«

»Das ist in Ordnung, Bell. Mach die Augen zu. Unsere kleine kotzende Freundin wird sicher stündlich aufwachen.«

Bella legte sich auf die Seite und breitete einen Arm über Amy aus. »Ich hoffe, sie erinnert sich nicht daran, wie sie hierhergekommen ist.«

Jenna kuschelte sich auf Amys anderer Seite in eine bequeme Position. »Ich hoffe, ihr nehmt euch auch noch Zeit für mich, wenn ihr beide in ernsthaften Beziehungen seid und ich allein bin.«

Sie hörten die Glastür, die auf- und dann wieder zugeschoben wurde. Leanna spähte ins Schlafzimmer. »Habt ihr noch Platz für eine mehr?«, flüsterte sie. »Ihr fehlt mir.« Sie kletterte hinter Bella auf das Bett.

»Was ist mit deinem Kerl?«, fragte Jenna.

»Mein Kerl weiß, wie wichtig ihr Mädels mir seid. Er liebt mich, egal wo ich schlafe.« Sie legte einen Arm auf Bella.

»Wir dich auch«, sagte Bella. »Mädels?«

»Hm«, murmelten die anderen beiden.

»Ich glaube, ich liebe Caden.«

»Das wissen wir«, sagten sie gleichzeitig.

»Wir mögen ihn auch«, sagte Jenna. »Er macht dich zu glücklich, als dass wir ihn nicht mögen könnten, auch wenn ich grün vor Neid bin.«

Mit einem sicheren und glücklichen Gefühl und dem Wissen, auf dem richtigen Weg zu sein, glitt Bella in den Schlaf.

<h1 style="text-align:center">Sechzehn</h1>

Caden joggte mit hohem Tempo den Strand entlang. Es war erst sechs Uhr, viel zu früh, um Bella anzurufen, aber er war die halbe Nacht wach gewesen, hatte sich Sorgen um Evan gemacht – ebenso wie um seine Beziehung zu Bella – und er musste etwas Dampf ablassen. Evan hatte ihm nicht mehr darüber verraten, was ihm zu schaffen machte, abgesehen von der Tatsache, dass er *mit einem Haufen Arschlöcher* ein PC-Spiel gespielt hatte. Er hatte versucht, Evan dazu zu bringen, sich noch mehr zu öffnen, aber sein Sohn hatte dichtgemacht, und da hatte Caden ihn nicht weiter gedrängt. Er war froh, dass Evan ihm überhaupt etwas erzählt hatte. Sie hatten sich den Film *Helden aus der zweiten Reihe* angeschaut, und als Evan ins Bett ging, schien er wieder mehr er selbst zu sein. Es war schon eine Weile her, dass sie intensiv Zeit miteinander verbracht hatten, und ihm wurde bewusst, dass diese Gelegenheiten mit Evans zunehmendem Wunsch nach Freiheit weniger werden würden.

Caden hatte ein unglaublich schlechtes Gewissen, weil Bella frühzeitig heimgefahren war. Bevor er ins Bett gegangen war, hatte er sie noch angerufen, aber bis jetzt hatte er nichts von ihr gehört, und daher machte er sich Sorgen, dass sie über ihren abgebrochenen Abend verärgert sein könnte.

Bellas Bemerkung, dass Evan ihn vielleicht nicht mit jemandem teilen mochte, hatte Caden auch beschäftigt. Er hatte Evan gestern Abend gefragt, ob er ein Problem mit der Beziehung seines Vaters hatte, doch Evan hatte vehement behauptet, dass es für ihn in Ordnung wäre. Er hatte sogar betont, wie froh er darüber war, dass Caden *endlich mal sein Leben leben* würde, und dass Bella *cool* wäre. Aber Caden befürchtete trotzdem, dass seine Beziehung zu Bella als zusätzlicher Punkt auf Evans Stressliste – neben dem Umzug aus Boston, dem Bedürfnis nach neuen Freunden und dem Besuch einer neuen Schule – einfach zu viel sein könnte. Diese Erkenntnis war ungemein schmerzhaft, und anstatt zu überlegen, was es bedeuten könnte und welche Lösung es geben könnte, falls es wirklich zu viel sein sollte, verdrängte er das grauenhafte Gefühl.

Als er nach Hause lief, immer noch so verwirrt wie zu Beginn seiner Runde, brannte sich die Sonne gerade durch den grauen Morgennebel, lächelte auf den Strand hinab und kündigte einen herrlichen Tag an. Caden fielen hundert Dinge ein, die er heute gern mit Bella unternehmen würde, aber selbst wenn sie überhaupt nichts machen würden, wäre das schon mehr als genug.

Bella wachte am Sonntagmorgen zu dem Duft von Eiern und Kaffee auf. Amy lag mit von sich gestreckten Armen und Beinen mitten auf dem Bett, als wäre sie mit dem Gesicht voran hineingefallen und hätte sich seitdem nicht mehr gerührt. Jenna lag zusammengekauert mit einem Kissen im Arm am Kopfende, und Bella selbst befand sich so nah am Bettrand, dass sie auf den Boden fallen würde, sobald sie sich nur ein wenig herumdrehte. Wie oft waren sie seit ihrer Kindheit so oder ähnlich aufgewacht? Bella musste angesichts der vertrauten Szene lächeln.

Leise tapste sie aus dem Schlafzimmer und war nicht überrascht, als sie sah, dass Amys Arbeitsfläche in der Küche unter Mehl, Zucker, Eierschalen und anderen Requisiten von Leannas Frühstück verschwunden waren. Der heimelige Duft warmer gebackener Leckereien begrüßte sie. Sie legte den Arm um Leanna, die gerade Omeletts briet.

»Ich glaube, ich hab dich lieb.«

Leanna lächelte. Ihre Haare waren noch feucht vom Duschen und sie roch nach Seife und blumigem Shampoo. »Weil ich Amys Küche auf den Kopf stelle und nicht deine?«

»Nein. Doch, vielleicht«, scherzte Bella.

Leanna zog ein Blech mit Muffins aus dem Ofen.

»Du bist eine Göttin. Das weißt du hoffentlich.« Bella griff nach einem Muffin, doch Leanna gab ihr einen Klaps auf die Hand. »Ich nehme alles zurück. Du bist gemein.«

Leanna lachte. »Kannst du die Marmeladen aus dem Kühlschrank holen?« Sie legte die Muffins auf einen dekorativen Teller. »Kurt joggt gerade unten an der Bucht, aber er müsste bald zurück sein. Ich dachte, wir könnten draußen auf der Veranda essen.«

Bella versuchte, einen Krümel aus der Pfanne zu ergattern, doch Leanna hob warnend den Finger.

»In Ordnung, Mama.«

Jenna kam verschlafen blinzelnd und mit verwuschelten Haaren aus dem Schlafzimmer. »Irgendetwas riecht hier ganz köstlich.«

Bella zeigte auf die Muffins und Jenna streckte die Hand nach einem aus. Auch sie bekam einen Klaps.

»Ach, komm schon, Mom! Nur mal probieren?« Jenna schob die Unterlippe vor.

»Ihr esst immer den oberen Teil ab und lasst den Rest übrig. Könnt ihr nicht einfach warten, bis Kurt wiederkommt? Dann könnt ihr euch daraufstürzen.« Leanna trug die Muffins nach draußen.

Kaum war sie draußen, drehte sich Jenna zu Bella um. »Sie hat mir auf die Hand gehauen!«

»Mir auch. Sie möchte einfach nur Kurt etwas Gutes tun.« Bella nahm Kaffeebecher und Teller aus den Schränken und wünschte sich, sie wäre in Cadens Armen aufgewacht und hätte ihm Kaffee und Muffins gemacht. Sie fragte sich, was er wohl gerade tat und wie es mit Evan gelaufen war.

Jenna holte Marmelade und Butter aus dem Kühlschrank und suchte dann Besteck und Servietten zusammen. Sie brachten alles zu dem Tisch auf der Veranda vor dem Ferienhaus, und Jenna ging wieder hinein, um nach Amy zu sehen. Mit Kaffee und einem Milchkännchen kam sie wieder heraus.

»Unser Dornröschen ist vollkommen platt.« Jenna schenkte ihnen allen Kaffee ein. »Wo ist Pepper?«

»Kurt hat ihn mit zum Joggen genommen. Ich hole Zucker.« Leanna ging hinein und kam gleich darauf wieder. »Ich habe die letzte Nacht geschlafen wie ein Baby. Ist Amy irgendwann einmal aufgestanden?«

»Soweit ich weiß nicht«, sagte Bella, als sie Milch in ihren Kaffee goss.

»Sie hat im Schlaf meinen Busen gepackt und irgendwas

gemurmelt.« Jenna zog das Sweatshirt aus, das sie seit dem Vorabend trug, und zupfte das Tanktop zurecht, das sie darunter anhatte.

»Viel Platz hatten wir ja nicht. Da konnte sie kaum danebenfassen«, ärgerte Bella sie.

Jenna legte die Hände unter ihren Busen und drückte ihn nach oben. »Neid bringt dich im Leben nicht voran.«

Apropos Neid … Leanna und Kurt gestern Abend zu sehen, hatte alle möglichen neidischen Gefühle in Bella entfacht. Sie wusste, dass sie das Richtige getan hatte, als sie Caden und Evan allein gelassen hatte, aber trotzdem *wollte* sie gern bei ihnen sein.

Jenna lehnte sich über den Tisch und drückte Bellas Hand. »Du guckst ziemlich verkniffen aus der Wäsche, also brauchst du entweder eine Runde Sex oder du musst dir etwas von der Seele reden. Da du und Officer Hottie Ersteres schon erledigt habt, erzählst du mir lieber mal, was los ist.«

Bella seufzte und schüttelte den Kopf. »Nichts.«

»Ich wollte ja nichts sagen, aber bemerkt habe ich es auch.« Leanna schwang die Füße auf den Stuhl neben ihr. »Und du spuckst es lieber schnell aus. Ich muss heute früher zum Flohmarkt.«

»Mit früher meinst du halb zehn statt zehn Uhr, stimmt's?« Jenna stibitzte sich ein Stück von einem Muffin. »Also spätfrüh?« Leanna käme sicher zu ihrer eigenen Hochzeit zu spät. Sie kam immer und überall zu spät, egal wie sehr sie sich bemühte, rechtzeitig zu sein.

Leanna zeigte auf die Muffins und sah Jenna verärgert an, aber ihr Lächeln verriet ihre schwindende Entschlossenheit. »Haha. Ich will um acht da sein. Erinnert ihr euch noch an Carey?« Carey verkaufte Schallplatten auf dem Flohmarkt und im letzten Sommer hatte er seinen Stand neben dem von Leanna gehabt. Die Platzierung der Stände änderte sich auf dem Flohmarkt oft, doch Leanna hatte sich gefreut, als er ihr geschrieben hatte, dass er in den nächsten Wochen wieder ihr Standnachbar sein würde.

»Das ist doch dieser heiße junge Typ, oder?«, fragte Jenna.

»So jung ist er nicht. Er ist fünfundzwanzig«, antwortete Leanna. »Er hat in dieser Woche den Stand neben mir, und wir wollten heute Morgen ein bisschen quatschen, bevor es ganz voll wird.«

»Was hält Kurt davon?« Bella riss ein Stückchen von dem Muffin ab, den sie sich genommen hatte, als Leanna im Haus gewesen war.

Leanna verdrehte die Augen. »Das meinst du nicht ernst, oder? Weißt du noch, als Carey mich letztes Jahr geküsst hat? Ich habe es Kurt erzählt, falls du dich erinnerst. Er vertraut mir. Außerdem kommt Kurt mit.«

»Das ist auch etwas, das ich nicht verstehe.« Jenna stellte die Füße auf einen Stuhl und lehnte sich zurück. »Wie kommt es, dass du einen Mann abkriegst, der sein ganzes Leben ändert, um bei dir sein zu können, und Bella schnappt sich einen Polizisten, der sie endlich – nach Tausenden von Jahren – mit hinauf auf den Feuerwachturm nimmt, worauf ich im Übrigen total neidisch bin, während ich Pete nicht einmal dazu bringen kann, mich als Frau zu sehen?«

»Ich dachte, er kommt am Dienstag mit uns zum Angeln«, sagte Bella.

»Kommt er auch. Aber wisst ihr, was er gesagt hat?« Leiser sprach sie weiter: »›Angeln? Klingt super, hab schon lange nichts Tolles mehr an der Angel gehabt.‹«

Leanna und Bella sahen sich vielsagend an.

»Du bist die Expertin in Sachen Anspielungen, Jen. Wie kannst du denen von Pete gegenüber so blind sein?« Bella zuckte mit den Schultern.

Jenna zog die Augen zusammen. »Du meinst …« Sie riss die Augen auf. »Nein.« Dann schaute sie ihre Freundinnen wieder ernst an. »Vielleicht habt ihr recht. Du meine Güte! Seht ihr? Nicht nur, dass ich in Gegenwart dieses Mannes kein Wort herausbringe, mein Hirn funktioniert dann auch nicht mehr. Vielleicht sollte ich ihn mir ganz aus dem Kopf schlagen.«

Daraufhin sahen sich Leanna und Bella wieder vielsagend an. Jenna würde sich Pete nie aus dem Kopf schlagen können.

Plötzlich hörte Bella Cadens Stimme. Sie drehte sich um. Caden und Kurt kamen den Kiesweg heraufgejoggt. Sein bloßer Oberkörper schimmerte vor Schweiß, und als sich ihre Blicke trafen, ließ sein unbeschwertes Lächeln sie aufspringen.

»Caden.« Sie stürmte von der Veranda.

»Ich hab ihn zufällig auf der Zufahrtsstraße zum Strand getroffen und wir haben uns ein bisschen unterhalten«, erklärte Kurt, bevor er sich zu den anderen auf der Terrasse gesellte und Bella und Caden allein ließ.

Caden trat auf Bella zu, doch als sie die Arme ausbreitete, hielt er die Hände in die Höhe.

»Bin total verschwitzt«, warnte er sie.

»Ist mir egal.« Sie umarmte ihn fest, und als er sich herunterbeugte und sie küsste, war in ihrer Welt wieder alles in Ordnung. Schweißtropfen fielen zu Boden, aber er roch immer noch wie Caden, und das war ein Duft, von dem sie nicht genug bekommen konnte.

»Wie geht es Evan?«

Er wischte sich mit dem Unterarm über die Stirn. »Gut. Viel hat er mir nicht erzählt, nur dass er mit ein paar

Arschlöchern ein Spiel gespielt hat und er deswegen sauer war. Es tut mir leid wegen gestern Abend, Kleines. Ich wollte nicht, dass du gehst, aber er brauchte mich.«

»Das weiß ich. Es ist in Ordnung.«

Caden sprach leiser. »Warst du sauer?«

»Nein.« Die Antwort kam spontan, und ihr wurde bewusst, dass sie nicht ganz ehrlich war. »Ich war nicht sauer, nur etwas enttäuscht. Ich weiß, dass das dumm und kindisch von mir ist. Ich nehme es Evan nicht übel, dass er dich braucht, oder dir, dass du ihm die Zeit gibst, aber du hast mir gefehlt.«

Er berührte ihren Arm und sein Blick wurde innig. »Du mir auch. Ich habe dich vermisst wie verrückt, und als du mich nicht zurückgerufen hast, dachte ich …«

»Oh nein, entschuldige!« Sie sah kurz zu ihrem Auto, in dem ihr Handy und ihre Handtasche wahrscheinlich noch auf dem Beifahrersitz lagen. »Ich habe mich noch immer nicht daran gewöhnt, mein Handy bei mir zu haben. Ich kam nach Hause und alle saßen am Feuer. Amy war völlig betrunken und die Mädels und ich haben letzte Nacht hier geschlafen.«

»Hier?« Er schaute zu den anderen auf die Veranda.

»Ja, wie ein Haufen Welpen auf Amys Bett.« Sie trat näher an ihn heran und berührte den Bund seiner Joggingshorts. »Ich bin so froh, dass du hier bist.«

Er schob ihre Hand fort. »Ich auch, aber wenn du das machst, sehen alle, wie sehr ich mich freue.« Er küsste sie noch einmal und sah dann auf die Uhr.

»Musst du zurück nach Hause?«, fragte sie.

»Ich habe Evan versprochen, dass wir heute zum Bodyboarden ans Meer gehen. Es wäre wirklich schön, wenn du mitkommen würdest. Ich weiß, dass es kein sehr romantisches Date sein kann, wenn ein Teenager dabei ist, aber zumindest wären wir zusammen.« Er nahm ihre Hand.

»Glaubst du, ich würde eine Gelegenheit verpassen, mit euch an den Strand zu gehen? Ich komme sehr gern mit, aber falls Evan lieber Zeit mit dir allein verbringen möchte, ist das auch vollkommen in Ordnung.« Ihr wurde plötzlich bewusst, dass sie trotz ihrer Gefühle am Abend zuvor wirklich keine Probleme damit hatte, ausgeschlossen zu werden. Er würde ihr fehlen, aber wie konnte sie es einem Mann nicht hoch anrechnen, wenn er alles für seinen Sohn tat?

»Ich bin sicher, dass es ihm nichts ausmacht, aber wenn du dich dabei besser fühlst, frage ich ihn, sobald ich zu Hause bin. Aber du wirst dein Handy auftreiben müssen, wenn du die Antwort wissen willst.«

»Ich habe Muffins«, rief Leanna von Amys Veranda herunter.

Caden winkte. »Danke, aber ich habe noch einen weiten Weg zu laufen.«

»Ich kann dich nach Hause fahren«, bot Bella an.

»Das brauchst du nicht. Genieß die Zeit mit deinen Freunden, und ich schreibe dir, sobald Ev aufgestanden ist.«

Er küsste sie zum Abschied, und bevor sie zu den anderen ging, holte sie noch ihr Handy und hörte sich Cadens Nachricht an.

Hey, Kleines. Tut mir leid wegen heute Abend. Du fehlst mir, und ich wünschte, du würdest neben mir ins Bett kriechen und in meinen Armen einschlafen. Ruf mich an, wenn es bei dir passt.

Sie schrieb eine Antwort. *Ich hätte alles dafür getan, in deinen Armen einzuschlafen, aber wir haben das Richtige für Ev getan, und das ist das Wichtigste. Eines Tages sind wir dran. xox* Sie las die Nachricht noch einmal durch und löschte dann *Eines Tages sind wir dran*, bevor sie sie abschickte. Sie wollte nicht zu ungeduldig wirken, auch wenn ihr Herz bereits auf eine Zukunft hoffte.

Siebzehn

Eines Tages sind wir dran. Übrigens, Evan findet es cool, wenn du mitkommst. Kannst du gegen zehn Uhr hier sein? xox

Bella las Cadens Nachricht zum zehnten Mal. Er hoffte ebenso sehr wie sie auf eine Zukunft. Sie schrieb ihm zurück, dass zehn Uhr in Ordnung wäre. Dann duschte sie, packte ihre Strandtasche und freute sich darauf, den Tag mit den beiden zu verbringen.

Eine Stunde später öffnete Evan ihr die Tür. Er trug eine blaue Badehose, die ihm bis zu den Knien reichte. »Hallo, komm rein.« Evan lächelte, als er beiseitetrat.

»Hallo.«

»Dad ist gleich da, er telefoniert gerade.« Er deutete auf die Couch. »Du kannst dich setzen, wenn du magst.«

»Danke, nicht nötig. Macht es dir wirklich nichts aus, wenn ich mitkomme?«

Er zeigte ihr das gleiche unbeschwerte Lächeln wie Caden. »Nee, das wird bestimmt cool. Ich hol mir nur noch schnell ein T-Shirt.« Er verschwand im Flur.

»Mist.« Cadens Stimme war nun vom Flur her zu hören. Mit dem Telefon in der Hand kam er ins Wohnzimmer.

»Hallo.« Bella ging auf ihn zu, doch Cadens verärgerter

Blick ließ sie innehalten. »Was ist los?«

Evan tauchte hinter ihm auf, die Arme beim Anziehen seines T-Shirts gerade in die Höhe gestreckt.

»Fertig, Dad?«

Caden schaute von Bella zu Evan. »Einer der Kollegen hat sich heute krankgemeldet. Ich muss seine Schicht übernehmen.«

»Mann, wie blöd«, meinte Evan. »Ich hatte mich darauf gefreut.«

»Ich kann trotzdem mit Evan gehen. Also, falls du gehen möchtest, während dein Vater arbeitet.«

»Das musst du nicht.« Cadens Tonfall wurde sanft.

»Würde es dir etwas ausmachen, Dad?«, fragte Evan und überraschte sie beide.

»Ob es …? Nein. Es ist toll, wenn ihr beide gehen wollt. Ich ärgere mich nur, dass ich nicht dabei sein kann.« Er nahm Bellas Hand. »Bist du sicher, dass es okay ist?«

»Ein Tag mit Evan am Strand ist wohl kaum eine schwere Bürde.« Sie sah an ihm vorbei zu Evan. »Bist du sicher?«

»Klar, ich bin dabei.« Er nahm ein Strandtuch vom Küchentisch und warf es sich über die Schulter. »Hast du unsere Bodyboards?«

»Die sind im Pick-up. Hol sie doch schon mal und wir kommen gleich raus.« Er warf Evan die Schlüssel zu. Dann legte er die Hände auf ihre Hüfte und zog sie an sich. »Es tut mir so leid.«

»Schon gut. Die Pflicht ruft. Ich freue mich, dass er trotzdem gehen will. Wir werden Spaß haben, aber es tut mir leid, dass du arbeiten musst.«

»Ich stehe noch eine Zeit lang ganz unten auf der Stufenleiter.« Er küsste sie auf die Stirn.

»Wie bei allem auf der Welt musst du erst etwas leisten,

bevor du oben bist. Zum Glück geht es in der Welt der Beziehungen nicht um Leistung. Da bist du schon ganz oben.«

Er drückte seine Wange an ihre. »Apropos oben …« Er liebkoste ihren Hals und jagte einen Schauer durch ihren Körper.

»Sei vorsichtig mit Versprechungen, die du nicht halten kannst.«

»Oh, ich habe sehr wohl vor, sie zu halten.« Er bedeckte ihren Mund mit seinem und sein Kuss ließ sie alle möglichen köstlichen Versprechen erahnen.

Die Tür ging auf und beide traten erschrocken einen Schritt zurück.

Evan verschränkte die Arme und schüttelte den Kopf. »Als ob ich nicht wüsste, dass ihr euch küsst.«

Bella spürte die Hitze in ihre Wangen steigen.

Caden räusperte sich. »Am Strand funktionieren die Handys nicht, also ruft mich an, wenn ihr losfahrt, okay? Meine Schicht geht von elf bis sieben, und wenn er zu aufmüpfig wird, bring ihn einfach nach Hause.«

»Dad«, protestierte Evan.

»War 'n Witz«, sagte Caden. »Zum Teil. Ich erwarte, dass du dich benimmst.«

Evan verdrehte die Augen.

Bella gefiel es, dass Caden Wert darauf legte, es zu sagen, aber sie war sich ziemlich sicher, dass es nicht nötig war. Evan schien guter Laune zu sein, und sie beherrschte den Umgang mit Teenagern wahrscheinlich besser als mit Erwachsenen.

»Wir werden gut zurechtkommen. Muss ich irgendetwas wissen? Regeln fürs Meer?« Auch wenn Bella wünschte, dass Caden mit ihnen an den Strand kommen könnte, so wusste sie doch, dass sie Spaß haben würden, und sie freute sich über die

Gelegenheit, Zeit mit Evan zu verbringen. Vielleicht konnte sie herausfinden, was sich in seinem Teenagerkopf abspielte, und helfen, ein paar Probleme anzugehen.

»Evan ist ein guter Schwimmer, aber du weißt ja, man muss auf die Unterströmung achten und natürlich nach Haien Ausschau halten.«

»Oh Mann, können wir bitte gehen?« Evan warf Caden seine Schlüssel zu und ging hinaus.

Caden fing die Schlüssel mit einer Hand auf und drückte dann einen sanften Kuss auf Bellas Lippen.

»Habe ich dir in letzter Zeit schon gesagt, wie großartig du bist?«

»Nein, aber zusammen mit dem Versprechen, das du eben gegeben hast, wird der Tag von Minute zu Minute besser.«

»Grant. Kommen Sie mal, bitte?« Chief Bassett winkte ihn in sein Büro.

»Was gibt's, Chief?«

»Setzen Sie sich. Wir haben eine Spur bei den Diebstählen.« Chief Bassett schob einen Stapel Unterlagen über den Tisch. »Ein Augenzeuge hat zwei Teenager gesehen, die am Tag des Diebstahls in der Nähe von Dunes herumlungerten.« Dunes war eine Ferienhaussiedlung in South Wellfleet. Das Gelände war von vielen Bäumen umgeben, was einen Einblick von der Straße in die Siedlung fast unmöglich machte.

Caden überflog den Bericht.

»Kann der Augenzeuge sie identifizieren?«, fragte Caden.

»Nein, aber die Aussage bestätigt, was wir uns schon die

ganze Zeit dachten: Jugendliche, die Ärger machen.« Chief Bassett legte die Hände hinter dem Kopf zusammen. »Jetzt müssen wir sie nur noch schnappen.«

»Chief, die Beschreibung ist ziemlich vage, finden Sie nicht? Zwei männliche Teenager mit dunklen Haaren.« Caden erwiderte den ernsten Blick seines Vorgesetzten. »Das trifft auf die Hälfte der Bevölkerung zu. Mensch, das trifft auch auf Evan zu.« Bei dem Gedanken bekam er Bauchschmerzen. »Zum Glück war er gestern Abend mit mir zu Hause, somit kann man schon mal einen Wellfleet-Teenager von der Liste streichen.«

»Ich weiß, viel haben wir nicht, aber wenn Sie heute mit dem Streifenwagen unterwegs sind, fahren Sie in den ruhigen Zeiten mal durch die Feriensiedlungen und über die Parkplätze am Strand. Gucken Sie, ob irgendetwas Auffälliges passiert. Die Autos und Ferienhäuser wurden alle tagsüber aufgebrochen, mit ein paar wenigen Ausnahmen wie drüben bei Healy's.«

»Ich halte die Augen offen.« Caden wollte aufstehen.

»Grant, tut mir leid, dass ich Sie an Ihrem freien Tag reinholen musste. Ihr Einsatz wird gebührend bemerkt.« Mit einem Nicken beendete er das Gespräch.

»Danke, Chief.« Obwohl er wusste, dass Evan nichts mit der Sache zu tun hatte, war er froh, dass sein Sohn den Tag mit Bella verbrachte. Je weniger Zeit er hatte, sich in so etwas hineinziehen zu lassen, umso besser.

Bella saß auf einem Liegestuhl am Strand, und nun, da Evans Sicherheit in ihrer Verantwortung lag, verstand sie endlich, warum ihre Eltern sie so behütet hatten, als sie heranwuchs.

Jedes Mal, wenn Evan unter den Wellen verschwand, zog sich Bellas Magen zusammen und sie hielt den Atem an, bis er auf der anderen Seite wieder auftauchte. Wenn Evan auf den Wellen dahinglitt und lächelte, sobald er durch die Oberfläche brach, sah er so anders aus als der grübelnde Teenager, als den sie ihn mitunter erlebt hatte. Es war seltsam, wie ein dunkler Hoodie und ein Handy das Bild von einem Menschen verändern konnten.

Zitternd entstieg er der Brandung, die Haare fielen ihm in Strähnen ins Gesicht. Er verschränkte seine dünnen Arme vor der Brust und blinzelte gegen die Sonne an.

»Willst du mit mir bodyboarden?«, fragte er.

»Ich hab das schon länger nicht mehr gemacht, aber was soll's, klar!« Sie legte sich das Klettband von ihrem Board ums Handgelenk und machte ein paar Schritte ins eisige Wasser.

»Mein Dad geht unglaublich gern bodyboarden.« Evan trug sein Board über dem Kopf, während Bella ihres an ihren Körper drückte, um sich zu wärmen.

Schon jetzt klapperten ihr die Zähne.

»Komm weiter!« Evan winkte sie ins tiefere Wasser. Er schwang seinen langgliedrigen Körper auf das Brett und paddelte über die nächste Welle hinweg.

Bella drehte sich zur Seite und presste das Board an sich, als die Welle gegen sie krachte.

»Kletter rauf«, rief er. »Wir reiten auf den größeren Wellen zurück.«

Sie folgte seiner Anweisung. Irgendwie schien das Bodyboarden mit achtzehn einfacher gewesen zu sein. Nebeneinander paddelten sie weiter hinaus, während die Sonne ihren Rücken wärmte.

»Du hast das aber schon mal gemacht, oder?«, fragte er.

»Klar. Ist nur ein paar Jahre her.«

»Du bist ja auch schon fast eine alte Frau«, neckte Evan.

Bella entdeckte eine große Welle, die auf sie zukam. »Ich zeig dir, was eine alte Frau noch kann.« Sie drehte ihr Board herum und glitt auf der Welle den ganzen Weg bis zum Ufer. Die eisige Gischt auf ihrem Gesicht und der raue Sand auf ihren Oberschenkeln, als sie am Strand vom Brett sprang, riefen Kindheitserinnerungen wach. Ihr Herz klopfte heftig in ihrer Brust, als sie wieder hinauspaddelte.

»Super!«, rief Evan.

Sie ritt gleich noch die nächsten Wellen und fragte sich, warum sie jemals mit dem Bodyboarden aufgehört hatte. *Ach ja, Jungs.* Sie hatte damit aufgehört, um im Bikini in der Sonne zu liegen und mit den Rettungsschwimmern und anderen heißen Jungs in Surfanzügen zu flirten. Sie war zu einem *Mädchen* geworden, und nun, da sie wieder auf einem Brett lag, kam sie zu dem Schluss, dass sie es vielleicht zu früh aufgegeben hatte. Sie lächelte bei dem Gedanken. Einerseits war sie mädchenhaft geworden, und andererseits hatte sie vermieden, allzu mädchenhaft zu sein, um unabhängig zu sein – und mit Caden, so wurde ihr klar, konnte sie das Beste von beidem genießen.

»Komm schon, du Tagträumerin.« Evan spritzte sie an, als er wieder hinaus ins tiefere Wasser watete.

Bella war sicher nicht zu mädchenhaft, um es ihm gleich heimzuzahlen. Sie paddelte hinaus, spritzte ihn an und tauchte ihn dann unter Wasser. Sie tobten und lachten so sehr, dass keiner von ihnen die nächste Welle bemerkte, bis sie über ihnen zusammenbrach. Bella wurde auf den harten, körnigen Sand geschleudert, und als sie wieder an die Oberfläche kam, galt ihr erster Gedanke der Sicherheit von Evan. Sie drehte sich herum und suchte das Wasser ab.

»Evan«, rief sie. Sie kämpfte sich durch die Wellen und sah hektisch in alle Richtungen.

»Hey!« Evan stand mehrere Meter von ihr entfernt im Wasser. Er hob die Hände über den Kopf, winkte und lächelte zum Glück.

Sie rannte durch die Brandung. »Oh Mann, ich dachte, ich hätte dich verloren.«

»Ach was.« Er spritzte sie wieder an. »Kerle gehen nicht verloren.«

»Oh, dich kriege ich.« Sie tauchte ihn wieder unter, sprang dann auf ihr Brett und paddelte hinaus ins tiefe Wasser. Sie ritten auf den Wellen, bis Bellas Körper taub vor Kälte war; dann gingen sie zitternd und mit Gänsehaut den Strand hinauf. Bella legte sich auf die Decke und sog die Wärme der Sonne in sich auf.

»Hey, Bella, danke, dass du mit mir hergekommen bist.« Evan setzte sich in den Liegestuhl, häufte Sand neben seinen Füßen auf und schaute einer attraktiven jungen Brünetten hinterher, die am Ufer entlangging.

»Jederzeit wieder. Ich liebe den Strand und hatte jede Menge Spaß. Ich hatte vergessen, wie toll das Bodyboarden ist.« Sie hielt die Hand über ihre Augen und sah ihn an. »Ich sollte mich bei dir bedanken.«

»Wohl kaum.« Er lehnte den Kopf zurück und schloss die Augen.

»Lass mich wissen, wenn du Hunger bekommst, dann gehen wir zum Kiosk.« Bella schloss die Augen und lauschte dem Geräusch der Brandung und dem Geplapper der Menschen am Strand. Evan war genauso unkompliziert wie Caden. Ohne sein Handy schien er aufatmen zu können, und Bella wurde bewusst, dass das wohl auf die meisten zutraf.

Wenige Minuten später spürte Bella einen Schatten, der ihr die warme Sonne raubte. Dann bewegte sich die Decke. Sie öffnete die Augen und sah, dass Evan neben ihr saß. Die Arme hatte er lässig auf die Knie gelegt, während er aufs Meer hinausschaute.

»Tut mir leid wegen gestern Abend. Ich wollte nicht, dass du früher gehen musst.«

Bella machte die Augen auf, er hielt den Blick aufs Meer gerichtet.

»Mach dir deswegen keine Sorgen. Ich möchte mich nie zwischen dich und deinen Dad stellen.« Sie schloss wieder die Augen und war stolz auf ihn, weil er sich entschuldigt hatte. In dem Alter war das sehr schwierig, und ihr war klar, dass dafür Vertrauen nötig war. Das Schweigen, das danach zwischen ihnen herrschte, war überraschend angenehm.

»Was hast du als Jugendliche hier so während der Sommerferien gemacht?«

Bella setzte sich neben ihm auf und stütze sich auf den Händen ab. »Ach, wahrscheinlich das Gleiche, was die Kids heute so machen. Wir hatten das Ferienhaus, also war ich den Großteil des Sommers immer mit Amy, Jenna, Leanna und so ziemlich denselben Freunden zusammen. In eurem Alter sind wir mit dem Fahrrad zum Strand gefahren oder zum Flohmarkt und haben einfach zusammen Zeit verbracht. Abends haben wir uns am Feuer getroffen, um Marshmallows zu rösten, oder wenn wir unseren Eltern entkommen wollten, haben wir uns abends in einem unserer Ferienhäuser verkrochen und einfach … keine Ahnung, geredet oder Spiele gespielt. Daran hat sich eigentlich bis heute nicht viel geändert.«

Sein ernster Gesichtsausdruck blieb. »Du hattest Glück, dass die anderen in der Siedlung so waren wie du und nicht solche

Arschlöcher.« Er sah sie an. »Tschuldigung, ich meine –«

»Ich weiß, was du meinst, schon okay. Ich sage es auch manchmal.« Sie lächelte, um ihm den unangenehmen Moment leichter zu machen, aber sein Blick blieb finster und ernst. »Wenn sie blöd gewesen wären, hätte ich wohl nicht so viel Spaß gehabt und ich würde meine Zeit jetzt wahrscheinlich nicht mehr mit ihnen verbringen.« Sie hatte ihrem Glücksstern öfter für ihre Seaside-Freunde gedankt, als es Sterne am Himmel gab.

»Du vermisst deine Freunde aus Boston bestimmt sehr.«

Er zuckte nur mit den Schultern.

»Was machst du so mit deinen Freunden hier?«

Er schob mit den Füßen den Sand hin und her und zuckte wieder die Schultern. »Videospiele und so. Manchmal an den Strand. Keine Ahnung.« Er schwieg wieder, bis er ein paar Minuten später sagte: »Es ist anders hier als in Boston.«

»Wie Tag und Nacht, könnte ich mir vorstellen.« Bella spürte, dass das Gespräch eine ernste Richtung einschlug, und setzte sich auf. »Ich nehme an, für dich ist es eine andere Art von Veränderung als für deinen Vater.«

»Bevor du aufgetaucht bist, war Dads Leben echt öde.« Ein Lächeln deutete sich auf seinen Lippen an.

Wow. Das war interessant. »Ich bezweifle, dass es so schlimm war. Natürlich vermisst er deine Großeltern und seine Freunde, aber er scheint hier glücklich zu sein.«

»Ja, wahrscheinlich. Aber er hatte echt kein Leben. Er hatte die Arbeit und mich, und dann sind wir umgezogen, und jetzt bin ich derjenige ohne ein Leben.«

Autsch. Also war der Umzug ein viel größeres Problem, als sowohl Caden als auch Evan sich anmerken ließen – oder vielleicht als Caden überhaupt bewusst war.

»Du magst also die Jungs, die du hier kennengelernt hast, nicht so?«

Ein weiteres Schulterzucken. »Die sind in Ordnung. Nur anders als meine alten Freunde.« Er verschränkte die Hände und ließ die Gelenke knacken.

»Es tut mir leid, dass du umziehen musstest.«

Evan schwieg lange. Er schob mit den Füßen Sand hin und her, während er Kindern zuschaute, die vor den Wellen davonliefen, und einer Gruppe von jugendlichen Mädchen, die ihre Handtücher und Sonnenschirme zusammensammelten und den Strand hinuntergingen.

»Ich denke, ich bin froh, dass wir umgezogen sind, nach dem, was mit George passiert ist.« Er schüttelte den Kopf. »Mir war immer klar, dass Dad einen gefährlichen Job hat. Ich bin ja nicht blöd oder so, aber wenn man jemanden die ganze Kindheit über ständig sieht und dann ist der für immer weg, das ist irgendwie unwirklich.« Er schluckte schwer und wandte sein Gesicht von Bella ab.

Wenn sie nicht Angst gehabt hätte, dass es ihm peinlich wäre, hätte sie ihn in den Arm genommen und festgehalten. Sie hätte ihm die Haare aus dem Gesicht gestrichen und ihm gesagt, dass es in Ordnung war, traurig und wütend wegen George zu sein, ebenso wie wegen des Umzugs und seiner Freunde. Sie hätte ihn schreien und weinen und Sand durch die Gegend treten lassen, wenn er sich dadurch besser fühlte; dann hätte sie ihn wieder in den Arm genommen, bis er diese ganze aufgestaute Wut aus sich herausgelassen hätte.

»Es tut mir leid.« Sie wusste nicht, was sie sonst sagen konnte. Wenn sie zu viel redete, würden ihn seine Gefühle überwältigen, was ihn wahrscheinlich dazu veranlassen würde, sich zu verschließen, weil es ihm zu peinlich wäre. Wenn sie zu wenig sagte, könnte er denken, er wäre ihr egal, aber er war ihr nicht egal. Ganz und gar nicht.

Er stand auf und zog sich das T-Shirt über den Kopf. »Willst du was essen? Ich bekomme Hunger.«

Ablenkung. Das kannte sie von ihren Schülern gut. »Ja, klar.« Es gab so vieles, was sie gerne gefragt hätte, zum Beispiel ob er mit seinem Vater darüber geredet hatte, wie er sich fühlte. Sie war sich dessen fast sicher, aber Teenager waren Profis darin, ihre Emotionen – sogar vor sich selbst – hinter Wut und schwierigem Verhalten zu verbergen.

Bella zog sich ihr Strandkleid über und nahm das Portemonnaie aus ihrer Tasche.

»Mist.« Evan wandte sich von den Dünen ab.

»Was ist los?« Sie hielt die Hand schützend über die Augen und schaute zu dem Weg hoch, der vom Parkplatz durch die Dünen führte. Sie sah nichts Ungewöhnliches.

»Können wir gehen?« Evan schnappte sich sein Handtuch und das Bodyboard.

»Ja, ich hab nur mein Geld herausgeholt.«

»Nein, ich meine ganz gehen, weg von hier.« Er nahm das zweite Bodyboard und hob ihre Strandtasche auf. Eine tiefe Furche grub sich zwischen seine Augenbrauen und seine schmale Brust hob und senkte sich mit jedem schweren, aufgewühlten Atemzug.

»Klar. Warum hast du es so eilig?« Sie schaute wieder über den Strand. Leute lagen in der Sonne, Kinder füllten Eimer mit Sand und Rettungsschwimmer saßen auf ihren Hochsitzen. Sie fragte sich, was seine Reaktion hervorgerufen hatte.

»Mir ist einfach heiß.«

Bella schnappte sich den Liegestuhl und die Decke und dann gingen sie über den heißen Sand. Evan marschierte in schnellem Schritt, den Blick starr auf den Weg gerichtet, der die steile Düne hinaufführte. Als er die Bodyboards so hochhob, dass sie sein Gesicht von rechts verdeckten, war sich Bella sicher, dass etwas nicht stimmte, und sah sich auf der entsprechenden Seite des Strandes noch einmal um.

Sie war sich ziemlich sicher, dass die beiden Jungs, die Evan auf dem Flohmarkt kennengelernt hatte, unten an der Düne entlangliefen, komplett angezogen in Shorts und Tanktops. Dass Evan wegwollte, um ihnen nicht zu begegnen, konnte nur bedeuten, dass es irgendwelche Unstimmigkeiten gab. Bella war so versucht, ihn zu fragen, warum er sie nicht sehen wollte, dass sie sich auf die Zunge beißen musste, damit ihr die Worte nicht ungewollt über die Lippen kamen.

Sie packten ihre Sachen ins Auto und fuhren schweigend davon. Evans Kiefermuskeln zuckten unaufhörlich, während er aus dem Fenster starrte.

»Mac's Seafood ist okay?«, fragte sie in der Hoffnung, die Spannung abzubauen.

»Klar. Mir egal.«

Bella fuhr durch das Zentrum von Wellfleet entlang der Main Street, auf der viele Kunstgalerien und gemütliche Restaurants zu finden waren.

»Warst du mit deinem Dad schon einmal beim Gallery Walk?« Der Gallery Walk war eine beliebte Touristenattraktion am Samstagabend, wenn die Galerien ihren Gästen kostenlos Wein und Käse anboten und die lokalen Künstler sich mit den Kunden trafen.

»Nein«, gab er tonlos von sich, während er aus dem Beifahrerfenster schaute.

»Klingt langweilig, aber es ist wirklich ziemlich nett. Normalerweise gehen wir zu der Saftbar oder der Pizzeria und nachher gönnen wir uns noch ein Eis am Pier.«

Er warf ihr einen gleichgültigen Blick zu, der entweder bedeutete, dass sie wie eine blöde Erwachsene klang, die allzu krampfhaft versuchte, einem Jugendlichen ein besseres Gefühl zu geben, oder dass sie eine ihm fremde Sprache sprach. Sie war sicher, dass sie sich Ersteres zu Schulden hatte kommen lassen. Sie presste die Lippen aufeinander und schimpfte innerlich mit sich. *Oh Mann.* Sie wurde zu einer Art von Erwachsenen, die sie sich geschworen hatte, nie zu werden.

Sie parkten am Wellfleet Pier, und während sie in einer Blase aus unangenehmem Schweigen über den Parkplatz gingen, hielt Evan den Blick starr auf den Boden gerichtet. Bella wünschte sich, sie würde verstehen, was eigentlich los war, aber sie wusste genau, dass sie ihn nicht bedrängen durfte. Sie versuchte, das Gespräch auf ein sicheres Thema zu lenken, als sie auf Mac's Seafood zugingen.

»Worauf hast du Hunger?«, fragte sie.

Das Mac's befand sich am anderen Ende des Parkplatzes mit Blick auf den Strand. Schlangen mit mindestens zwanzig Leuten führten zu mehreren Verkaufsfenstern. Auf der anderen Seite des Gebäudes mit seiner Zedernholzfassade gab es eine überdachte Terrasse zum Strand hin, auf der die Tische mit Gästen voll besetzt waren.

»Egal.« Er warf einen Blick auf die Speisekarte, und Bella bemerkte, dass er mittlerweile wieder etwas entspannter atmete. »Burger, denke ich.«

Bella befand sich in der seltsamen Position, dass sie sich jung genug fühlte, um alles nachvollziehen zu können, was Evan ihr vielleicht erzählen wollte, während sie doch gleichzeitig wusste, dass sie sich ganz anders wahrnahm, als ein Teenager sie sehen musste. Als Highschool-Lehrerin war sie sich dieses

Dilemmas durchaus bewusst, aber als Freundin von Caden empfand sie alles, was sie über den Umgang mit Teenagern wusste, bei Evan vollkommen anders.

Ihr wurde jetzt noch klarer, wie bemerkenswert es wirklich gewesen war, was Caden neulich Abend getan hatte. Er hatte das getan, was er als das Richtige für Evan ansah, egal wie unangenehm es für ihn selbst gewesen war. Und er schien überhaupt nicht gezögert zu haben. *Soll er mich doch anschnauzen.*

Noch bemerkenswerter war, dass es funktioniert hatte. Es hatte sie einander nähergebracht.

Sie arbeiteten sich in der Schlange vorwärts, und als sie auf ihr Essen warteten, stieß Evan mit der Fußspitze in den Sand. »Tut mir leid, dass du wegen mir den Strand verlassen musstest.«

»Schon gut, es wurde sowieso ziemlich heiß.« Nicht nur sein ernsthafter Tonfall überraschte sie, sondern auch die Tatsache, dass er sich schon wieder entschuldigte. Für einen Teenager war es ziemlich ungewöhnlich, und sie wusste, dass es ein Zeugnis davon war, wie Caden ihn erzogen hatte.

Sie hoffte, dass Evan seine Gründe für den Aufbruch preisgeben würde, und wieder musste sie sich zusammenreißen, um ihn nicht zu fragen. Sie war so daran gewöhnt, zu sagen, was sie fühlte, dass sie aufpassen musste, wie sie sich durch dieses heikle Gespräch lavierte. Sie war weder eine Freundin von Evan noch seine Lehrerin. Sie war die Freundin seines Vaters und sie fühlte sich sowohl Caden als auch Evan verbunden. Sie wollte keinen Fehler machen, der sie von Evan entfremdete oder der ihn in Verlegenheit brachte, aber ihr Bauchgefühl sagte ihr, dass sie auch nicht vollkommen ignorieren konnte, was sie vorhin bemerkt hatte.

Sie nahmen ihr Essen entgegen und beschlossen, sich auf die

kniehohe Mauer am Hafen zu setzen, wo sie ihre Tabletts auf den Knien abstellen konnten.

»Freust du dich darauf, im Herbst wieder in die Schule zu gehen?«

»Irgendwie wohl schon.« Er biss in seinen Burger. »Ich freue mich mehr auf die Technik-AG als auf die Schule. Schule nervt irgendwie.« Er lächelte. »Mist, du bist ja Lehrerin. Tschuldige.«

»Schon gut. Hoffentlich kann ich bald wieder unterrichten.«

»Wieso hoffentlich? Ich dachte, du hast einen Job.«

»Ich war Lehrerin in Connecticut, aber das Projekt, das ich gerade auf die Beine stelle, muss erst noch angenommen werden, bevor ich hier eine Vollzeitstelle bekommen kann.«

»In Connecticut? Ich dachte, du lebst hier.« Evan legte seinen Burger auf das Tablett. »Du lebst nicht hier?«

»Es ist etwas kompliziert. Wenn das Arbeits- und Studienprogramm angenommen wird, werde ich wahrscheinlich ganz hierherziehen.«

Evans Tonfall wurde ernst. »Und wenn das mit dem Programm nicht klappt, dann gehst du zurück nach Connecticut?«

Bella zuckte mit den Schultern. »Das habe ich noch nicht entschieden. Ich habe dort ein Jobangebot, aber das hängt von vielem ab.« *Zum Beispiel davon, wie sich das mit deinem Dad und mir entwickelt.*

»Aber …« Er wandte sich ab. Der Wind wehte ihm die Haare aus dem Gesicht. Schließlich schaute er Bella an und die Sorge in seinem Blick war offenkundig. »Weiß Dad, dass du vielleicht nach Connecticut zurückziehst?«

»Klar. Er weiß, dass es möglich ist.« Sie hatten es nicht im Einzelnen besprochen, aber sie hatte die Möglichkeit erwähnt. Entgegen ihrer Pläne und entgegen allem, was sie sich vorgenommen hatte, konnte sie nicht leugnen, dass ihr die Vorstellung, Caden zu verlassen, Bauchschmerzen bereitete.

Evan schüttelte den Kopf. »Du ziehst also vielleicht fort?«

»Na ja, ich hoffe nicht, aber es ist wohl im Bereich des Möglichen.«

Als sie fertig waren, gingen sie zurück zum Restaurant, und nachdem sie die Tabletts abgegeben hatten, versuchte sie, ihn auf andere Gedanken zu bringen.

»Möchtest du am Pier entlanglaufen?«, fragte sie.

»Nö. Kannst du mich nach Hause bringen?« Er vergrub die Hände in den Taschen seiner Schwimmshorts.

»Klar, aber Evan, ich möchte nicht, dass du denkst, ich ziehe weg. Zumindest ist das nicht mein Plan.« *Mein Plan.* Caden kennenzulernen, war auch nicht Teil ihres Plans gewesen, und dabei war es das Beste, was ihr je passiert war.

»Wenn ich in diesem Jahr eines gelernt habe, dann dass das Leben sich nicht immer an Pläne hält.« Er marschierte zum Parkplatz.

Bella stimmte ihm ganz und gar zu.

Als Cadens Schicht zu Ende war, meldete er sich kurz bei Evan und fuhr dann bei Bella vorbei. Sie saß mit Amy am Pool, obwohl es schon dämmerte. Bellas Lachen erfüllte die Luft. Er liebte ihr Lachen, egal ob sie herzlich über einen Witz lachte oder flirtend an seinem Hals, wenn sie einander nah waren. Beides wärmte ihn von innen heraus. Das Tor zum Pool quietschte, als er es öffnete, und erregte Bellas Aufmerksamkeit. Ihr Lächeln ließ ihre Augen strahlen, und als sie aufsprang, um ihn zu begrüßen, wusste er, dass er ebenso glücklich aussah.

Bella warf sich ihm in die Arme und sah zu ihm auf. Oh, wie hatte er sie vermisst!

»Hallo«, sagte sie leise.

»Auch hallo.« Er drückte seine Lippen auf ihre. »Alles in Ordnung mit Amy?«

»Ja, sie pflegt nur ihren höllischen Kater. Zum Glück erinnert sie sich nicht daran, dass Tony dabei war, als sie sich übergeben hat. Zumindest kommt dann nicht noch die Peinlichkeit hinzu.«

»Ein Kater? Autsch, das tut mir leid.« Er schaute zu Amy hinüber und fragte sich, wie anders das Leben für Bella aussehen musste, wenn sie in Connecticut war. Hatte sie dort auch so enge Freunde? »Danke, dass du heute mit Evan unterwegs warst. Er sagte, er fand es toll.«

»Ja, wir hatten eine schöne Zeit miteinander. Hat er etwas davon erzählt, dass er praktisch vom Strand weggerannt ist, um seinen Freunden aus dem Weg zu gehen?«

»Nein.« Caden dachte an Evans bissiges und übellauniges Verhalten in letzter Zeit. »Wahrscheinlich wollte er ihnen nicht begegnen, wenn du dabei bist. Du weißt schon, dieses Unabhängigkeitsgehabe von Teenagern. Morgen habe ich frei, und ich habe ihn gefragt, ob er zu dieser Anlage in South Yarmouth mit der Go-Kart-Bahn und dem Baseballplatz gehen will. Als wir hergezogen sind, ist er immer total gern dorthin gegangen. Aber jetzt hat er dazu auch keine Lust.«

»Ich hoffe, du hast recht, aber vielleicht findest du eine Möglichkeit, mit ihm darüber zu reden, ohne zu sagen, dass ich es erwähnt habe? Er wirkte etwas beunruhigt.«

»Ja, mache ich.« Es fühlte sich so gut an, sie im Arm zu halten, und sie roch nach Meer. Sie konnten spazieren gehen, sich dann einen Film ansehen, die Füße aneinanderkuscheln oder auf dem Sofa lesen. Ihm war es egal, was sie taten. Er wusste nur, dass sich ohne sie an seiner Seite nichts richtig anfühlte.

»Ich hatte gehofft, wir könnten ein bisschen spazieren gehen oder so, aber es sieht so aus, als würde Amy dich brauchen. Kann ich dich dann später anrufen?«

Bella schaute über die Schulter zu Amy. »Tut mir leid. Danke für dein Verständnis. Sie braucht mich nicht oft, aber sie ist heute nicht so gut drauf. Sie trinkt nie, na ja, eigentlich trinkt keine von uns, außer wenn wir hier im Urlaub sind, aber Amy ist ein Federgewicht. Sie ist eher ein *Feengewicht*, und sie hat getrunken, als wäre sie ein Schwergewicht.«

»Es muss dir nicht leidtun.« Als sie sich wieder küssten, bereitete es ihnen fast körperliche Schmerzen, sich voneinander zu lösen. »Es ist grausam, nicht jeden Abend mit dir zusammen zu sein. Ich habe das Gefühl, als solltest du einfach ständig bei mir sein.«

»Das Gefühl habe ich auch. Du könntest bleiben, wenn du willst.«

»Nein, schon gut. Genieß deine Zeit mit Amy. Das habt ihr nicht oft, wenn ihr neun Monate des Jahres getrennt voneinander seid. Außerdem hatte ich meine Zeit mit Evan neulich; du solltest deine Mädelszeit haben.«

»Danke, dass du das verstehst.«

Er legte seine Stirn an ihre. »Kleines, ich würde alles für dich tun. Ich habe ja morgen frei. Möchtest du etwas unternehmen?« Er könnte jede Minute mit Bella verbringen und es wäre noch nicht genug.

Sie guckte ganz zerknirscht und sofort machte sich Enttäuschung in ihm breit.

»Ich habe Termine bei ein paar Firmen, aber danach unbedingt.«

»Unbedingt.« Er zog sie wieder an sich. »Ruf mich an, wenn du fertig bist, und dann überlegen wir uns etwas.« Er schaute zurück zu seinem Pick-up, und er wusste, dass er gehen sollte, doch er wollte so gerne bleiben, dass es fast körperlich spürbar war. Er zwang sich, einen Schritt zurückzutreten, hielt dabei aber ihre Hand fest. Selbst der kleine Abstand zwischen ihnen fühlte sich zu groß an.

Sie lächelte und drückte die andere Hand auf seinen Oberkörper. »Warum wird es von Mal zu Mal schwerer, sich zu verabschieden?«

»Ich glaube, das ist so, wenn man sich in jemanden verguckt.« *Von wegen vergucken. Ich glaube, ich habe mich rettungslos verliebt.* »Ich rufe dich an, bevor ich schlafen gehe, aber, Kleines, Gute-Nacht-Anrufe sind nicht genug.«

»Ich weiß.«

»Aber Evan zuliebe muss es das im Moment sein.«

»Auch das weiß ich.«

Achtzehn

Bella dachte noch immer an das Gute-Nacht-Telefonat mit Caden am Abend zuvor, als sie am Montagmorgen ihr Auto vor dem Büro der Firma The Geeky Guys (TGG) abstellte. Es war herrlich, dass er jeden Abend anrief, um Gute Nacht zu sagen. Sie schlief besser, wenn sie seine Stimme noch im Ohr hatte, wenn ihr Kopf aufs Kissen fiel, aber gestern Abend wäre sie am liebsten durch die Leitung und in seine Arme gekrochen. Auch wenn keiner von beiden die unsichtbare Linie überschritten und die Worte *Ich liebe dich* ausgesprochen hatte, so schwangen ihre Gefühle doch in allem, was sie sagten, mit. Sie würde nie die Sehnsucht in seiner Stimme vergessen, als er gesagt hatte: *Ich kann es nicht erwarten, einzuschlafen, nachdem ich dich geliebt habe, und mit dir in meinen Armen aufzuwachen.* Sie fragte sich, ob Vera darauf angespielt hatte, als sie Bella fragte, ob es ihr etwas ausmachte, dass Caden einen Sohn hatte. Es war in der Tat eine gewisse Herausforderung, wenn man mit einem Mann zusammen war, der ein Kind hatte – zum Beispiel die Nacht nicht miteinander verbringen zu können und sich rund um die Uhr um jemanden zu sorgen. Nachts vermisste sie Caden, und sie wachte voller Sehnsucht nach ihm in einem Bett auf, das sich früher nie leer angefühlt hatte. Aber sie missgönnte Caden nicht, dass er Evan hatte. Ihre Zuneigung zu Evan wuchs ebenso schnell wie die zu Caden.

Sie mochte Evan, unabhängig davon, ob er gerade eine schwierige Zeit durchmachte. Es gab keinen Teenager auf Erden, der keine aufreibenden Phasen durchstehen musste. So wie Evan sich in Gegenwart von Erwachsenen verhielt, konnte sie ermessen, dass er am Ende als guter Mensch aus dieser Phase hervorgehen würde. Immerhin hatte Caden ihn erzogen. Wenn er sich in Gegenwart von Caden danebenbenahm, dann nur, weil er sich bei seinem Vater sicher fühlte. Evan wusste, dass Caden ihn bedingungslos liebte. Niemand konnte sich permanent gut benehmen, und wenn Kinder sich nicht gelegentlich vor denen, die sie bedingungslos liebten, so aufführen konnten, wo sollten sie es dann tun?

Bella atmete tief durch und versuchte, die Gedanken an ihr Privatleben beiseitezuschieben und sich geistig darauf vorzubereiten, TGG für das Arbeits- und Studienprogramm zu gewinnen. Ihr Berufsleben in die richtigen Bahnen zu lenken, musste ihr oberstes Ziel bleiben. *Insbesondere wenn ich hoffe, mit Caden hierzubleiben. – Hör auf. Ich treffe meine beruflichen Entscheidungen unabhängig von ihm!*

Ja, klar.

Okay, sie versuchte es zumindest.

TGG war der einzige Computerladen im Umkreis von zwanzig Meilen von Wellfleet. Dort wurden Reparaturen erledigt, Websites erstellt und eine Vielzahl von anderen Dienstleistungen rund um den Computer angeboten. Jamie hatte ihr vorgeschlagen, es doch bei ihnen zu versuchen, und als sie das Ein-Raum-Büro betrat, fragte sie sich, ob diese Firma sich die Einstellung eines Schülers überhaupt leisten konnte.

Fünf Augenpaare richteten sich auf Bella, als sie eintrat.

Sechs Tische standen sich jeweils zu zweit in der Mitte des Raumes gegenüber. An den Wänden reihten sich tiefe Metallregale aneinander, die vollgestellt waren mit CPUs, Monitoren, elektronischen Geräten und anderem Zubehör aus der digitalen Welt.

Ein Typ in den Zwanzigern mit schwarzem Brillengestell und pechschwarzen Haaren, die an den Seiten kurzgeschoren waren und oben stachelig in die Luft ragten, rollte mit dem Stuhl von seinem Schreibtisch weg.

»Hi, kann ich helfen?«

»Hi, ich bin Bella Abbascia. Ich habe einen Termin mit Frank Kohler.«

Der Typ schaute an seinem Bildschirm vorbei zu dem Mann, der ihm gegenüber saß. »Frank, für dich.«

Frank hielt eine Hand an seine Stirn, während er die dichten blonden Augenbrauen zusammenzog und auf seinen Monitor starrte. »Bin gleich so weit, Bell.«

Bell? Während sie wartete, nahm sie das Büro in Augenschein. Vier Männer, eine Frau, ein unbesetzter Schreibtisch. Die Angestellten schienen Mitte zwanzig bis Anfang dreißig zu sein, zwanglos gekleidet in Shorts oder Jeans, und soweit Bella feststellen konnte, überhaupt nicht von der Tatsache beeindruckt, dass sie da herumstand.

»Scheiße.« Frank schlug auf den Tisch.

»Frank«, schalt ihn die dünne blonde Frau. Sie lächelte entschuldigend, und Bella merkte, dass sie wahrscheinlich eher zwanzig als Mitte zwanzig war. »Er tüftelt schon seit Stunden an dem Programm herum.«

»Schon in Ordnung.« Sie machte sich eine gedankliche Notiz, dass sie den Gebrauch von unflätigem Wortschatz ansprechen sollte, wenn die hier überraschenderweise in der

Lage wären, einen der Schüler einzustellen.

Frank stand auf, während seine Finger noch über die Tastatur flogen. »Eine Sekunde noch, Bell. Bin gleich da.«

Sie fragte sich, ob er ihren Namen falsch verstanden hatte. Kurz darauf winkte er sie zu sich und zog einen Stuhl von dem unbesetzten Schreibtisch für sie heran.

»Ich bin Frank.« Sein Händedruck war fest, aber seine Hand war weich. Das und dazu seine blasse Haut ließen Bella vermuten, dass er nur wenig Zeit fern von seinem Computer verbrachte. Er war nur wenige Zentimeter größer als sie, hatte kurze blonde Haare und blaue Augen, in denen sich noch die Freude über das soeben anscheinend gelöste Problem widerspiegelte. »Setz dich. Erzähl.« Das Du war in diesen Kreisen offensichtlich selbstverständlich.

»Glückwunsch zu dem, was auch immer du da gerade geschafft hast«, sagte sie, um das Eis zu brechen.

»Danke. Ich hab seit Tagen, nicht erst seit Stunden, versucht, diesen Algorithmus zu knacken.« Er warf einen Blick zu der blonden Frau, die die Augen verdrehte. »Stace arbeitet nicht wie ich die ganzen Wochenenden durch. Egal, erzähl mir von eurem Arbeits- und Studienprogramm.«

Stace. Sie nahm an, dass es die Kurzform für Stacy war und dass Frank keiner von den Leuten war, die Freundschaft oder eine Einladung benötigten, um einen Namen abzukürzen. Bella erklärte die Ziele des Programms und was von den Firmen erwartet wurde, die mitmachten.

Frank lehnte sich in seinem Stuhl zurück und fragte den Mann, der rechts von ihm am Schreibtisch saß: »Sam? Was meinste?«

Sam, ein dunkelhaariger, adretter Typ, brütete über irgendeinem Handbuch. »Klingt gut, wenn es keine

Schwachköpfe sind.«

Frank zuckte mit den Schultern. »Nicht gerade eine politisch korrekte Antwort, aber im Prinzip hat er recht. Falls wir jemanden einstellen würden, müsste er sich zu einem gewissen Maß mit Computern auskennen. Ich bin ein totaler Befürworter vom On-the-Job-Training, aber davor müssen Grundlagen vorhanden sein. Du weißt schon … verstehen, was Batchdateien sind, sich etwas mit HTML auskennen und so. Alle Kids, die sich wirklich für Computer interessieren, wissen so was. Erfahrung mit Python, Java oder Ruby wäre ein Plus.«

»Python? Der Sohn von meinem Freund lernt das gerade.«

»Ist das der Junge, mit dem Jamie Reed arbeitet? Er sagte etwas davon, dass er einem Jungen Python beibringt, als er mir von deinem Programm erzählt hat. Wir würden gern jemandem helfen, der so motiviert ist.«

Sie war überrascht, dass Jamie Evan erwähnt hatte. »Er ist nicht in der Abschlussklasse, daher kommt er für das Programm nicht infrage, aber ich bin sicher, dass Evan euch gern mal über die Schulter gucken würde. Er war in Boston in der Technik-AG und ist erst vor kurzem nach Wellfleet gezogen.«

»Klar. Gib Evan doch meine Nummer, und dann sehen wir mal, was sich mit ihm ergibt.«

»Das mache ich.« Sie konnte ihre Freude für Evan kaum verbergen.

»Wie wäre es mit einer Bewerbung, die grundlegenden Informatikkram abfragt? Jeder Schüler kann auf die Online-Plattform Codeacademy gehen und da selbständig die Sachen lernen, die wir brauchen.« Stace kam um die Tische herum und legte Frank eine Hand auf die Schulter. »Mein großer Bruder ist ein wirklich guter Mentor.«

»Ihr seid Geschwister?« Bella sah zwischen den beiden hin

und her.

»Jap.« Die junge Frau streckte ihr die Hand entgegen. »Stacia Kohler. Ich studiere an der University of Massachusetts und bin nur den Sommer über hier, aber ich arbeite gern mit dir die grundlegenden Anforderungen aus, wenn Frank sein Okay gibt.«

»Okay«, sagte Sam über die Schulter hinweg.

»Nun … ich muss wissen, wer für TGG zeichnungsberechtigt ist, weil wir für den Vertrag rechtlich verbindliche Unterschriften brauchen.«

Sowohl Sam als auch Stacia zeigten auf Frank.

»Klar. Wenn du mit Stace eine allgemeine Liste mit Anforderungen aufstellst, dann können wir das ausprobieren. Ich nehme an, eine bestimmte Anzahl von Stunden zum Mindestlohn ist vorgegeben.« Frank schaute hinüber zu dem Typ mit den schwarzen Haaren. »Mark, erstellst du eine Art –« Er wandte sich wieder Bella zu. »Ist das Programm auf ein Schuljahr oder ein Semester angelegt?«

»Schuljahr.«

Er wandte sich wieder an Mark. »Einen Neun-Monats-Plan mit Erwartungen, Sachen, die wir ihnen beibringen, und so was?«

»Sicher.« Mark schaute zu Stacia auf. »Stacia kann mir am Wochenende dabei helfen.« Er lächelte auf eine Weise, die Stacia die Röte in die Wangen trieb.

Stacia stemmte die Hand in die Hüfte und sah ihn mit zusammengekniffenen Augen an. »Okay, aber ich gehe trotzdem nicht mit dir aus.« Sie sah nun wieder Bella an. »Komm doch an meinem Schreibtisch vorbei, wenn du mit Frank fertig bist, und dann überlegen wir uns, wann wir die Sachen durchsprechen.«

Bella ging die Unterlagen mit Frank durch und machte

einen Termin, um die Bewerbungsanforderungen mit Stacia festzulegen. Als sie das Büro verließ, hatte sie von Stacia auch den Hinweis auf eine Bäckerei und ein Wirtschaftsprüferbüro bekommen, die daran interessiert sein könnten, an dem Programm teilzunehmen.

Sie stieg in ihr Auto und holte ihr Handy hervor, um Caden anzurufen. Dabei sah sie, dass sie zwei Anrufe von Kelsey Trailer, ihrer ehemaligen Chefin, verpasst hatte. Sie hatte nicht mehr mit Kelsey geredet, seit sie zu ihrem Sommerdomizil aufgebrochen war. Kelsey hatte Bella angeboten, zu ihrer alten Stelle zurückzukehren, denn die Schulleiterin weigerte sich zu glauben, dass Bella wirklich eine Veränderung wollte. Kein Wunder. Bella war die Beständigkeit in Person. Sie war jeden Tag frühzeitig zur Arbeit erschienen, war in den vergangenen zwei Jahren nur zwei Tage ausgefallen und jeden Nachmittag geblieben, bis sie ihre Arbeit erledigt hatte. Bella hatte ihr heimliches Verlangen nach einer erfüllenderen Aufgabe gut verborgen – sie war sich nicht einmal sicher, ob sie wirklich selbst daran geglaubt hatte, dass sie den Schritt der Veränderung jemals gehen würde. Bis zum letzten Frühjahr, als alles plötzlich Sinn ergab.

Bella wusste, dass Kelsey eine Antwort brauchte, die Bella noch nicht bereit war zu geben. Sie rief sie zurück, bevor sie mit Caden telefonieren wollte.

»Bella, wie ist dein Sommer in Wellfleet?«, erkundigte sich Kelsey.

Sie stellte sich Kelsey hinter ihrem Schreibtisch vor, das Gesicht von den blonden Korkenzieherlocken umrahmt, die Brille mit dem Metallgestell fest auf der Nase und ein herzliches, hoffnungsvolles Lächeln auf den schmalen Lippen.

»Es ist schön, wie immer.« Für Bella gab es keine Zweifel.

Sie wollte am Cape sein, und ihr wurde bewusst, dass sie die Entscheidung bereits getroffen hatte, noch bevor sie Caden kennengelernt hatte. Da sie hier noch kein Angebot für eine feste Stelle hatte, musste sie jedoch die Tür zu ihrer alten Anstellung offen halten, wenn auch nur als letzte Option.

»Ich komme einfach gleich auf den Punkt, Bella. Jay hat gekündigt, also gibt es für dich keinen Grund mehr zu kündigen. Den gab es vorher auch nicht, aber ich verstehe, warum du dem Umstand aus dem Weg gehen wolltest, ihn jeden Tag zu sehen. Also, was sagst du?«

Bella verdaute die neue Information. »Er hat gekündigt?« Den Bruchteil einer Sekunde lang überlegte sie, warum er wohl gekündigt hatte, aber schnell wurde ihr klar, dass es sie eigentlich nicht interessierte. Die Vorstellung, zurück nach Connecticut zu gehen und an einer Schule zu arbeiten, an der sie einen Kollegen gedatet hatte, behagte ihr überhaupt nicht – auch wenn er nicht mehr dort war. Sie freute sich auf die Aussicht, das Arbeits- und Studienprogramm starten zu können, und dann waren da noch Caden und Evan. Gar nicht auszudenken, wie ein Leben ohne sie aussehen sollte. Einen Moment lang schloss sie die Augen, um ihre Gefühle unter Kontrolle zu bringen. *Du musst Herz und Kopf trennen. Du musst Herz und Kopf trennen.*

Nein, das funktionierte nicht. Sie waren durch einen Knoten miteinander verbunden, den nur ein erfahrener Schiffer lösen könnte.

»Ja. Er hat mir letzte Woche seine Kündigung in die Hand gedrückt, und ich habe noch mit meinem Anruf an dich gewartet, falls es sich als spontane Fehlentscheidung herausgestellt hätte. Aber er meint es ernst. Also, sieht das Angebot jetzt in deinen Augen besser aus?«

»Ich … Kelsey, ich muss darüber nachdenken.« Fünf Jahre hatte sie dort gearbeitet, und in diesen fünf Jahren hatte sie enge Freunde gefunden und mit den Familien und Schülern ein gutes Verhältnis aufgebaut. Sie hatte dort ein angenehmes und sicheres Leben.

Hier habe ich einen Freund, der mein Herz in seinen angenehmen, sicheren, zuverlässigen, starken, sexy und liebevollen Händen hält. Na, das ist ja eine gelungene Herz-Kopf-Trennung, Bella.

»Das ist in Ordnung, aber ich muss es vor dem fünfzehnten August wissen. Wir haben eine andere Lehrerin in petto, und sie braucht eine Entscheidung, damit sie entsprechend planen kann.« Kelsey seufzte, und als sie weitersprach, klang sie eher nach einer Freundin als nach der Chefin. »Bella, wir alle haben dich gern. Das weißt du. Lass dich durch eine schlechte Beziehung nicht vom Weg abbringen. Du hast hier eine Karriere *und* eine Familie.«

Bella versprach, ihr bis zum fünfzehnten eine Entscheidung mitzuteilen, und das war bereits in zwei Wochen. Mit dem Schulamt von Barnstable County hatte sie am Mittwoch eine Besprechung, und jetzt hatte sie das Gefühl, als hätte man ihr Feuer unter dem Hintern gemacht. Sie fuhr zum Chocolate Sparrow und rief Caden auf dem Weg dorthin an.

»Hallo, Kleines.« Das Lächeln in seiner warmen Stimme war sogar über die Freisprechanlage zu hören und nahm ihr sofort die Anspannung.

»Hi, ich habe gute Nachrichten für Evan. Du kennst doch diese Firma in Eastham, The Geeky Guys? Sie wollen mit ihm über eine Art Praktikum reden, in dem sie ihm mehr übers Programmieren beibringen können.«

»Wirklich? Das ist wunderbar, aber was ist mit Jamie?«

»Jamie ist nur über den Sommer hier, das passt also perfekt. Natürlich nur, wenn Evan Interesse hat.« Sie erzählte ihm von den Leuten im Büro und den fachlichen Kompetenzen, die Frank als Voraussetzung genannt hatte.

»Wir haben ein paar Bücher gekauft, in denen ich etwas über HTML und andere technische Sachen gelesen habe, die ich nie brauchen werde.«

Sie war begeistert. »Wirklich?«

»Ich muss etwas tun, damit ich nachts nicht ständig an dich denke.« Er sprach verführerisch leise. »Abgesehen von der Tatsache, dass ich so nicht zum uncoolen Vater werde, der keine Ahnung von Evans Interessen hat.«

»Du bist so ein guter Vater. Hast du mit ihm über die Sache am Strand geredet?«

»Noch nicht. Ich möchte nicht, dass es offensichtlich ist, dass du es erwähnt hast. Außerdem hat er zurzeit richtige Teenagerlaune. Obwohl die Aussicht auf dieses Praktikum das wahrscheinlich ändern wird. Ich denke, du bist gerade um zehn Grad heißer geworden.«

Bella lachte. »Du bist so süß.«

»Süß? Das lag überhaupt nicht in meiner Absicht. Muss ich als Village-People-und-YMCA-Typ vorbeikommen?«

»Du bist doch schon Polizist. Gehörte nicht auch ein Polizist zu der Truppe?« Sie kniff die Augen etwas zusammen und grinste, auch wenn er sie nicht sehen konnte. »Vielleicht sollten wir heute Abend Räuber und Gendarm spielen.«

»Ich bringe meine Handschellen mit«, meinte er neckend.

»Brauchst du nicht, ich habe selbst welche.« Sie sagte es, nur um seine Reaktion zu hören. Sie hatte tatsächlich ein Paar rosa Plüschhandschellen, die sie aus Spaß mal an einem Abend mit den Mädels in Provincetown gekauft hatte, aber sie hatte sie nie mit einem Mann in Gebrauch gehabt. Jetzt, wo sie darüber nachdachte, fiel ihr ein, dass sie wahrscheinlich in ihrem Haus in Connecticut waren und nicht mehr am Cape.

Schweigen am anderen Ende der Leitung.

»Äh … Caden?« Mist. Hatte sie etwa eine Grenze überschritten?

Er räusperte sich. »Augenblick. Ich muss nur gerade ein Bild aus meinem Kopf bekommen.«

Sie atmete erleichtert auf, und nachdem sie sich für später am Abend verabredet hatten, fuhr sie – in vielerlei Hinsicht auf Touren gebracht – zu ihrem nächsten Treffen.

Caden machte sich gerade fertig, um sich mit Bella zu treffen, als Evan die Haustür aufriss und hinter sich wieder zuknallte. *Meine Güte.* Er hatte diese Teenagerauftritte jetzt schon satt.

»Hey!« Caden warf ihm einen warnenden Blick zu.

Evan marschierte in sein Zimmer und knallte die Tür ebenfalls zu. Caden hatte die Nase voll von diesem Benehmen, egal ob es typisch war oder nicht. Er klopfte an Evans Tür, und als Evan nicht antwortete, betrat er das Zimmer. Evan stand am Fenster, den Rücken Caden zugewandt.

»Was ist los, Evan?«

Evan steckte die Hände in die Taschen und zog die Schultern nach vorne.

»Ev?« Als Evan nicht auf ihn reagierte, ging er einen Schritt näher, zwang sich jedoch, seine Wut zu zügeln. »Evan, sieh mich an, wenn ich mit dir rede.« Caden zog die elterliche Karte des Sieh-mich-an-Spruchs nur ungern, aber noch weniger gefiel es ihm, ignoriert zu werden.

Evan drehte sich um, den Blick auf den Boden gerichtet.

»Was ist los, dass du so mit den Türen knallst?« Das Leben war viel einfacher gewesen, als Evans größtes Problem darin bestanden hatte, im Sandkasten ein Spielzeugauto zu ergattern oder ein neues Handy haben zu wollen. Diese Welt, in der Evan ein Leben hatte, das sich losgelöst von Cadens – und viel zu geheimnistuerisch – abspielte, war Mist.

Normaler Teenagermist, erinnerte er sich.

Zum Kotzen.

Evan zuckte mit den Schultern.

»Sieh mich an.«

Evan hob den Blick, und mit einem grässlichen Gefühl hielt Caden nach blutunterlaufenen Augen und schweren Lidern Ausschau. Erleichtert stellte er fest, dass Evans Augen klar waren, auch wenn er verwirrt und wütend aussah.

»Ich weiß, dass du im Moment eine Menge durchmachst, aber ich lasse nicht zu, dass du mit den Türen knallst und mich ignorierst. Wenn du reden willst, ich bin da. Wenn du es für dich behalten willst, ist das auch in Ordnung, aber ich lasse mich nicht ignorieren, wenn ich dir eine Frage stelle. Haben wir uns verstanden?«

»Mir egal.« Evan setzte sich vor seinen Computer.

Caden atmete frustriert aus und ging in dem kleinen Zimmer auf und ab. »Nein. Kein *Mir egal*, Evan. Das ist keine Antwort.«

»Schon gut, hab's verstanden.« Er klickte etwas auf seinem Bildschirm an und das Logo von einem PC-Spiel erschien auf dem Monitor.

»Ev.« *Willst du reden?* Er kannte ihn gut genug, um zu wissen, dass er es nicht wollte, aber den Raum zu verlassen, ohne geredet zu haben, fühlte sich falsch an. *Vollkommen falsch.*

Evan schaute zu ihm auf und öffnete den Mund, als wollte er etwas sagen. Dann drehte er sich wieder zu seinem Computer um.

Ach, was soll's.

»Ich bin hier, wenn du reden willst.«

Evan drückte sich vom Computer weg und fummelte an der Kante des Stuhls herum.

Caden setzte sich auf Evans Bett und wartete.

»Können wir bald mal wieder nach Boston fahren?«, fragte Evan.

»Auf alle Fälle. Willst du deine Freunde sehen?« *Dumme Frage.* Natürlich wollte er das, ebenso wie Caden seine Eltern sehen wollte.

Evan nickte.

»Das machen wir, aber, Junge, stimmt irgendetwas mit deinen Freunden hier nicht? Du bist früher nie wütend nach Hause gekommen, nachdem du mit Freunden zusammen warst.«

Evan wandte den Blick ab. »Die Typen hier sind nicht meine Freunde, Dad. Das sind einfach nur Leute zum Abhängen und Rumquatschen. Du weißt schon. Aber das sind nicht meine Freunde. Die mögen nicht einmal die gleichen Sachen wie ich. Aber egal. Ich treff mich nicht mehr mit denen. Die nerven.«

Caden hatte ein etwas schlechtes Gewissen, weil er erleichtert war, und dieses Schuldgefühl vermischte sich mit der Erkenntnis, dass all dies sein Fehler war, weil er beschlossen hatte, Boston zu verlassen.

»Das ist blöd. Tut mir leid, Ev. Wenn die Schule anfängt, lernst du hoffentlich andere Jugendliche kennen, die die gleichen Interessen haben wie du.«

»Egal.« Er wandte sich wieder seinem Computer zu.

Caden stand auf. »Mir ist es nicht egal. Für mich ist es wichtig, dass du glücklich bist, und es tut mir leid, dass wir umgezogen sind, aber ich glaube immer noch, dass es das Richtige war.«

»Wegen Bella oder wegen dem Job?«

Die Frage traf ihn wie ein Faustschlag in die Magengrube, aber die Anspielung dahinter machte ihn richtig wütend.

»Ich würde dein Wohlergehen oder dein Glück für niemanden aufs Spiel setzen, Evan. Nicht einmal für Bella.« Er marschierte aus dem Zimmer, zögerte dann aber, atmete tief ein, um seine Wut zu bändigen, und drehte sich noch einmal zu seinem Sohn um.

»Hör zu, Kumpel, ich kann heute Abend hierbleiben, wenn du Gesellschaft haben willst.«

»Nein danke.« Er schaute keine Sekunde von seinem Spiel auf.

Caden stand in der Tür, in Schuldgefühlen gefangen und von Unentschlossenheit gepackt. Er wusste, dass es nichts änderte, wenn er zu Hause bliebe. Evan würde die nächsten Stunden an seinem Computer hängen, egal wo Caden war. Er überlegte krampfhaft, welche Botschaft er sendete, wenn er ging. Würde Evan denken, er wäre weniger wichtig als Bella? Oder nutzte sein Sohn Bella, um ihn von dem abzulenken, was sich hinter seiner schlechten Laune verbarg?

Caden betrachtete ihn, vollkommen versunken in das PC-Spiel, und kam zu dem Schluss, dass wahrscheinlich Letzteres der Fall war. »Wir sehen uns später, Kumpel. Ruf mich an, wenn du mich brauchst.«

Zehn Minuten später stieg er bei Bella aus dem Auto, und

als sie die Tür mit leuchtenden Augen und ausgebreiteten Armen öffnete, atmete er sie förmlich ein. Das Schuldgefühl und die Wut, die noch vor wenigen Augenblicken seine Begleiter gewesen waren, entschwanden mit Bellas liebevoller Umarmung.

»Oh Mann, wie hast du mir gefehlt.«

»Du mir auch.«

Er senkte seinen Mund auf ihren, und als sich ihre Lippen trafen, war das hartnäckige Schuldgefühl wie weggefegt. Wie konnte er sich schuldig fühlen, wenn er mit jemandem zusammen war, der ihm so viel bedeutete?

»Ich habe eine Flasche Sangria gekauft. Möchtest du ein Glas?«

»Ich möchte dich eigentlich gar nicht loslassen.« Wieder küsste er sie, tief und langsam. Er wollte nichts anderes, als in ihr verschwinden, aber er wollte auch mit ihr über Evan reden. Er riss sich von ihren Lippen los. »Sangria. Klar.«

Er folgte ihr hinein. Sie nahm Weingläser aus dem obersten Regal des Küchenschrankes, und dabei rutschte ihr Strandkleid so hoch, dass die süßen Kurven ihres Hinterns zu sehen waren. Er konnte gar nicht anders, als sie von hinten zu umarmen und ihren Hals zu liebkosen.

»Du siehst in dem Outfit zum Anbeißen aus.«

Sie lehnte sich gegen ihn und legte den Kopf zur Seite, damit er ihren Hals noch besser erreichte. Er küsste sich hinauf bis zu ihrem Ohrläppchen, das er mit der Zunge umspielte.

»Caden«, flüsterte sie und dann drehte sie sich herum.

Er verschloss ihren Mund mit seinem. Seine Arme glitten ihren Rücken hinab und er drückte seine Hüfte an ihre.

Sie lächelte an seinen Lippen. »Ist es schlimm, dass ich dich immer lieben will, wenn wir zusammen sind?«

Er legte die Stirn an ihre. »Himmel, nein! Ich dachte gerade das Gleiche.« Er atmete tief ein.

»Wir sollten reden, oder?« Sie biss sich auf die Unterlippe und legte die Stirn in Falten.

»Wahrscheinlich. Wir sollten nach draußen gehen und uns abkühlen, bevor mich dieser Blick von dir in Schwierigkeiten bringt und ich dich ins Schlafzimmer trage.« Er wollte sich in ihr vergraben und sich in ihrer Liebe verlieren, und danach, wenn das Schuldgefühl und der Schmerz zu weit verdrängt waren, um sich noch daran zu erinnern, könnten sie reden. Aber er wusste, dass es die falsche Reihenfolge war. Wenn er mit Bella redete, würde er sich besser fühlen, und anschließend konnte er sie unbeschwert lieben.

Schweigend, mit Sangria und Gläsern in der Hand, gingen sie nach draußen. Bellas Wangen waren gerötet, ihre Augen verführerisch und dunkel. Sie machten es sich nebeneinander auf den Sonnenliegen bequem, und er spürte die Anspannung ebenso sehr, wie sie Bella ins Gesicht geschrieben stand, während sie beide versuchten, ihr Begehren zu zügeln. Er hob ihre Beine auf seinen Schoß und rückte seine Liege näher an ihre. Dann schenkte er ihnen beiden ein Glas Sangria ein.

»Ihr kommt doch noch morgen mit uns zum Angeln, oder?«

»Das möchte ich um nichts in der Welt verpassen.«

Sie lächelte. »Ich habe vier neue Firmen für das Arbeits- und Studienprogramm gewonnen, und TGG hat mir zwei weitere Unternehmen empfohlen, mit denen ich mich am Donnerstag treffe.« Sie schlang die Arme um seine Taille und legte ihre Wange auf seine Brust.

»Das ist fantastisch.«

Er stieß mit ihr an. »Auf eine Vollzeitstelle am Cape.«

»Ich kann mir nicht vorstellen, dass daraus keine feste

Anstellung wird.« Sie nippte an ihrem Wein und fuhr mit dem Finger über das feuchte Glas. »Außerdem habe ich einen Anruf von meiner ehemaligen Chefin bekommen. Sie wollte mich wissen lassen, dass Jay gekündigt hat.«

Cadens Magen zog sich zusammen. Er wusste, wie gern sie dort gearbeitet hatte, und da Jay nun von der Bildfläche verschwunden war, fragte er sich, ob ihre Begeisterung für das Arbeits- und Studienprogramm und ihre Beziehung ausreichte, um sie am Cape zu halten. Er legte eine Hand auf ihren Oberschenkel.

»Sie sagte, sie bräuchte bis zum fünfzehnten eine Entscheidung, also habe ich noch zwei Wochen.«

Er war nicht in der Lage, ihren festen Blick zu deuten. »Und wie fühlst du dich dabei?«

Sie ließ den Finger über den Saum ihres Kleides gleiten. »Hin- und hergerissen.«

»Wegen?« Mehr brachte er nicht heraus. Wollte sie bei ihm bleiben oder wollte sie zurück nach Connecticut ziehen?

Sie seufzte. »Ich muss vieles berücksichtigen. Zum einen: Wenn mir hier eine Stelle angeboten wird, dann weil ich etwas Wertvolles aufgebaut habe, das sich positiv auf das Leben von vielen Kids auswirken könnte, und das ist aufregend. Zum anderen habe ich ein Leben in Connecticut, Freunde und einen sicheren Job.« Ihr Finger glitt nun über seinen Unterarm. »Und dann gibt es auch noch *uns* zu berücksichtigen.« Sie beugte sich vor und küsste ihn.

»Ich bin so froh, dass du das sagst. Sicher, du willst deine Entscheidung frei und unabhängig von unserer Beziehung treffen, aber, Bella …« Er hielt inne. Dies war ihre Entscheidung.

»Ich weiß.«

Er nahm ihre Hand in seine. »Ich bin verrückt nach dir. Mir ist klar, dass dein Leben im Moment in der Schwebe ist. Mir ist aber auch klar, dass das, was wir haben, es wert ist, in die Waagschale geworfen zu werden.«

»Ja, das finde ich auch. So etwas habe ich noch nie empfunden. Ich kann gar nicht anders, als uns mitzuberücksichtigen.«

Er küsste sie wieder und dankte ihr insgeheim dafür, dass er ihr wichtig genug war, dass sie ihn bei dieser schicksalhaften Entscheidung mit bedachte.

Sie nahm noch einen Schluck Wein. »Meine Maklerin hat auch angerufen. Sie hat eine mündliche Zusage für mein Haus und erwartet für morgen ein offizielles Angebot.«

»Das ist gut, oder?« Er trank von seinem Wein und fuhr dann mit der Hand über ihren Oberschenkel. Er liebte ihre Beine. Meine Güte, er liebte *sie*, und er hätte es ihr heute Abend gesagt, aber mit ihrem Job und dem Hausverkauf in greifbarer Nähe befürchtete er, sie könnte denken, dass er es nur sagte, um sie zum Bleiben zu überreden.

»Ja, ich denke schon. Ich bin ja mit der Absicht hergekommen, neu anzufangen. Neuer Job, neue Wohnung, neues Leben. Zumindest ist die Möglichkeit nun konkreter, aber ich habe immer noch kein Angebot von dem Schulamt hier.« Sie lächelte, krallte ihre Hand in sein T-Shirt und zog ihn zu sich heran, sodass sie sich tief in die Augen schauen konnten. »Auch wenn ich nicht hierhergekommen bin, um nach einem neuen Freund zu suchen, so bin ich doch richtig froh, dass ich dich gefunden habe.«

Er küsste sie wieder. »Wenn du dich richtig erinnerst, habe ich wohl eher dich gefunden, oder?« Seine Hand glitt an der Außenseite ihres Schenkels hinauf und unter ihr Kleid. »Ich erinnere mich jedenfalls sehr gut. Deine Haare steckten in Leannas Fenster fest, und dein schwarzer Seidenslip flehte darum, heruntergezogen zu werden.«

Sie krallte sich noch fester in sein T-Shirt. »Nur von dir.«

Wie sollte er sich auf irgendetwas anderes konzentrieren als darauf, wie gut sie sich anfühlte, wenn er sie einfach nur lieben wollte, bis sich all die Komplikationen in Luft auflösten? Sie ließ sein T-Shirt los und lehnte sich wieder auf ihrem Liegestuhl zurück.

»Du weißt schon, dass du mich um den Verstand bringst, oder?«

»Genau das sieht mein böser Plan vor.« Sie trank ihren Wein aus und setzte zu einer schiefen Version von Carly Simons Song »Anticipation« an, in dem die Hoffnung auf eine neue gemeinsame Zukunft besungen wurde.

»Ich hätte da eher ›You Shook Me All Night Long‹ von AC/DC im Sinn.«

Sie lachte. »Okay, gut jetzt, wir sollten ernsthaft reden. Wie geht es Ev? Hast du mit ihm über den Job geredet?«

»Ernsthaft reden?« Er verdrehte die Augen, aber es war nur gespielt. Es gefiel ihm sehr, dass sie nach Evan fragte. »Noch nicht. Er kam stinksauer nach Hause, also wollte ich warten, bis er in besserer Verfassung ist. Aber du hattest recht. Er mag diese anderen Jungs nicht. Er hat gesagt, er wird sich nicht mehr mit ihnen treffen.« Er überlegte, ob er ihr erzählen sollte, was Evan ihn bezüglich des Umzugs und Bella gefragt hatte, aber da sie schon so vieles andere beschäftigte, entschied er sich dagegen.

»Wow. Ich frage mich, was da los war.« Bella zog die Augenbrauen zusammen.

»Viel hat er mir nicht erzählt, nur dass sie nicht so sind wie seine alten Freunde. Ich werde dieses Wochenende mit ihm nach Boston fahren.«

»Das ist großartig.«

Er rückte seinen Stuhl wieder etwas näher an Bellas. »Würdest du es in Betracht ziehen, uns für einen Tag zu begleiten?« Die Idee war ihm eben erst gekommen. Die Vorstellung, überhaupt Zeit von ihr getrennt zu verbringen, war ihm ein Graus, und er freute sich darauf, ihr zu zeigen, wo sie gelebt hatten, und sie seinen Eltern vorzustellen.

»Bist du sicher?«

Er zog sie auf seinen Schoß und fuhr mit den Fingern durch ihre Haare, um dann ihre Lippen an seine zu ziehen. Sie legte die Hände fest um seine Wangen und vertiefte den Kuss.

»Ich liebe es, wenn du das machst«, gestand er.

»Dich küssen?«

Er zuckte mit den Schultern. »Mich küssen und meine Wangen berühren, als würden sie dir gehören.« Er wollte all seine Sinne mit ihr erfüllen, so wie sie sein Herz erfüllte. Er wollte ihre Erregung kosten, ihre Stimme seinen Namen hauchen hören und jeden Zentimeter ihres köstlichen nackten Körpers unter seinem spüren.

Er stand mit ihr in seinen Armen auf, trug sie hinein und legte sie auf das Bett. Dieses Mal erinnerte er sich daran, das Schlafzimmerfenster zu schließen, und er schloss auch die Schlafzimmertür, um jegliche Störung auszuschließen. Er zog sich bis auf seine Boxershorts aus und sank aufs Bett, während er sie zu einem tiefen, leidenschaftlichen Kuss an sich drückte. Als seine Lippen sich von ihren lösten, öffnete sie die zuckenden Augenlider.

»Komm wieder her.« Sie legte ihm die Hand in den Nacken und zog ihn wieder zu sich.

Er brauchte die Hilfe nicht, aber, Junge, es törnte ihn

richtig an. Er würde sie küssen, bis ihr Körper in Flammen stand und all ihre Gedanken zerschmolzen. Sie fühlte sich so richtig unter ihm an, so weich und weiblich. Er spürte ihre Liebe zu ihm mit jedem Schlag ihrer Zunge. Er streichelte ihre Lippen mit seinen, und als sie sich ihm entgegenwölbte, zog er sich zurück. Ein verführerisches Stöhnen entwich ihren Lippen. Er liebte es, wenn sie sich vor Verlangen unter ihm wand und sich gegen ihn presste. Er richtete sich ein wenig auf, um ihr das Kleid über den Kopf zu ziehen, warf es zu Boden und legte gelbe Spitzenwäsche frei.

»Bella! Du bist so feminin und sexy, dass du mich um den Verstand bringst.«

Sie kräuselte die Nase. »Feminin bin ich wohl kaum.«

Er schaute auf die rosafarbene Daunendecke und fuhr dann mit der Zunge am Rand ihres Spitzen-BHs entlang. »Warum versteckst du deine feminine Seite? Was ist passiert, dass du das Gefühl hast, so stark sein zu müssen?«

Sie wandte das Gesicht ab, aber vorher konnte er noch den Schmerz in ihren Augen sehen. Sanft drehte er ihren Kopf wieder zu sich und legte die Stirn gegen ihre.

»Erzähle es mir, Kleines.«

»Es ist blöd. Niemand außer Jenna, Amy und Leanna weiß davon.«

Er küsste sie auf den Mund, ihre Wange und dann auf ihre Stirn. »Du musst es mir nicht sagen. Aber irgendwann möchte ich, dass wir uns alle Geheimnisse verraten.«

Daraufhin schaute sie ihm in die Augen. »Erzähl mir ein Geheimnis und dann erzähle ich dir auch eines.«

Er lächelte über dieses Geplänkel, das sie ihm mit Schalk in ihren wunderschönen Augen bot.

»In Ordnung.« Er stützte sich neben ihr auf dem Ellbogen

ab. »Wenn ich ehrlich bin, fiel mir der Umzug sehr schwer. Ich hatte höllische Angst, von Boston wegzuziehen. Es war die schwierigste Entscheidung, die ich je getroffen habe. Ich hatte Angst, einen neuen Job anzufangen, befürchtete, dass Evan mich hassen würde, machte mir Sorgen, dass meine Eltern mich brauchen und ich zwei Stunden entfernt bin.«

»Ach, Caden.« Sie hob den Oberkörper an und küsste ihn sanft.

»Und jetzt habe ich Angst, dass ich Evan endgültig aus der Bahn geworfen habe.«

Er legte sich neben sie auf den Rücken und war selbst überrascht angesichts der Wahrheit, die aus seinem Unterbewusstsein herausplatzte. Er hatte seine Ängste und auch deren Tiefe noch nie zuvor jemandem gestanden.

Sie streichelte ihm über die Wange. »Ich bin sicher, du hast ihn nicht endgültig aus der Bahn geworfen. Er ist noch dabei, sich einzugewöhnen. Nächstes Jahr um diese Zeit hat er schon vergessen, wie schwierig es war. Er wird neue Freunde in der Technik-AG finden, du wirst schon sehen.«

»Das hoffe ich. Es würde mich umbringen, wenn sich herausstellt, dass ich zwar hergezogen bin, um Evan zu beschützen, dabei aber irgendwie die schlechteste Entscheidung für sein Leben getroffen habe, während es die beste Entscheidung für meines war.« Er schloss einen Moment lang die Augen, und als er sie wieder öffnete, bemerkte er, dass Bellas Augen feucht waren.

»Du bist ein so guter Vater, Caden.« Sie drückte ihre Lippen auf seine und ihr Tonfall wurde ernst. »Ziehst du in Betracht, zurück nach Boston zu gehen?«

Er schüttelte den Kopf. »Ich bin aus einem bestimmten Grund umgezogen und dieser Grund besteht noch immer. Ich muss einfach glauben, dass es so das Beste war. Dass es so vorherbestimmt war.«

»Du glaubst ans Schicksal?«

»Na ja, ich glaube, dass du und ich dazu bestimmt sind, zusammen zu sein. Und ich glaube außerdem, dass du versuchst, von deinem Geheimnis abzulenken.« Er küsste sie erneut und fuhr dann mit dem Finger über ihre Wange. »Warum verheimlichst du deine mädchenhafte Seite?«

»Ich verheimliche nichts. Es ist einfach nicht Teil meiner Persönlichkeit.« Sie fuhr mit dem Finger über seinen Arm.

»Das ist es wohl, Kleines. Du bist sehr feminin.«

»Ich bin frech, laut und ich übernehme das Kommando.« Sie legte die Stirn in Falten, was ihn zum Lächeln brachte.

»Du bist selbstbewusst, unabhängig und souverän. Aber du bist auch feminin. Du trägst jeden Tag Kleider. Du gehst mit anmutigen Schritten, deine Hüften schwingen auf eine äußerst feminine Art und Weise. Du flirtest wie die Königin der Verführung, und manchmal hast du diesen Ausdruck in den Augen, wenn wir miteinander reden …« Er atmete ihren Duft ein und verschaffte sich so eine Sekunde, um sich zu sammeln. »Er ist zärtlich und süß. Dein Wesen ist mädchenhaft, Kleines, egal wie sehr du versuchst, es zu leugnen.«

Die Hitze stieg ihr in die Wangen. »Das versuche ich ja gar nicht. Ich zeige die Seite nur nicht so vielen Menschen. Mir gefällt es, wenn ich weiß, dass ich Nägel in meine Veranda schlagen und Möbel umstellen kann oder …«, sie verdrehte die Augen, »was immer man auch sonst so tun muss. Wenn man solche Dinge als Frau nicht erledigen kann, dann macht es dich verletzlich, finde ich. Es schwächt deine Stärke und Unabhängigkeit.«

»Macht Amy solche Sachen?«

Sie lachte. »Du meine Güte, nein. Jenna auch nicht.«

Er hob eine Augenbraue. »Dann verstehe ich es nicht. Respektierst du sie deswegen weniger?«

»Natürlich nicht.« Sie legte sich auf den Rücken und verbarg ihr Gesicht unter ihrem Arm. »Das ist einfach so mein Ding. Ich fasse es nicht einmal, dass ich dir das erzähle. Im Ernst, wann hast du dich in die Zone hineingestohlen, die immer nur meinen Seaside-Freundinnen vorbehalten war?«

»Als wir uns ineinander verliebt haben«, flüsterte er.

Sie griff nach seiner Hand, denn sie musste die Sicherheit spüren, die er ausstrahlte, während sie ihr Geheimnis preisgab. »Als Teenager war ich richtig mädchenhaft, aber es kam mir so vor, dass immer, wenn ich einen Typen um Hilfe bat – bei meinem Auto oder beim Tragen von etwas Schwerem –, dass sie dann immer etwas Sexuelles im Gegenzug erwarteten. Ich habe ziemlich schnell gelernt, dass Männer mädchenhafte Frauen gern ausnutzen, also beschloss ich, nicht mehr so zu sein, zumindest nicht in der Öffentlichkeit. Spielt das so eine große Rolle? Dass ich meine mädchenhafte Seite für mich behalte und nur denen zeige, die mir wirklich wichtig sind?«

Er änderte seine Position so, dass sie unter ihm lag. »Es spielt für mich eine große Rolle, dass du mich zu den Menschen zählst, die dir wirklich wichtig sind.« Er küsste ihr Kinn, wanderte dann an ihrem Körper hinab zu ihrem Bauch und schob ihren süßen Spitzenslip behände hinunter. »Ich liebe deine mädchenhafte Seite.« Er zog seine Boxershorts aus und legte sich wieder auf sie. Sie drückte ihre Fingerspitzen in seine Hüfte, als er sie küsste.

»Hast du es eilig?«

»Du fehlst mir.« Sie leckte über ihre Lippen. »Wäre es dir lieber, wenn ich meine Handschellen hole und dich nach meinen Bedingungen nach Strich und Faden verwöhne?«

Er riss sie zu einem hungrigen Kuss an sich, erregt von dem Gedanken, von ihr gefesselt zu werden.

»Eines Tages würde ich dich gern die Kontrolle übernehmen lassen.« Er küsste sie erneut. »Dass du mich fast bis zur Erlösung treibst und dann warten lässt.« Er senkte seinen Mund auf ihre Brust und ließ die Zunge über ihrer Brustwarze kreisen, was ihm ein lustvolles Aufstöhnen von Bella bescherte. Dann glitt er wieder an ihrem Körper hinauf, sodass die Spitze seiner Erregung ungeduldig gegen ihre feuchte Mitte stieß.

»Aber nicht heute Abend, Lovergirl.« Er küsste sie sanft. »Heute Abend möchte ich dir einfach nur nah sein. Keine Spiele, keine Utensilien, keine Ablenkung. Ich möchte dich einfach nur lieben.«

Sie wölbte sich ihm entgegen, als er sich tief in ihr vergrub. Ihre Körper wurden eins – und der Rest der Welt verschwand.

Neunzehn

Am nächsten Morgen stand Bella an Deck des Fischerbootes im Jachthafen und wartete ungeduldig darauf, dass Caden und Evan eintrafen. Die Sonne schien schon intensiv auf ihre Schultern hinab und eine leichte Brise strich über ihren Rücken. Alle aus Seaside – außer Jamie und Vera – waren früh gekommen. Die Vorfreude war zu groß, als dass sie in den Ferienhäusern hätten warten wollen. Amy, Tony und Leanna standen am Steuerruder bei Joe Bloom, dem Besitzer des Bootes, während Kurt einen bequemen Sitzplatz für Vera vorbereitete, falls sie nicht die ganze Zeit in der Sonne sein wollte. Seine Fürsorglichkeit war unendlich.

Jenna tigerte in ihrem roten Bikinioberteil und mit Cut-off-Shorts auf dem Deck hin und her. »Was ist, wenn Pete nicht auftaucht?«

Bella hielt die Hand schützend über die Augen und schaute zum Parkplatz. »Dann fahren wir raus, angeln ein paar Fische und haben eine tolle Zeit ohne ihn.«

»Schon klar.« Jenna stemmte die Hände in die Hüften. »Aber was würde das *bedeuten*?«

»Dass er ein Idiot ist, und dass es an der Zeit ist, dass du dich anderweitig umsiehst.« Bella legte den Arm um Jennas

Schulter, doch Jenna schüttelte ihn ab.

»Du bist eine blöde Spaßbremse.« Jenna zupfte an ihrem Bikinioberteil.

»Ach, hör auf. Er wird schon noch kommen. Die eigentliche Frage ist, wo sind Caden, Evan, Jamie und Vera?« Sie lehnte sich gegen die Holzreling.

»Mach dir keine Sorgen. Wenn sie nicht auftauchen, kannst du dich immer noch anderweitig umsehen«, meinte Jenna grinsend.

»Oh Mann! Jenna, das war ein Witz. Ich wünschte einfach, Pete würde endlich die Chance wahrnehmen, mit dir zusammen zu sein.« Bella drehte sich wieder zum Parkplatz um. »Da sind sie ja.« Sie zeigte auf Caden und Evan. Doch Pete war nirgends zu sehen.

»Pete ist nicht dabei.« Jenna verdrehte die Augen. »Siehst du? Er hat überhaupt kein Interesse.«

»Keine vorschnellen Schlüsse ziehen, bitte.« Bella ging von Bord und lief den anderen entgegen.

»Tut mir leid, dass wir so spät dran sind.« Mit seinen khakifarbenen Shorts und dem weißen Tanktop sah Caden sportlich und ziemlich gut aus. Er hatte einen kleinen Matchbeutel dabei und ließ seinen Blick über Bellas Körper gleiten. Mit einer Hand auf ihrer Hüfte beugte er sich nah zu ihr und sagte leise: »Ich liebe dein Outfit, Kleines.«

Sie hatte einen smaragdgrünen Bikini angezogen, der ihren Busen betonte, und dazu einen weißen Baumwoll-Minirock. Ihr Erscheinungsbild bescherte ihr noch einen lüsternen Blick von ihm, und es war ein herrliches Gefühl, so eine Reaktion bei ihm hervorzurufen.

Caden drückte ihr einen Kuss auf die Lippen. »Ich bringe unsere Sachen aufs Boot und komm gleich wieder.«

»Klingt gut.« Sie wandte ihre Aufmerksamkeit Evan zu, der durch die Nachrichten auf seinem Handy scrollte. »Hey, Ev. Wie geht's?«, fragte sie.

»Gut. Danke für den Kontakt zu TGG. Ich habe auf dem Weg hierher da angerufen und Dad bringt mich am Freitag zu einem ersten Treffen hin.« Evan trug ein schwarzes Tanktop, das seine schlaksigen Arme frei ließ. Er schaute kurz zum Boot. »Wo sind Jamie und Vera?«

»Sie sind noch nicht hier, kommen aber hoffentlich bald.« Sie sah Evan hinterher, der an Bord ging und über das Deck zu Amy, Tony und Caden lief.

Ihr Mitgefühl galt Jenna, die an der Reling stand und Ausschau hielt. »Er kommt schon noch, Jenna.«

»Da bin ich mir nicht so sicher.« Jenna nickte in Richtung Jamie, der jetzt den Steg entlang auf sie zukam. »Wo ist Vera?«

»Keine Ahnung.« Bella fragte sich das auch.

Jamie winkte. Seine dichten dunklen Haare standen in der Brise ab. »Hey, tut mir leid, dass ich so spät komme.« Er stieg auf das Boot. »Grandma war nicht in der Verfassung, um mitzukommen, aber sie hat mir Chocolate Chip Cookies für Evan mitgegeben.«

»Der Glückliche. Geht es Vera denn gut?«, erkundigte sich Bella.

»Sie meinte, sie wäre wirklich müde. Ich glaube, sie hatte Bedenken, den ganzen Tag auf dem Wasser zu verbringen. Du weißt ja, dass sie immer Angst hat, anderen den Spaß zu verderben. Wenn sie müde oder ihr zu heiß geworden wäre, hätte sie es nicht gesagt. Sie würde lieber schweigend leiden, als das Boot zum Umkehren zu veranlassen.« Er rieb sich über seinen Stoppelbart und sah Jenna mitfühlend an.

»Jenna, ich kann nichts dafür, aber Pete kam vorhin vorbei

und sagte, er habe einen Pool-Notfall.«

Jenna verdrehte die Augen. »Was ist das denn für eine Ausrede? Ein Pool-Notfall?«

»Jenna, er ist für die Wartung von Pools zuständig, das ist sein Job«, erinnerte Bella sie. »Ich bin mir sicher, dass es keine Ausrede ist.«

»Egal. Wisst ihr was? Männer sind ätzend.« Jenna legte die Hand auf Jamies Arm. »Du natürlich nicht.« Dann marschierte sie ans andere Ende des Boots.

»Tut mir leid.« Jamie zuckte mit den Schultern. »Ich fand allerdings, dass er ziemlich enttäuscht wirkte, weil er den Ausflug verpasst.«

»Du kennst doch Jenna. Sie schüttelt das innerhalb von fünf Minuten ab und ist dann wieder die Quirligkeit in Person. Aber tu mir einen Gefallen. Kannst du sie wissen lassen, dass Pete enttäuscht war? Für sie fühlt es sich bestimmt wie eine Zurückweisung an, auch wenn es eine stichhaltige Entschuldigung war.«

»Klar.« Er folgte Jenna über das Deck.

Bella beobachtete die beiden, während Jamie ihr die Nachricht überbrachte. Jenna umarmte ihn, und Jamie sagte etwas, das sie zum Lachen brachte; dann legte er den Arm um ihre Schulter und bot ihr einen Cookie an. Bella freute sich, Jenna wieder lächeln zu sehen.

Das Boot glitt sanft über das Wasser, als sie den Hafen verließen und aufs offene Meer hinausfuhren. Bella und Caden lehnten sich am Bug des Bootes gegen die Reling. Die kühle Luft strich über ihre Haut, aber unter Cadens beschützendem Arm war Bella angenehm warm.

»Evan freut sich wirklich sehr über die Möglichkeit bei TGG. Ich glaube, ich habe mich noch nicht angemessen bei dir bedankt.« Er küsste sie auf die Wange. »Es bedeutet mir unglaublich viel, dass du dir auch um Evan Gedanken machst.«

Sie wandte sich ihm zu und die Haare wehten ihr ins Gesicht. Caden strich ihre Mähne zurück und hielt sie mit der Hand dort. »So hast du zu Anfang mein Herz erobert, erinnerst du dich noch?«

»Ich erinnere mich.« Er schaute zu Evan, der hektisch auf seinem Handy herumtippte.

Es gefiel ihr, dass er darauf achtete, sich in Gegenwart von Evan angemessen zu verhalten. Dadurch wurden ihre verstohlenen Küsse zu etwas ganz Besonderem. Ihr gefiel einfach alles an ihm, die verstohlenen Küsse ebenso wie die heißen, zügellosen, und es erstaunte sie immer noch über alle Maßen, denn sie war wirklich eisern entschlossen gewesen, an ihrem Plan festzuhalten.

»Du hast mir gestern Abend gefehlt.« Er kam so nah, dass sie seine langen Wimpern sehen konnte.

Sie spürte die Hitze in die Wangen steigen, als die anderen zu ihnen herüberkamen.

Caden trat einen Schritt zurück, aber seine Wärme blieb.

»Kein Rumgeknutsche und Geturtel, bitte. Das ist deprimierend für mich.« Jenna drängte sich zwischen sie. »Ich stelle eine Anderthalb-Meter-Regel auf.« Sie zeigte auf Leanna und Kurt, die Arm in Arm neben ihnen standen. »Ihr auch. Anderthalb Meter Abstand, die ganze Zeit. Habt etwas Mitleid mit mir, okay?«

»Du spinnst ja. Jamie hat gesagt, Pete war ziemlich enttäuscht, weil er nicht mitkommen konnte.«

»Ich weiß. Aber Jamie ist so süß, wahrscheinlich hat er sich das ausgedacht.« Jenna lächelte Jamie an.

»So nett bin ich nicht«, sagte der, als er zu ihnen an die

Reling kam.

Der Kapitän stellte den Motor aus und das Boot wurde langsamer.

Amy stürmte an die Reling. »Klasse! Jetzt können wir endlich angeln. Ich freue mich so.«

»Heute Abend Fisch-Barbecue auf unserem Platz in der Siedlung?« Tony zog sich sein T-Shirt über den Kopf. Caden, Kurt und Jamie taten es ihm gleich, und dann machten die Männer mit ihren freien Oberkörpern sich daran, die Angeln vorzubereiten.

»Wer braucht bei so viel Augenschmaus denn schon Pete?« Jenna verpasste Jamie einen Klaps auf den Hintern.

Bella warf Caden eine Kusshand zu. »Wem sagst du das?«

Tony half Amy mit ihrer Angel. »Hey, Amy!«, rief Jenna. »Finger weg von Tonys Rute.«

Amy errötete.

Bella lachte und war froh, dass Jenna zu ihrer alten Form zurückgefunden hatte.

Sie konnte den Blick nicht von Caden lösen. Noch immer fühlte sie seine Hüfte an ihrer, seine muskulösen Oberschenkel, schwer und angespannt, als sie am Abend zuvor eins geworden waren.

»Hey, Mädel! Wenn du ihn weiterhin so anguckst, wird sein Sohn wesentlich mehr als nur das Angeln auf diesem Ausflug lernen.« Leanna stieß Bella mit der Schulter an.

»Sorry.« Bella riss den Blick von Caden los. »Jetzt weiß ich, wie du dich bei Kurt gefühlt hast. Ich habe so etwas noch nie empfunden.«

»Hatte ich auch nicht. Weißt du noch, wie sehr mich das in Panik versetzt hat?« Leanna sah zu Kurt und seufzte. »Er ist alles für mich, Bella.«

»Ich weiß und ich verstehe es. Ich empfinde das Gleiche für Caden und natürlich für Evan.« Sie schaute zu Evan, der noch immer Nachrichten ins Handy hämmerte. »Ich werde mal ein bisschen mit ihm reden und sehen, ob ich ihn ein paar Minuten von seinem Handy loseisen kann.«

»Hi, Ev.« Bella setzte sich neben ihn.

Er drückte auf die Sperrtaste seines Handys. »Hey.«

»Willst du nicht angeln?«

»Gleich.« Zuerst schaute Evan weg, aber dann wandte er sich ihr doch zu und ihr rann ein kalter Schauer über den Rücken, als sie den verängstigten Blick in seinen Augen entdeckte.

»Alles in Ordnung?«

Er fummelte an seinem Handy herum. »Wie lange bleiben wir hier draußen?«

»Ein paar Stunden, nehme ich an. Stimmt etwas nicht?«

Er sah zu Caden hinüber und dann wieder auf sein Handy. »Ich habe hier kein Netz. Vorhin am Anlegesteg ging es noch, aber jetzt ist es weg.«

»Das kommt hier draußen häufig vor. Ist irgendetwas los, dass du sofort eine Verbindung brauchst?« Ihr gefiel überhaupt nicht, wie sich sein Verhalten seit seinem Eintreffen verändert hatte.

Er zuckte nur mit den Schultern.

»Ev, wenn etwas nicht in Ordnung ist, kann Joe bestimmt jemanden für dich erreichen.«

»Geht schon.«

»Ev, komm, nimm diese Angel hier.« Caden winkte ihn zu sich an die Reling.

Evan steckte das Handy in seine Tasche und ging hinüber. Caden gab ihm eine Angelrute, aber Evans Gesichtsausdruck veränderte sich nicht.

»Weißt du noch, wie du vor zwei Jahren dieses große Prachtexemplar gefangen hast?«, fragte Caden seinen Sohn.

Evan gab ihm die Rute zurück. »Ich will nicht angeln.« Er marschierte ans andere Ende des Bootes und ließ Caden sprachlos zurück.

Bella wollte ihm die Angel abnehmen. »Gib her. Du solltest zu ihm gehen. Ich glaube, da stimmt etwas nicht.«

»Er ist nur schlecht gelaunt.« Caden legte einen Arm um ihre Schultern, behielt die Angel in der anderen Hand und kuschelte sich an ihren Hals.

»Das glaube ich nicht.« Sie beobachtete Evan, der etwas weiter weg auf dem Deck stand, die Schultern nach vorne gezogen, und durch sein Handy scrollte. Er krallte die Hand darum und boxte damit in die Luft.

»Kleines, er macht nur gerade irgendetwas durch. Du hast auch gesagt, er steht diese harte Zeit schon durch.« Caden drehte sich wieder zum Wasser um.

Ein ungutes Gefühl ließ Bella wieder zu Evan schauen.

»Ich hab einen!«, kreischte Amy.

Bella richtete den Blick auf Amy, auch wenn sie in Gedanken noch bei Evan war.

Tony stellte sich hinter Amy – ihre schmale Gestalt wirkte winzig vor seinem großen Körper –, während er um sie herumgriff und ihr half, die Schnur einzuholen.

»Halt gut fest«, sagte er. »Gut. Und jetzt langsam einholen. So ist gut.«

»Okay. Okay.« Amy grinste übers ganze Gesicht. »Ich habe einen Fisch!«

»Gut gemacht, Amy«, jubelte Jenna von der anderen Seite der Reling herüber, wo ihre eigene Schnur schlaff im Wasser hing. »Ich wusste, dass du dir vor mir einen angelst.« Sie warf den Kopf in den Nacken und lachte. »Hast du den verstanden?« Sie knuffte Leanna mit dem Ellbogen.

»Du bist so albern.« Leanna stieß sie mit der Hüfte an.

In all der Aufregung stahl Bella sich davon und ging zu Evan. Er wandte sich ab, als sie näher kam – eine Regung, die Bella in Alarmbereitschaft versetzte.

»Evan, bist du sicher, dass du nicht angeln willst?«

Er nickte.

»Tja, du verpasst eine Menge.« Sie lehnte sich an die Reling und sah aufs Wasser hinaus. Es war ein warmer, sonniger Tag, und sie wünschte, Evan könnte ihn auch genießen.

Seine Augen waren von den Haaren verdeckt, aber sie sah seine aufeinandergepressten Kiefer genau. Er wirkte ebenso innerlich aufgewühlt wie neulich am Strand.

»Evan, wenn es etwas gibt, das –«

»Da ist nichts, okay?« Er schnaufte heftig durch die Nase.

Meine Güte, was macht dir so zu schaffen?

»Okay, okay. Tut mir leid.« Sie trat einen Schritt zurück.

»Warte.« Das Zittern in seiner Stimme ließ sie erstarren. Er verschränkte die Arme und ließ sie wieder fallen. »Ich weiß nicht, ob da etwas nicht stimmt. Das ist alles ein riesiger Mist.«

»Evan, was ist Mist?«

Er machte wieder dicht, und sie hätte ihn am liebsten gerüttelt, um ihn zum Reden zu bringen.

»Hey, ihr beiden.« Cadens Stimme durchbrach das Schweigen. Sein Blick wanderte zwischen ihnen hin und her. Sein Lächeln schwand und wurde von einem bohrenden, besorgten Blick abgelöst. »Was ist los?«

Evan sah Bella an. Sie legte den Kopf zur Seite und versuchte ihm ohne Worte zu sagen: *Hier geht es nur um dich,*

Kumpel.

Evan sah wieder zu seinem Vater. Er verschränkte die Arme vor der Brust, konnte aber nicht verbergen, dass er Angst hatte.

»Es geht um Vera.«

Vier Worte, die Bella wie eine Kugel trafen.

Caden trat einen Schritt auf ihn zu. »Was ist mit Vera?«

»Ich weiß es nicht.« Evan atmete stockend ein. Seine Stimme war zittrig und wütend zugleich und Tränen standen ihm in den Augen. »Ich weiß es nicht, okay? Diese Typen haben mir eine Nachricht geschickt, und ich glaube, es könnte bedeuten, dass sie was mit ihrem Ferienhaus machen. Ich weiß es nicht, Dad, und ich schwöre, dass ich nichts damit zu tun habe.«

Wortlos marschierte Caden in die Kajüte, holte eine Art Funkgerät aus seinem Matchbeutel und kontaktierte seine Dienststelle, damit jemand zu Veras Haus fuhr.

»Evan?« Bella legte die Hände auf Evans zitternde Schultern und sah ihm in die feuchten Augen. »Erzähl mir, was du weißt.«

»Sie haben mir eine Nachricht geschrieben, dass ich zum Teufel gehen soll und sie sich ihre Geige abschminken kann. Ich glaube, sie denken, Vera wäre mit uns unterwegs.« Evan befreite sich aus ihrem Griff. »Mist, verdammt! Wenn die ihr was tun, ich schwöre, dann bring ich sie um!«

Adrenalin schoss durch Bellas Adern. Sie hörte Caden mit Joe sprechen. Dann ging er zum vorderen Teil des Bootes und nahm Jamie beiseite. Eine Minute später baute sich Jamie vor Evan auf, während hektisch Angelschnüre eingeholt wurden und besorgte Stimmen zu hören waren.

»Was zum Henker ist los?«, wollte Jamie wissen. Sein Gesicht war rot, die Adern in seinem Hals pulsierten über den angespannten Muskeln.

»Ich … ich weiß es nicht. Ich schwöre, dass ich nichts damit zu tun habe, Jamie. Ich schwöre es. Ich würde Vera niemals etwas tun.« Tränen liefen über Evans Wangen.

Bella hatte Jamie noch nie so wütend erlebt. Er marschierte mit geballten Fäusten hin und her. Das Boot erwachte dröhnend zum Leben und raste Richtung Küste. Die anderen standen beisammen und versuchten zu verstehen, was los war. Worte der Sorge und Verwirrung drangen herüber. Caden zog Evan an das andere Ende des Bootes und stellte sich mit dem Rücken zu Bella und den anderen. Er machte ein paar Schritte, blieb stehen und sagte etwas zu Evan, ging dann wieder hin und her. Evan sackte unter Cadens Wut in sich zusammen. Bella konnte an nichts anderes denken als daran, dass Vera hoffentlich nichts passiert war.

Zwanzig

Caden zerrte Evan vom Boot herunter und raste wie ein Wahnsinniger Richtung Seaside. Wut, Sorge und Schuldgefühle schwelten in ihm.

»Was zum Henker hast du dir dabei gedacht, Evan? Du hättest es mir sofort sagen müssen, als du die Nachricht bekommen hast.« Er wollte nicht schreien, aber gegen seine Wut kam er nicht an. »Jamie hat dir vertraut. Ich habe dir vertraut. Verdammt, Evan!«

»Es tut mir leid. Ich habe ihnen geschrieben und gesagt, sie sollen sich von ihr fernhalten. Du kannst in meinem Handy nachsehen. Ich dachte, sie wollten mich nur veräppeln.« Evan drückte sich gegen die Beifahrertür. »Dad, ich schwöre, ich würde nie etwas tun, was ihr schaden könnte.«

»Woher wussten sie von der Geige?«

»Sie wollten sich einmal mit mir treffen, als ich bei Jamie war, und ich habe nein gesagt. An dem Abend haben wir rumgealbert, und ich habe irgendwas davon erzählt, dass sie Geige gespielt hat. Ich habe mir nichts dabei gedacht, Dad. Ich habe nur geredet. Ich hätte nie gedacht, dass die etwas machen würden.«

Caden schüttelte den Kopf. »Wenn Vera irgendetwas

passiert …« Ja, was dann? Es gab keine Worte für das, was er fühlte. Dies war ebenso sein Fehler wie Evans. Er war so mit Bella beschäftigt gewesen, dass er nicht genug Zeit mit Evan verbracht hatte. Er hatte alle möglichen Hinweise bemerkt, sich aber nicht genug Zeit genommen, sie zu hinterfragen. Was zum Teufel hatte er sich dabei gedacht?

»Ich will wissen, wer etwas damit zu tun hat, Evan. Auch wenn du dazugehörst. Und ich will jedes einzelne Detail wissen.« *Verdammt, hoffentlich gehörst du nicht dazu.* Als er in die Ferienhaussiedlung einbog und die Polizeiautos in Sicht kamen, traf ihn noch eine Frage wie ein Rammbock in seine Magengrube. Wenn es sein musste, konnte er dann seinen eigenen Sohn anzeigen?

»Steig nicht aus dem Wagen aus, und du betest lieber dafür, dass es ihr gut geht.« Caden stellte den Motor ab und betrat Veras Haus. Der Duft von frisch gebackenen Cookies versetzte ihm noch einen schmerzhaften Stich. Ein kurzer Blick verriet ihm, dass es keinen Kampf gegeben hatte. Nichts war umgeworfen worden. Der Polizeibeamte, den er von der Dienststelle kannte, brachte ihn auf den neuesten Stand, und er ging gerade wieder hinaus zu seinem Pick-up, als die anderen eintrafen.

Jamie hielt ihn am Arm fest. »Wie geht es ihr?«

»Es geht ihr gut, aber sie haben sie zur Notaufnahme gebracht, um sie einmal durchzuchecken.«

Schmerz verzog Jamies Gesicht.

Rasch fügte Caden hinzu: »Eine reine Vorsichtsmaßnahme. Sie war verängstigt, aber niemand hat sie angerührt. Jamie, es tut mir —«

Jamie stieg schon wieder in sein Auto.

Kurt und die anderen sprachen mit einem Polizisten. Bella

rannte zu Caden.

»Was ist passiert? Geht es ihr gut?« Angst sprach aus ihren Worten und war in ihren Augen zu sehen.

Er sprach schnell, während er zurück zu seinem Wagen eilte. »Sie war verängstigt. Sie haben sie in die Notaufnahme gebracht. Ich bringe Evan jetzt dorthin.«

Bella hielt mit ihm Schritt. »Ich komme mit.«

Caden blieb stehen. Er ballte die Hände zu Fäusten und kämpfte gegen den Drang an, sie in die Arme zu nehmen und ihr zu sagen, dass es Vera bald wieder gut ginge und er sich mit Evan auseinandersetzen würde. Er wehrte sich gegen den Schmerz, der ihm ein Loch in die Magengrube brannte, weil dieses ganze Chaos sein Fehler gewesen war, und als er sich endlich zum Sprechen durchringen konnte, überraschte ihn seine ernste, kontrollierte Stimme selbst.

»Ich denke, ich regele das besser allein. Tut mir leid.« Er stieg in seinen Pick-up und raste mit dem Gefühl aus der Siedlung, dass seine Welt um ihn herum zusammenbrach.

Bella eilte mit Amy und Jenna im Gefolge in die Notaufnahme. Leanna, Kurt und Tony waren bei den Ferienhäusern geblieben, um das Krankenhaus nicht zu überfordern. Der Polizist in der Siedlung hatte ihnen erzählt, dass die Kids eingebrochen waren, doch als sie merkten, dass Vera zu Hause war, waren sie wieder abgehauen. Allerdings hatte das Eindringen Vera ziemlich aufgewühlt, und Bella hoffte und betete nun, dass es Vera gut ging.

Sie fanden Evan im Wartezimmer mit dem Rücken zur Tür

an die gegenüberliegende Wand gelehnt. Caden war nirgends zu sehen. Bella ging zu ihm.

»Was ist los?«

Evan drehte sich schulterzuckend um. Sein Gesicht war blass, die Augen voller Kummer. »Sie sagen mir nichts. Dad ist mit Jamie drin. Bella, ich schwöre, ich wusste nicht, dass sie es ernst meinten, als sie die Nachricht geschrieben haben.«

»In Ordnung, ich glaube dir.« Sie drehte sich um und fiel fast über Amy und Jenna. »Herrje. Ich schau mal, ob ich irgendwelche Informationen bekomme.« Sie ließ die beiden bei Evan und ging an die Anmeldung, wo sie mit Goodman sprechen konnte.

»Hi, Bella.«

»Hallo, tut mir leid, wenn ich Sie störe, aber unsere Freundin Vera Reed wurde eingeliefert, und ich würde gerne wissen, wie es ihr geht.«

Ein mitfühlender Blick trat in Goodmans Augen. »Oh.« Er trat näher und sprach leiser: »Ein Polizist und ihr Enkel sind gerade bei ihr. Ich kann Sie nicht zu ihr lassen, bis sie uns sagt, dass es in Ordnung ist.«

»Ich muss gar nicht zu ihr. Es reicht mir schon zu wissen, ob es ihr gut geht.«

Er nickte und hielt einen Finger hoch, um dann im Flur zu verschwinden. Als er wenige Minuten später zurückkehrte, stellte Bella erleichtert fest, dass er lächelte.

»Es geht ihr gut und sie redet wie ein Wasserfall. Sie wird nur noch eine Weile überwacht. Ich bin sicher, sie wird bald entlassen.«

»Oh, Gott sei Dank. Dürfte ich Sie nur noch darum bitten, Caden Grant, den Polizisten, der bei ihr ist, zu fragen, ob ich seinen Sohn mit zu mir nehmen soll? Ich würde ihn nur ungern hierlassen.« Sie zeigte zum Wartebereich, wo Jenna und Amy bei Evan standen.

»Klar, einen Augenblick.« Wieder ging er und kam dieses Mal schneller zurück. »Er sagte, Sie können gehen und Evan hierlassen. Er wird sich um ihn kümmern.«

Er sagte, ich kann gehen? Gehen? Cadens Antwort überraschte sie. Sie bedankte sich bei Goodman, innerlich voller Pein, und atmete ein paarmal tief durch, bevor sie zu den anderen zurückkehrte.

»Und?«, fragte Jenna.

»Es geht ihr gut und sie wird bald entlassen.« Sie legte die Hand auf Evans Schulter. »Alles in Ordnung?«

Er zuckte nur mit den Achseln.

»Dein Dad kommt bestimmt bald heraus. Soll ich bei dir bleiben, bis er kommt?«

»Nein, schon okay.«

Ohne zu zögern, schloss sie ihn in die Arme. Dass er die Umarmung erwiderte, hatte sie nicht erwartet.

»Ruf mich an, wenn du mich brauchst, okay?«

Er nickte. »Bella, ich schwöre, ich wusste wirklich nichts von all dem. Ich habe Dad alles erzählt, was ich weiß.«

»Das ist gut, Evan. Ich bin einfach nur froh, dass es ihr gut geht.«

Sie fuhren zurück nach Seaside und gesellten sich zu Leanna, Kurt und Tony auf Leannas Veranda. Pepper sprang an Bella hoch, und Bella hockte sich hin, um ihn zu streicheln, während sie den anderen alles erzählte. Schweigend saßen sie anschließend beieinander und verdauten die schrecklichen Ereignisse.

»Mensch, Bella, war Evan in irgendeinen Mist verwickelt oder hat er sich nur mit den falschen Kids abgegeben?«, fragte

Tony. »Mit so etwas hätte ich nie gerechnet.«

»Das hat niemand. Ich glaube – hoffe, dass er sich nur mit den falschen Kids abgegeben hat. Gestern Abend hat er Caden gesagt, dass er sich nicht mehr mit ihnen treffen will, und so wie er es auf dem Boot erzählt hat, waren sie deshalb sauer.« Sie rieb sich den Nacken. »Wer macht denn so etwas? Vera hätte einen Herzinfarkt bekommen können.«

»Was hat Caden gesagt?« Jenna strich sich das Haar hinter das Ohr. »Kannst du dir das vorstellen? Er ist ja nicht nur ein Vater, sondern auch Polizist.«

»Ich habe keine Ahnung. Er sagte, er wollte das allein regeln. Er wird wohl anrufen, wenn sich alles beruhigt hat.« Bei dem Gedanken an seinen Anblick, als er ihr gesagt hatte, er müsste es allein regeln, zog sich ihr Magen zusammen. Aber es ging ja auch nicht um gewöhnliches schlechtes Benehmen. Diese Sache war hundertmal schlimmer.

Sie drehten sich alle um, als sie Jamies Wagen auf seiner Auffahrt hörten. Amy traten die Tränen in die Augen. Tony legte den Arm um sie, als sie die Verandastufen hinuntergingen. Jenna nahm Bellas Hand.

»Was für ein Glück, dass sie wieder da ist«, flüsterte Jenna, als sie ihnen entgegengingen.

Jamie öffnete die Beifahrertür und reichte Vera die Hand.

»Du meine Güte! Was für ein Begrüßungskomitee.« Vera lächelte und strich sich über die Haare. »Ich sehe bestimmt ganz schlimm aus.«

»Du siehst wunderbar aus, Grandma.« Jamie legte eine Hand auf ihren Rücken und hielt mit der anderen ihren Arm fest.

»Wie fühlst du dich, Vera?«, fragte Bella.

»Ach, Bella, meine Liebe. Mir geht es gut. Ich war nur etwas durch den Wind, mehr nicht. Ich glaube nicht, dass diese Jungs damit gerechnet haben, dass ich zu Hause bin, und ich habe sie wahrscheinlich ebenso erschreckt wie sie mich.« Sie schüttelte den Kopf und betrat ihr Haus. Bella folgte ihr. »Die Polizei glaubt, sie hatten es auf meine Geige abgesehen, denn als ich aus dem Schlafzimmer kam, hatte einer von denen sie in der Hand, aber er ließ sie fallen, bevor er wieder zur Tür hinausrannte.«

»Es tut mir so leid –«

Vera unterbrach sie mit einer sanften Berührung. »Bella, ich weiß, dass du dir wegen Evan Sorgen machst, und glaub mir, wenn ich denken würde, dass Evan etwas damit zu tun hätte, würde ich nicht damit hinter dem Berg halten. Wie ich Caden schon sagte – der Gute, er ist ebenso von all dem mitgenommen wie Jamie –, ich glaube nicht, dass Evan das ausgeheckt hat. Er war einfach zu reumütig. Das sagt mir mein Bauchgefühl.« Sie ließ sich auf dem Sofa nieder, und Jamie klopfte ein Kissen auf, das er neben sie legte. »Danke dir, mein Lieber.«

Bella hätte gern gewusst, wie sich die ganze Situation überhaupt abgespielt hatte und wie es Evan ging, aber Caden konnte ihr später noch alles berichten.

»Es tut mir leid, Vera. Das alles ist auch meine Schuld. Ich habe Evan hergebracht und ihn Jamie vorgestellt.« Sie sah zu Jamie auf und der enttäuschte Ausdruck in seinen Augen schmerzte sie. »Jamie, es tut mir so leid.«

»Das konntest du nicht wissen, Bella«, sagte Jamie tonlos. »Ich glaube, wir gönnen Grandma jetzt lieber etwas Ruhe.«

Vor dem Haus atmete Kurt erleichtert auf. »Zum Glück geht es ihr gut. Was für ein Albtraum.«

Bella war ganz bang ums Herz. Sie musste die ganze Geschichte erfahren, nicht nur für ihren eigenen Seelenfrieden, sondern auch für den der anderen. Gern hätte sie Caden angerufen und herausgefunden, wie es ihm ging. Sie wusste, dass er am Boden zerstört war, aber sie wusste auch, dass er Zeit brauchte, um mit Evan zu reden.

»Wir übernachten heute im Strandhaus«, sagte Kurt und zog Leanna an sich. »Rufst du uns an, wenn du etwas hörst?«

»Natürlich«, sagte Bella.

Leanna nahm sie in den Arm. »Halt durch, Bella. Ich weiß, dass du dir um Caden und Evan Sorgen machst, aber du hast ja Vera gehört. Sie glaubt nicht, dass er etwas damit zu tun hatte. Und er hat den Mund aufgemacht, als er dachte, dass etwas nicht stimmt. Ruf mich an, wenn du mich brauchst.«

»Mach ich, danke.«

Tony legte einen Arm um Bellas Schulter. »Kommt. Wir gehen alle auf meine Veranda und leiden gemeinsam.«

»Ich hol etwas zum Knabbern. Ich habe einen Riesenhunger.« Jenna eilte zu ihrem Haus.

»Ich besorge Eistee.« Amy flitzte los und verschwand in ihrem Ferienhaus.

Bella lehnte sich an Tony, als sie zu seiner Veranda gingen. »Tony, wie werden wir das hinter uns lassen können? Niemand wird Evan je wieder wie vorher ansehen.«

Tony legte den Arm noch fester um ihre Schulter. »Bell, ich glaube, ich erinnere mich an eine Geschichte über drei Mädchen, die sich nachts hinausgeschlichen haben, in das Ferienhaus einer bestimmten Familie eingebrochen sind und das ganze Bier aus dem Kühlschrank weggesoffen haben.«

Bella hatte diese Erinnerung vor langer Zeit aus ihrem Gedächtnis verbannt.

»Und so wie ich hörte, haben diese drei Mädchen gelogen, was ihre Mittäterschaft betraf, und es erst zugegeben, nachdem eine gewisse spindeldürre Blondine sich die Seele aus dem Leib gekotzt hat.« Er blieb stehen und schaute zu Amy, die ihnen gerade auf dem Kiesweg entgegenkam.

»Willst du mir etwas Bestimmtes sagen, oder möchtest du mich nur daran erinnern, dass ich auch mal eine Straftäterin war?«

»Zum einen, meine liebe nackt badende, Feuerwerk zündende und Toiletten tragende Freundin, bist du immer noch eine kleine Straftäterin. Aber eigentlich möchte ich dich fragen, ob irgendjemand diese Teenager hinterher anders behandelt hat. Oder hat es nur ein paar Tage mit enttäuschten Blicken und bedeutungsvollen Gesprächen gegeben, um den Mädchen verständlich zu machen, warum ihr Verhalten falsch war?« Er hob eine Augenbraue und gab ihr einen Kuss auf den Kopf. »Das kommt alles wieder in Ordnung, Bell. Wir alle haben dich sehr lieb, und ich glaube nicht, dass hier irgendjemand das Schlimmste von Evan glaubt, es sei denn, du erzählst uns, dass er für all das verantwortlich war.«

»Worüber reden wir gerade?« Amy hatte sich ein Strandkleid über ihren Badeanzug angezogen und jonglierte einen Krug Eistee und mehrere Weingläser.

Tony nahm ihr den Krug und die Gläser ab. »Ich habe Bella nur gerade gesagt, dass sie sich entspannen soll.«

»Klingt nach einem guten Rat.«

Jenna traf ein paar Minuten später mit einer Tüte Brezeln und einer Schale Hummus auf Tonys Veranda ein. »Schlimme Situationen machen mich hungrig.« Sie setzte sich auf einen Stuhl und tätschelte dann Bellas Bein. »Irgendetwas von Caden gehört?«

»Mist. Mein Handy ist im Auto.« Bella stand auf.

Tony klopfte ihr auf die Schulter. »Ich hole es.«

Amy blickte ihm verträumt hinterher.

»Hey, Dackelblick.« Jenna warf ihr eine kleine Brezel zu.

»Entschuldigung, blöde Angewohnheit.« Amy steckte sich eine Brezel in den Mund.

»Leute, jetzt erzählt mir, was ihr denkt.« Bella bereitete sich auf Besorgnis um Vera vor, gefolgt von: *An deiner Stelle möchte ich echt nicht sein. Dass ausgerechnet Evan alle anlügen musste. Wie können wir ihm jemals wieder vertrauen?*

»Ich bin wirklich erleichtert, dass es Vera gut geht, und ich wünschte, Jamie hätte dich nicht so angesehen«, sagte Amy. »Ach ja, und Tony hat ’nen schönen Hintern.«

»Du hast diesen Blick also auch bemerkt?«, fragte Bella.

»Ich auch. Ich bin froh, dass mit Vera alles in Ordnung ist, und ich wünschte, du würdest nicht so besorgt aus der Wäsche gucken.« Jenna warf sich noch eine Brezel in den Mund. »Ach, und ich stimme zu, was Tonys Hintern betrifft.«

Bella stöhnte auf und schlug die Hände vors Gesicht. »Dieser Blick war echt mies, aber ich nehme es ihm nicht übel.« Sie nahm eine Brezel. »Und ihr wollt mir also erzählen, dass keine von euch hier sitzt und denkt, dass Evan alles verbockt hat? Oder dass ihr euch nicht fragt, ob er hinter allem steckt und sie zu Vera geschickt hat?«

Jenna und Amy sahen sich besorgt an.

Amy legte die Hand auf Bellas. »Bella, er hat gesagt, er hatte nichts damit zu tun, und außerdem hat er sie verpetzt. Hab ein wenig Vertrauen.«

Vertrauen. So ein großes Wort. »Ich glaube Evan und ich vertraue ihm, aber ich mache mir Sorgen, dass vielleicht nicht alle so leicht vergeben. Und was ist, wenn er doch dahintersteckt? Wie kann ich Jamie und Vera je wieder gegenübertreten? Und Caden? Ich weiß, dass er sich die Schuld gibt. Das habe ich in seinen Augen gesehen.«

»In dem Fall, meine liebe Bella …« Tony ließ das Handy in ihren Schoß fallen. »Folge dem Rat meiner Mutter: Trink den Tee erst, wenn er gezogen hat.« Mit einem lauten Seufzer ließ er sich auf einem Stuhl neben Amy nieder.

»Soll heißen?«, fragte Bella, während sie die Nachrichten auf ihrem Handy checkte.

»Warte, bis du mit Caden geredet hast, bevor du dir über alles Weitere Sorgen machst. Mach dir keinen Stress wegen Dingen, die nicht klar sind.« Er nahm sich eine Handvoll Brezeln und gab Amy ein paar ab.

»Er hat nicht angerufen.« Bella seufzte.

»Das kann noch Stunden dauern. Er hat im Moment viel um die Ohren, und wahrscheinlich nimmt er Evan in die Mangel, damit er diese Jungs zu fassen bekommt. Der Polizist sagte, die Kids waren schon weg, als sie eintrafen.« Amy füllte ihr Glas mit Eistee auf. »Ich bin froh, dass ich heute Abend nicht in seinem Haus sein muss.«

»Seltsam, ich würde alles dafür geben, jetzt an seiner Seite zu sein. Egal, wie schwierig es wird.«

Einundzwanzig

Im Büro von Chief Basset war es still, abgesehen von Evans schneller Atmung und dem Rauschen in Cadens Ohren. Evan saß kerzengerade da, die Schultern zurückgezogen und die Haare aus dem Gesicht geschoben. Er gab sich tapfer, aber Caden bemerkte das leichte Zucken in seinem Mundwinkel und die Finger, die am Saum der Shorts fummelten. Die ganze Situation war unglaublich unangenehm. Er und Evan hatten immer wieder durchgekaut, was bei Vera passiert war, und Evan hatte ihm erzählt, dass zwei der anderen Jungs hinter der Einbruchserie der letzten Zeit steckten. Caden konnte nach wie vor nicht das Gefühl abschütteln, dass er sicher eher gemerkt hätte, was Evan durchmachte, und die Veränderungen in seinem Verhalten besser gedeutet hätte, wenn er sich nicht so sehr auf Bella eingelassen hätte. Wahrscheinlich hätte er diese ganze Situation vermeiden können. Aber er wusste besser als jeder andere, dass man die Uhr nicht zurückdrehen konnte. Er wusste, was er zu tun hatte, und das fing damit an, Evan eine harte Lektion in Sachen Verantwortung zu erteilen. Und genau deshalb waren sie auf der Polizeidienststelle.

»Es ist alles hier in meinem Handy.« Evan zeigte auf sein Telefon, das er auf den Schreibtisch des Chiefs gelegt hatte.

»Mike und David sind da überall eingebrochen – auf dem Campingplatz, in die Autos am Strand und in diese Werkstatt –, und sie waren es auch, die bei Vera waren. Ich schwöre, dass ich keine Nachrichten gelöscht habe oder so. Sie können sich auch die Verbindungsnachweise ansehen.« Die Anspannung, die Evans Stimme anzuhören war, machte Caden fertig. »Das geht doch, Dad, oder?«

»Evan, sind irgendwelche anderen Kids darin verwickelt außer den beiden, von denen du uns erzählt hast?« Chief Basset sah in seine Notizen. »Mike Elkton und David Farrell?«

»Was ist mit Bobby?«, fragte Caden.

»Nein, das habe ich dir schon gesagt. Bobby hat nichts gemacht. Mike und David sind da überall eingebrochen, und dass David dabei war, weiß ich nur, weil Bobby es mir erzählt hat. Deshalb habe ich aufgehört, mich mit ihnen zu treffen.« Evans Augen flehten Caden an, ihm zu glauben, obwohl er ihm zuvor schon zu Hause alles gebeichtet hatte. »Ich dachte, sie würden es nicht ernst meinen, als sie sagten, sie hätten an einem Auto am Nauset Beach *rumgefingert*, aber dann habe ich eins und eins zusammengezählt und Bobby danach gefragt. Er hat mir dann einen Tag später erzählt, dass sie es tatsächlich ernst gemeint hatten. Sie sind diejenigen, die da überall eingebrochen haben.«

»Aber Bobby Falls nicht?«, fragte der Chief noch einmal.

»Nein, ich schwöre. Sie können ihn fragen. Er hat zur selben Zeit wie ich aufgehört, sich mit ihnen zu treffen.« Evan knetete seine Hände und sah von Caden zum Chief. »Ich würde so etwas nie tun. Bobby hat mir erzählt, dass sie dachten, ihnen könnte nichts passieren, weil mein Vater Polizist ist. Also, wenn mein Vater es herausfinden würde, dass er sie nie anzeigen würde, wenn ich mit drinstecken würde. Das war der Abend, an dem ich so sauer war. Weißt du noch, Dad? Als Bella zum Essen da war? Ich hab mit Bobby gechattet und da hat er mir das erzählt. Gestern Abend habe ich sie darauf angesprochen, und ich nehme an, dieser Einbruch bei Vera war so eine Art Rache oder so.«

»Evan, wir werden diese Jungs einbestellen und wir werden sie nach ihrer Version der Geschichte fragen.« Der Chief beugte sich über den Tisch. »Dir ist klar, dass wir uns alle Seiten anhören müssen.«

»Ja, Sir. Und ich weiß, dass sie vielleicht behaupten werden, dass ich mitgemacht habe. Aber deswegen gebe ich Ihnen ja mein Handy, und Dad hat gesagt, Sie können sich die Verbindungsnachweise unserer Chats besorgen. Das wird auch beweisen, dass ich nichts damit zu tun hatte.« Er sah besorgt zu Caden und seine Stimme überschlug sich fast. »Das kann man doch nicht manipulieren, oder? Man kann doch IP-Adressen suchen, um zu sehen, welche Nachrichten von unserem Haus geschickt wurden, stimmt's?«

Caden legte eine Hand auf Evans Unterarm. Er drückte ihn fest und hoffte, Evan würde diese Berührung als tröstlich empfinden.

»Evan, das alles ist möglich«, versicherte Caden ihm. »Chief Basset möchte einfach nur wissen, ob es irgendetwas gibt, was du zu gestehen hast, damit er es von dir erfährt. Denk an meine Regel. Bitte, dies ist der Zeitpunkt, an dem du dich unbedingt daran halten solltest.«

Evan nickte. »Ich weiß.« Er atmete tief ein, und Caden spürte, wie er unter seiner Hand zitterte. »Wir sind an einem Nachmittag zu Payton's Campground gefahren, und ich habe nichts getan, aber Mike und David haben mich und Bobby etwa zwanzig Minuten allein gelassen, und als sie zurückkamen, sagten sie zu uns, wir sollten schnell von dort verschwinden.« Es klang reumütig, und sein Blick verriet, dass es ihm entsetzlich leidtat. »Das war, als Bella sagte, sie hätte mich gesehen, und ich meinte, ich wäre es nicht gewesen. Entschuldige, Dad.«

Der Tag wurde gerade noch miserabler.

Evan wandte sich wieder dem Chief zu. »Bobby hat mir später an dem Abend gesagt, die anderen hätten ihm erzählt, dass sie in einen Wohnwagen eingebrochen wären und etwas gestohlen hätten. Ich hätte es dir sagen sollen, aber ich hatte Angst. Es tut mir leid, Dad. Es tut mir leid, Chief Basset. Wenn ich etwas gesagt hätte, dann hätten sie vielleicht nicht die Gelegenheit gehabt, in Veras Haus einzubrechen. Und dafür übernehme ich die Verantwortung.« Evan ließ sich zurücksinken und legte die Hände vors Gesicht. »Es tut mir so leid.« Er atmete wieder tief ein. »Dad, wenn wir hier fertig sind, kannst du mich dann zu Vera bringen? Ich muss mit ihr und Jamie reden.«

»Ich weiß nicht, Evan. Diese Sache ist keine Bagatelle. Vera hätte einen Herzinfarkt haben können. Sie hätten ihr irgendwie wehtun können. Sie ist angespannt. Das war ein Übergriff in ihrem eigenen Ferienhaus, in dem sie sich nun nicht mehr sicher fühlt. Jamie ist außer sich vor Wut. Seine Großmutter, die Frau, die ihn aufgezogen hat, war in Gefahr. Verstehst du das?« Er gab ihm keine Gelegenheit zu antworten. »Ich bin nicht sicher, ob sie jetzt schon offen dafür sind, mit dir zu reden. Sie brauchen vielleicht ein paar Tage, um darüber hinwegzukommen.« Oder ein paar Wochen oder Jahre. Er hatte verflixt noch mal keine Ahnung, ob Jamie und Vera je darüber hinwegkämen. Er selbst brauchte ja auch Zeit, um das zu verdauen.

»Bitte! Das weiß ich alles, Dad. Genau deshalb muss ich mit

ihnen reden«, bettelte Evan.

»Ich halte das für eine gute Idee, Caden.« Chief Basset sah Caden eindringlich an. »Sie werden dabei sein, um die Situation unter Kontrolle zu behalten. Es sei denn, Sie machen sich Sorgen, dass sie Ihnen auf irgendeine Weise mit Vergeltung begegnen könnten. Aber ansonsten halte ich es für wichtig, Evan die Gelegenheit zu geben, etwas wiedergutzumachen.«

»Ja, Sir.« Caden wurde bewusst, dass er nicht Nein gesagt hatte, weil er sich um die Reaktion von Jamie und Vera Sorgen machte, sondern auch, weil er noch nicht bereit war, Bella gegenüberzutreten.

»Was passiert mit David und Mike?«, fragte Evan.

Caden fand es interessant, dass Evan nicht fragte, was mit ihm passieren würde. Er hatte wohl wirklich alles erzählt, was ihm hoch anzurechnen war, auch wenn er früher zu ihm hätte kommen sollen.

»Nun, mein Junge, das hängt davon ab, was die Ermittlungen ergeben und ob Mrs. Reed Anzeige erstattet. Und natürlich davon, ob die anderen Diebstähle bestätigt werden. Wenn es dir nichts ausmacht, würde ich mich jetzt gern kurz allein mit deinem Vater unterhalten. Du kannst draußen bei Ms. Palken warten.« Chief Basset entließ Evan mit einem Nicken.

»Ja, Sir.« Evan verließ das Büro, und Caden schaute ihm durch die Scheibe hinterher, bis er in Richtung von Kristies Schreibtisch verschwunden war.

Chief Basset lehnte sich in seinem Stuhl zurück. »Schöne Scheiße, oder?«

»Kann man wohl sagen.«

»Alles okay?«, fragte Chief Basset.

»Ja, geht schon. Es ist nur, wissen Sie … Wenn es das eigene

Kind ist, da geht einem eine Menge Mist durch den Kopf.« *Zum Beispiel, dass es gar nicht erst passiert wäre, wenn wir nicht umgezogen wären.*

»Ja, ich weiß. Zum Beispiel, was wäre, wenn er mitgemacht hätte? Was, wenn er derjenige gewesen wäre, der eingebrochen hat?«

Caden erhob sich. »Genau.«

»Gehen Sie nicht zu hart mit ihm ins Gericht, Caden. Er hat das Richtige getan.«

»Ich weiß. Danke, Chief.«

Auf dem Weg hinaus aus der Dienststelle entschuldigte Evan sich erneut.

»Ich weiß, dass es dir leidtut, Ev. Du hast das Richtige getan, indem du es uns erzählt hast. Ich wünschte nur, du wärst früher zu mir gekommen, aber am Ende hast du das Richtige getan, und deshalb bin ich stolz auf dich.«

Evan war die letzten zermürbenden Stunden über stark gewesen. Er hatte keine Träne vergossen, seit sie das Boot verlassen hatten, und er war immer gefasst gewesen. Die Worte seines Vaters trieben ihm aber nun die Tränen in die Augen.

»Ich wollte nicht so einen Mist bauen, Dad, aber ich schwöre dir, dass ich mit den Einbrüchen nichts zu tun hatte. Ich wollte nur Freunde haben, mit denen ich abhängen kann, und als mir dann klar wurde, was die abziehen, wollte ich es zuerst nicht wirklich glauben – aber dann …«

Caden zog Evan in seine Arme. Die schmale Gestalt zitterte in Cadens fester Umarmung.

»Es tut mir leid, Dad. Es tut mir so leid.«

Caden legte die Hand um Evans Hinterkopf und drückte ihn fest an sich. Er hatte ihn mit aufgeschrammten Knien, gebrochenen Fingern und verletzten Gefühlen an sich gedrückt.

Mit Tränen über eine abwesende Mutter ebenso wie über Georges Tod, der sie beide in die Knie gezwungen hatte. Aber dies hier, Evan im Arm zu halten, nachdem er miterlebt hatte, wie sein Sohn etwas getan hatte, wozu die meisten Erwachsenen nicht den Mumm gehabt hätten, nämlich Jungs zu verpfeifen, denen er ab Herbst in der Schule täglich begegnen würde – das war überwältigend. Lähmend. Genau deshalb musste er jede Minute, die er konnte, für Evan da sein.

Auf dem Weg zum Parkplatz bat Evan wieder darum, zu Vera zu fahren.

»Evan, sie hatte einen schrecklich schweren Tag. Es ist sieben Uhr. Ich glaube, es ist vielleicht besser, bis morgen zu warten.«

Evan drückte die Handflächen an seine Oberschenkel. »Bitte, Dad? Ich will mit ihnen reden.«

»Wie gesagt, sie sind vielleicht nicht besonders offen dafür.«

»Das weiß ich und das ist in Ordnung. Du hast mir beigebracht, mich zu entschuldigen, und ich möchte damit nicht warten.« Evans Blick war betrübt, müde, aber seine Stimme klang entschlossen.

Caden wusste, dass Evan die halbe Nacht wachliegen und darüber nachdenken würde, wenn er ihn jetzt nicht zu Vera brachte. Er wusste auch, je länger er selbst damit wartete, mit Bella zu reden, umso schwieriger würde es werden.

»In Ordnung.«

Die Sonne ging langsam unter, als sie in die Siedlung Seaside fuhren. Evans Blick sprang auf dem Weg über die Kiesauffahrt von einem Ferienhaus zum anderen.

»Niemand ist draußen«, sagte er.

»Es war ein aufreibender Tag.« Caden schaute zu Bellas Haus und sah einen Schatten durch das Fenster. Ein Schmerz stach in seine Brust, als er an ihren gemeinsamen Abend gestern dachte.

Er stellte das Auto bei Veras Haus ab und bat Evan, im Auto zu warten, damit er Jamie fragen konnte, ob Evan hereinkommen durfte. Er wusste, dass es für keinen von ihnen leicht werden würde, aber Jamie hatte in der Notaufnahme so ausgesehen, wie Caden sich selbst gefühlt hatte – mehr als bereit, irgendjemandem den Kopf abzureißen. Er konnte Evan nicht mehr vor dem beschützen, was er mit diesen Kids durchgemacht hatte, aber er konnte und würde ihn vor allem anderen beschützen, wenn es ihm möglich war. Jamie hatte alles Recht der Welt, wütend zu sein, aber Caden hoffte, er würde seinen Zorn in Bezug auf Evan kontrollieren können, zumindest bis er sich angehört hatte, was der Junge zu sagen hatte.

Jamie öffnete die Tür und die Überraschung war ihm anzusehen. »Caden.«

»Hallo, Jamie. Wie geht es Vera?«

»Ganz okay. Möchtest du sie sprechen?« Er trat zur Seite und Caden sah Vera mit einem Buch auf dem Sofa sitzen.

»Eigentlich … Evan sitzt im Auto und er möchte mit euch beiden sprechen.«

Jamie runzelte die Stirn.

»Jamie, ich habe versucht, es ihm auszureden, aber er möchte es wirklich wiedergutmachen. Wir kommen gerade von der Polizeiwache. Er hatte mit all dem nichts zu tun und er fühlt sich schrecklich.«

»Jamie Joseph, jetzt lass den Jungen hereinkommen und ihn seinen Teil sagen«, ließ Vera sich vernehmen. »Hallo, Caden. Wie geht es dir, mein Lieber?« Vera reckte den Hals, um an ihrem Enkel vorbeizuschauen.

»Gab schon bessere Tage. Es tut mir aufrichtig leid, Vera.«

»Ja, mein Lieber. Das hast du mir heute schon mindestens ein Dutzend Mal gesagt und ich weiß es zu schätzen. Du weißt ja, ich glaube, dass ich diese Jungs ebenso in Schrecken versetzt habe wie sie mich. Die sind so schnell wieder abgehauen, wie sie gekommen sind, als sie merkten, dass ich hier war. Sie haben wohl erwartet, dass niemand zu Hause ist. Bitte bring Evan herein. Ich würde gern mit ihm reden.«

»Danke, Vera.« Aus Respekt sicherte sich Caden aber auch noch bei Jamie ab. »Jamie?«

»Natürlich. Bring ihn rein.« Jamie setzte sich auf das Sofa.

Caden ging zum Auto und beugte sich an der offenen Scheibe zu Evan hinunter.

»Sie sind einverstanden, aber, Evan, erwarte nicht, dass es einfach wird. Egal, was sie sagen, ich erwarte, dass du respektvoll bleibst. Verstanden?«

»Ja, natürlich.« Evan stieg aus. »Ich weiß, dass dies mein Fehler ist, Dad. Ich schaffe das. Ich schulde ihnen eine Entschuldigung.« Evan folgte ihm ins Haus. Er strich sich die Haare aus dem Gesicht und blieb vor Vera stehen, die sich auf dem Sofa wieder zurückgelehnt hatte.

Cadens Brust zog sich zusammen, als er den Jungen beobachtete, den er großgezogen hatte und der nun Verantwortung übernahm und sich wie ein Mann verhielt.

»Setz dich, Evan. Bitte«, sagte Vera.

Evan nahm in einem Schaukelstuhl Platz, der neben dem Sofa stand. Er atmete tief ein, bevor er sich an Caden wandte.

»Dad, würdest du uns kurz allein lassen?«

Caden war überrascht. »Bist du sicher?«

»Ja, bitte.«

Das Selbstvertrauen in Evans Stimme war eine weitere Überraschung. Er hatte keine Ahnung, was sein Sohn wohl sagen würde, aber er ließ ihn allein seine Entschuldigung vorbringen und hoffte das Beste. Evan hatte sich gegenüber dem Chief angemessen verhalten, und Caden hatte das Gefühl, dass er es bei Vera und Jamie auch tun würde. Er verließ das Ferienhaus und ging hinüber zu der Rasenfläche hinter Bellas Haus. Er konnte nicht fernbleiben. Im Inneren hörte er Geschirr klappern, und als er sich ihrer Terrasse näherte, schaute Bella aus dem Fenster und ihre Blicke begegneten sich. Cadens Brustkorb zog sich zusammen, als sie nach draußen kam.

»Hi. Wie geht es Evan?« Sie hakte den Finger in den Bund seiner Shorts ein.

»Ganz gut. Er ist gerade bei Jamie und Vera.« *Meine Güte, er liebte sie.* Er liebte ihr großzügiges Herz, ihre Fürsorglichkeit, wie sie ihn mit einem kleinen Finger in seinem Hosenbund vereinnahmte. Sie stellte sich auf die Zehenspitzen und er kam ihr zu einem zärtlichen Kuss entgegen. Er nahm ihre Hand und führte sie an seine Lippen. »Bella …« Er hörte selbst, wie erschüttert er klang.

Ihr Lächeln schwand. »Caden? Was ist?«

Tu es nicht. Sag nichts.

»Caden. Du machst mir Angst.« Sie sah ihm forschend in die Augen.

»Bella, ich glaube, ich brauche etwas Zeit, um mich auf Evan zu konzentrieren.« *Hör auf. Hör verdammt noch mal auf, bevor du es vermasselst.* Bevor ihm die Worte über die Lippen gekommen waren, war ihm nicht klar gewesen, dass er diesen Entschluss so endgültig gefasst hatte.

»Natürlich, ich ging davon aus, dass du deshalb noch nicht angerufen hattest.« Sie seufzte. »Du hast mir Angst gemacht. Du sahst so …« Sie sah ihm in die Augen. »Oh Gott … Caden?«

»Kleines.« Er wollte ihre Hand nehmen, doch sie zog sie weg. »Es ist zu viel passiert, Bella. Vera hätte verletzt werden können. Evan hätte in richtige Schwierigkeiten geraten können. Wenn ich mich mehr auf ihn konzentriert hätte, wäre das vielleicht nie passiert.«

»W… Was willst du damit sagen?« Ihre Unterlippe zitterte.

»Bella, du weißt, was ich sagen will. Ich muss mich auf Evan konzentrieren und dafür sorgen, dass er wieder auf den richtigen Weg kommt.« Der Schmerz in ihren Augen stach sich in jede Faser seines Ichs.

»Das verstehe ich nicht.« Sie sprach nun leiser und eine Träne glitt über ihre Wange.

Er wischte die Träne mit dem Daumen fort und presste die Zähne aufeinander, um gegen die Traurigkeit anzukämpfen, die sich um sein Herz schlängelte und so fest zudrückte, dass er kaum Luft bekam. »Es tut mir leid, Bella«, flüsterte er. »Es tut mir so leid, aber ich bin offensichtlich nicht gut darin, ein Vater und ein Freund gleichzeitig zu sein. Ich habe Evan im Stich gelassen. Ich glaube, wir brauchen eine Pause.«

»Ich brauche keine Pause, Caden. *Du* brauchst eine. Ich möchte für dich und Evan da sein.« Sie verschränkte die Arme und wandte sich ab. »Ich dachte, dir war es so wichtig, eine feste, verbindliche Beziehung zu führen.«

»Ist es auch. Ich habe immer gesagt, dass Evan meine erste Priorität ist. Das habe ich nie vor dir verborgen.« Er berührte ihre Schulter, doch sie entzog sich ihm vorsichtig. »Es tut mir leid, Bella, aber ich glaube, Evan braucht mich jetzt.«

Sie drehte sich mit feuchten Augen wieder zu ihm um. »So machst du das also? Es wird schwierig und du … du *beendest* es einfach?« Ihre Schultern sackten nach vorne.

»Das ist nicht fair. Es wird schwierig und ich … Ach, Bella, ich glaube, ich tue das Richtige für Evan. Wir sind erwachsen, er ist ein Kind. Er braucht Führung und Aufmerksamkeit. Ich habe nicht gesagt, dass ich es *beenden* will. Ich habe von einer *Pause* geredet.« Er wusste selbst nicht einmal, was er meinte. Er wollte jede einzelne Sekunde mit ihr zusammen sein. Aber er musste für Evan da sein und dafür sorgen, dass er wieder auf den richtigen Weg kam, ohne sich beiseitegestoßen zu fühlen, und wie zum Teufel sollte er das anstellen, wenn sein Herz ihn zur Tür hinauszog?

»Ich *will* dich, Bella. Es ist nur –« Er hatte Evan zu lang nicht richtig im Blick gehabt und das hätte fast zu einer Katastrophe geführt. Er musste stark bleiben. Für Evan.

»Bitte sag nichts mehr.« Sie wandte sich wieder ab, und als sie sprach, hatte ihre Stimme den gleichen mitfühlenden Tonfall, der ihn so eingenommen hatte, als sie sich kennengelernt hatten.

»Ich verstehe, Caden. Wirklich. Aber bitte geh einfach. Es ist zu schwer.«

Er stand hinter ihr und hätte so gern die Arme um sie geschlungen und die Wange an ihre gelegt. Er wollte ihr versichern, dass alles in Ordnung käme, aber wie konnte er das, wenn er doch erst sicherstellen musste, dass es seinem Sohn gut ging?

Er hob die Hände, um ihre Schultern zu berühren, um sie ebenso sehr wie sich selbst zu trösten, doch dann ließ er sie wieder sinken – und fühlte sich ohnmächtig und traurig.

So verdammt traurig.

Zweiundzwanzig

Bella lag seit Stunden auf dem Bett und starrte an die Decke. Caden tat das Richtige und das war bewundernswert. Und es tat höllisch weh. Dann überkam sie wegen Letzterem ein unheimliches Schuldgefühl. Sie hatte sich schlafend gestellt, als Jenna und Amy herübergekommen waren und in ihr Schlafzimmer gespäht hatten. Sie hatte Jamie ignoriert, als er durch das Fenster gerufen hatte, und sie hatte Peppers Bellen ignoriert, als sie hörte, wie Leanna zurückkam und über die Straße hinweg Amy zurief, dass sie etwas vergessen hatte.

Sie versuchte einzuschlafen. Lachhafter Gedanke. In wenigen Stunden hatte sie einen Termin mit dem Schulamt, und sie wollte ausgeruht dort erscheinen, aber sie hätte ums Verrecken nicht schlafen können. Sie wollte weder denken noch fühlen. Sie wollte so tun, als wäre heute nie passiert.

Verdammt.

Sie wollte nicht so ein Mensch sein. Eine Frau, die sich nach einem Mann sehnte, der einfach nur das tat, was gut für sein Kind war. Eine Frau, die sich nach einem Mann sehnte. Punkt. Sie hatte in diesem Sommer einen Plan gehabt, zum Henker noch mal. Ihre Entscheidungen hatten auf dem basieren sollen, was sie wollte, unabhängig von irgendeinem Mann oder irgendeiner Beziehung.

Mist!

Warum habe ich nachgegeben?

Wann genau ist das passiert?

Ihr Blick fiel auf das Lesezeichen, das Caden ihr geschenkt hatte, und sie stöhnte laut auf. Wie sollte sie ihre Gefühle für Caden – und für Evan – einfach beiseiteschieben?

Scheiß drauf!

Sie zog ihre Klamotten aus und wickelte sich in ein Handtuch, um dann in die Küche zu marschieren, sich eine Flasche Middle-Sister-Wein zu schnappen, Flipflops anzuziehen und ihr Haus zu verlassen.

Eine Pause! Eine Scheißpause.

Es war weit nach Mitternacht und die Lichter in allen Ferienhäusern waren aus. Sie ging zu Jennas Schlafzimmerfenster, stellte sich dicht an das Fliegengitter und legte die Hände um den Mund.

»Jenna«, flüsterte sie laut. »Jenna, schwing deinen Hintern aus dem Bett.«

Sie hörte Jenna im Schlaf murmeln. »Jenna Ward, ich brauche dich.«

»Bella?«

Bella hörte jemanden über das Parkett schlurfen. Jenna drückte ihr Gesicht gegen das Fliegengitter.

»Alles in Ordnung mit dir?«, fragte sie schläfrig.

»Nein. Nackte Wahrheit. Jetzt.« Sie ließ keinen Spielraum für Verhandlungen. »Beeil dich.«

Jennas Gesicht verschwand wieder im Dunkeln. »Wir waren bei dir«, sagte Jenna, während sie im Zimmer herumschlurfte. »Du warst platt.«

»Ich hab mich in meinem Leid gesuhlt«, sagte Bella durch

das Fliegengitter.

Jennas Haustür öffnete sich quietschend. In ihr Handtuch gewickelt und mit farblich passenden Flipflops ging sie auf Zehenspitzen über das Gras. Ihre Haare hatte sie oben auf dem Kopf mit einem Plastikclip zusammengerafft.

»Bist du noch wegen Vera und Evan besorgt?« Jenna hakte sich bei Bella unter und wackelte mit ihren Zehen. »Gefällt dir mein Nagellack? Amys sind rot. Meine sind blau. Deine malen wir morgen an. Du bekommst weiß.«

»Nee, ich bekomme nichts, was ich nicht will.«

Sie gingen über den Platz und zwischen Tonys und Leannas Ferienhäusern hindurch, dann über den Kiesweg hin zu Amys Haus.

»Ist doch nur Nagellack. In welchem Leid hast du dich gesuhlt?«, fragte Jenna, während sie um Amys Haus herum zu ihrem Schlafzimmerfenster gingen. »Jamie sagte, Evan hat sich entschuldigt und ihnen alles erklärt. Anscheinend hat er auch ein paar Tränen vergossen. Armer Junge. Teenager zu sein ist so hart.«

»Amy«, rief Bella leise durch das Fenster. »Amy! Beweg deinen Hintern raus aus dem Bett.«

»Was?« Amy drückte die Nase ans Fliegengitter, hielt die Hände um die Augen und sah auf sie hinunter. »Nackte Wahrheit? Oh prima! Bin gleich da!«

Sie gingen den Kiesweg entlang und tranken dabei reihum aus der Weinflasche.

»Bella hat gar nicht geschlafen, als wir da waren. Sie hat sich in ihrem Leid gesuhlt«, erklärte Jenna, während sie sich am Schloss des Pooltors zu schaffen machte. Die schwere Kette knallte gegen den Metallpfahl.

»Psst! Willst du etwa Theresa aufwecken?« Bella hielt die

Kette fest, während Jenna den Schlüssel ins Schloss steckte. »Ich suhle mich in meinem Leid, weil Caden gesagt hat, er bräuchte eine Pause.«

Amy und Jenna schnappten beide hörbar nach Luft.

»Das könnt ihr laut sagen.« Bella schloss das Tor hinter ihnen. »Wir reden, wenn wir im Wasser sind. Ich muss einen klaren Kopf bekommen.« Sie und Amy gingen an das andere Ende des Pools zu der Treppe, während Jenna ihr Handtuch auf einen Tisch am Tor fallen ließ und nackt von einem Ende des Pools zum anderen rannte, wobei ihre riesigen, leuchtend weißen Brüste von einer Seite zur anderen schwangen.

»Jenna!«, flüsterte Bella. »Meine Güte, Mädchen!«

»Warum lässt sie ihr Handtuch immer da vorne?«, fragte Amy.

»Was weiß ich. Wahrscheinlich zwanghaft.« Bella sah zu, wie Jenna auf Zehenspitzen die erste Stufe betrat, zaghaft herumtänzelte und zischend einatmete.

»Kalt. Kalt. Nippelkalt.« Jenna lachte.

Bella stellte die Weinflasche auf den Tisch und legte ihr Handtuch über einen Stuhl. Dann ging sie an Jenna vorbei die Stufen hinunter und direkt schultertief in das kühle Wasser. »Ah, das hab ich gebraucht. Komm einfach rein, Jen. Echt, deine Brüste leuchten wie Scheinwerfer. Komm rein, bevor du Theresa weckst und wir alle Ärger kriegen.«

»Okay, okay.« Jenna flüsterte laut, so wie sie es immer taten, wenn sie nackt badeten. Sie nahm eine Stufe, trat aber sofort wieder zurück und hielt die Finger weit gespreizt von sich weg. »Kalt. So, so kalt.«

Amy legte ihr Handtuch auch auf einen Stuhl und verschränkte die Arme vor ihrem kleinen Busen. »Komm, Jenna. Wir gehen zusammen hinein.« Sie nahm Jennas Hand, und beide atmeten sie tief ein, als sie die Treppe hinuntergingen und schließlich bis zum Kinn ins Wasser eintauchten.

»Brrr.« Amy verschränkte wieder die Arme. »Ich erinnere mich nicht daran, dass es schon mal so kalt war.«

»Ist es immer«, sagte Jenna.

»So kalt ist es nicht, ihr Memmen.« Bella tauchte unter und schwamm wie ein Delfin zum anderen Ende des Pools. Jenna und Amy schwammen in Seitenlage durch das Becken.

»Jetzt erzähl, Bella. Was zum Henker ist passiert? Ich dachte, mit dir und Caden war alles gut. Mehr als gut.« Amy hielt sich am Beckenrand fest und griff dann nach Jennas Hand, um sie herüberzuziehen. Sie waren am tiefen Ende und in der Dunkelheit war das Wasser unter ihnen pechschwarz.

Bella strampelte mit den Füßen, um über Wasser zu bleiben und sich warm zu halten. Ihr Körper war so kalt, dass ihre Gliedmaßen zitterten, auch wenn sie das – nachdem sie den anderen so zugesetzt hatte – nie zugegeben hätte.

»Er sagte, er muss sich auf Evan konzentrieren. Und wenn er das vorher schon getan hätte, wäre dieser ganze Mist gar nicht passiert.« Bella schluckte den Kloß herunter, der sich in ihrem Hals ausbreitete. »Und ich habe ihm gesagt, dass ich keine Pause will, dass ich für ihn und Evan da sein würde, egal was kommt.«

»Natürlich würdest du das.« Amys Zähne klapperten aufeinander.

»Gibt er dir irgendwie die Schuld?«, fragte Jenna.

»Nein.« Bella schnaubte verärgert. »Anscheinend will Mr. Feste Bindung sich nicht an eine Frau binden.« Sie tauchte unter, um nicht zu weinen, und schwamm durch das Becken zum seichten Ende.

Jenna und Amy hangelten sich am Poolrand entlang bis zu

dem Bereich, wo das Becken nur einen Meter zwanzig tief war und Jenna stehen konnte.

»Das ergibt doch überhaupt keinen Sinn. Ihm ist es doch wichtig gewesen, sich fest zu binden«, sagte Jenna.

»Nimm's mir nicht übel, Bell«, stimmte Amy zu, »aber es bedeutet schon irgendwie, dass ihm Bindungen sehr wichtig sind, zumindest die zu Evan.«

»Das weiß ich. Aber es ist doch Mist, oder? Ich verstehe einfach nicht, warum er eine Pause von uns braucht.«

»Ja, aber *Pause* wie in *Mal eine Zeit lang nicht sehen?* Oder wie in *Gar nicht mehr sehen?*« Jetzt klapperten Jennas Zähne auch.

»Eine Pause eben.«

»Dann hat er nicht richtig Schluss gemacht.« Amy schwamm näher zu Bella. »Er kommt zurück. Du wirst schon sehen.«

»Ist es dann armselig von mir, wenn ich will, dass er zurückkommt? Ganz dringend?« Bella hielt den Atem an und befürchtete ein Ja.

»Nein«, sagte Jenna. »Es bedeutet, dass du ihn liebst.«

»Das tue ich, aber wisst ihr was? Vielleicht hatte Leanna recht mit dem, was sie über das Schicksal sagte.« Bella räusperte sich, um ihre Gefühle wieder unter Kontrolle zu bekommen, während sie versuchte, sich die Situation so zurechtzulegen, wie es ihr passte. »Vielleicht ist das alles passiert, damit ich die Entscheidung, wo ich leben soll, unabhängig von unserer Beziehung treffen kann.«

»Ja, so wird es bestimmt sein«, sagte Amy.

Bella wünschte, sie wäre genauso von dieser Version überzeugt, wie sie vorgab.

Ein Licht in Theresas Haus ging an.

»Psst«, sagte alle gleichzeitig.

»Bella, komm an den Rand.« Jenna packte sie am Arm und zog sie in die dunkelste Ecke des Pools. »Psst.«

Sie klammerten sich in der kalten, dunklen Ecke des Beckens aneinander, bis das Licht wieder ausging.

»Wir gehen lieber raus«, flüsterte Amy.

Sie kletterten aus dem Pool, und Jennas weißer Hintern wackelte bis zum anderen Ende des Beckens, während Bella und Amy schon nach Sekunden in ihre Handtücher eingewickelt und bereit zum Aufbruch waren.

Bella nahm den Wein und ging zum Tor. »Jen, wenn jetzt ein Auto käme, könnten sie dich in deiner ganzen Pracht von einem Ende des Pools zum anderen rennen sehen.«

»Sei leise«, sagte Jenna, als sie sich auch das Handtuch um den Körper schlang und ans Tor griff. »Ich lasse meinen Kram immer hier.«

Der Lichtkegel einer Taschenlampe fiel auf sie. Theresa stand mit ernster Miene am Eingang. Sie hatte einen Männerpyjama und einen bordeauxroten Bademantel an, den sie in der Mitte zugeknotet hatte, und an den Füßen trug sie Schlappen.

»Ich fasse es nicht …«, murmelte Bella, als sie die Weinflasche unter ihrem Handtuch verschwinden ließ.

»Meine Damen.« Theresa starrte Bella finster an.

»Hallo, Theresa.« Bella zwang sich zu einem Lächeln. »Wir haben nur gerade … die Sonnenschirme zugemacht. Es soll heute Nacht windig werden.« Wassertropfen fielen von ihren Haarspitzen auf die Schulter. Sie wischte die Tropfen fort. »Und der Wasserdruck in meiner Dusche ist heute Abend richtig mies, daher habe ich die Dusche hier benutzt.«

»Ja, wir alle.« Jenna trat hinter Bella.

»Was ihr nicht sagt.« Theresa öffnete das Tor und ließ sie alle hindurchgehen. Sie leuchtete mit der Taschenlampe auf die nassen Fußabdrücke von Jenna, die von einem Ende des Pools bis zum anderen führten. »Denn ich würde nur ungern annehmen, dass ihr gegen die Vorschriften verstoßen habt und geschwommen seid. Das ist im Dunkeln sehr gefährlich und solche Risiken können wir in der Siedlung nicht dulden.«

»Oh nein, natürlich nicht.« Amy wedelte mit der Hand.

»Gut.« Theresa schloss das Tor ab. »Denn ich weiß, wie verlockend es sein kann, nach Einbruch der Dunkelheit zu schwimmen.«

Jenna beugte sich zu Theresa und flüsterte: »Möchtest du vielleicht nackt baden gehen?«

»Jenna!« Bella zog sie von Theresa fort. »Sie macht nur Witze.« Sie zerrte Jenna den Hügel hoch zu ihrem Ferienhaus und spürte die Hitze von Theresas Blick auf ihrem Rücken.

»Ich glaube, sie weiß, dass wir schwimmen waren«, flüsterte Amy. Sie klammerte sich an Bellas Handtuch.

»Echt? Glaubst du?« Bella sah Jenna an.

»Und das mit der Toilette auch. Natürlich weiß sie, dass wir das waren.« Jenna riss die Augen auf.

Amy stockte der Atem. »Vielleicht gefällt ihr dieses ganze Spiel so sehr wie uns.«

»Oder vielleicht schmiedet sie ihre Rachepläne«, überlegte Bella.

Genau das brauchte Bella. Ablenkung. Viel davon. Sie würde entweder tief in Trauer versinken oder sich mit ihren Freundinnen ablenken. Sie packte Jenna noch fester am Arm und griff nach Amys Hand. Wenn ihre Freundinnen doch nur an ihrer Seite kleben könnten, bis der Schmerz nachließ.

Oder bis sie starb.

Was immer zuerst eintreten würde.

Dreiundzwanzig

Die nächsten Tage vergingen in einem Nebel aus Minuten; er musste sich von einer zur anderen schleppen und jede schritt langsamer voran als die davor. Caden tat alles, was er konnte, um die Leere in sich zu ignorieren, die ihn permanent zu verschlingen drohte. Er drehte morgens, nach einer schlaflosen Nacht, seine Joggingrunden und kämpfte gegen den Drang an, Bella anzurufen und zu versuchen, sie zurückzugewinnen. Jedes Mal, wenn er an Seaside vorbeifuhr, musste er seine ganze Willenskraft aufbringen, um nicht in die Siedlung einzubiegen, an ihre Tür zu hämmern und den Versuch aufzugeben, Evan seine ganze Aufmerksamkeit zu schenken. Jeden Tag verbrachte er nach seiner Schicht Zeit mit Evan, und obwohl er versuchte, ihre gemeinsame Zeit zu genießen, und wusste, dass er das Richtige für seinen Sohn tat, so fühlte es sich doch ohne Bella an, als fehlte ein Teil von ihm.

»Dad. Dad!«

Evans genervte Stimme riss Caden aus seinen Gedanken. Evan stand mit einer Hand am Türknauf auf der Veranda vor dem Haus. Seine Augen waren klar, und auch wenn er genervt klang, so war doch die alte vertraute Gelassenheit, die Evan einst erfüllt hatte, fast vollständig zurückgekehrt. Das bestätigte

Caden, dass er das Richtige getan hatte. Zumindest hinsichtlich Evan.

»Können wir los? Soll ich die Tür abschließen?«, fragte Evan.

Heute war Freitag und sie wollten für einen Tag nach Boston. »Klar, Kumpel. Ich bin bereit.« Dabei war er alles andere als bereit. Er hatte Bella zu dem Ausflug eingeladen, und er hatte sich darauf gefreut, ihr seine alte Heimat zu zeigen und sie seinen Freunden und seinen Eltern vorzustellen.

»Ich kann es kaum abwarten, wieder da zu sein«, sagte Evan, als er ins Auto stieg. Er hatte sein Handy nicht mehr, da es als Beweismittel von der Polizei beschlagnahmt worden war. Ohne das Ding war er redseliger, und obwohl Caden normalerweise ihre Gespräche genoss, war er zu abgelenkt, um eine richtige Unterhaltung zu führen. Er versuchte, die Gedanken an Bella zu verdrängen, aber der Schmerz, der damit einherging, ließ sich einfach nicht ignorieren.

»Ich auch, Kumpel.«

»Ich habe Vera gesagt, dass ich Sonntag vorbeikomme und in ihrem Garten etwas aufräume. Ist das in Ordnung?«

»Klar.«

»Ich fahre mit dem Fahrrad hin.« Evan stellte seinen iPod an und drückte sich Stöpsel in die Ohren.

Caden berührte seinen Arm, und als Evan einen Stöpsel herausnahm, sagte er: »Ich bin stolz auf dich, Ev. Niemand hat dich gezwungen, dich zu entschuldigen oder Vera Hilfe anzubieten. Das verrät viel über den Menschen, der du geworden bist.« Er war dankbar, dass sowohl Jamie als auch Vera die Entschuldigung von Evan angenommen hatten. Er hatte ihnen alles erzählt, so wie er es Caden und Chief Basset zuvor berichtet hatte. Vera war sehr gütig ihm gegenüber, und obwohl immer noch ein winziger Bruch zwischen Jamie und Evan spürbar war, hatte Jamie gesagt, dass er Evan vergeben hatte, und Caden konnte sehen, dass er daran arbeitete, die ganze Sache hinter sich zu lassen. Es war sicher nicht einfach. Nicht einmal für Caden war es anfangs einfach gewesen und er war Evans Vater. Aber Liebe heilt, und er wusste, dass ihre Freundschaft auch heilen würde.

Evan zuckte nur mit den Schultern. »Kann sein.«

»Und ich finde, es war auch sehr klug, TGG zu erzählen, was passiert ist. Der Ort ist so klein, dass die Leute so etwas schnell mitkriegen, und auf diese Art ist das keine Leiche in deinem Keller.« Sie waren gerade bei TGG gewesen, wo Evan als Praktikant für fünf Stunden pro Woche angenommen worden war, sogar nach seinem Geständnis. Es war ein Anfang, und etwas, auf das Evan sich freute und stolz war.

»Ich weiß, Dad. Das habe ich verstanden.« Er drückte sich den Stöpsel wieder ins Ohr und schaute zum Fenster hinaus, was Caden ermöglichte, sich seinen schmerzvollen Gedanken hinzugeben, bis er das Gefühl hatte, darin zu ertrinken.

Zwei Stunden später hielten sie vor dem Haus von Cadens Eltern. Das einstöckige freistehende Gebäude lag eingerahmt von zwei ähnlichen Häusern in einer ruhigen Straße in einem Wohngebiet. Er stieg aus dem Auto und erinnerte sich an die Nacht, in der er Evan zum ersten Mal nach Hause gebracht hatte. Er sah noch das Bild vor sich, wie seine Mutter die Hand vor den Mund schlug und Tränen in den Augen hatte, als sie die Arme nach dem schlafenden Baby ausstreckte. Jetzt, als er mit Evan an seiner Seite die Treppe zur Eingangstür hinaufging, konnte er noch immer spüren, wie schwer es gewesen war, ihn abzugeben – sogar an seine eigene Mutter. In diesen wenigen kurzen Stunden zwischen dem Zeitpunkt, als Caty ihm Evan in den Arm gelegt hatte, und dem Moment, als er bei seinen Eltern eingetroffen war, war Evan schon sein Ein und Alles geworden.

»Lass dein Skateboard auf der Veranda«, sagte Caden aus Gewohnheit, bevor sie hineingingen.

In wenigen Jahren würde Evan aufs College gehen, und vor der Trennung von Bella hatte Caden sich erlaubt, an eine Zukunft mit ihr zu denken. Er hatte sich faule Wochenendmorgen im Bett vorgestellt und Abendspaziergänge Hand in Hand. Er hatte sich ausgemalt, wie sie Evan am College besuchten, so wie seine Eltern auch ihn besucht hatten, und wie eines Tages sie die Großeltern wären, die auf der Eingangstreppe darauf warteten, dass Evan und – so hoffte er – seine Frau ihnen ihr erstes Enkelkind in den Arm legten. Jetzt hatte sich jedoch eine Traurigkeit tief in ihm ausgebreitet.

»Hallo, mein Freundchen.« Cadens Vater Steven war ein stämmiger Mann mit kräftigen Armen und einem Bauch, der etwas weniger von den Kochkünsten von Cadens Mutter vertragen konnte. Er umarmte Evan und lächelte über seine Schulter hinweg Caden zu. Caden hatte seinen Vater am Mittwoch angerufen und ihm erzählt, was alles passiert war.

»Hi, Grandpa.« Evan befreite sich aus der Umarmung seines Großvaters, aber bevor er entkommen konnte, um dem Duft von frisch gebackenem Brot in die Küche zu folgen, wuschelte Steven ihm durch die Haare. Evan streckte die Hand aus, um es ihm gleichzutun, und lachte, als sein Großvater ihm spielerisch auf die Hand schlug.

»Geh und sag deiner Großmutter Hallo.« Sein Vater schaute Caden einen Moment lang in die Augen, bevor er ihn umarmte.

Caden schloss die Augen und genoss die tröstliche Geste seines Vaters. Er war immer sein Fels gewesen, hatte stets ein offenes Ohr für ihn gehabt.

»Er hält dich ordentlich auf Trab, was?« Steven versuchte, den Blick seines Sohnes zu deuten, und runzelte die Stirn. »Wie kommst du zurecht?«

»Mir geht es gut, Pop«, log er.

Steven legte einen Arm um seine Schulter und führte ihn Richtung Küche. »Ich bin mir nicht sicher, ob ich dir das abnehmen soll, aber sag du auch erst mal deiner Mutter Hallo.«

Was er eigentlich sagte, war: *Schauen wir mal, ob deine Mutter dir glaubt.* Es war unglaublich, wie durchschaubar Caden sich in Gegenwart seines Vaters noch immer fühlte.

Seine Mutter holte gerade einen heißen Laib Brot aus dem Ofen. Sie lächelte, als sie die heimelige Küche betraten. Amber Grant war groß und dünn, hatte goldbraune Haare und durchdringende blaugrüne Augen. Das Backen war ein wöchentliches Ritual für sie und deshalb roch es in dem Haus immer warm und einladend.

»Caden, du hast mir gar nicht erzählt, dass Evan ein paar Zentimeter gewachsen ist.« Sie stellte die Backform auf dem Herd ab und zog ihre Topfhandschuhe aus. Sie taxierte Cadens Gesicht, bevor sie seine Wange tätschelte. »Geht es dir gut, mein Junge?«

»Alles in Ordnung, Ma. Schön, dich zu sehen.« Caden umarmte sie. »Ist Ev wirklich gewachsen? Ich nehme an, da ich ihn ständig sehe, habe ich das wohl nicht bemerkt.« *Kaum anders zu erwarten im Moment, aber ich arbeite ja daran.*

»Ach, Junge.« Sie winkte ab. »Du bist in einem Sommer einmal zwölf Zentimeter gewachsen, und dein Vater hat es erst bemerkt, als ich es ihm gesagt habe. Ich glaube, das ist typisch Mann. Ihr Männer habt so viel anderes im Kopf oder so.«

Oder so.

»Dad, Austin möchte mich bei der Schule treffen. Ist es okay, wenn ich mit dem Skateboard rüberfahre?«, fragte Evan. »Ich glaube, die anderen kommen auch, und ich würde gerne mit ihnen abhängen, aber ich kann zum Abendessen zurück sein.«

»Willst du nicht ein bisschen Zeit mit Grandma und Grandpa verbringen?«, fragte Caden.

»Lass ihn gehen, Schatz. Wir können uns später beim Essen unterhalten. Außerdem freuen sich seine Freunde bestimmt, ihn zu sehen.« Seine Mutter schnitt ein Stück Brot ab und wickelte es in eine Serviette ein. »Hier, Ev, nimm das, bevor du Hunger bekommst.«

»Danke, Grandma. Okay, Dad?«

»Klar.« Einen kurzen Moment lang wurde Caden von Sorge übermannt. Aber er kannte diese Jungs und er vertraute Evan. Also holte er sein Handy hervor und gab es Evan. »Ruf einfach hier an, falls du mich brauchst. Sei um sechs zurück und benimm dich.«

Evan verdrehte die Augen. »Ja, Dad.«

Cadens Mutter schnitt noch mehr von dem frischen Brot auf und stellte es auf den Tisch.

»Setz dich, Schatz. Möchtest du einen Tee?«

»Gern.« Er hatte überhaupt keinen Hunger.

Sein Vater rieb sich über das Gesicht und lehnte sich mit einem lauten Seufzer auf seinem Stuhl zurück. »Tja, das Vaterdasein wird gerade etwas heikel, wie?« Steven hatte dreißig Jahre lang die Bauabteilung der Eastern Pipeline geleitet, einer Firma, die Rohrsysteme für Geschäftsgebäude verlegte. Stundenlange Arbeit in eisiger Kälte oder mörderischer Hitze im Freien waren an der Tagesordnung gewesen, und als Caden heranwuchs, hatte sein Vater kein Verständnis für Faulheit,

Aufschieberitis oder respektloses Verhalten gehabt. *Faulheit hat in der Welt eines Vaters keinen Platz, und eines Tages wirst du Vater sein, also beweg deinen Hintern und mach dich an die Arbeit* – ob es um Hausaufgaben ging oder um Gartenarbeit, es spielte keine Rolle, was er tat. Die Botschaft war entscheidend, und Caden hatte sie nicht nur laut und deutlich vernommen, er hatte sie auch verinnerlicht.

»Man könnte es heikel nennen. Ich würde es vielleicht anders bezeichnen.«

»Caden, gibt es sonst irgendetwas, das seit dem Einbruch passiert ist? Hat Evan zugegeben, dass er doch irgendwie damit zu tun hatte?« Seine Mutter knabberte mit zusammengezogenen Augenbrauen an einem Stück Brot.

»Nein, er hat reinen Tisch gemacht und es gab keine neuen Enthüllungen. Er ist um ein Vielfaches ruhiger, seit das alles ans Licht gekommen ist, und ohne sein Handy ist er aus dem ganzen Kram raus. Und er hat die Jungs, die darin verwickelt waren, auch aus seinen Online-Spielen und so weiter verbannt.« *Zum Glück.*

»Was hast du über die anderen Jungs gehört?«, wollte Steven wissen.

»Sie haben gestanden, und überraschenderweise haben sie nicht versucht, Evan mit hineinzuziehen. Aber sie haben zugegeben, dass sie dachten, wenn er ihnen hilft, würde ich einfach wegschauen, damit er keine Schwierigkeiten bekommt.«

Sein Vater verschränkte seine kräftigen Arme vor der Brust und sah Caden skeptisch an.

»Pop, ich bin direkt mit Evan zur Wache gefahren, als er mir alles gesagt hatte. Ich hätte nicht einfach weggeschaut.«

Sein Vater nickte. »Gut, denn die Kids lernen gar nichts, wenn sie nicht für ihr Handeln zur Rechenschaft gezogen werden. Ich hoffe allerdings auch, dass du ihn nicht zu hart rangenommen hast, denn er hat sie verpfiffen, und dazu braucht man Eier.«

»Steven«, ermahnte ihn Cadens Mutter.

»Entschuldigung. Dazu braucht man … Ach, Mensch, Amber, besser kann man das nun mal nicht sagen.« Sein Vater ergriff die Hand seiner Mutter und drückte sie fest.

Sie schüttelte den Kopf und warf ihm einen liebevollen Blick zu, den Caden millionenfach zwischen ihnen gesehen hatte. Auch wenn es schön zu sehen war, wie sehr sie sich liebten, so verstärkte es doch schmerzhaft seine Sehnsucht nach Bella.

Den Rest des Nachmittags verbrachten sie mit Geplauder. Seine Eltern erzählten ihm Neuigkeiten von Freunden aus der Bostoner Gegend, und als seine Mutter ihn nicht fragte, warum er so offensichtlich ein gebrochenes Herz hatte, war ihm, als wäre er gerade noch mal so davongekommen. Er wusste, dass sie sein vorgetäuschtes Lächeln sofort durchschaut hatte.

Sein Vater war gern in Bewegung, und nachdem sie alle Neuigkeiten ausgetauscht hatten, half Caden ihm beim Rasenmähen und Kantenschneiden. Weder Caden noch sein Vater brauchten viel Gerede. Danach erledigten sie noch einige Einkäufe, eine weitere Lieblingsbeschäftigung seines Vaters. Sie gingen zum Baumarkt, in die Apotheke und schließlich zum Supermarkt, um noch ein paar Zutaten für das Abendessen zu besorgen.

Auf dem Heimweg hielt sein Vater an dem Sportplatz an, auf dem Caden als Junge Baseball gespielt hatte. Er ließ den Motor laufen und seufzte – eine so vertraute Mischung, dass es Caden eiskalt erwischte. Als er noch jünger war und sein Vater etwas Ernstes mit ihm besprechen wollte, hatte er immer am

Sportplatz angehalten und mit einem Seufzer begonnen.

»Was ist los, Pop?« Er war kein Kind mehr, und je länger der Tag sich hinzog, umso gewaltiger fühlten sich die Meilen zwischen ihm und Bella an, sodass er nicht nur verdammt traurig war, sondern auch immer unruhiger wurde und am liebsten ein Loch in irgendetwas geschlagen hätte.

»Mein Junge, was immer dir zu schaffen macht, es ist nicht nur Evan, denn dann hättest du ihn niemals zu seinen Freunden fahren lassen. Willst du nicht darüber reden?« Sein Vater richtete seine warmen braunen Augen auf Caden. In das Gesicht seines Vaters zu sehen, war wie der Blick in das Spiegelbild einer Zeitmaschine. Sie hatten die gleiche kantige Nase, die gleichen dünnen Augenbrauen und das gleiche Grübchen im Kinn, und er wusste, dass Evan ihn in zwanzig Jahren mit dem gleichen Gefühl ansehen würde.

»Eigentlich nicht.« Sein Vater konnte seine Beziehung zu Bella nicht in Ordnung bringen. Nichts und niemand konnte das, denn er hatte das Richtige für Evan getan, egal wie schwierig es für ihn selbst war.

»Na gut. Aber wie wäre es, wenn du mir trotzdem einen kleinen Einblick verschaffst, sonst piesackt mich deine Mutter, bis du dich das nächste Mal hierher verirrst. Du wirkst ebenso verstört wie damals, als du George verloren hast. Ich weiß, dass du eine Menge durchmachst, mit dem Umzug, der neuen Dienststelle und Evan, aber …« Er rieb sich das Kinn.

»Es ist nichts, mit dem ich nicht zurechtkäme.« Caden presste die Kiefer zusammen angesichts des sauren Beigeschmacks dieser Lüge.

»Okay, wie du willst.« Er legte den Rückwärtsgang ein. »Deine Mutter denkt, es hat mit einer Frau zu tun, und wenn sie recht hat, mein Junge, dann viel Glück.«

Caden wollte seinem Vater alles über Bella erzählen, dass er sie liebte und dass er einen Fehler begangen hatte, indem er eine Pause eingefordert hatte, aber die Worte auszusprechen, würde es nur noch viel schwerer machen.

»Ich hab das Gefühl, ich werde vom Pech verfolgt, Pop.«

Sein Vater lachte laut auf. »Es geht also tatsächlich um eine Frau. Na, dann werde ich dir jetzt mal etwas verraten. Ich war mit ein paar Frauen zusammen, bevor ich deine Mutter geheiratet habe, aber als ich sie kennenlernte ... *Zack!*« Er schnipste mit den Fingern, als würde er einen Zauber ausführen. »Unsere Blicke begegneten sich und von da an konnte ich an nichts anderes denken als an sie. Noch immer nicht.« Er schüttelte den Kopf und ein Lächeln breitete sich in seinem Gesicht aus. »So erkennst du, dass es wahre Liebe ist, mein Sohn. Es gibt kein Wenn und Aber. Er gibt nur das Leben mit ihr oder die Hölle ohne sie.«

Hölle. Das beschreibt es perfekt.

Sein Vater hatte ihm noch nie einen falschen Rat gegeben, und als sie an ihrem Haus ankamen, beschloss Caden, sich ihm zu öffnen.

»Pop, ich habe Evan. Ich muss mir über mehr Dinge Gedanken machen als darüber, was ich für sie empfinde.«

»Caden.« Sein Vater schwieg kurz, als er auf die Auffahrt fuhr und dann den Motor abstellte. Er wandte sich ihm mit ernstem Blick zu. »Du hast Evan all die Jahre wunderbar großgezogen. Jeder, der dich kennt, weiß, wie viel du für ihn aufgegeben hast, und auch wenn er sich mit den falschen Kids abgegeben hat, so ist er doch ein richtig guter Junge. Das hat er dir zu verdanken, Caden. Nur dir. Aber du musst wissen, dass ein Mann, der seine eigenen Bedürfnisse nie an erste Stelle setzt, nicht immer der beste Vater sein kann.«

Caden richtete sich auf, um die Leistung zu verteidigen, die er mit der Erziehung von Evan vollbracht hatte, trotz seiner Probleme in letzter Zeit. »Ich denke, ich bin ein besserer Vater, weil ich seine Bedürfnisse an erste Stelle setze.«

»Du bist wahrscheinlich ein besserer Vater, als du gewesen wärst, wenn du das nicht getan hättest, aber, Junge, wie du es auch betrachtest, ein glücklicher Mann ist immer ein besserer Vater als ein unglücklicher Mann. Und zum ersten Mal seit Jahren steht es dir ins Gesicht geschrieben. Meine Güte, Caden! Du wirkst, als hättest du George noch einmal verloren, und wenn diese Frau dir so wichtig ist, dann ist es irgendwie vielleicht auch ähnlich.« Er legte ihm die Hand auf die Schulter. »Denk drüber nach. Mehr sage ich nicht, Junge. Aber eines musst du wissen: Wenn ich deine Traurigkeit spüren kann, dann kann er es auch.« Er zeigte auf Evan, der mit seinem Skateboard angefahren kam.

Seit Dienstagabend hatte er an nichts anderes gedacht.

Vierundzwanzig

Bella schloss die Tür ihres Hauses in Connecticut auf und blieb im Eingang stehen. Tränen schossen ihr in die Augen – wie so oft, seit Caden gesagt hatte, dass er eine Pause brauchte. Sie musste sich davon überzeugen, dass all dies so vom Schicksal vorherbestimmt war. *Und was ist, wenn das Schicksal will, dass ich in Connecticut bleibe? Halt den Mund!* Sie musste daran glauben, dass das Schicksal wollte, dass sie ihrem Plan folgte. Oder dass das Schicksal großer Mist war und sie sich einfach selbst darüber klar werden musste, wohin sie gehörte. Sie hatte einen Plan. Vielleicht war sie abgelenkt worden, aber jetzt war sie wieder auf dem richtigen Weg und dort beabsichtigte sie auch zu bleiben. *Der Verstand gibt den Ton an, nicht das Herz.*

Zwei weitere Firmen, die ihr empfohlen worden waren, hatten sich für das Arbeits- und Studienprogramm registriert, und damit hatte sie ihr Ziel von zwölf teilnehmenden Unternehmen erreicht. Sie hatte sich mit dem Schulamt von Barnstable County getroffen und war wie durch ein Wunder in der Lage gewesen, ihre Gefühle lang genug unter Kontrolle zu behalten, um ein Angebot für eine Vollzeitstelle zu erhalten. Als sie zu Beginn des Sommers ans Cape gekommen war, hatte sie dieses Jobangebot als oberste Priorität angesehen, und sie war stolz darauf, dieses Ziel erreicht zu haben.

Es war eine schwierige Entscheidung gewesen, das Cape zu verlassen und nach Connecticut zurückzukehren, auch wenn es nur für einen oder zwei Tage war. Aber sie musste noch einmal ihre alte Schule betreten und herausfinden, ob sie noch immer den Wunsch verspürte, den Ort zu verlassen, den sie in den vergangenen fünf Jahren als ihr Zuhause angesehen hatte. Schon bevor sie Caden kennengelernt hatte, war sie voller Vorfreude darauf gewesen, an ihrem Lieblingsort neu anzufangen. Aber mit ihrer vollkommen auf den Kopf gestellten Gefühlswelt musste sie sich trotzdem zu hundert Prozent sicher sein, dass sie entweder ihren alten Job in Connecticut oder den neuen Job auf Cape Cod aus den richtigen Gründen annahm. Und diese Gründe mussten ihre eigenen sein. Deshalb war sie – trotz der dringlichen Bitten von Amy und Jenna, es nicht zu tun – am Morgen losgefahren und fast vier Stunden zurück nach Connecticut gefahren. Sie konnte das Gefühl nicht abschütteln, dass sie etwas am Cape vergessen hatte. Als sie ankam, wurde ihr bewusst, dass das Etwas, das sie am Cape zurückgelassen hatte, Caden und Evan waren. Die Entfernung zwischen ihnen war irgendwie endgültig.

Das Haus roch und fühlte sich anders an. Leer. Still. *Einsam.* Vier Jahre hatte sie hier gewohnt und einsam war es nie für sie gewesen. Sie schloss die Tür hinter sich und legte die Schlüssel und ihre Tasche auf dem Tisch im kleinen Flur ab. Sie hatte damals das Haus im Cape-Cod-Stil in einer Zwangsversteigerung gekauft und war angenehm überrascht gewesen, dass sich im Anschluss keine größeren versteckten Probleme offenbart hatten. Innen hatte sie es von oben bis unten neu gestrichen, wozu sie Wochen gebraucht hatte, aber es war herrlich gewesen, das Haus zu ihrem eigenen zu machen.

Sie hatte sogar zwei Löcher in den Trockenbauwänden ausgebessert, aber sie hatte einen Klempner engagiert, um undichte Rohre im Keller zu reparieren und ein Waschbecken im Bad auszutauschen.

Sie schlenderte durch die heimelige Küche, das Esszimmer, das sie nie benutzt hatte, und das Wohnzimmer, in dem sie *Justified* und *Grey's Anatomy* angesehen hatte. Sie fragte sich, wie es gewesen wäre, diese Serien mit Caden und Evan zu schauen, und trotz des warmen Sommertages lief ihr ein kalter Schauer über den Rücken. Auf der Treppe nach oben rieb sie sich über die Arme, um die Gänsehaut loszuwerden. Oben befanden sich zwei kleine Zimmer: ihr Schlafzimmer und ein Gästezimmer. Ihr Schlafzimmer hier ähnelte dem im Ferienhaus: eine rosa Bettdecke und Dekokissen mit Spitze, weiß-transparente Vorhänge mit einem Plisseerollo dahinter und einem dunkelgrauen Flauschteppich auf dem Parkettboden. Sie ließ die Finger über die Kommode gleiten und nahm ein gerahmtes Foto von sich mit Jenna, Amy, Leanna, Tony und Jamie in die Hand, das ein paar Sommer zuvor aufgenommen worden war. Als sie das Bild betrachtete, stellte sie sich automatisch Caden und Evan in der Gruppe vor. Sie stellte den Rahmen wieder weg und ging zum Fenster. Ihre Nachbarin Jeannie Mace und ihr dreizehnjähriger Sohn spielten gerade Fangen im Garten. Bellas Gedanken wanderten zu Caden und Evan. Ein Kloß bildete sich in ihrer Kehle. Sie atmete stockend ein und wandte sich ab. Am liebsten hätte sie sich in den weichen Kissen vergraben, bis die schmerzhafte Sehnsucht nach den beiden nachließ. Die Versuchung war so groß, so verlockend: *Mach nur. Leg dich hin und gib deine Pläne, deine Zukunft auf. Würde es sich nicht herrlich anfühlen, wenn du dich in dein gebrochenes Herz verkriechen könntest?*

Ja, genau das war das Problem. Es würde sich verdammt gut anfühlen – ein paar Minuten lang. Und dann ginge es ihr wieder mies. So richtig mies.

Bella war kein Mensch, der sich unterkriegen ließ.

Allerdings hatte sie auch noch nie jemanden so geliebt.

Und sie war sich verdammt sicher, dass es das war, was sie für Caden empfand: Liebe.

Sie beäugte das Bett. *Du weißt doch genau, dass du dich bäuchlings draufwerfen und so richtig schön eine Runde heulen möchtest*, sagte die Versuchung in ihrem Kopf.

»Du kannst mich mal«, sagte sie in das leere Zimmer hinein.

Bella rannte die Treppe hinunter, schnappte sich Schlüssel und Handtasche und brauste los Richtung Schule.

Ihre Sandalen klapperten über den Linoleumboden, als sie über den Flur zu ihrem Klassenzimmer eilte und den einzigartigen Duft von Highschool einatmete. In den Fluren war während des Schuljahres ein anderer Geruch wahrzunehmen als während der Sommermonate. Im Schuljahr roch es auf den Fluren nach Parfum, Testosteron und Teenagerliebe – mit einem Hauch des anderen Dufts, den die meisten Teenager ausströmten, pubertäres Unbehagen. Bilder von Evan tauchten vor Bellas geistigem Auge auf. Sie erinnerte sich an den Moment, als sie ihn das erste Mal gesehen hatte, an dem Abend des Lagerfeuers am Strand, als er so dicht neben Caden gegangen war, dass sie fast mit den Schultern aneinanderstießen, und seinen Vater mit einer Mischung aus Bewunderung und Faszination angesehen hatte. Sie lächelte bei der Erinnerung daran, wie Evan und Jamie an dem Grillabend auf dem Platz in der Siedlung tief in ihr Gespräch versunken gewesen waren und wie seine Augen gestrahlt hatten, als Jamie ihn eingeladen hatte, bei ihm vorbeizukommen, um mehr über das Programmieren zu lernen. Traurigkeit breitete sich in ihr aus, als sie dann daran dachte, wie Evan an dem Abend, als sie zum Essen bei ihnen gewesen war, aus der Hintertür gestürmt war und wie versteinert sein Gesicht während des Bootsausfluges gewesen war.

Wie sehr sie ihn vermisste! Ob er sich tapfer hielt? Ob er nun weniger Druck verspürte, oder ob er forderte, zurück nach Boston zu ziehen?

Sie verbrachte neun Monate des Jahres den ganzen Tag mit Teenagern. Wie hatte Evan es geschafft, so schnell einen Platz in ihrem Herzen zu beanspruchen?

Sie betrat ihr Klassenzimmer und atmete tief ein. Ihr Handy vibrierte, und sie zog es aus der Tasche in der Hoffnung, es könnte Caden sein. *Jenna.* Schon zum dritten Mal heute. Bella steckte das Handy wieder weg. Sie konnte jetzt noch nicht mit Jenna reden. Sie konnte noch mit niemandem reden. Sie war nicht sicher, ob sie reden konnte, ohne in Schluchzer auszubrechen.

Sie sah sich im Klassenzimmer um. *Ich habe gern hier unterrichtet.* Sie hatte ihre Kollegen gern und sogar den Ausblick hinaus auf den Schulhof. An vielen stressigen Nachmittagen hatte sie sich ein paar entspannte Minuten gegönnt, in denen sie auf den Hof geschaut hatte. Ja, sie hatte all das hier sehr gern gehabt.

Gehabt. Das war das entscheidende Wort.

Sie konnte die nächsten Jahre damit verbringen, die gleichen Klassen zu unterrichten, und würde wahrscheinlich zufrieden sein. Aber wenn ihr eines in den vergangenen Wochen bei der Beschäftigung mit dem Arbeits- und Studienprogramm bewusst geworden war, dann dass sie genau die Dinge verpasste, die ihr Freude bereiteten. Die Herausforderung. Die

Abwechslung. Die Kreativität. *Zufrieden* reichte nicht mehr.

Mit jedem entschlossenen Schritt über den Flur hin zu den Büros der Verwaltung festigte sich ihr Entschluss. Sie würde an ihrem verflixten Plan festhalten, verdammt noch mal. Dies waren *ihre* Entscheidungen.

Nachdem sie sich mit Kelsey getroffen und die angebotene Stelle endgültig abgelehnt hatte, fuhr sie nach Hause und fing an zu packen. Immer wieder wanderten ihre Gedanken zu Caden und Evan. Waren sie nach Boston gefahren, und wenn ja, hatte es ihnen beiden gutgetan? Hat es die Traurigkeit über den Verlust von George wieder zurückgebracht? Wenn ja, würde Caden bei seiner Rückkehr noch immer traurig sein, oder stark und voller Selbstbeherrschung wie immer? Wie gern würde sie ihn doch anrufen und all das fragen, aber wenn sie anrief, würde sie den Tag nie überstehen, und sie musste einiges erledigen, bevor sie sich gestattete, seine Stimme wieder zu hören. Sie musste stark sein. Sie war immer stark.

Doch sie war nicht immer stark und Caden verstand das.

Er liebte das an ihr.

Sie musste sich zwingen, sich auf das Packen zu konzentrieren. Aus dem obersten Regal in ihrem Schrank nahm sie einen Schuhkarton. Ein Lächeln trat in ihr Gesicht. Sie hob den Deckel an und ihr Lächeln schwand; ihre Hände zitterten. Tränen stiegen ihr in die Augen.

Ogottogottogott. Sie griff in die Schachtel, die sie seit Jahren nicht mehr geöffnet hatte, und ließ die Finger über die rosa Plüschhandschellen gleiten. Eine einzelne Träne lief ihr über die Wange, als sie die Handschellen herausnahm und an ihre Brust drückte. Die Traurigkeit, die sie so verzweifelt versucht hatte zu ignorieren, breitete sich heiß und bösartig in ihrem Bauch aus.

Caden. Oh Gott, Caden. Ich liebe dich.

Sie atmete stockend ein, als die Traurigkeit durch ihren ganzen Körper schoss und ihr sämtliche Kraft und jeglichen Verstand raubte. Sie fiel auf die Knie, schaukelte vor und zurück und wehklagte wie ein verlassenes Kind. Die Handschellen waren ein Witz. Sie waren albern. Dumm. Töricht. Aber verdammt noch mal … Sie ließen sie Cadens Atem an ihrer Wange spüren, seine Stimme in ihren Ohren erklingen: *Heute Abend möchte ich dir einfach nur nah sein. Keine Spiele, keine Utensilien, keine Ablenkung. Ich möchte dich einfach nur lieben.*

Ich möchte dich einfach nur lieben.

Die Erinnerung schmerzte fürchterlich. Von unnachgiebigen Schluchzern erschüttert ließ sie sich auf dem Schlafzimmerboden auf die Seite fallen und blieb dort liegen, bis die Sonne vom Himmel verschwand. Dann drehte sie sich auf den Rücken und sah ihre flauschige rosa Decke, die Spitzenkissen und die hauchdünnen Rüschenvorhänge an.

»Was zum Henker mache ich hier?« Sie blickte an die Decke und wischte die Tränen weg. »Steh auf«, befahl sie sich.

Nein danke. Ich bleibe einfach hier liegen. Gemeinsam mit dem Bedürfnis, mich in Traurigkeit zu suhlen. Mein ständiger Begleiter. Vielleicht wird Stärke auch überbewertet.

»Zum Teufel mit diesem Bedürfnis. Sich in Traurigkeit zu suhlen, ist erbärmlich.« Sie griff unter das Bett und wollte das Handy hervorholen, das dort gelandet war, als sie dieses verdammte Teil, das keinen Laut von sich gegeben hatte, weggeschubst hatte. Doch es war zu weit weg. Sie streckte den Arm weit unter das Bett und tastete mit den Fingern den Boden ab, bis ihre Fingerspitzen den Rand des Handys berührten. Sie schob die Schulter so weit unter das Bett, wie es ging, und verfluchte das tiefe Bettgestell, das ihr so gefallen hatte. Sie konnte die Ecke fühlen. Noch etwas weiter und – *verdammt!* Sie hatte es weiter weggeschoben.

»Das ist nicht der richtige Zeitpunkt, um sich mit mir anzulegen, du blödes kleines Teil.« Sie schwang den Fuß unter das Bett und kickte das Handy über den Boden. Auf Händen und Füßen ergatterte sie den elektronischen Widersacher, dann stand sie auf, rannte die Treppe hinunter und zur Tür hinaus ins Freie.

Zehn Minuten später kam sie mit einem Arm voller Schokolade aus dem Supermarkt heraus. Schokolade traf keine dämlichen Entscheidungen. Schokolade stellte keine Fragen. Schokolade war der perfekte Begleiter.

Wenn doch nur Caden hier wäre, um sie mit ihr zu essen.

Fünfundzwanzig

Am Sonntagmorgen machte Caden einen langen Lauf am Strand, um sich davon abzuhalten, Bella anzurufen oder ihr zu schreiben. Graue Wolken hingen bedrohlich über der Bucht und fühlten sich wie ein Abbild seines Herzens an. Es wurde eher schwieriger als einfacher, sich von Bella fernzuhalten. Hieß es nicht, dass Zeit alle Wunden heilte? Ihm war, als wäre sein Herz aufgerissen, seine Seele freigelegt worden. Die Wunde war so tief, dass er befürchtete, sie würde vielleicht nie heilen. Als er an der Stelle ankam, an der er normalerweise kehrtmachte, ging er langsamer weiter. Bella fehlte ihm so sehr. Wäre es tückisch, wenn er anrief? Nur einmal? Nur um ihre Stimme zu hören?

Er riss das Klettband mit dem Handy von seinem Arm. Nur ein kurzer Anruf. Er konnte sie fragen, ob er seinen Werkzeuggürtel in ihrem Ferienhaus vergessen hatte. Das würde sie ihm vielleicht abnehmen. Er drückte auf ihre Kurzwahltaste und schloss die Augen, um sein rasendes Herz irgendwie zu beruhigen.

»Caden?«

Ihre schläfrige Stimme erfüllte ihn mit Traurigkeit. »Ja, hallo. Tut mir leid, dass ich so früh anrufe.«

Er hörte, dass sie sich aufrichtete, und stellte sie sich in ihrem Ferienhaus vor, unter ihre rosa Decke gekuschelt. Oh, wie sehr er doch bei ihr sein wollte!

»Schon gut. Alles in Ordnung mit Evan?«, fragte sie.

Die Kehle schnürte sich ihm zu. Natürlich dachte sie sofort an Evan. Caden war so in seiner eigenen Sehnsucht danach gefangen gewesen, ihre Stimme zu hören, dass ihm nicht klar gewesen war, dass sie keinerlei Informationen darüber hatte, wie es Evan mittlerweile ging.

»Alles in Ordnung. Es geht ihm sogar gut. Er hilft Vera im Garten und er fängt nächste Woche bei TGG an.«

»Ah, gut, das freut mich.«

Er schaute auf die Bucht hinaus und ging auf und ab. »Du fehlst mir, Kleines.« Seine Stimme war so leise, dass er hoffte, sie hatte ihn gehört. Sie antwortete nicht, und er dachte, dass er vielleicht gar nicht laut gesprochen hatte. »Ich wollte nur … Kann ich vorbeikommen und dich sehen?«

»Ich bin nicht in Wellfleet.«

Er blieb stehen. »Du bist …«

»Wieder in Connecticut.«

Er zwang sich, nicht nach dem Grund zu fragen oder ob sie die Stelle dort angenommen hatte.

»Wie spät ist es?«

»Keine Ahnung. Halb acht vielleicht. Ich lege auf. Ich wollte nur deine Stimme hören.«

Als Caden wieder nach Hause joggte, wagten sich ein paar Sonnenstrahlen heraus wie das schimmernde Licht einer dämlichen Hoffnung. Hoffnung, von der er nicht mehr viel hatte. Sie war in Connecticut. *Connecticut.* War sie jetzt endgültig dort? War das ihre Art, die *Pause* zu etwas Endgültigem werden zu lassen? Er hätte sich dafür ohrfeigen können, dass er nicht gefragt hatte, ob sie die Stelle dort angenommen hatte, aber er war wie vor den Kopf geschlagen gewesen, weil sie nicht mehr nur wenige Meilen entfernt war.

Schweißgebadet kehrte er nach Hause zurück und das entsprach auch irgendwie seinem Gemütszustand in letzter Zeit. Er zog sich das T-Shirt über den Kopf und nahm sich ein Handtuch aus einer Küchenschublade, um sich den Schweiß vom Körper zu wischen.

»Hey, Dad.« Evan saß im Wohnzimmer, vertieft in eines der Computerbücher, die Caden sich während seines ersten Dates mit Bella gekauft hatte.

Er erinnerte sich daran, als wäre es gestern gewesen. Oh, wie sehr wünschte er sich, er könnte die Uhr zurückdrehen und zu diesem Abend zurückkehren und Dienstag ganz überspringen.

»Hi, Ev, was machst du denn schon auf?« Am Abend zuvor hatte er Evan praktisch anflehen müssen, einen Film anzusehen, statt PC-Spiele zu spielen. Als er beschlossen hatte, sich mehr auf seinen Sohn zu konzentrieren, hatte er nicht bedacht, dass Evan die Aussicht auf mehr Zweisamkeit vielleicht nicht so toll fand wie er.

»Ich habe dir doch gesagt, dass ich Vera heute helfe, weißt du noch? Dieses Buch ist genial. Hast du das für mich gekauft?« Er blätterte ein paar Seiten weiter.

»Stimmt, ich erinnere mich.« Er wischte sich mit dem Handtuch über das Gesicht. »Ich habe das Buch gekauft, damit ich mich in das einlesen kann, was dich interessiert. Du kannst es haben. Ich verstehe da nur Bahnhof.« Das blöde Buch war ihm egal. Bella war ihm nicht egal und sie – verdammt – war jetzt weg. Wie sollte er acht Stunden Arbeit überstehen?

»Danke.« Evans Haare waren von der Dusche noch nass, und Caden stellte erfreut fest, dass er saubere und nicht zerknitterte Sachen angezogen hatte.

Er zwang sich, in Gedanken bei Evan zu bleiben. »Ich arbeite bis fünf. Sollen wir heute Abend auf dem Grill Burger machen?«

Evan zuckte mit den Schultern. »Bobby wollte was mit mir machen.«

Cadens Magen zog sich zusammen. »Evan, ich bin nicht sicher, ob das eine gute Idee ist.«

»Bobby hängt nicht mehr mit den Typen ab. Ich schwöre. Du kannst ihn fragen und außerdem hat er nie etwas Schlimmes getan.«

»Ich weiß nicht, Evan.« Bobby war ebenso wie Evan von jeglichem Fehlverhalten freigesprochen worden, aber es machte Caden nervös, wenn er die Kids, mit denen sein Sohn Zeit verbrachte, und deren Eltern nicht persönlich kannte. Vielleicht war es an der Zeit, das zu ändern.

»Hör zu, ruf Bobby an und sag ihm, dass ich nach meiner Schicht vorbeikomme, um seine Eltern kennenzulernen. Dann kannst du den Abend hier mit Bobby verbringen.«

Evan klappte das Buch zu und seufzte. »Ich habe seit der Sache meine ganze Zeit hier verbracht. Reicht dein Vertrauen in mich für nichts mehr?«

»Ich vertraue dir doch.« Caden setzte sich neben ihn auf das Sofa und stützte sich mit den Ellbogen auf den Knien ab.

»Nein, tust du nicht. Wenn du nicht arbeitest, bist du hier bei mir. Außer wenn du joggen gehst, aber dann schlafe ich normalerweise.« Evan stand auf. »Du gehst nicht mal mehr mit Bella aus.«

»Es geht hier nicht um mich, Evan. Du willst Zeit mit Bobby verbringen? Dann muss ich seine Eltern kennenlernen.« Caden würde nie wieder gegen diese Regel verstoßen.

»Von mir aus. Mach das. Ist mir egal.« Evan vergrub die

Hände in den Taschen. »Aber warum müssen wir den ganzen Abend hier herumsitzen? Das ist langweilig, Dad. Es ist Sommer. Wir wollen draußen abhängen, auf der Rückseite des Rathauses in Wellfleet wird ein Film gezeigt. Wir wollten mit den Rädern hinfahren.«

Caden fuhr sich mit der Hand über das Gesicht. Er war froh, dass Evan zurück ins Leben fand, und sein Sohn hatte das Richtige getan. Es gab also keinen Grund, ihm nicht zu vertrauen.

»Gut. Ich fahre nach der Arbeit zu seinen Eltern. Du hast dein neues Handy dabei?«

Evan nahm es aus der Tasche. »Danke, Dad. Warum gehst du heute Abend nicht mit Bella aus?«

Weil wir Schluss gemacht haben. »Wie wäre es, wenn du dir über dein Privatleben Gedanken machst und ich mir über meines?«

Evan schaute zu Boden und dann, mit einem gequälten Gesichtsausdruck, wieder zu seinem Vater. »Du hast Schluss gemacht, oder?«

»Wir … machen eine Pause.« Er hatte diese verdammte Pause satt. Warum hatte er überhaupt gedacht, dass das eine gute Idee wäre?

»Warum?« Evan verzog das Gesicht. Seine Wangen glühten. »Warum hast du Schluss gemacht? Wegen mir?«

»Nein, nicht wegen dir, und ich habe von einer Pause geredet, nicht davon, dass wir endgültig Schluss gemacht haben.« Wie konnte Bella das missverstehen? Wie hatte sie gehen können? Wie hatte er überhaupt so blöd sein können, zu glauben, dass er diese Pause brauchte? Bella verstand Evan, vielleicht manchmal sogar besser als Caden selbst.

Evan tigerte hin und her. »Dad, ich mag sie wirklich gern.

Warum hast du Schluss gemacht, wenn es nicht wegen mir war?«

»Das ist kompliziert, Evan.« Er stand auf und ging den Flur entlang zu seinem Schlafzimmer.

»*Kompliziert*. Das ist deine Standardantwort«, sagte Evan, als er an ihm vorbeiging. »Tja, das ist echt ätzend, Dad. Du lebst endlich dein Leben und schaffst es irgendwie, dir eine Frau zu angeln, mit der ich sehr, sehr gern Zeit verbringe, und dann baue ich Scheiße und vermassele dir alles.«

Caden schloss eine Sekunde lang die Augen, um seine aufsteigende Wut unter Kontrolle zu bringen, aber die Tage des Frusts machten sich bemerkbar, und so marschierte er Evan hinterher. »Zum einen sagst du nicht Scheiße. Zum anderen habe ich immer mein Leben gelebt und –«

»Du hast nie dein Leben gelebt. Du hattest deine Arbeit und mich und das war's. Ich habe dich nie mit einer Frau gesehen, bis Bella kam, und ich mochte sie, Dad, und ob du es nun hören willst oder nicht, ich mochte dich sogar noch mehr, wenn sie da war. Du warst glücklicher.« Evan ballte die Hände zu Fäusten.

Caden wurde bewusst, dass Evan diese Trennung ebenso mitnahm wie ihn. Sie saßen in demselben elenden Boot.

Seine Stimme wurde sanfter, während er versuchte, seine Wut zu zügeln. Er hatte gedacht, er würde alles besser machen, aber er hatte alles einfach nur schlimmer für sie beide gemacht. »Ist es dir je in den Sinn gekommen, dass du und die Arbeit mein Leben seid?«

»Mir doch egal.« Evan ging in sein Zimmer und knallte die Tür zu.

Verdammt noch mal. Würde irgendwann mal wieder alles normal laufen?

Caden ging in sein Schlafzimmer und setzte sich auf das Bett. Er tat immer das Richtige. *Immer.* Mist. Er hatte Bella, Evan und sich selbst wehgetan, nur weil er glaubte, das Richtige zu tun. Sein Vater hatte recht. Er konnte nicht der beste Vater sein, wenn er nicht vollständig war. Es war an der Zeit, dass er sein Leben in die Hand nahm und das tat, was er für sein eigenes Herz wollte. Was er brauchte, um vollständig zu sein.

Er liebte Evan und er liebte Bella. Es gab keinen Grund, seine Liebe nur einem Menschen zu schenken – er hatte genug für beide.

Er ging im Schlafzimmer auf und ab. *Wenn ich Evan nicht gut erzogen hätte, dann wäre er in den Ärger verwickelt gewesen – und nicht derjenige, der die anderen der Polizei meldet.*

Als er auf das Bett schaute, schnürte es ihm die Brust zusammen. Bella in diesem Bett zu lieben, davon hatte er geträumt. Mit ihr in seinen Armen aufzuwachen, Pläne für den Tag mit ihr und Evan zu machen. Er nahm sein Handy heraus und scrollte zu dem Bild von sich und Bella auf dem Feuerwachturm von Wellfleet.

»Du fehlst mir, Kleines. Du fehlst mir so schrecklich, dass es mich umbringt.«

Er musste Bella zeigen, dass er eine absolut feste Beziehung zu ihr wollte, und es gab nur eine Möglichkeit, das zu tun.

Sechsundzwanzig

Cadens Anruf hatte Bella neues Leben eingehaucht. Sie war gleich nach dem Telefonat aufgestanden und hatte mit dem Packen losgelegt. Das meiste von dem Niemals-wegwerfen-Kram hatte sie schon zusammengesucht: Sachen, die sie nie wieder brauchen würde, von denen sie sich aber nicht trennen konnte – Kleider von den Abschlussbällen, Liebesschwüre von Jungs aus der Grundschule, Briefe von ihren Seaside-Freundinnen. Sie musste einfach ein paar der Kleider anprobieren und war überrascht, dass ihr immer noch einige davon passten. Als sie nun in einem der hellrosa Kleider hin- und herschwang und sich im Spiegel betrachtete, sah sie vollkommen anders aus als die Bella, die alle kannten, aber sie fühlte sich wohler in ihrer Haut als seit Jahren. Sie war eine Frau, und sie war bereit, ihr Leben verdammt noch mal in die Hand zu nehmen, um durchzustarten.

Sie schrak zusammen, als ihr Handy klingelte, das sie hektisch zwischen ihren Kartons hervorkramte. Jennas Name und ein Foto von ihr poppten auf dem Display auf.

»Schimpf nicht mit mir, weil ich abgehauen bin«, sagte Bella, noch bevor Jenna etwas herausbringen konnte. Sie hörte Jenna rufen: »Sie ist rangegangen. Sie ist rangegangen!« Dann vernahm sie das verräterisch hallende Geräusch, als der Anruf auf Lautsprecher gestellt wurde.

»Meine Güte, Mädel. Wir wären doch mitgekommen. Leanna und Amy sind hier bei mir. Geht es dir gut? Bitte sag, dass es dir gut geht. Ich habe gestern versucht, dich anzurufen, und du bist nicht rangegangen.« Jennas Stimme klang sehr besorgt. »Ich wollte schon nach Connecticut fahren, aber Amy hat mich nicht gelassen. Sie meinte, du musst das ohne uns klären. Stimmt das?«

Der Schmerz in Jennas Worten war deutlich. »Ja, das stimmt. Es tut mir so leid, Jenna, und danke, Amy.«

»Ich bin immer für dich da, Bells«, sagte Amy.

»Mhm«, meinte Jenna leise. »Aber wir haben dich doch lieb.«

»Das weiß ich. Ich habe euch auch lieb. Ich wollte nur … Ich konnte nicht anders, Jenna. Ich musste einen klaren Kopf bekommen, und wenn ihr bei mir gewesen wärt, dann hättet ihr mich so lange heulen lassen, wie ich es gebraucht hätte. Ihr hättet dafür gesorgt, dass es mir besser geht, und ihr hättet mir geholfen, herauszufinden, was das Richtige für mich ist.«

»Was du nicht sagst. Dafür sind Freundinnen da«, sagte Jenna.

Sarkasmus. Bella lächelte. »Ich musste das hier allein für mich herausfinden. Ich wusste, dass du es verstehen würdest.«

»Das tue ich, aber das nächste Mal gehst du bitte an dein dämliches Handy und sagst es mir, okay? Ich habe drei Stunden lang mein Ferienhaus geputzt, und du weißt, dass es gar nicht dreckig war. Amy hat sogar meine Schuhe für mich durcheinander gebracht, damit ich sie wieder neu sortieren konnte.«

Bella lachte. »Das zeigt, dass sie eine gute Freundin ist.«

»Ja, das ist sie«, bestätigte Jenna.

»Bella, ich bin's, Leanna. Wie kommst du zurecht? Geht es dir gut, oder möchtest du, dass wir zu dir kommen?«

»Mir geht es gut, Leanna. Caden hat angerufen, wir haben kurz geredet.«

»Und?«, fragte Jenna.

»Und ich habe mich danach besser gefühlt. Ich weiß, dass er die Zeit mit Evan brauchte. Ich habe endlich einen Entschluss gefasst. Ich habe die Stelle hier abgelehnt und ich habe die Verträge für den Verkauf meines Hauses unterschrieben.«

»Bella! Du machst es jetzt also doch?«, fragte Jenna.

»Ja. Weißt du, Tony hatte recht. Ich bin der Inbegriff von Stärke und Selbstvertrauen. Aber Caden kennt mich besser als ich selbst. Er hat die Person, die ich in der Öffentlichkeit bin, gleich durchschaut.«

»Schicksal«, meinte Leanna. »Ich wusste, dass ihr zwei füreinander bestimmt seid.«

»Und was ist jetzt mit deinem Plan?«, wollte Amy wissen.

»Du meinst meinen *abgeänderten* Plan? Ich *brauche* keinen Mann, um ganz zu sein, und ich *brauche* keinen Mann als Grund für meine Entscheidungen. Ich kann einen Mann *wollen*, ohne ihn zu *brauchen*.« Bella wusste, dass sie die richtige Entscheidung getroffen hatte, und sie hörte kleine glückliche Laute von ihren Freundinnen. Sie stellte sich vor, dass sie sich bei den Händen hielten, für sie und mit ihr lächelten und mit angehaltenem Atem auf den Rest ihrer Entscheidung warteten.

»Und?«, fragte Jenna schließlich.

»Und ich will Caden.«

Je näher Bella Cadens Haus kam, desto schneller raste ihr Herz. Es war so weit. Dies war ihr Jetzt-oder-nie-Moment. Dies war ihr Leben, und sie würde ihm genau erzählen, was sie von seiner Pause hielt. Sie fuhr die Route 6 entlang und bog in die Nebenstraße ab, die zu seinem Haus führte. So hektisch war ihr Atem, dass sie kurz an die Seite fahren musste, um ein paarmal tief durchzuatmen.

Okay. Okay. Okay. Das schaffe ich.

Sie zupfte am Saum ihres Kleides und rückte dann die zarten Träger, die ihr Oberteil hielten, zurecht. Laut ausatmend fuhr sie wieder auf die Fahrbahn und bog in seine Straße ein. Seine Auffahrt war leer.

Mist.

Sie hatte nicht einmal in Erwägung gezogen, dass er vielleicht nicht da war. Ihren Irrtum schob sie der Überzuckerung durch die viele Schokolade zu, die sie gegessen hatte. Er konnte überall sein – Angeln mit Evan, am Strand, bei der Arbeit. *Verdammt.* Eigentlich sollte die Sache einfach sein. An die Tür klopfen, ihren Spruch aufsagen und dann würde er entweder – *Oh. Nein. Hilfe.* Cadens Pick-up fuhr hinter ihr auf die Auffahrt.

Sie bekam keine Luft.

Im Außenspiegel sah sie, wie er in seiner Uniform aus dem Wagen ausstieg und ganz genau so aussah wie an dem ersten Abend, als sie sich kennengelernt hatten. Als seine Augen ihre im Spiegel fanden, spürte sie, wie ihr Herz aufging. Nur dass dieses Mal die Traurigkeit in seinen Augen ihr Gefühl widerspiegelte, aber sie durfte nicht zulassen, dass sie das von ihrem Vorhaben abbrachte.

Er kam auf ihren Wagen zu, einen Schritt nach dem anderen, und ihr Atem wurde flach, und als er die Hand nach dem Türgriff ausstreckte, fühlte sie sich nicht mehr wie eine Frau, die durchstarten musste.

Sie fühlte sich einfach wie eine Frau und das war genug.

Caden traute seinen Augen nicht. Bella war da, stieg aus ihrem Auto und trug – *Halleluja!* Was trug sie da? Irgendein rosafarbenes Polyesterteil, das ihre Brüste und Hüften umschmeichelte und das anscheinend von zwei dünnen Bändern gehalten wurde, die im Nacken zusammengebunden waren. An ihrer Taille befand sich eine rosa Seidenschleife und der Stoff endete vorne über ihren Knien und reichte hinten bis an ihre Fersen.

»Sieh mich nicht so an.« Sie verschränkte die Arme und zog die Schultern hoch. Dann straffte sie sie wieder und hob das Kinn.

»Ich … Bella …« *Meine Güte, sag etwas.* »Es tut mir leid.«

»Mir auch.« Sie zog die Augenbrauen zusammen.

Mist.

»Ich werde dir etwas sagen«, begann sie mit ernstem Tonfall. »Und ich werde es nur einmal sagen.«

Caden berührte ihren Arm.

»Ich kann nicht denken, wenn du mich berührst.«

Er musste lächeln, was sie wieder veranlasste, die Augenbrauen zusammenzuziehen. Er blickte auf seine Hand und zog sie widerstrebend weg.

»Es tut mir leid. Aber du bist hier. Selbst wenn du sauer auf mich bist, bin ich froh, dass du hier bist.« Wie konnte er nicht lächeln? Er hatte sie so sehr vermisst, und jetzt stand sie vor ihm, in irgendeinem lächerlichen Outfit, wütend und so verdammt liebenswert. Der Klang ihrer Stimme war wie ein neues Herz für einen Sterbenden.

»Oh, wie habe ich deine Stimme vermisst«, gestand er.

»Du.« Sie stupste mit dem Finger gegen seine Brust. »Hast.« *Stups.* »Mir.« *Stups.* »Wehgetan.« *Stups.*

Er nahm ihren Finger und drückte ihre Hand an seine Brust. Sie versuchte, sich zu befreien, aber er hielt sie fest.

»Verdammt, Caden.« Ihre Stimme zitterte. »Du hast mir wehgetan. Sehr.«

»Es tut mir leid.« Er ging einen Schritt weiter auf sie zu, und sie sah zu ihm auf, bevor sie den Blick auf ihre Hand senkte, die unter seiner gefangen war. »Ich habe mir selbst auch wehgetan.«

Sie schaute ihn mit ihren wunderschönen Augen an. Er sah, dass sie sich verzweifelt bemühte, wütend zu klingen, während er doch wusste, dass sie sich ebenso gern in seine Arme fallen lassen würde, wie er sie an sich gedrückt hätte.

»Du hast zu lange gewartet, bevor du mich angerufen hast«, sagte sie fast flüsternd.

Er schüttelte den Kopf. »Ich wusste nicht, ob ich anrufen sollte.«

Wieder zog sie die Augenbrauen zusammen. »Das hättest du sollen.«

»Es tut mir so unfassbar leid.« Er wollte sie in seine Arme ziehen und küssen, sie halten, ihrer beider Schmerz vertreiben, aber noch bevor er sich regen konnte, sprach sie weiter.

»Verdammt, Caden. Du stehst da so gut aussehend und reumütig und ... so heiß in dieser blöden sexy Uniform, und mit diesem Blick, als würdest du mich mehr als dein eigenes Leben lieben und ...«

»Tue ich auch«, sagte er.

»Du …«

»Ich liebe dich mehr als mein eigenes Leben.«

Sie presste die Zähne zusammen und wandte den Blick ab, doch als sie ihn wieder anschaute, war ihre Stimme erneut voller Entschlossenheit. »Oh. Warte. Ich muss … Ich liebe dich auch, aber, verdammt, ich muss erst ausreden.«

Er lächelte. »Entschuldige.«

»Schon gut.« Sie biss sich auf die Unterlippe und runzelte die Stirn, als versuchte sie, sich daran zu erinnern, was sie sagen wollte. »Du lässt mich stark sein, aber du machst mich auch schwach.« Sie schüttelte den Kopf. »Aber in Wirklichkeit *machst* du mich nicht schwach. Du liebst mich auf eine Art und Weise, bei der ich mich so sicher fühle, dass ich vergesse, wie stark ich bin, und das macht mir eine Höllenangst – auch wenn ich dieses Gefühl genieße. Das habe ich so noch nie zuvor empfunden, aber du, Caden Grant …« In ihrem albernen rosa Aufzug ballte sie die Fäuste und kurz darauf stupste sie wieder an seine Brust. »Du.« *Stups.* »Bist.« *Stups.*

Er nahm ihre Hand und hielt sie fest.

Sie zog die Augenbrauen zusammen. »Du bist der Mann, mit dem ich zusammen sein will. Ich mag die Gefühle, die du in mir auslöst, und verdammt, Caden! Ich stehe dazu. Siehst du?« Sie zeigte auf ihr lächerliches Kleid. »Ich mag, wie du dich um mich kümmerst. Und ich möchte mich um dich und Evan kümmern. Aber ich lasse mich nicht an der Nase herumführen. Ich lasse mich nicht behandeln, als wäre ich entbehrlich. Entweder du nimmst mich oder du gibst mich frei, aber dazwischen gibt es nichts.«

Er schloss seine Hand noch fester um ihre. »Ich habe nicht viel Erfahrung damit, jemanden so zu lieben, oder mit Beziehungspausen.« Sein Herz zog sich zusammen, als ihre

Worte einsanken, und sanfter sprach er weiter. »Und auch nicht damit, zu merken, dass ich der größte Narr auf Erden war.«

»Du …« Sie hakte sich mit einem Finger in den Bund seiner Hose ein. »Was?«

»Ich war ein Idiot. Dafür, dass Evan sich auf die falschen Leute eingelassen hat, habe ich mir die Schuld gegeben, weil ich ihm nicht genug Aufmerksamkeit geschenkt habe, während ich so mit uns beschäftigt war, dass ich keinen klaren Gedanken fassen konnte.«

»Deine Bindung zu Evan ist wichtig und das respektiere ich.«

»Meine Bindung zu dir ist auch wichtig. Unsere Beziehung ist wichtig. Ich dachte, ich muss mich ausschließlich auf Evan konzentrieren, aber, Kleines, ich habe mich geirrt. *Wir* müssen uns auf Evan konzentrieren. Gemeinsam. Ich kann kein guter Vater sein, wenn ich meine emotionale Energie damit verschwende, dich zu vermissen. Ich kann nicht schlafen. Ich kann nicht essen. Ich kriege nichts auf die Reihe, weil ich dich liebe, Bella, und ohne dich sind klare Gedanken überhaupt nicht möglich.« Er schwieg kurz, um seine Worte wirken zu lassen. »Ich habe einen unüberlegten Vorschlag gemacht, weil Evan …«

»Alles für dich ist, und das sollte er auch«, sagte sie leise. »Ich habe überreagiert. Ich war egoistisch und das tut mir leid.«

»Nein. Du irrst dich, wenn du glaubst, Evan sei alles für mich. Er war alles für mich, bis ich dich kennengelernt habe. Er ist mein Sohn und ich liebe ihn. Aber den Platz, den er in meinem Herzen einnimmt, kann nur ein Kind in Anspruch nehmen.« Er legte die Hände um ihre Wangen und trat einen Schritt näher, sodass sich ihre Oberschenkel berührten – und das fühlte sich unglaublich richtig an. »Du bist meine

Seelenverwandte. Meine Geliebte. Meine Freundin. Die Frau, mit der ich mein Leben verbringen will, und eines Tages wirst du vielleicht, wenn du es willst, die Mutter unseres Kindes sein. Auf der Seite meines Herzens, die Evan erfüllt, ist Platz für mehr, aber die andere Seite meines Herzens, deine Seite, die hat nur Platz für dich.«

Tränen stiegen ihr in die Augen. »Caden.«

»Lass mich ausreden, bitte.« Er legte seine Stirn an ihre. Sie seufzte, und als er ihr Gesicht anhob, damit er ihr tief in die Augen schauen konnte, glitt eine warme Träne über seinen Daumen.

»Ich liebe dich, Bella. Ich liebe deine Stärke, dein lautes Lachen, die Art, wie du an Evan denkst, wenn du an deine Arbeit denken solltest. Ich liebe es, wie wichtig dir deine Freunde sind und wie sehr du insgeheim alles magst, was rosa ist. Ich werde dich immer lieben, Bella, und ich möchte dich in unserem Leben haben.«

Er verschloss ihren Mund mit seinem, und die ganze Leere, die sich in den vergangenen Tagen in ihm ausgebreitet hatte, wurde von Bella erfüllt.

Von ihnen.

Als sie sich voneinander lösten, griff er in seine Tasche und holte einen Zettel hervor, der in Größe und Dicke einer Visitenkarte entsprach. »Ich wollte dir etwas geben, das dir zeigen soll, dass ich es ernst mit meiner Bindung zu dir meine.«

Er legte ihr den Zettel in die Hand, schloss ihre Finger darum und küsste sanft ihren Handrücken. Dann gab Caden ihr einen Kuss auf die Stirn.

»Bevor du die Hand öffnest, musst du mir bitte verraten, was du da trägst.«

Bella sah an ihrem Kleid hinab und errötete. »Das ist ein

Abschlussball-Kleid. Ich hatte es für den Abschlussball meiner Highschool gekauft, aber das war, bevor mir bewusst wurde, dass mädchenhafte Mädchen ausgenutzt werden.«

»Du hast es also nicht getragen?« Er liebte sie so sehr, dass es wehtat.

Sie schüttelte den Kopf. »Ich hatte ein schwarzes Kleid an. Aber als ich es in meinem Schrank sah, erinnerte ich mich daran, wie du mich durchschaut hast und dass du diese Seite von mir mochtest. Und dass du gesagt hast, ich solle sie annehmen.« Sie zuckte mit einer Schulter.

Er küsste sie noch einmal und sie schmolz ihm entgegen.

»Vielleicht sollten wir shoppen gehen und nach etwas aus diesem Jahrzehnt suchen«, scherzte er.

»Vielleicht kann das mit dem Shoppen noch warten«, sagte sie an seinen Lippen.

Das Geräusch von Reifen auf dem Kies riss sie voneinander los.

»Bella!« Evan ließ sein Fahrrad fallen und umarmte beide gleichzeitig. »Du bist wieder da. Jenna sagte, du wärst in Connecticut, und ich dachte …« Er umarmte sie noch einmal. »Ich dachte, du hättest dich entschieden, die Stelle dort anzunehmen.«

»Du hast mir auch gefehlt, Evan.« Sie schaute zwischen Evan und Caden hin und her. »Wie könnte ich eine Stelle annehmen, die so weit weg von meinen beiden Lieblingsmännern ist?«

Hastig sah er zu Caden. »Ihr seid wieder zusammen?«

Caden nickte und Evan ballte die Faust zur Siegerpose. »Zum Glück. Bitte hol ihn hier raus, Bella. Er hat hier nur zu Hause rumgehockt und mich in den Wahnsinn getrieben.«

»Oh, das kriege ich bestimmt hin«, sagte sie mit einem

verschmitzten Funkeln in den Augen.

»Hm.« Evan sah an Bellas Kleid hinunter. »Du solltest dir vielleicht vorher etwas anderes anziehen. Ich bin mir ziemlich sicher, dass das nach den Fünfzigern nicht mehr modern war.«

»Neunzigern«, korrigierte ihn Bella.

»Egal.« Evan ging zur Haustür.

Das *Egal* sagte er mit einem Lächeln im Gesicht. Es war Musik in Cadens Ohren.

Auf halbem Weg zur Tür blieb Evan stehen und wandte sich um. »Bella, es tut mir leid, dass ich dich angelogen und gesagt habe, ich wäre an dem Tag nicht bei dem Campingplatz gewesen. Ich hatte Angst, dass ich Ärger bekommen würde und … na ja. Ich werde nicht mehr lügen.«

Verwirrung spiegelte sich in ihren Augen wider. Caden wurde bewusst, dass er noch nicht einmal die Gelegenheit gehabt hatte, ihr alles zu erzählen, was Evan ihm berichtet hatte.

»Das ist in Ordnung, Evan. Ich bin froh, dass du am Ende das Richtige getan hast.«

»Cool. Danke.« Er ging hinein.

»Danke«, sagte Caden zu Bella. »Ich muss dir eine Menge erzählen, aber es macht mich stolz, dass er sich entschuldigt hat. Ich habe es nie von ihm verlangt.«

»Er ist ein erstaunlicher Junge, Caden.«

Bella öffnete die Hand und las, was auf dem Zettel stand. Sie krallte sich in Cadens Hemd. »*Du kommst aus dem Gefängnis frei.* Hast du die aus einem Monopoly-Spiel geklaut?«

»Nein, aber ich habe mir die Idee von dem Spiel geklaut … in gewisser Weise.« Himmel, wie sehr er sie liebte.

»Stelle niemals deine Ansichten wegen mir in Frage. Ich liebe dich für deine Überzeugungen.«

Er küsste sie sanft. »Tut mir leid. Das war für mich gedacht.

Für den Fall, dass du deine Plüschhandschellen einsetzt und vergisst, unser Codewort zu respektieren.« Er hob eine Augenbraue und sie lachte.

»Dreh sie um«, flüsterte er.

Sie sah auf den Zettel.

»Lies die andere Seite.« Er hielt den Atem an, als sie die dünne Karte herumdrehte. Er spürte ihr Herz nun noch heftiger an seiner Brust schlagen. Sie sah von der Karte zu ihm auf und dann wieder hinunter.

»Ist …?« Wieder stiegen ihr Tränen in die Augen. »Ist das ein Scherz?« Sie las die Worte noch einmal.

Heirate mich.

»Noch nie in meinem Leben habe ich etwas ernster gemeint. Ich liebe dich, Bella. Das wusste ich von dem Moment an, in dem du an diesem ersten Abend in meine Arme gefallen bist. Ich möchte dein YMCA-Mann sein. Der Mann, der deine Veranda repariert oder auch nicht, je nach deiner Stimmung. Ich möchte mit dir in meinen Armen aufwachen und ich will nie, nie wieder eine dämliche Pause von dir. Willst du mich heiraten, Bella?«

»Aber … Evan?« Ihre Unterlippe zitterte.

»Ich bitte dich nicht, Evan zu heiraten, aber falls du dir Sorgen machst, dass er dagegen sein könnte, dann kann ich dich beruhigen. Er hätte mir fast eine verpasst, weil ich es mit dir vermasselt hatte. Ich habe nur eine Bedingung.«

Sie sah ihn mit großen Augen an.

»Ich will nie ein Nicht-Ehemann für dich sein. Ich will das komplette Paket. Du in einem weißen Kleid, ich so richtig als Pinguin mit Frack. Ich möchte, dass du die Hochzeit bekommst, von der du insgeheim geträumt hast.«

Tränen rannen über ihre Wangen. »Woher weißt du, dass

ich von so etwas geträumt habe?«

Er strich über ihr Kleid. »Wenn du solch ein Kleid aufbewahrst, dann träumst du auch von einer richtigen Hochzeit. Bitte lass mich nicht länger auf eine Antwort warten.«

»Ja, Caden. Ich will deine richtige Ehefrau werden und niemals deine Nicht-Ehefrau.«

Eins

Eigentlich sollte es ein ungeschriebenes Gesetz geben, dass man Bauarbeitern nicht hinterhersabbern durfte – aber gerade war Jenna Ward wirklich froh, dass so etwas nicht existierte. Sie saß auf der Veranda im Außenbereich des Bookstore Restaurants und genoss den Anblick der drei tief gebräunten Männer, die oberkörperfrei die Straße teerten. Das Spiel der Muskeln unter ihrer schweißglänzenden Haut, während sie mit der zähen, klebrigen Masse hantierten, hätte selbst die Götter erfreut. Alle drei trugen Jeans, die ihnen tief auf den Hüften saßen und sich wie eine zweite Haut an ihre muskulösen Oberschenkel schmiegten. Die Hosenbeine hatten sie in ihre derben, teerverschmierten Arbeitsstiefel gesteckt. Welcher Frau mit Puls wurde es bei einem attraktiven Mann in Arbeitsstiefeln und mit nacktem Oberkörper nicht zumindest ein bisschen warm?

Die Ablenkung von ihrer Schwärmerei für Peter Lacroux konnte sie weiß Gott gut gebrauchen. Die gehörte im Sommer am Cape inzwischen genauso zu ihrem Leben wie ihre Sehnsucht in den übrigen neun Monaten des Jahres, wenn sie sich nicht sahen. Jenna nahm einen besonders gut aussehenden Arbeiter ins Visier. Seine blonden Haare wirkten beinahe weiß und sein kantiges Kinn strahlte pure Männlichkeit aus. Am liebsten wäre sie über die Straße marschiert, die zwischen Restaurant und Strand verlief, und hätte sich ihm an den Hals geworfen. Sich direkt dort auf dem warmen Teer flachlegen lassen. Sich von ihm überwältigen lassen, bis alle Gedanken an Pete ausgelöscht waren.

»Wisch dir den Sabber vom Kinn, *chica*.« Amy Maples reichte Jenna eine Margarita und dazu demonstrativ eine frische Serviette, bevor sie sich auf dem Stuhl gegenüber niederließ. »Meine Güte, was ist denn dieses Jahr mit dir los? Man könnte meinen, du bist läufig. Ich kann deine Pheromone praktisch riechen.«

Jenna nahm einen großen Schluck aus ihrem Glas und zupfte das Oberteil ihres roten Bikinis ein wenig zurecht, das ständig über ihren großen Brüsten verrutschte, als wollte es sie befreien. Selbst das Stück Stoff war bereit für einen Mann. Einen *echten* Mann. Einen Mann, der Jenna ebenso sehr wollte, wie sie ihn.

Nach kurzem Zögern wandte sie sich von dem Testosteron-Spektakel ab und ihren besten Freundinnen zu. Seit sie denken konnte, hatte sie den Sommer gemeinsam mit diesen Frauen hier in Wellfleet am Cape Cod verbracht. Im Stillen hoffte Jenna, dass sie ihr auch im wichtigsten Sommer ihres Lebens beistehen würde.

Okay, das hatte sie selbst so festgelegt und vielleicht war es auch ein bisschen übertrieben, aber so fühlte es sich nun einmal an. Weltbewegend. Gewaltig. Riesig. *Na toll.* Jetzt musste sie an andere ziemlich große Dinge denken …

»Du bist schon seit einer Woche hier und hast uns immer noch nicht gesagt, warum du eine wandelnde Hormonfabrik bist. Redest du jetzt endlich mit uns darüber oder sollen wir raten?« Bella Abbascia war eine selbstbewusste, manchmal auch vorlaute Blondine, die – wie Leanna Bray, die chaotische Brünette ihrer Clique – bereits ihre große Liebe gefunden hatte. Davon konnte Jenna nur träumen. Oder besser gesagt: es schmerzlich vermissen. Aber Bella hatte recht, es war Zeit, die Karten auf den Tisch zu legen.

Jenna trank den Rest ihrer Margarita auf Ex und klatschte dann die Handflächen auf die Tischplatte.

»Koste es, was es wolle, das wird *mein* Sommer. Ich habe die Nase voll vom Herumeiern. Ich will einen Mann. Einen *echten* Mann.« Ihr Blick huschte erneut zu den Bauarbeitern. *Oh ja!* Doch obwohl sie versuchte, sich selbst davon zu überzeugen, wie sehr der Blonde sie anmachte, ging ihr Pete einfach nicht aus dem Kopf – es war, als gäbe es dort einfach keinen Platz für andere Männer.

Brachte es etwas, wenn sie erst einmal nur so tat als ob? Vielleicht konnte sie es sich ja lange genug einreden, dass sie es irgendwann selbst glaubte, wenn sie sich nur genug anstrengte.

»Dann schnappst du dir also Pete?« Leanna nippte mit einer hochgezogenen Augenbraue an ihrem Drink. »Was ist daran dann anders als in den letzten fünf Sommern?«

»Oh nein. Peter Lacroux kann mich mal an meinem großen, sexy Hintern lecken.«

»Jenna!« Amy riss die grünen Augen auf. Sie war die Liebste der Gruppe, zierlich, hübsch und hoffnungslos anständig.

»Du hast in der Tat einen tollen Hintern, Jen«, warf Bella ein. »Aber du bist auch schon ewig in den Kerl verknallt. Wenn du dich nach jemand anderem umsehen …« Sie biss sich auf die Unterlippe und schüttelte den Kopf, als einer der Arbeiter sich aufrichtete und den Schweiß von der Stirn wischte und dabei den perfekten Ausblick auf seine wohlgeformten Brustmuskeln freigab. Bella begutachtete noch sein ausgeprägtes Sixpack, bevor sie sich losriss. »Hm … Okay, ja. Sie sind schon ziemlich heiß. Aber warum nicht mehr Pete?«

Diese Frage hatte Jenna schon hundertmal im Kopf hin- und hergewälzt. Sie starrte auf ihr leeres Glas und atmete tief aus. »Weil ich nicht noch einen Sommer damit verbringen werde, einem Mann hinterherzulaufen, der mich nicht haben will. Und es wird sowieso ein schwerer Sommer für mich. Ich muss mit meiner Mutter Schluss machen, das ist schon hart genug für die paar Wochen.«

»Du willst mit deiner Mom Schluss machen? Kann man das überhaupt?« Amy schaute fragend in die Runde.

»Dann verkraftet sie es wohl nicht so gut, dass dein Vater wieder geheiratet hat?«, fragte Leanna. »Ich hatte so darauf gehofft, nachdem sie sich während der Scheidung ganz gut geschlagen hat.«

Jenna verdrehte die Augen. »Ich auch. Man sollte auch meinen, dass sie zwei Jahre nach der Scheidung genug Abstand dazu hat, aber Leute, ihr könnt euch das nicht vorstellen.« Sie schüttelte den Kopf und bedeutete dem Barkeeper mit erhobenem Glas, dass sie noch einen Drink brauchte. Natürlich hätte sie auch aufstehen und ihn sich selbst holen können, aber der attraktive Kellner, der ihr das Getränk an den Tisch bringen würde, war eine willkommene Ablenkung. Möglichst viele davon würden sie vielleicht irgendwann davon abhalten, ständig an Pete zu denken.

»Sie ist … hm … wie drücke ich das respektvoll aus. Sie ist nicht unbedingt auf Männerfang, aber sie hat sich definitiv verändert. Sie ist siebenundfünfzig, trägt aber Kleidung, als wäre sie viel jünger, und ich schwöre, sie hält mich für ihre neue beste Freundin. Sie will mit mir über Männer und Sex reden und noch viel schlimmer: neuerdings geht sie tanzen und in Bars. Ich liebe meine Mom, aber ich muss wirklich nicht mit ihr ausgehen und über Sex reden. *Bitte!*«

»Ich habe mich schon gefragt, was los ist, als sie dir gestern Abend ununterbrochen Nachrichten geschickt hat.« Bella band ihre Haare mit einem Zopfgummi zusammen. »Sie hat es gerade nicht leicht, Jenna. Hab ein bisschen Geduld mit ihr. Sie hat vierunddreißig Jahre in einer Ehe verbracht, das ist eine lange Zeit. Ich bin noch nicht mal mit Caden verheiratet und wäre am Boden zerstört, wenn er mich verlassen würde, um eine Jüngere zu heiraten.«

Bella und Caden hatten sich letztes Jahr kennengelernt, als Bella hier in Wellfleet einen Neuanfang mit einem Arbeits- und Studienprogramm für Highschool-Kids gewagt hatte. Dabei hatte sie sich in Caden Grant verliebt, der als Polizist am Cape arbeitete, und inzwischen war sie für seinen knapp sechzehnjährigen Sohn Evan zu einer Ersatzmutter geworden. Das Cape war eine schmale Landzunge, die die Bucht – die Cape Cod Bay – vom Ozean trennte. Bella und Caden wohnten auf der Seite der Bay in einem Haus, das Caden schon gehörte, als sie sich kennengelernt hatten, doch einen Teil des Sommers würden sie in Bellas Ferienhaus in Seaside verbringen.

»Das verstehe ich ja. Es ist nur … Gott, es ist so schwer mitanzusehen, wie sie mit ihrem Aussehen hadert. Und ganz ehrlich, ihr wisst, dass ich sie wirklich lieb habe, aber sie macht sich schon ein bisschen lächerlich. Die Scheidung ist zwei Jahre her. Sie muss einfach drüber hinwegkommen und ihr Leben weiterleben. Und jetzt habe ich ein schlechtes Gewissen, weil ich mich durchgesetzt und ihr erklärt habe, dass ich erst am Ende des Sommers wieder nach Hause komme.«

»Warum hast du deswegen ein schlechtes Gewissen? Das machst du doch jedes Jahr.« Amy musterte einen der Bauarbeiter, der sich eine Wasserflasche zum Trinken über den Mund hielt und das klare Nass mit einigem Abstand hineinfließen ließ. »Puh, heiß.« Sie fächelte sich etwas Luft mit ihrer Serviette zu.

Jenna beobachtete, wie er sich den Mund mit seinem muskulösen Unterarm abwischte. »Ja, aber sie wollte, dass ich ein paarmal heimfahre, um *mit ihr abzuhängen*.« Der sexy Kellner brachte ihren Drink.

»Danke, Püppi.« Ihr Blick folgte seinem knackigen Hintern, als er wieder ging.

»Püppi?« Amy kicherte.

»Seht ihr?« Jenna ließ die Stirn auf die Tischplatte fallen. »Das Wort benutzt sie immer. Püppi. Wer sagt denn das? Ihr müsst mir helfen. Sie wird mich kaputtspielen, und wenn ich noch einen Sommer lang Pete hinterherhechele, war's das. Meine Mutter wird mich hassen, meine Mumu wird einsam sein und ich werde Wörter wie *Püppi* benutzen. Einmal notschlachten, bitte.«

»Ach, apropos Pete …« Leanna deutete mit dem Kopf in Richtung Zebrastreifen, den Pete Lacroux gerade mit einem niedlichen Welpen auf dem Arm überquerte.

Großer Gott, er sieht so unglaublich gut aus. Ich will der Welpe sein. Die Bauarbeiter waren nichts im Vergleich zu Pete, was Jennas Körper auch direkt quittierte. Ihr Herz schlug schneller und ihr Mund fühlte sich trocken an. Seine Schultern waren doppelt so breit wie die der anderen Jungs, seine Taille war schmal und – verdammt!, als er den Welpen von einem Arm auf den anderen schob, bekam Jenna einen exzellenten Blick auf die straffen Muskeln, die seitlich an seinen Hüften unter gut sitzenden Jeans verschwanden. Ihr Gehirn schaltete sich ab. Alle Sicherungen durchgebrannt.

»Atmen, Jenna«, flüsterte Amy ihr zu. »Du bist kein Stück über ihn hinweg.«

Doch Jenna konnte den Blick nicht von ihm abwenden. Das Verlangen und die Lust, die sich seit Jahren in ihr aufstauten, brodelten in ihrem Bauch. *Vielleicht noch einen Sommer? Nur noch ein weiterer Versuch?*

Nein. Nein. Ich kann das nicht mehr. »Der Mann will mich nicht und ich brauche einen Neustart.« Damit zwang sie sich, woanders hinzuschauen, und beschäftigte sich lieber mit ihrem Drink.

Und dann passierte es.

Sie spürte seine Präsenz hinter sich, bevor er auch nur ein Wort gesagt hatte. Jenna, die Frau, die immer und überall mit jedem ins Gespräch kam, hatte Jahre damit verbracht, stammelnd nach Worten zu suchen und peinliche Flirtversuche zu unternehmen. Doch der knapp eins neunzig große, dunkelhaarige und zurückhaltende Peter hatte sie – abgesehen von ein paar heißen Blicken, die sie hin und wieder bemerkte – immer nur wie eine platonische Freundin behandelt.

Trotz ihrer körperlichen Reaktion auf ihn hatte sie keine

Lust mehr, einen Mann anzubeten, in dessen Gegenwart sie kaum ein Wort herausbrachte, und sie hatte auch keine Lust mehr, ihm hinterherzulaufen wie der entzückende Welpe, der sich gerade an seine breite Brust kuschelte.

Sie war so was von fertig mit ihm.

Vielleicht.

Beim Überqueren der Straße fiel Pete die Frauenclique der Seaside-Ferienhaussiedlung – oder die Seaside-Mädels, wie er sie gerne nannte – ins Auge, die es sich auf der Veranda vor dem Bookstore Restaurant gemütlich gemacht hatte. Sie bemerkten ihn nicht gleich, weil sie gerade munter die jungen Bauarbeiter auf der anderen Seite begafften. Seit sechs Jahren arbeitete Pete nun schon als Poolwart und Hausmeister für die Ferienanlage Seaside. Eigentlich war er ja Bootsbauer, hatte aber in dem Berufsstand erst nicht richtig Fuß fassen können. Bis sich herumgesprochen hatte, dass er ein exzellenter Handwerker war, war seine Verbindung zu Seaside bereits zu groß gewesen und er war geblieben. Außerdem waren die Frauen nett und inzwischen war er auch mit den Männern der kleinen Gemeinschaft befreundet: Tony Black, ein Profisurfer und Motivationstrainer, und Jamie Reed, der Entwickler von OneClick, der zweitgrößten Suchmaschine nach Google. Und dann war da noch Jenna Ward, die vollbusige Brünette mit dem Traumhintern, dem herrlich lauten, gackernden Lachen und den faszinierendsten blauen Augen, die Pete je gesehen hatte.

Verdammte Jenna.

Während er auf das Restaurant zuging, bemerkte er, wie ihr

Blick auf ihn fiel. Abgesehen von seinen handwerklichen Fähigkeiten war Pete auch ein echter Frauenversteher – hatte er zumindest immer angenommen. Er erkannte, wenn eine Frau auf ihn stand oder wenn sie zumindest mit dem Gedanken spielte. Aber Jenna Ward? Jenna verwirrte ihn jedes Mal aufs Neue. In Gegenwart ihrer Freundinnen war sie selbstsicher, humorvoll, klug und wahnsinnig attraktiv. Jenna nur anzuschauen, schickte ein heißes Kribbeln durch seinen Körper, aber sobald sie in Petes Nähe war, schien sich all ihr Selbstbewusstsein in Luft aufzulösen und sie wurde zu … Tja, keine Ahnung, was da mit ihr passierte. Jenna wurde dann immer sehr still und zurückhaltend. Pete mochte selbstbewusste Frauen. *Hübsch anzuschauen und eine Tigerin im Schlafzimmer.* Dieser Gedanke ließ ihn schmunzeln. Er war kein Höhlenmensch und respektierte Frauen, aber er wusste auch, was er wollte. Leidenschaft auf beiden Seiten – und mit Jenna, die bei ihm jegliche Selbstsicherheit verlor, hatte er durchaus die Befürchtung, dass seine Libido sie verschreckte. Außerdem hatte er ohnehin keine Zeit für eine Beziehung, da er sich um seinen alkoholkranken Vater kümmern musste.

Jenna drehte sich von ihm weg, als er hinter ihr stehen blieb. Ihr Haar war dieses Jahr länger und umspielte ihr Gesicht mit dunkelbraunen Wellen, die ihr bis über die Schultern fielen. Pete bevorzugte lange Haare bei Frauen. Es gab nichts Besseres, als seine Hände darin zu vergraben und sacht daran zu ziehen, wenn sie unter ihm kurz vor dem Orgasmus standen.

Pete hielt Joey, das Golden-Retriever-Mädchen, das er vor ein paar Wochen gerettet hatte, auf einem Arm und stützte sich mit der freien Hand auf der Rückenlehne von Jennas Stuhl ab. Sie roch besser als alle anderen Frauen, die er kannte, und er sog tief ihren süßen, würzigen Duft ein. Das kombiniert mit dem grandiosen Ausblick auf ihr Dekolleté drückte alle seine Knöpfe, trotz ihrer Zurückhaltung. Aber er hatte keine Absichten mit Jenna Ward. Ganz egal, wie gerne er dem heißen Verlangen nachgeben würde, er respektierte Jenna und schätzte ihre Freundschaft viel zu sehr, um sich auf eine Affäre mit ihr einzulassen.

»Hallo, Ladys.«

»Oh, darf ich sie mal auf den Arm nehmen?« Amy sprang auf und nahm ihm den Welpen ab, was Joey ihr dankte, indem sie ihr begeistert das Gesicht ableckte.

»Sie ist ein bisschen schüchtern«, meinte Pete grinsend. Er hatte die Kleine in einem Rucksack bei den Mülltonnen hinter Mac's Seafood unten am Wellfleet Pier gefunden. Das arme Ding war ausgehungert und verängstigt gewesen, aber davon abgesehen ging es ihr ganz gut. In der ersten Nacht hatte sie zusammengerollt an Petes Brust geschlafen und seitdem hatten sie quasi jede Minute miteinander verbracht.

»Ja, das sieht man. Wie macht sie sich denn?«, fragte Leanna.

»Sehr gut. Sie klebt ständig an mir.« Er zuckte die Schultern. »Ich bin nur kurz rübergekommen, um ihr eine Schüssel Wasser und vielleicht einen Hamburger zu besorgen.«

»Hamburger?« Leanna zog eine ihrer schmal gezupften Augenbrauen nach oben. »Wie wäre es mit richtigem Welpenfutter?«

»Welpen lieben Hamburger.« Frauen hatten so seltsame Regeln für gesundes Essen. Pete schaute auf Jenna hinunter, die den Blick jedoch fest auf die Tischplatte gerichtet hielt. Normalerweise war sie bei Welpen immer ganz aus dem Häuschen, also fragte er sich, warum sie heute so unterkühlt wirkte.

»Möchtest du dich auf einen Drink zu uns setzen?« Bella schielte kurz in Jennas Richtung, der das Angebot offenbar nicht gefiel.

Wahrscheinlich hätte Pete einfach gehen und ihr ein bisschen Freiraum geben sollen. Sie war heute ganz offensichtlich nicht sie selbst. Als er sich gerade verabschieden wollte, packte Amy ihn jedoch am Arm und bugsierte ihn auf den Stuhl neben Jenna. *Wundervoll.* Jetzt wurde Amy Opfer von Jennas Todesblick. Langsam nahm Pete ihre Distanziertheit persönlich.

»Setz dich einen Moment. Ich will ein bisschen mit Joey spielen.« Als Amy Jennas finsteres Starren bemerkte, verdrehte sie nur die Augen und gab dem Welpen einen Kuss auf den Kopf.

»Wie läuft es mit deinem Boot?« Leanna Bray war ein bisschen exzentrisch. Ihr Ferienhaus war immer im Chaos versunken, bevor sie ihren Verlobten Kurt Remington kennengelernt hatte. Jedes Mal, wenn Pete vorbeigekommen war, um einen kaputten Schrank oder Wasserhahn zu reparieren, stapelte sich die Wäsche überall und nahezu jede Oberfläche – und oft genug auch sie selbst – war klebrig von der Marmelade, die sie herstellte. Fast alle ihre Kleidungsstücke wiesen Flecken in verschiedenen Rot-, Violett- und Orangetönen auf. Kurt dagegen war ebenso ordentlich und organisiert wie Jenna. Er hatte das Wäschewaschen übernommen, und es schien ihm nichts auszumachen, hinter Leanna herzuräumen. Damit war ihr Haus inzwischen deutlich aufgeräumter als früher.

»Sie wird langsam.« Pete restaurierte bereits seit zwei Jahren einen spezialangefertigten, zehn Meter langen Gaffelschoner von 1966. An dem Holzboot zu arbeiten, war nicht nur seine Leidenschaft, er konnte dabei auch wahnsinnig gut abschalten.

All seine Schuldgefühle über die Alkoholkrankheit seines Vaters waren dort hineingeflossen.

»Was hast du damit vor, wenn es fertig ist?« Amy sah mit ihren hellblonden Haaren und großen grünen Augen nicht nur aus, wie das nette Mädchen von nebenan, sie mutierte auch gerne mal zur Glucke, wenn sie sich um ihre Freunde sorgte.

Pete zuckte die Schultern. »Oh, das weiß ich noch nicht. Vielleicht segle ich irgendwohin, weit weg von hier.« Weder seinen Vater noch das Cape würde er je verlassen, aber an manchen Tagen …

Das ließ Jenna aufmerken. Gott, die Frau hatte so wunderschöne Augen. Weder meeresblau noch himmelblau und auch nicht mitternachtsblau, sondern ein kühles Hellblau und momentan ziemlich eisig. *Was habe ich denn bitte gemacht?* Er zermarterte sich das Hirn, ging die letzten beiden Wochen durch, aber er hatte Jenna nie länger als ein paar Minuten am Stück zu Gesicht bekommen. Was sollte er denn da angestellt haben, um das zu verdienen?

Jenna schaute Amy mit hochgezogenen Augenbrauen an. »Zeit für *mich* zu verschwinden.« Sie stand auf und gab damit den Blick auf ihren Körper frei, der nur von einem winzigen String-Bikini notdürftig bedeckt war. Die kleinen roten Stoffdreiecke waren gerade groß genug, dass ihre Brustwarzen nicht hervorblitzten, und das Höschen besaß so viel Beinausschnitt, dass jede ihrer sinnlichen Kurven betont wurde.

Pete schaute sich unauffällig im Restaurantbereich um – die Blicke aller anwesenden Männer ruhten auf Jenna. Die Frau war nur knapp eins fünfzig groß, aber ihr Körper stellte jedes langbeinige Model in den Schatten. *Wie kann jemand so aussehen und nicht vor Selbstbewusstsein strotzen?* Unwillkürlich musste er sich beherrschen, um sich nicht zwischen sie und die glotzenden Typen zu stellen.

»Wo willst du hin?« Bella schaute zwischen Jenna und Pete hin und her.

»Das tun, wofür ich hergekommen bin. Da drüben steht ein Bauarbeiter, der nur auf mich wartet.« Jenna reckte das Kinn und marschierte auf ihre leicht x-beinige Art und mit ihrem Traumhintern geradewegs über die Rasenfläche vor der Veranda hinüber zu einem der jungen Arbeiter.

»Was macht sie denn da?« Pete kniff die Augen zusammen, als Jenna sich dem muskulösen Bauarbeiter näherte. Er erwartete fast, dass sie die Hände hinter dem Rücken faltete und von einem Fuß auf den anderen wippte, wie sie es bei ihm immer machte – und dabei eher an ein aufgeregtes Schulmädchen als an eine sinnliche Frau erinnerte –, was niedlich und befremdlich zugleich war.

»Oh. Mein. Gott.« Bella erhob sich mit weit aufgerissenen Augen.

»Nichts, Pete. Sie ist … oh Gott.« Amy setzte Joey auf Petes Schoß ab. »Nimm sie wieder. Ich, hm … verflixt.« Amy griff nach Bellas Hand, während beide Jennas verwegene Anmache beobachteten.

Sie hatte die Schultern gestrafft, was ihre Brüste noch mehr betonte – unübersehbar und stolz betonte! *Was zum Teufel …?* Eine Hand in die Hüfte gestützt musterte sie den Idioten von oben bis unten, wie sie normalerweise *Pete* anschaute, wenn sie der Meinung war, er würde es nicht mitbekommen. Um das zu wissen, musste er ihr Gesicht nicht sehen. Doch bei ihm mutierte sie immer zu einem Nervenbündel, sobald er sich ihr näherte.

Ist das ihr Ernst?

»Oh, wow. Sie tut es wirklich.« Bella setzte sich

schulterzuckend wieder, als Jenna gerade einen Finger in den Hosenbund des Kerls einhakte. »Sie ist dieses Jahr irgendwie anders, oder?«

Eifersucht breitete sich in Petes Magen aus.

»Ja, und habt ihr ihre neueste Stein-Obsession schon mitbekommen? Warum gerade schwarze Steine? Die hat sie noch nie gesammelt.« Amy verstummte nachdenklich, ohne den Blick von Jenna abzuwenden.

Pete machte sich einen mentalen Vermerk für Jennas Steinvorliebe. Die letzten fünf Jahre lang machte er sich schon gedankliche Notizen über Jenna. In jedem Sommer sammelte sie andere Steine – eierförmige, komplett weiße, graue und ovale. Ihre Steinekollektion folgte keiner Logik, die Pete verstand, aber sie wusste, welche ihr gefielen, und diese landeten dann in ihrem Ferienhaus und auf der Terrasse.

Jenna war immer noch ganz auf den Arbeiter fixiert. *Das* war die Frau, von der Pete sich immer erhofft hatte, dass sie mit ihm sprechen würde, und jetzt … Jetzt wurde er langsam wütend.

»Die Typen sind nicht von hier, das sind Arbeiter von außerhalb«, warnte er. »Wahrscheinlich haben die in jeder Stadt in der Gegend eine andere Frau. Soll ich da einschreiten?« Jenna zu beschützen stand ihm nicht zu. Sie waren kein einziges Mal miteinander ausgegangen, aber irgendwie hatte er, trotz seiner Verwirrung, immer das Gefühl gehabt, dass sie zu ihm gehörte. Sommer bedeutete für Pete, dass er Jenna sechs bis acht Wochen lang regelmäßig begegnete, und gerade während der letzten beiden Jahre, in denen sein Vater seine Probleme zunehmend im Alkohol ertränkte, war das immer wichtiger für Pete geworden. Doch bis zu diesem Moment war ihm nicht klar gewesen, wie sehr er sie wollte, wie viel sie ihm bedeutete. Joey leckte über Petes Kinn, doch er wich ihr frustriert aus.

Leanna schüttelte den Kopf. »Oh nein, schau mal, wie sie rangeht.«

Schau mal, wie sie rangeht? Du findest das in Ordnung?

»Pete, hast du etwas Negatives über die Männer gehört? Sollten wir uns Sorgen machen?« Amy klang mehr als besorgt. »Bella, vielleicht sollten wir ...«

Pete sah zu, wie Jenna ihr Handy aus ihrer Handtasche holte und etwas eintippte. Einen Moment später zog der blonde Kerl sein Smartphone aus der hinteren Hosentasche und nickte.

»Sie hat ihm ihre Nummer gegeben. Ich fasse es nicht«, murmelte Leanna.

»Das war kein Witz vorhin«, meinte Bella. »Verdammt, unsere Kleine schaltet wirklich einen Gang höher.« Sie lehnte sich in ihrem Stuhl zurück und streichelte nebenbei Joey. »Oh, Pete ... *ts, ts, ts.*«

»Was soll das denn heißen?« Er biss die Zähne so fest zusammen, dass es knirschte.

»Gar nichts.« Leanna gab Bella einen Klaps auf den Arm.

»Eine Frau wie Jenna trifft man nur einmal im Leben«, sagte Bella mit einem bedeutungsvollen Blick zu Pete.

Und ihm wurde langsam bewusst, wie recht sie damit hatte.

»Bella«, warnte Amy, doch Bella zuckte nur die Schultern.

»Ich meine ja nur.«

Pete wusste nicht, wie er das alles einordnen sollte. In seiner Gegenwart benahm Jenna sich wie ein schüchternes Mauerblümchen und bei diesem dahergelaufenen Typ von der Straße wurde sie zur Verführerin. Das war Petes Stichwort, sich vom Acker zu machen, bevor er am Ende noch zuhören musste, wie Jenna von dem Mistkerl schwärmte. Mit Joey auf dem Arm erhob er sich.

»Warte, geh noch nicht«, bat Amy. »Joey hat noch gar kein Wasser bekommen.«

»Ich muss los.« Damit verließ er die Veranda. Wortlos schob sich Jenna an ihm vorbei, was ihn nur noch wütender machte. Je schneller er hier wegkam, desto besser.

»Ratet mal, wer heute Abend in den Beachcomber geht. Oh mein Gott. Er ist von Nahem sogar noch heißer.«

Toll, genau das wollte ich jetzt noch hören.

Ende des Auszugs

Wenn Ihnen der Auszug gefallen hat, können Sie *Herzen in Seaside* bei Ihrem Online-Buchhändler bestellen, um weiterzulesen!

Kennen Sie die Bradens schon?

Verlieben Sie sich mit Treat und Max in *Im Herzen eins – neu erzählt*, dem ersten Band der Serie *Die Bradens in Weston, Colorado*

Treat Braden ist eigentlich gar nicht auf der Suche nach Liebe, als Max Armstrong in seine Hotelanlage in Nassau spaziert, aber er erkennt hinter dem Schutzschild ihrer effizienten Fassade schnell die liebenswerte, sinnliche Frau. Ein geradezu magischer gemeinsamer Abend lässt ein enges Band zwischen ihnen entstehen, und zum ersten Mal in seinem Leben verspürt Treat den Wunsch nach viel mehr als einem kurzen Abenteuer. Doch dann macht er einen Fehler und sie zieht sich zurück. Nachdem er sich wochenlang nach der einen Frau, die er nicht haben kann, verzehrt hat, fliegt er nach Hause auf die Ranch seiner Familie, um sie endlich zu vergessen.

Eine zufällige Begegnung bringt die beiden wieder zusammen und führt zu einer Nacht voller Leidenschaft und

Aufrichtigkeit. Als Max ihre schmerzhafte Vergangenheit offenbart, ist Treat bereit, alles zu geben, um ihr Herz für immer zu erobern – und ihr zu helfen, sich von ihren Dämonen zu befreien.

Bestellen Sie *Im Herzen eins – neu erzählt* bei Ihrem Online-Buchhändler.

Truman keine Hilfe gebraucht, und als die schöne Gemma Wright versucht, ihm unter die Arme zu greifen, reagiert er nicht gerade charmant. Aber Gemma hat ihre ganz eigene Art und schafft es schließlich, den Panzer um sein Herz zu durchdringen. Als Trumans dunkle Vergangenheit seine Zukunft in Gefahr bringt, steht seine Loyalität auf dem Prüfstand und er muss die schwerste aller Entscheidungen treffen.

Bestellen Sie *Tru Blue – Im Herzen stark* bei Ihrem Online-Buchhändler.

Neu bei »Love in Bloom – Herzen im Aufbruch«?

Ich hoffe, Ihnen hat es genauso viel Vergnügen bereitet, die Freunde aus Seaside kennenzulernen, wie mir, sie zu schreiben. Falls dieser Band Ihr erstes Buch aus der Reihe »Love in Bloom – Herzen im Aufbruch« ist, warten noch jede Menge Geschichten über unsere sexy, selbstbewussten und loyalen Heldinnen und Helden auf Sie.

Seaside Summers ist nur eine der Serien aus meiner großen Sammlung von Liebesromanen mit Tiefgang, Humor und Happy-End-Garantie. In allen Büchern finden Sie eine abgeschlossene Geschichte, die auch für sich allein gelesen werden kann. Figuren aus den einzelnen Serien und Büchern der weitverzweigten »Love in Bloom – Herzen im Aufbruch«-Familien tauchen immer wieder auch in den anderen Bänden auf. So verpassen Sie nie eine Verlobung, eine Hochzeit oder eine Geburt. Wenn Sie mögen, lernen Sie doch auch die anderen Serien der Reihe kennen! Eine vollständige Liste aller auf Deutsch erschienenen und geplanten Bücher gibt es am Ende des Buches und unter dem folgenden Link finden Sie weitere Informationen:
www.MelissaFoster.com/Herzen-im-Aufbruch

Wassermelonen-Marmelade

Ergibt etwa zehn 250 ml-Gläser

1,5 kg kernlose Wassermelone*

50–55 g Pektinpulver

1600 g weißer Rohrzucker

2 Esslöffel Zitronensaft

Bevor man mit der Zubereitung der Marmelade beginnt, sollten die Gläser und Deckel in großen Töpfen im Wasser zum Kochen gebracht werden, damit sie durch die heiße Marmelade nicht platzen.

Die kernlose Wassermelone aus der Schale lösen und in einen Mixer geben. So lange zerkleinern, dass noch kleine Stücke vorhanden sind. Das Püree in einen großen Topf geben und aufkochen, langsam das Pektin hinzufügen. Ständig rühren, damit nichts am Boden haften bleibt. Noch einmal zum Kochen bringen und den Zucker sehr langsam hinzugeben, damit die Temperatur des Ganzen nicht zu schnell sinkt. Eine weitere Minute lang kochen lassen und dann in die (bereits heißen) Gläser abfüllen. Die gefüllten Gläser für fünf Minuten auf den Kopf stellen, damit sie luftdicht verschlossen sind.

*Um 1,5 kg Fruchtfleisch zu erhalten, braucht man eine ziemlich große Wassermelone, also nehmen Sie die größte, die Sie finden können.

Luscious Leanna's Sweet Treats sind auch auf
www.AlsBackwoodsBerrie.com erhältlich!

Danksagung

Seit meiner jüngsten Kindheit habe ich den Sommer am Cape Cod verbracht und Wellfleet ist wahrhaftig mein Lieblingsort auf Erden. Als ich *Liebe zwischen den Zeilen* schrieb und die Seaside-Clique kennenlernte, war der perfekte Zeitpunkt gekommen, um meinen Lieblingsort in meinen Geschichten lebendig werden zu lassen. Viel Inspiration für die Serie bekam ich durch die schönen Zeiten, die ich mit Freunden am Cape verbracht habe, deren Namen ich für mich behalten werde, um meine Nackte-Wahrheit-Crew nicht in Verlegenheit zu bringen. Seaside ist allerdings eine fiktionale Ferienhaussiedlung. Wenn Sie am Cape umherstreifen und auf eine Siedlung namens Seaside stoßen sollten, müssen Sie wissen, dass sie nicht als Grundlage für diese Serie diente.

Unser sexy Police Officer Caden Grant erhielt seinen Namen, um den Sohn einer Leserin zu würdigen. Ich hoffe, ich bin ihm gerecht geworden. Danke, Kim Shaw Clark, dass Sie mich angeschrieben haben und dass Sie die Latte für mich so hochgelegt haben. Ich möchte mich gern bei Stacy Eaton bedanken, eine meiner besten Freundinnen und Kolleginnen, weil sie all meine Fragen zu Polizisten beantwortet hat – und weil sie gelacht hat, als ich dann doch etwas anderes schrieb. Ich habe mir in meiner Geschichte literarische Freiheiten herausgenommen und alle Irrtümer sind die meinen.

Vielen Dank an mein Lektoratsteam: Kristen Weber, Penina Lopez, Jenna Bagnini, Juliette Hill, Marlene Engel, Lynn

Mullan, und an mein deutsches Team: Janet König, Rabea Güttler und Judith Zimmer.

Ein besonderer Dank gilt Al Chisholm von Al's Backwoods Berries, meinem Partner in der Schöpfung von Luscious Leanna's Sweet Treats und dem eindeutig besten Marmeladenproduzenten weit und breit. Wenn Sie jemals im Sommer in Wellfleet sein sollten, finden Sie Al und Luscious Leanna's Sweet Treats auf dem Flohmarkt. Oder Sie schauen sich einmal auf seiner Website um, die auf der Rezeptseite in diesem Buch vermerkt ist. Luscious Leanna's Sweet Treats sind auch bei Amazon erhältlich.

Zu guter Letzt, und doch stets an erster Stelle stehend, danke ich meinem Mann und meiner Familie, die mich immer unterstützen und mir das Schreiben ermöglichen.

Love in Bloom – Herzen im Aufbruch

Für noch mehr Vergnügen lesen Sie die Bücher der Reihe nach.
Sie werden in jedem Band bekannte Figuren wiederfinden!

Die Snow-Schwestern

Schwestern im Aufbruch
Schwestern im Glück
Schwestern in Weiß

Die Bradens (Weston, Colorado)

Im Herzen eins – neu erzählt
Für die Liebe bestimmt
Freundschaft in Flammen
Wogen der Liebe
Liebe voller Abenteuer
Verspielte Herzen
Ein Fest für die Liebe (Hochzeits-Geschichte)
Nachwuchs für die Liebe (Savannahs & Jacks Baby)
Happy End für die Liebe (Hochzeits-Geschichte)
Weihnachten mit den Bradens (Kurzgeschichte)

Die Bradens (Trusty, Colorado)

Bei Heimkehr Liebe
Bei Ankunft Liebe
Im Zweifel Liebe
Bei Rückkehr Liebe
Trotz allem Liebe
Bei Aufprall Liebe

Die Bradens (Peaceful Harbor)

Geheilte Herzen
Voller Einsatz für die Liebe
Liebe gegen den Strom
Vereinte Herzen
Melodie der Liebe
Sieg für die Liebe
Endlich Liebe – ein Braden-Flirt

Die Remingtons

Spiel der Herzen
Im Dschungel der Liebe
Herzen in Flammen
Herzen im Schnee
Liebe zwischen den Zeilen
Von der Liebe berührt

Die Bradens & Montgomerys (Pleasant Hill – Oak Falls)

Von der Liebe umarmt
Alles für die Liebe
Pfade der Liebe
Wilde Herzen
Schenk mir dein Herz
Der Liebe auf der Spur
Verrückt nach Liebe
Liebe süß und sündig

…

Die Whiskeys: Dark Knights aus Peaceful Harbor

Tru Blue – Im Herzen stark
Truly, Madly, Whiskey – Für immer und ganz
Driving Whiskey Wild – Herz über Kopf
Wicked Whiskey Love – Ganz und gar Liebe
Mad About Moon – Verrückt nach dir
Taming My Whiskey – Im Herzen wild
The Gritty Truth – Kein Blick zurück
In For A Penny – Süßes Glück

…

Seaside Summers

Träume in Seaside
Herzen in Seaside
Hoffnung in Seaside
Geheimnisse in Seaside

…

Entdecken Sie Melissa Fosters Bücher auch auf:
www.MelissaFoster.com/Herzen-im-Aufbruch